川端康成

かわばたやすなり

一八九九年六月十四日—一九七二年四月十六日

川端康成

经典作品

# 古都

【日】川端康成 著

高慧勤 译

新世界出版社

**图书在版编目（CIP）数据**

古都 /（日）川端康成著；高慧勤译．-- 北京：
新世界出版社，2024.3
（川端康成经典作品）
ISBN 978-7-5104-7635-8

Ⅰ．①古… Ⅱ．①川… ②高… Ⅲ．①中篇小说－日
本－现代 Ⅳ．① I313.45

中国版本图书馆 CIP 数据核字 (2022) 第 232175 号

川端康成经典作品
古都

作　　者：[日] 川端康成
译　　者：高慧勤
责任编辑：陈　超
装帧设计：高　瓦
内封绘制：王　敏
内文制版：北京维诺传媒文化有限公司
责任校对：宣　慧　张杰楠
责任印制：王宝根
出　　版：新世界出版社
网　　址：http://www.nwp.com.cn
社　　址：北京西城区百万庄大街 24 号 (100037)
发 行 部：(010)6899 5968（电话）(010)6899 0635（电话）
总 编 室：(010)6899 5424（电话）(010)6832 6679（传真）
版 权 部：+8610 6899 6306（电话）nwpcd@sina.com（电邮）
印　　刷：小森印刷（北京）有限公司
经　　销：新华书店
开　　本：880mm × 1230mm　1/32　　尺　　寸：145mm × 210mm
字　　数：124 千字　　印　　张：5.5
版　　次：2024 年 3 月第 1 版　2024 年 3 月第 1 次印刷
书　　号：ISBN 978-7-5104-7635-8
定　　价：45.00 元

# 代序
## はじめに

川端康成，这位首次为日本摘取诺贝尔文学奖桂冠的作家，对于中国读者来说，并不陌生。十多年来，他的不少作品，国内已相继译介进来，如《伊豆舞女》《雪国》《古都》《花的圆舞曲》等。川端康成所构筑的艺术世界，意蕴是那么深幽，情调是那么缠绵，笔致又那么灵动，不仅征服了欧美读者,也倾倒了相当多的中国读者。那么,川端作品的魅力究竟何在？[1]

展读川端的作品，有时好似在欣赏意境朦胧的印象派绘画；但进一步吟味之下，又会发现，他构筑的艺术殿堂，纯然是一幅幅忧伤的浮世绘。

在早年的《文学自叙传》中，川端曾说过："我虽然接受西方文学的洗礼，自己也曾试着模仿，但骨子里我是个东方人，十五年来从未迷失过这个方向。"而浮世绘，在19世纪法国自然主义作家和印象派画家看来，正是最能代表日本情趣、体现日本之美的艺术。川端康成创作伊始，便显示出同传统文学的深厚渊源。

第二次世界大战后，川端康成着意于从民族的历史和文化中寻找自己的归宿，为发扬日本的传统美不遗余力。他在作品中，常写到雪国山村、枫树红叶、尼庵古刹、名胜古迹等传统题材，予以美的表现，从而唤起读者的审美情绪和对传统文化的依恋。从他的成名作《伊豆舞女》、获奖的《雪国》，直到晚年的《山之声》《古都》《美丽与悲哀》等一系列作品，无不体现出日本美的情致。这些风物和民俗，在川端的笔下，已不仅仅是小

1　本文节选自《川端赏析》，译者发表于《博览群书》1995年第11期。

说的场景，本身就构成了艺术形象。川端正是以真挚的爱和竭诚的心，表现了日本的自然美和传统美。

说川端康成的文学仿佛是忧伤的浮世绘，还不尽然。因为他在展现日本的审美情趣时，分明又透露出浓重的现代气息。

他找到了一种新的感觉方式——新感觉主义！在《新进作家的新倾向解说》等一系列文章中，川端康成阐明了他本人以及这一派的文艺主张和创作方法。所强调的重心，便是新的感觉。他申明，“表现即内容，艺术即表现”，因为，没有表现，无以了解作家所要表达的内容；但是，如果没有新的感觉，便不可能有新的表现，从而也就没有新的内容和新的文艺。“新酒不宜装入旧酒囊”，而新的感觉，在表现手法上，自应和以往有所不同。

在半个世纪的艺术实践中，川端康成不断砥砺自己的艺术感觉，给传统注入了新的生命，同时也使外来的技巧，找到了生根的土壤。他纳外来于传统，融传统于现代，从而形成自己独特的艺术风格：纤细的心理刻画，缠绵的意境渲染，自由灵动的联想，快速跳跃的节奏，意在言外的象征，简约含蓄的语言。

不过有一点要提及的是，川端康成身世的不幸，对他风格的形成，是不可忽视的一个重要因素。19 世纪的最后一年，川端出生在大阪一个医生家庭，幼失怙恃，由外祖父母抚养，到 16 岁那年，外祖父母以及平生只见过一面的姐姐也先后亡故，只剩下他孑然一身。亲人的死别，以及早年失恋的伤痛，使他变得多愁善感，养成一种内向的性格，形成悲观虚无的思想。所以，川端的小说里，经常触及死亡这一主题；他所描写的爱情，总是不那么圆满，带着人生孤寂之感。他的抒情风格，总的来说，是哀婉，是悲凉。

在川端的文艺美学里，具有浓重的唯美倾向。这种艺术高于人生的观点，不仅是他的主张，也是他创作的准则，贯穿于他的全部创作之中。

# 古都

こと

## 春之花

千重子发现枫树的老干上，紫花地丁含苞吐蕊了。

“哦，今年又开花了。”千重子感到了春的温馨。

在市内这方狭小的庭院里，这棵枫树显得特别大，树干比千重子的身腰还粗。树皮又老又糙，长满青苔，当然同千重子那婀娜的腰肢无可比拟……

枫树的树干，齐千重子腰际的地方，略向右弯，到她头顶上面，愈发弯了过去。而后，枝叶扶疏，遮满庭院。长长的枝梢，沉沉地低垂。

在树干曲屈处的稍下方，似乎有两个小洼，紫花地丁就长在两个洼眼里。而且,逢春必开。自千重子记事时起,树上便有这两株紫花地丁了。

上面一株，下面一株，相距一尺来远。正当妙龄的千重子常常寻思：“上面的紫花地丁同下面的紫花地丁，能相逢不？这两枝花彼此是否有知呢？”说紫花地丁“相逢”咧，“有知”咧，究竟是怎么回事呢？

每年春天花开不过三五朵。可是，到了春天，就会在树上的小洼眼里抽芽开花。千重子在廊下凝望，或从树根向上看去，时而为这紫花地丁的“生命力”深自感动，时而又泛起一阵“孤寂之感”。

“长在这么个地方，居然还能活下去……”

到店里来的顾客，有赞赏枫树长得美的，却几乎无人留意紫花地丁开花。苍劲粗实的树干上，青苔一直长到老高的地方，显得格外端庄古雅。而寄生其上的紫花地丁，自然不会博得别人的青睐。

然而，蝴蝶有知。千重子发现紫花地丁开花时，双双对对的小白蝴蝶，低掠过庭院，径直飞近枫树干上的紫花地丁。枫树枝头也正在抽芽，带点儿红，只有一丁点儿大，把翩翩飞舞的白蝴蝶衬映得光鲜夺目。两株紫花地丁的枝叶和花朵，在枫树干新长的青苔上，投下疏淡的影子。

这正是花开微阴、暖风和煦的春日。

直到白蝴蝶一只只飞去，千重子仍坐在廊下凝望枫树干上的紫花地丁。

“今年又在老地方开花，真不容易呀。”她独自喃喃，几乎脱口说出声来。

紫花地丁的下面，枫树根旁竖了一盏旧的石灯笼。灯笼柱上雕了一个人像。记得有一次，父亲告诉千重子说，那是基督。

“不是圣母玛利亚吗？”千重子当时问道。“有座大的和北野神社里供的天神像极了。”

“据说是基督。”父亲肯定地说，“手里没抱婴儿嘛。”

“哦，当真……”千重子点了点头，接着又问，“咱家祖上有人信教吗？”

“没有。这盏灯大概是设计庭园的师傅，要么是石匠搬来安在这儿的。灯也没什么稀罕。”

这盏基督雕像灯笼，想必是从前禁教时期造的。石头的质地很粗糙，易脆，上面的浮雕人像，经过几百年的风吹雨打，已经毁损残破，只有头脚和身子依稀看出个形影来。恐怕当初的雕工也很简陋。长袖几乎拖到下摆处。双手似乎合十，手腕那里略微凸了出来，辨不出是什么形状。印象之间，与菩萨和地藏王是截然不同的。

这盏基督雕像灯笼，不知从前是为了表示信仰，抑或是用来当作摆饰，标榜异国情调？如今因其古色古香，才搬到千重子家店铺的院子里，摆在那棵老枫树脚下。倘使哪个来客发现了，父亲便说“那是基督像”。至于店里的顾客，难得有人留心大枫树下的旧灯笼。即或有人注意到，院子里竖上一二盏灯，本是司空见惯的事，谁也不会去看个仔细。

千重子的目光从树上的紫花地丁向下移，看着基督像。千重子上的不是教会学校，但她喜欢英语，常出入教会，读新旧约全书。可是，给这盏灯笼供花点烛，却似乎有点不伦不类。灯笼上哪儿都没雕十字架。

基督像上面的紫花地丁，令人联想起圣母玛利亚的心。于是，千重子从雕像灯笼上抬起眼睛，又望着紫花地丁。——蓦地，她想起养在旧丹波[1]瓷壶里的金钟儿来。

千重子养金钟儿，比她最初发现紫花地丁在老树上含苞吐蕊要晚得多，也就这四五年的事。在一个高中同学家的客厅里，她听见金钟儿叫个不停，便讨了几只回来。

“养在壶里，多可怜呀！”千重子说。可是那位同学却说，总比养在笼子里白白死掉强。据说有些寺庙养了好多，还专门出售金钟儿的子。看来有不少同好者呢。

千重子养的金钟儿如今也多起来了，一共养了两只旧丹波壶。每年

---

1 旧地名，现大部分属于京都，出产瓷器。

不迟不早，准在七月初一前后孵出幼虫，八月中开始鸣叫。

只不过它们出生、鸣叫、产卵、死亡，全在又小又暗的壶里。但是壶里可以传种，也许真比养在笼子里只活短暂的一代强。而壶中讨生活，亦别有天地。

千重子也知道，“壶中别有天地”是中国古代的一个故事。说是壶中有琼楼玉宇，珍馐美酒，完全是脱离尘世的化外仙境。是许多神仙传奇中的一个。

然而，金钟儿却并非因为厌弃红尘才住进壶里的。虽然置身壶中，却不知所处何地，就那么苟延残喘下去。

顶叫千重子惊讶的，是要不时往壶里放入新的雄虫，否则同是一个壶里的金钟儿，繁衍的幼虫又弱又小。因为一再近亲相交的缘故。所以，为了避免这情形，一般养金钟儿的人，彼此经常交换雄虫。

眼下正是春天，不是金钟儿引吭的秋天。可是，千重子从紫花地丁今年又在枫树干的洼眼里开花，联想到壶里的金钟儿，倒并不是毫不相干的两件事。

金钟儿是千重子给放进壶里的，而紫花地丁又为什么会长在这样一个局促的地方呢？紫花地丁业已开花，金钟儿想必年来也会繁殖鸣叫的吧？

“难道是自然赐予的生命吗……”

千重子将春风拂乱的鬓发掠到耳后。心里一面同紫花地丁和金钟儿相比较：“那么我自己呢……”

在这万物勃兴的春光里，瞧着这小小的紫花地丁的，怕也只有千重子了。

听见店里有动静，大概正在开午饭。

千重子应邀要去赏樱花，也该去梳洗打扮一下了。

昨天，水木真一打电话给千重子，邀她上平安神宫去赏樱花。真一有个同学打工，半个月来，天天在神宫门口查票。真一听他说，眼下正是花事最盛的时节。

“好像派人专门守望在那儿似的，这消息最确实不过了。”说着，真一低声笑了起来。真一低低的笑声，声音很美。

“恐怕他会瞧见我们的。”千重子说。

“他是把门的呀。谁都得从把门的跟前过嘛。”真一又笑了两声。

“你若觉得这样不合适，咱们就分头进去，到院子里的樱花下碰头好了。那儿的花，即便一个人赏，也看不厌的。”

“那你就一个人去赏花，岂不更好？”

“好固然好，万一今晚下了大雨，花事凋零，我可不敢保。”

“那就看落花的风情罢。”

“雨打泥污的落花，难道还有什么风情可言？这就是你所谓的落花……”

“你真坏！”

“到底谁坏……”

千重子穿了件素净的和服，走出家门。

平安神宫以“时代祭”[1]而著称，明治二十八年(1895 年)，为纪念一千多年前桓武天皇奠都京都修建的，所以殿堂不太陈旧。据说大门和

1　为纪念桓武天皇奠都京都，自 1895 年平安神宫建成以来，每年 10 月 22 日举行祭祀活动，在神舆前，游行者身着各时代服饰，展示平安朝至明治年间的风俗变迁。

前殿是模仿当年平安京[1]的应天门和太极殿。右有橘林，左有樱花。迁都东京之前的孝明天皇(1846—1867)，从一九三八年起，也同历代天皇一起在这里祭祀。在神前举行婚礼的人为数不少。

最美的，莫过于一簇簇红垂樱，装点着神苑。如今真可谓“除了此地樱花，无以代表京洛的春天”。

千重子走进神苑的入口，便见樱花满枝，姹紫嫣红，觉得赏心悦目。“啊，今年又看到京都的春天了。”她伫立着凝视樱花。

然而，真一在哪儿等她呢？难道还没来不成？千重子打算找到真一后再看花，便从花丛中走下缓坡。

真一正躺在下面的草地上闭目养神，两手交叉枕在头下。

千重子万没想到，真一会躺在那儿。真讨厌。居然躺着等年轻姑娘。倒不是千重子觉得受了羞辱，或者是真一没有礼貌，而是他那么躺着就不顺眼。在千重子的生活里，难得见到睡着的男人，所以有点看不惯。

在大学校园里，大概真一也常和同学一起在草坪上，或支肘侧卧，或仰天而躺，谈笑风生。他此刻的样子，不过是一种习惯姿势罢了。

真一的身旁，坐着四五个老婆婆，摊开提盒，在谈天说地。想必真一感到她们仁厚和蔼，就坐在一旁，而后才躺了下去。

这么想着，千重子微微笑了，但是面颊上也跟着飞起一片红晕。她不去惊动真一，只一味站在那里。终于，抬脚从真一身旁走开了……千重子确实从未见过男人的睡相。

真一的学生服穿得整整齐齐，头发梳得光光溜溜。长长的睫毛合在

---

1 即现在的京都。

一起，看来依然像个少年。可是，千重子正眼也没瞧他一下。

“千重子！”真一叫住她，站了起来。千重子陡然着恼起来。

“睡在那儿，多不雅观！过路人都看着你呢。”

“我没睡呀。我知道你来了。”

“你真坏。”

“我想，要是不喊你，看你怎样。”

“你看见我，还装睡，是吗？”

“我心里在想，进来的这位小姐多幸福啊！不觉感到有些悲哀而且，还有些头痛……”

“我？我幸福？……”

“……”

“你头痛吗？”

“不，已经不痛了。”

“脸色看着不大好。”

“不，没什么。”

“简直像把宝刀似的。”

真一不大听人说，自己的脸“像把宝刀”。千重子这么说，却还是头一次听到。

每逢别人这么说他，正是一股激情涨满他的胸臆之时。

“放心，宝刀不伤人。而且，这儿又是樱花树下。”真一笑着说。

千重子登上缓坡，往回走到回廊的口上。真一也离开草坪，跟了过来。

“这些花真想全看一遍。”千重子说。

站在回廊西口，望着一簇簇红垂樱，顿时使人感到春意盎然。这才是名副其实的春天呀！连纤细低垂的枝头，也开满了嫣红的重瓣樱花。樱花丛中，与其说是花开树上，看起来倒像枝丫托着繁花朵朵。

“这儿的樱花，我最喜欢这棵树上的。”千重子说着，带真一走到回廊另外一个拐弯处。那儿有棵樱花树，显得格外花繁叶茂。真一也站在一旁，望着那棵樱花。

“仔细看上去，颇有些女性的风韵，”真一说，“纤细低垂的枝丫，以及枝丫上的花朵，那么柔媚又那么丰满……”

重瓣樱花，朵朵都红中带紫。

“我从未想到，樱花竟这么富有女性风度。无论是色调，姿态，抑或是娇艳的风韵。”真一又说了一句。

两人离开这棵花树，向池边走去。窄窄的小径旁，摆着坐榻，上面铺着大红毡子。游客坐在那里喝茶品茗。

“千重子！千重子！”有人喊道。

幽阴的树丛里，有座叫“澄心亭”的茶室。真砂子穿着长袖和服，从里面走出来。

“千重子，来帮个忙吧。我都累死了。我正帮师傅点茶呢。”

“我这一身，只配洗洗茶杯什么的。”千重子说。

“不要紧，洗茶杯也成……反正我端出去。”

“我还有个伴儿呢。”

真砂子这才发现真一，便咬着千重子耳朵问：

“是未婚夫吗？”

千重子微微摇了摇头。

“男朋友？”

又摇了摇头。

真一转身走开了。

“那么，你们就一起到茶会上来吧……这会儿正空。”真砂子这么邀请，千重子谢绝了，回头追上真一说：

“是和我一起学茶道的。人很漂亮吧？”

“平平而已。”

“瞧你，不怕人家听见。”

真砂子站在那里目送他们。千重子向她点头致意。

穿出茶室下面的小径，便是池塘。岸边那片菖蒲叶子，绿意迎人，竞相争翠。水面上浮着睡莲的叶子。

池塘的四周，没有樱花。

千重子和真一沿着池塘，向一条林荫小路走去。嫩叶的清香和着湿土的气息，溢满空中。这条林荫路又窄又短。走到尽头，豁然开朗，呈现一片池水，比方才的池塘还大。池边的红垂樱，映在水中，照人眼明。外国游客对着樱花纷纷拍照。

池对岸的树丛里，马醉木开出朴素淡白的小花。——千重子想起了奈良。有不少松树，虽然谈不上古木参天，却婆娑多姿。倘若没有樱花，苍翠的松树也足以使人注目观赏的吧？想必不错。眼下，高洁的青松，澄明的池水，把朵朵的红垂樱衬映得格外妍媚。

真一走在前面，踩着池中的石步。这叫作“渡水”。一块块石步，圆圆的，仿佛是从牌楼柱子上截下来的。有的地方，千重子须略微撩起和服的下摆。真一扭过头来说：

“真想背你过来呢。”

“你背个试试。算我佩服你。”

这些石步，连老太婆都能踱得过的。

石步旁边，也漂浮着睡莲的叶子。快到对岸时，石旁的水面上映着小松树的倒影。

“这些石步，排列的形状，很有点像抽象派。”真一说。

“日本的庭园，不是全有点像抽象派吗？醍醐寺院的杉形藓，大家也都说什么抽象抽象的，听着叫人反感……”

“诚然，那里的杉形藓，确很抽象。醍醐寺里的五重塔，已经修缮完毕，就要举行竣工典礼了。去看看好吗？”

“那五重塔，也会跟新金阁寺[1]一样吗？”

“想必也会焕然一新，庄严堂皇吧。尽管塔没烧掉……也是拆掉后，照原样重盖的。竣工典礼正赶上樱花盛开的时候，恐怕会人山人海。”

“要讲赏花，看了这里的红垂樱，别处的就不会再想看了。”

两人说着，走完了最后几块石步。

走完石步，池边是片松林。再走不多远，便上了“桥殿”。“桥殿”也者，实则为桥，因造型像座宫殿，故名曰泰平阁。两侧的桥栏，有如带矮靠背的长凳，游人可以坐在上面休憩，隔池眺望园景，不，应说眺望带池塘的庭园。

坐在桥边的人，吃的吃，喝的喝，也有小孩子在桥心跑来跑去。

---

1　即京都北山上的鹿苑寺，寺内有三层的舍利殿一座，柱子和墙壁均饰以金箔，故名金阁。一九五〇年被焚毁，后重建。

“真一，真一，这儿……”千重子先坐了下来，右手给真一占了个座位。

“我站着好了，”真一说，“蹲在千重子小姐脚下也行……”

“不理你。”千重子倏地站起，让真一坐下，“我去买些鲤鱼饵来。”

千重子买回鱼饵，撒到池里，鲤鱼一群群聚拢来，有的跳出水面。涟漪一圈圈漾了开来。松阴楼影，摇曳流荡。

剩下的鱼饵，千重子问真一：“给你吧？”真一默不作声。

“头还痛吗？”

“不痛。”

两人在桥上坐了很久。真一脸色发青，兀自凝睇望着水面。

“想什么呢？”千重子问。

“哦，想什么？有时会什么都不想，却觉得挺幸福！”

“在这樱花烂漫的春日……”

“不，在幸福的小姐身旁……或许也沾到点幸福？那么温婉可人而又富有朝气。”

“你说我幸福？……”千重子反问了一句，眼里忽然蒙上一层忧郁的阴影。她低垂着头，池水仿佛映上她的眼帘。

千重子站了起来。

“桥对面有棵樱花，我最喜欢。”

“这里也看得见，是那棵吧？”

那株红垂樱，极其俏丽。尽人皆知，是棵名花。花枝有如弱柳低垂，疏密有致。走在花下，轻风微拂，花瓣飘落在千重子的肩上，脚下。

树下也有点点落花。间或也散在水面上。不过，算来怕只有七八朵的样子……

有的垂枝虽撑以竹竿，但树梢纤纤，仍一味下垂，几乎拂到地面。繁花如锦，透过隙缝，隔池犹可望见东岸树丛之上嫩叶覆盖的一发青山。

“是东山的余脉吧？”真一问。

“是大文字山。”千重子答。

“哦，是大文字山？怎么看着那么高？”

“恐怕是站在花丛里看的缘故。”然而，千重子自己也是在花树丛中的。

两人都有些流连难舍。

那棵樱花四周的地面上，铺满了白色的粗砂。右边，松林高耸，在这座园子里可谓挺拔优雅，接着便是神苑的出口。

走出应天门，千重子说：

“我想去清水寺看看。”

“清水寺？”真一脸上的表情，仿佛是说，去这么个不足道哉的地方。

“我想从清水寺那儿看看京城的黄昏。还想看看西山上落日的霞空。”听千重子一再这么说，真一便也点头同意。

“好，那就去吧。”

“走着去好吗？”

路相当远。他们避开电车路，绕道南禅寺，出知恩院后门，穿过圆山公园，踏上一条羊肠古道，便来到清水寺前面。这时已是春日向晚，暮霭沉沉了。

清水寺的舞台上，游人只剩三四个女学生，她们的面容已经看得不甚真切了。

这正是千重子最喜欢的时刻。漆黑的正殿里已点上明灯。千重子停也不停，径直走过正殿的舞台，从阿弥陀佛殿前面走进里院。

里院也有座“舞台”，是筑在悬崖峭壁上的。屋顶葺以桧树皮，檐角轻飏，舞台小巧玲珑。但这舞台是面西而坐的，朝着京城，对着西山。

市里已经灯火点点，夜色微茫。

千重子靠着舞台的栏杆，仰望西天，仿佛忘了同来的真一。真一走到她身旁。

“真一，我是个弃儿。”千重子突兀地说。

“弃儿？”

“嗯，弃儿。”

这“弃儿”二字，难道是别有用意？真一颇感迷惑不解。

“弃儿？”真一喃喃地说，“你怎么胡思乱想自己是个弃儿！你算弃儿，那我更是弃儿了，那种精神上的……也许人人都是弃儿。一个人降生到世上，就像是被上帝抛到人间一样。”

真一望着千重子的侧脸，隐隐约约好像染上一层暮色似的。也许是春宵恼人，她才凄然不乐？

“正因为是上帝之子，所以抛弃在前，拯救在后……”

真一的话，千重子似乎没有听进去，只管俯瞰灯光灿然的京城，对他看都不看一眼。

看到千重子这种莫名的悲哀，真一不觉抬起手来，往她肩上放去。千重子把身子一闪，说道：

“别碰我这个弃儿。”

“明明是上帝之子，却说是弃儿……”真一的声音提高了一点说。

“别说得那么玄……我才不是什么上帝的弃儿，实在是为人间的父母所遗弃的孩子。”

“……”

“是个扔在铺子外面格子门前的弃儿。”

“你胡说什么呀！”

“是真的。虽说这事告诉你也没用……”

“……”

“从清水寺这儿，望着暮色中广漠的京城，我心里想，自己果真是出生在京城的吗？”

“看你说的。简直是发神经……”

“我干吗要瞎说呢？”

“你难道不是批发商的掌上明珠吗？独生女就爱想入非非。”

“当然，他们疼我。如今弃儿不弃儿也没什么要紧，可是……”

“你说是弃儿，有什么根据吗？”

“根据？铺子外的格子门就是根据。古老的格子门，知道得最清楚。”千重子的声音愈发清朗悦耳，“记得上中学时，母亲把我叫去，告诉我说：‘千重子，你不是我亲生的。我看到一个可爱的婴儿，就抱了乘上车，一溜烟儿逃回了家。’不过，在什么地方偷抱的，父亲和母亲有时不留神，说法互有出入。一个说在祇园[1]的夜樱下，一个说在鸭川边上……要是照实说，我是给扔在店门前的弃儿，他们准是觉得我太可怜，才这么说的……”

“哦，那你不知道生身父母是谁吗？”

“现在的父母很疼我，我也就无意再去打听了。也许他们早已成为仇野墓场里的孤魂野鬼了。石冢已经陈旧不堪……”

---

1　祇园为京都八坂神社的旧名，也指附近一带地名。

春日的融融暮色，宛如一片淡红的云霞，从西山一路笼罩过去，遮蔽京都的半边天空。

真一简直难以置信，千重子会是一个弃儿，更不消说是偷来的孩子。她家在古老的批发商大街上，到附近一打听就能知道。当然，眼下真一还没打算要去查个明白。他感到迷惘，并想知道的是，千重子为什么要在此时此地告诉他这些话。

难道说，约他真一到清水寺来，就是为了说这事的？千重子的声音更加清越明澈了。语调优美，透出刚毅的韵味。看来并非向真一诉苦。

千重子隐隐约约知道，真一在爱他。莫非千重子的告白，是为了叫所爱的人知道自己的身世不成？真一听着又不像。不如说，正相反，言外之意是她压根儿就拒绝他的爱。然而，即便“弃儿”一说是千重子编造的也罢……

真一心里寻思，在平安神宫里，他几次说千重子“幸福”，千重子的话要是用来反驳他的，那就好了。真一想试探一下。

“你知道自己的身世以后，感到失望没有？伤心了吗？”

“不，一点都不失望，也没伤心。”

“……”

“只是我提出要上大学的时候，父亲说，一个要继承家业的女孩儿，上什么大学！反倒误事。还不如好好学做生意实惠。当时听了父亲这话，我才有些……”

“是前年的事吧？”

“是啊。”

“你对父母总百依百顺吗？”

“嗯，百依百顺。”

“婚姻大事也如此？”

“嗯，目前还是这么打算。”千重子毫不犹豫地答道。

“难道就不考虑你自己，不考虑个人的感情吗？”真一问。

“考虑得简直过分，为此都苦恼不堪。”

“你想压制自己，扼杀自己的感情吗？”

“不，没的话。”

“你尽说谜一样的话。”真一轻轻一笑，声音有些颤抖。他把身子探出栏外，想窥探千重子的脸色。“我要看看这个谜一样的弃儿的尊容。”

“恐怕太暗了。”千重子这才把脸转向真一，目光闪闪。

“怪吓人的……”千重子抬眼望着正殿的屋顶，上面的桧树皮葺得厚厚的，显得又重又暗，逼仄过来，阴森可怖。

## 尼姑庵与格子门

千重子的父亲佐田太吉郎，三四天前来到嵯峨[1]躲进一座尼姑庵里。

庵主已经六十五岁开外。这座小尼姑庵，虽然地处古都，又是名胜，但是庵门隐没在竹林深处，几乎无人观光，如今颇为萧条冷清。厢房里难得举行什么茶会，也称不上是有名的茶室。庵主常常外出传授插花之道。

佐田太吉郎在尼姑庵租了一间屋子，他这一向的境遇，恐怕也跟这座尼姑庵相似。

佐田好歹开了一爿绸缎批发店，坐落在京都的市中心。周围的店家大抵都成了股份公司，佐田的铺子形式上也是股份公司。不用说，太吉郎是老板，一应业务都托付掌柜（现时叫专务董事或常务董事）。店里还保留不少从前老店的规矩。

太吉郎年轻时就有一种名人派头，性情落落寡合。至于把自己染织的作品拿去举办个人展览什么的，他丝毫没有这类野心。即使展出，对时尚来说恐怕也过于新奇，难以售脱。

上代的太吉兵卫并不干预，由着太吉郎自己画去。要画趋附潮流的

1　京都市西北角的名胜地，隔大堰川与岚山相对，有清凉寺、天龙寺、大觉寺等著名古刹。

图案，店内有的是图案设计师，店外也不乏各类画家。可是，太吉郎没有多少天赋，设计也没有多大长进，只好借助麻药的药劲，在友禅绸[1]上画些怪诞的花鸟图案。等到发现他这样我行我素的时候，才赶紧把他送进医院。

太吉郎这一代当令之后，他设计的花样已经没什么稀罕的了。于是，他感到悲哀，独自躲进嵯峨的尼姑庵里，同时也为了能获得设计方面的灵感。

战后[2]，和服的花样有显著变化。他想，当年靠麻药的药劲画出的花样，如今再拿出来，说不定既新鲜又抽象。然而，太吉郎已是年过半百的人了。

“干脆采用古典图案，也许行得通？”太吉郎有时自言自语地说，眼前不禁浮现出以往各种款式的精品。古代衣料和旧时和服的花样与色调，全在他的脑海里。当然，太吉郎有时也到有名的园林和山野去写生，以设计和服图案。

中午时分，女儿千重子来了。

“爸爸，您尝尝森嘉老店的烫豆腐吧。我给您买来了。”

“唔，好极了……有森嘉的烫豆腐可吃，当然高兴，可是千重子来了，我更高兴。索性待到傍晚再回去吧，让爸爸脑子也休息休息。说不定倒能想出好的图案来……”

当绸缎批发商本无须乎设计图案，再说，这样也耽误做生意。

可是，太吉郎的店里，面向竖着基督雕像灯笼的院子，靠近客厅的

---

1　一种染有花鸟、草木、山水花样的绸子。

2　指第二次世界大战之后。

后窗下，摆了一张桌子，有时太吉郎一坐就是半天。桌子后面，两只古色古香的桐木衣柜里，放着中国和日本的古代衣料；衣柜旁边的书箱里，塞满了各国的纺织品图录。

后院的厢房当仓库用，二楼上存放相当多的能乐[1]戏装和武士家妇女穿的礼服，保管得还很完好。南洋各国的印花布也不在少数。

有些衣料是太吉郎的父亲甚至祖父收集来的，要是举办什么古代衣料展览，别人要太吉郎参展的话，他会毫不客气地拒绝说：

“先祖立下的规矩，舍下的藏品概不出门。”话说得很生硬。

房子是京都那种老格局，去厕所要经过太吉郎桌旁那条狭窄的走廊。他尽管皱皱眉头，也终于不说什么。一旦店堂那边人声嘈杂，他马上厉声喝道：

“不能静一点吗？”

于是掌柜进来，两手扶着席子说：

“是大阪来的客人。”

“他不买算了，批发店有的是嘛。”

“是从前的老主顾……”

“买衣料得凭眼力。光用嘴巴，岂不等于没长眼睛吗？行家一看就知道好坏。虽然咱们柜上便宜货很多。”

“是。”

太吉郎从桌下到坐垫下，铺着一条有点来历的外国毛毯。四周挂满南洋各国名贵的印花布幔帐。这还是千重子想的主意。挂上幔帐，多少可以挡一下铺子里嘈杂的声音。千重子常常换挂幔帐，每当更换之时，

1　日本的一种古典戏剧。

父亲心里深感女儿的体贴，同时解释说，这帐子是爪哇的咧，波斯的咧，某朝某代的咧，什么图案咧，等等。说得很详尽，可是有时千重子听了不甚了了。

“用来做手提袋,太可惜;做点茶用的小绸巾,又太大了。要是做腰带,倒可以裁成好几条。”有一次千重子打量着幔帐说。

“去拿把剪刀来。”太吉郎说。

父亲果然手巧，竟将印花布幔帐剪成了几幅。

“来，给你做腰带，不错吧？”

千重子一怔，眼睛都湿润了。

“爸爸，这是怎么说的！”

“很好,很好。千重子要是系上这条腰带,爸爸也许能想出个新样来。”

千重子到嵯峨的尼庵来，系的就是这条腰带。

不用说，女儿系着这条印花布腰带，太吉郎一眼就看见了，但却装作视而不见。父亲寻思，就印花布的图案来说，一朵朵大花很漂亮，颜色也浓淡有致。但给豆蔻年华的女儿做腰带用，究竟好不好呢？

千重子把半月形的食盒放在父亲面前说：

“这就吃吗？那您等等，我先把烫豆腐预备好。”

“……”

千重子趁站起来的当口，回头瞥了一眼门外的竹林。

“已是竹叶枯黄的三月天了。”父亲说，“土墙也倒的倒塌的塌光秃秃的，就跟我这个人似的。”

千重子听惯父亲这种说道，也不去安慰他，只是重复了一句：“竹叶枯黄的三月天……”

“来的路上樱花怎么样了？”父亲轻声问道。

“也落英缤纷了，有的花瓣漂在池子里。山上的绿树中间，还有一二棵没有凋谢，一路上走来，远看反而更美。”

“嗯。”

千重子走进里屋，太吉郎听见她切葱削鲣鱼。一会儿端着煮豆腐的家什“樽源”进来。——都是从家里带来的餐具。

她悉心伺候着。

“你也来尝尝，怎么样？”

“嗳，好的……”千重子答应着。

父亲打量着女儿，从肩头看到身上，说道：

“太素了。你尽穿我设计的和服了。也许只有千重子一个人才肯穿，穿这些店里卖不掉的东西……”

“我喜欢，您就让我穿好了。”

“实在太素了。”

“素倒是素……”

“年轻姑娘穿素点倒也不坏。”父亲的口气忽然严正起来。

“看见我这么穿，人家都夸说好看呢。”

父亲默不作声。

设计图案，现在成了太吉郎的兴趣和爱好之所在。尽管是批发店，现在也搞些零售，太吉郎画的花样，掌柜还是看老板的面子，才印上两三块。其中一块，一向是千重子自动做来穿的。料子倒很考究。

“不要尽穿我设计的，”太吉郎说，“也别尽穿店里的……不必顾这个情面。”

“情面？”千重子一怔，“我可不是为了顾什么情面。”

“千重子要是穿着漂亮起来，那准是有了意中人了。”父亲高声笑道，脸上却没什么表情。

千重子侍候父亲吃烫豆腐时，自然会看见父亲的大桌子。桌上，供印染用的画稿之类一件都没有。

桌子的一角，只摆着江户[1]产的描金文房四宝盒，和两本高野切[2]临摹本。

千重子寻思，父亲住到尼庵里来，难道是为了忘记店里的生意吗？

“我算是活到老学到老了。”太吉郎自我解嘲般地说道，“不过，藤原体的假名，线条流利，用于画花样并非无益。”

“……”

“说来可叹，手开始发抖了。”

“要是写大一点呢？”

“是写得挺大的……”

“文具盒上的那串旧念珠，是哪儿来的？”

“哦，那个吗？我无意中和庵主提了一句，便送给我了。”

“爸爸戴上可以拜佛了。”

“用现在的话来说，可算是 mascot[3] 了，有时真恨不得把珠子放嘴里

1 东京的旧名。

2 《古今和歌集》最古老的抄本，因出于高野山而得名，为假名书法的巅峰。

3 英文，意为吉祥物。

咬碎。”

“哟，那多脏呀。长年的手垢，还不脏吗？”

“脏什么！传了二三代尼姑，一片虔诚，哪里会脏。”

千重子觉得触到了父亲的隐痛，便默不作声，低头收拾吃烫豆腐的家什，搬到厨房去。

“庵主呢？”千重子从里屋出来问。

“已经回来了吧。你打算做什么呢？”

“想去嵯峨走走。这个季节，岚山人太多。我喜欢野野宫、二尊院的幽径，还有仇野[1]这些地方。”

“你年纪轻轻，就喜欢这等地方，日后真叫人不放心。千万别像我似的。”

“女人跟男人能一样吗？”

父亲站在廊檐下，目送千重子出去。

不久，老尼姑回来了，随即动手打扫院子。

太吉郎坐在桌前，脑海里浮现出宗达和光琳[2]两位画家画的蕨菜和春天的花草，心里想着刚走的千重子。

一走上乡间小路，父亲遁迹的尼庵便完全给遮蔽在竹林里了。

千重子打算去仇野的念佛寺，便登上古旧的石头台阶，一口气走到左面悬崖上的那两尊石佛前。听到上面人声嘈杂，她便收住脚步。

---

1　野野宫，在嵯峨，为日本中古时期，未婚的内亲王或皇族女子斋戒期间寄寓的宫殿；二尊院位于京都右京区，为一所天台宗寺院；仇野为爱宕山下的墓地，在嵯峨深处。

2　宗达（生年不详）为日本江户（1600—1867）初期的画家，光琳（1658—1716）为江户中期的画家。

几百座倾圮的石冢，通称无缘佛[1]。这一向，常举行摄影会之类，让一些遍体轻罗薄纱、奇装异服的女人，站在这些低矮的石冢之间拍照。想必今天又在弄这些名堂？

千重子便在石佛这里转身下了石阶，想起方才父亲的一席话。

即使为了规避岚山的春游客，跑到仇野和野野宫这种地方来，确也不像年轻姑娘的做法。这比穿父亲设计的素色和服更加过分……

“爸爸在尼庵里似乎什么也没做。”千重子心里感到一阵凄凉，“他嘴里咬着有手垢的旧念珠，心里在想什么呢？”

千重子知道，父亲有时恨不得把念珠咬碎的心情，以前在店里是强压着的。

“还不如咬自己的手指呢……”千重子喃喃说道，摇了摇头。想把心思转到和母亲一起到念佛寺撞钟的往事。

那口钟是新铸的。母亲身材矮小，怎么撞也不大响。

“妈，您先吸口气。”说着千重子把手掌和母亲的合起来，一起敲钟，钟声轰鸣。

“真的。能响多久呢？”母亲高兴地说。

“您瞧，和尚敲惯了，同他们不一样吧？”千重子笑着说。

千重子心里一面想着这些往事，一面从小路朝野野宫方向走去。这条小路，不久前竖了块牌子，上写“通向竹林深处”。原先颇为幽阴僻静，现在也豁亮起来了。宫门前的小卖店里，人声喧哗。

但是，野野宫依旧不改其简朴幽静。《源氏物语》一书里也写到，宫

1　死后无人祭祀的荒冢。

居伊势神宫[1]的斋宫内亲王，以清净无垢之身，在此斋戒三年，所以，这儿是神宫古迹。牌楼是用带树皮的黑木做的，篱笆低矮，野野宫即以此而知名。

从野野宫往前走，出了荒村野径，地势豁然平阔，便到了岚山一带。

在渡月挢前，松荫夹岸，千重子乘上公共汽车。

“爸爸的事，回去怎么说好呢……虽然妈心里透亮……”

明治维新前，京都市中心的市房，在一七八八年和一八六四年那两次大火中，给烧掉了许多。太吉郎家的店房也未能幸免。

所以，尽管这一带的店铺还保留格子门和二楼小木格窗这些京都古风,实际上都还不到一百年。——太吉郎家后面的仓库,据说未遭大火……

太吉郎家的铺面，格局至今原封未动，没去赶时髦，这或许同主人的人品有关，但也可能因为批发生意不大兴隆的缘故。

千重子回来，打开格子门，里面便一览无余。

母亲繁子正坐在父亲一向坐的那张书桌前抽烟。左手支颌，微弯着背，仿佛在看书写字，可是桌子上什么也没有。

“我回来了。”千重子走到母亲身旁说。

“噢，你回来了。累了吧？”母亲瞿然一惊，回思过来，说道：“你爸他好吗？”

“嗯。”

千重子在回答之前先说道：

“我给他买了豆腐。”

1　位于三重县伊势市，为皇室的宗庙。

“是森嘉的吗？你爸该高兴了吧？做烫豆腐了？”

千重子点了点头。

“岚山怎么样？”母亲问。

“人多极了……”

“没叫你爸陪你去岚山吗？”

“没有。那会儿庵主不在家……”

隔了一会儿，千重子才回答说：

“爸爸好像在练毛笔字。”

“练字？”母亲并未显得意外，“练字可以涵养身心。我也想练呢。”

千重子望着母亲白皙端正的面孔，看不出她内心有什么波动。

“千重子。”母亲平静地叫她，“千重子，你要是愿继承这份家业也成……”

“……”

“想嫁人就嫁人。”

“……”

“你听见没有？”

“您干吗说这些呀？”

“三言两语也说不清，反正妈也过五十了，想到了，便跟你说说。”

“咱们要是把铺子索性关了呢？”千重子俊美的眼睛噙满了泪水。

“你一下子想到哪儿去了……”母亲微微一笑。

“千重子，你说把生意歇了，心里真这么想吗？”

声调不高，母亲庄容问道。——千重子刚才看到母亲微微一笑，难道看错了？

“真是这么想的。”千重子回答，心中觉得一阵悲酸。

“又没生气，别那么哭丧着脸。你说这话的年轻人，和我听这话的上年岁的人，两人之间，真不知究竟谁该伤心。”

“妈，您原谅我吧。”

“什么原谅不原谅的……”这回母亲真的微笑了。“妈方才和你说的，也不大合适……”

“我懵懵懂懂的，自己也不知说了些什么。”

“做人——女人也一样，说话不能见风转舵。”

“妈。”

“在嵯峨跟你爸也说这些了吗？”

“没有，跟爸爸什么都没说……”

“是吗？跟你爸可以说说。你就跟他说吧……他一个男人家，听了面子上要发火，可心里准高兴。”母亲支着前额又说，“我坐在你爸这张桌子跟前，就是在想他的事来着。”

“妈，那您全知道？”

“什么？”

母女两人默然有顷，千重子忍不住问：

“该准备晚饭了，我到锦家菜场去看看，买些菜吧？”

“那敢情好，你就去一趟吧。”

千重子站起身，朝店堂走去，下了地。这块泥地，本来又细又长，直通到里面。朝店堂的一面墙边，安了几个黝黑的炉灶，那儿是厨房。

这些炉灶如今已经不用了。都改装成煤气灶，地上铺了地板。倘若像原先那样的灰泥地，四处通风，到了十冬腊月，京都的严寒，也是砭人肌骨，令人难耐的。

不过，炉灶一般都没拆毁。很多人家还都留着。大概是因为信奉司火的灶王爷的人，相当普遍。炉灶的后面，供着镇火的神符，摆着七福神之一——大肚子布袋神。每年二月的头一个午日，去伏见的稻荷神社逛庙会时，总要请回一尊布袋神，直到请回七尊为止。逢到家有丧事，便又从第一尊起，重新再请全。

千重子家的店里七尊都供上了。因为全家只有父母和女儿三口人，最近十年八年里又没有死过人。

这排灶神的旁边，放着一只白瓷花瓶，隔上二三天，母亲便换一次水，把佛龛擦得干干净净。

千重子提着菜篮刚出门，前后只差一步路的工夫，见一个年轻男子走进自家的格子门。

“银行里来的人。”

对方似乎没看到千重子。

千重子觉得，这个年轻的银行职员常来，不必那么担心。但是，她的脚步却颇为沉重。她挨着店前的木格子，一边走，一边用指尖轻轻在木格上一格一格滑过去。

走到木格子尽头，千重子回头看了看店铺，再仰起头来望过去。

她看见二楼小格子窗前那块旧招牌。招牌上面有个小小的檐子。似乎是老字号的标志，也像是一种装饰。

春日和煦，斜阳射在招牌陈旧的金字上，有种凝重之感，显得很凄凉。

门外挂的厚布招帘，也已经发白，露出了粗粗的线脚。

“唉，即使是平安神宫里的红垂樱，以我这样的心情看去，恐怕也会是落寞萧索的吧。”千重子加快了脚步。

锦家菜场照例是熙熙攘攘。

回来时，快到店门前，看到卖花女站在那里，千重子先打招呼说：“顺便到我家坐坐吧？”

“哦，谢谢您了。小姐，您回来了？真碰巧……”姑娘说，“您上哪儿去了？”

“去锦家菜场了。”

“那您辛苦了。”

“啊，供佛的花……”

“哦，每次都承您照顾……拣您中意的挑吧。”

说是花，其实是杨桐。说是杨桐，不过是嫩叶。

每逢初一十五，卖花女总送些花来。

“今儿个小姐在，真是太好了。”卖花女说。

千重子挑有绿叶的嫩枝，感到满心欢喜。手上拿着杨桐枝，进门便喊：“妈，我回来了。”千重子的声音听着很开朗。

千重子又把格子门打开一半，朝街上望了望，见卖花女依旧站在那里，便招呼说：

“进来歇会儿再走，喝杯茶。”

“嗳，那可谢谢了。您待人总这么和气……”姑娘点头答道，进了门，递上一束野花，“这点野花，也没什么好看……”

“谢谢，我就喜欢野花，难为你还记得……”千重子打量着山上采来的野花。

走进厨房，灶前有口古井，盖着竹编的盖子。千重子把花束和杨桐枝放在竹盖上。

“我去拿剪刀。对了，杨桐枝的叶子得洗净才行……”

“剪刀我这儿有。”卖花女说着拿剪刀空剪了几下。“府上的灶神总那么干净，我们卖花的可真得谢谢您。”

“是妈妈的习惯……”

“我以为是小姐您……”

“……”

“近来很多人家家里，灶君、花瓶和水井，都积满灰尘，脏得很。卖花的见了，心里总不好受。到了府上，就觉得宽心，挺高兴。”

“……”

然而，最要紧的，是生意日渐萧条，这情况自然不便跟卖花女说。

母亲依然坐在父亲那张桌子前。

千重子把母亲喊到厨房，把买来的菜拿给她看。母亲看女儿从菜篮里一样一样拿出来放好，心里一面思忖，这孩子也变得俭省起来了。也许是因为父亲住到嵯峨的尼庵里不在家的缘故……

“我也帮帮你吧。”说着母亲也留在厨房里，“方才来的，是平时那个卖花的吗？”

“是呀。”

“你送给爸爸的画册，在嵯峨的尼庵里不在？”母亲问。

“这我倒没留意……”

“爸爸只带你送他的那些书走的。”

那全是保罗·格雷[1]、马蒂斯[2]、夏加尔[3],以及当代的抽象画集。千重子想，这些画也许能唤起新的感受，便给父亲买了来。

“咱们这店，你爸什么都不画也不要紧。外面染织什么，我们就卖什么也行。可你爸他……”母亲说道。

“不过，千重子，你尽穿花样全是你爸画的衣裳，妈得谢谢你呐。”母亲接着说。

“谢什么呀……是喜欢才穿的。”

“你爸爸见女儿穿这衣裳，系这腰带，说不定心里会难过。”

“妈，衣裳虽然素一点，但细看之下，就会觉得趣味高雅，还有人夸奖哩……”

千重子想起，这话今天跟父亲也说过。

“女孩子长得俊，有时穿素倒更合适，不过……”母亲揭开锅盖用筷子翻了翻菜，往下说道：

“那种花哨的时兴花样，也不知怎的，你爸爸他现在竟画不出来了。”

“……”

“不过，从前他画的花样倒挺鲜艳，挺别致的……”

千重子点了点头，然后问：

---

1　保罗·格雷（Paul Klee，1879—1940)，画家，生于瑞士，画风抽象，具有独特的抒情格调，对抽象派艺术、超现实主义均有影响。

2　马蒂斯（Henri Matisse，1869—1954)，法国画家，野兽派的代表人物。

3　马克·夏加尔（Marc Chagall，1887—1985)，法籍俄国画家。超现实主义先驱，画风富于幻想，色彩绚丽，具有巴黎画派的特色。代表作有：《维杰布斯克风光》《有七个指头的自画像》《巴黎歌剧院天顶画》《节日乡村》等。

“妈怎么不穿爸爸画的和服？”

“妈已经上了年纪……”

“上年纪，上年纪，您才多大岁数呀！”

“是上了年纪了……”母亲只说了这么一句。

“那位小宫先生，好像是叫无形文化财产（人才国宝）吧，他画的江户小碎花，年轻人穿着倒挺相称，蛮醒目的。过路人都要回头去瞧瞧。”

“小宫先生本事多大呀，你爸哪能跟人家比。”

“爸爸的精神气质……”

“越说越玄了。”母亲白皙而具有京都风韵的脸为之一动，“不过，千重子,你爸也说过,他要设计一件又鲜艳又华丽的和服,给你结婚时穿……妈早就盼着那一天呢……”

“我的婚事？”

千重子神色有些黯然，沉默了半晌。

“妈，您这一生里，什么事最叫您神魂颠倒？”

“以前也许告诉过你，就是跟你爸结婚的时候还有同他一起把你偷回来那次，当时你还是个可爱的小宝宝。也就是偷了你，乘车逃回家那会儿。虽然已经时隔二十年，可是至今想起来，心里还怦怦直跳。千重子，你摸摸妈的心口看。”

“妈，我是给人家抛弃的孩子吧？”

“不是，不是。”母亲用力摇着头说。

“人一辈子里不免会做上一两件坏事。”母亲接着说道，“偷小囡比偷钱偷什么都罪孽深重。说不定比杀人还坏。”

“……”

“你的生身父母准会伤心得发疯。一想到这儿，恨不得马上把你送回去。可是，送也送不回去了。即便你想找自己的父母，现在也没法子了……真要那样，说不定我这个母亲会死的。”

“妈，您别说这些了……千重子的母亲，只有您一个，我从小到大，心里一直这么想的……”

“我知道。可是这就越发加重我们的罪孽了……我和你爸两个，早打算好了，准备下地狱。下地狱算什么，怎能抵得上眼前这么可爱的女儿。”

母亲情辞激切，一看已是泪流满面。千重子也泪眼模糊地说：

“妈，告诉我真话。我是弃儿吧？”

“不是，我说过不是嘛……”母亲又摇了摇头，“你为什么总以为自己是弃儿呢？”

“爸和妈两人会偷孩子，我想不通。”

“方才我不是说过嘛，人一辈子里难免会神魂颠倒，干上一两件坏事的。”

“那您是在哪儿捡到我的？”

“晚上在祇园的樱花下面。”母亲一口气往下说，“原先也许告诉过你。樱花树下的凳子上，躺着一个可爱的小宝宝，看见我们两人走来，便笑得像朵花儿似的。我禁不住抱了起来，心里猛然揪紧，简直受不住了。贴着她的小脸蛋，看了你爸爸一眼。他说，繁子，把这孩子偷走吧。我一愣。他又说，繁子，逃吧，赶紧走。后来就糊里糊涂抱着走了。记得是在卖山药烧鳕鱼的平野居那儿乘的车……”

“……”

“小囡的妈大概刚走开，就趁了这工夫。”

母亲的话未必不合情理。

“这也是命……打那之后，千重子就成了我们的孩子了，说话也有二十个年头了。对你来说，不知算是好事还是坏事。即便是好事，我良心上也过不去，总在恳求你原谅。你爸也准是这样想的。”

“是好事，妈，我认为是好事。”千重子双手捂着眼睛。

捡来的孩子也罢，偷来的孩子也罢，在户籍上千重子的的确确是佐田家的嫡亲女儿。

第一次听到父母告诉她，说她不是他们的亲生女儿，千重子丝毫也不当真。那时千重子正在念中学，甚至怀疑自己有什么地方不讨父母喜欢，他们才故意这么说的。

恐怕是父母担心邻居会把这事传给千重子听，便先说在头里？要不然是看到千重子孝顺懂事的缘故？

千重子当时的确吃了一惊，但并没怎么伤心。即或后来到了青春期，也没有为这事多所烦恼。对太吉郎和繁子，依然孝顺，照旧亲近。这并非她故作洒脱才这样的，或许是天性使然吧。

但是，既然千重子不是他们的亲生女儿，那么，她的生身父母总该在一个地方吧。说不定还有兄弟姐妹。

“倒不是想见他们，说不定……”千重子寻思道，“生活会比这儿苦……”

究竟如何，千重子当然不得而知。倒是身居这格子门后的深宅大院，父母的隐忧反而更让千重子揪心。

在厨房里，千重子捂住眼睛也为的是这个。

“千重子！”母亲扳着女儿的肩头，摇了摇说，“从前的事就别再打听了。人生在世，不知何时何地，说不定会落下一颗珍珠宝贝来。”

“要说珍珠，真是颗大珍珠，要能给妈打个大戒指多好……”说着，千重子又麻利地做起活来。

晚饭后归置好，母女两人上了后楼。

临街有小格子窗的楼上，天花板很低，房间比较简陋，伙计们便睡在那里。中间天井旁边有一条廊子直通后楼，从前面店堂里也可走过去。来的大主顾，多半在后楼设宴款待或留宿。一般的主顾，如今则在朝天井的客厅里洽谈生意。客厅与店堂相连，一直通到里面。客厅里，两侧的架上堆满了绸缎。开间又深又阔，便于摊开衣料仔细打量。屋里常年铺着藤席。

后楼的天花板较高，有两间六张席的房间，做父母和千重子的起坐间及卧室。千重子坐在镜台前解开头发，把娟秀的长发梳理得齐齐整整的。

“妈！”千重子隔着纸拉门喊母亲，声音里透着复杂的感情。

## 和服街

京都作为一个大都会，可谓树木青翠，秀色可餐。

且不说修学院离宫和皇宫内的松林、古寺庭园里的树木，即便是木屋街和高濑川畔，以及五条和堀川等地夹岸的垂柳，虽在市内，游人也会立即给吸引住的。那是真正的垂柳。绿枝低垂，几欲拂地，十分娇柔。北山圆坨坨的，连绵起伏，山上的红松也都郁郁葱葱。

尤其眼下时值春天，东山上的嫩叶青翠欲滴。晴空朗日，望得见睿山上的新叶，绿意油油。

树青叶绿，大概是因为城市清洁，而城市清洁，想必是打扫彻底的缘故。走入祇园深处的小巷，尽管房舍低矮，古旧阴暗，道路却干干净净。

专做和服的西阵那一带也如此。小商店鳞次栉比，看起来很寒酸，路面倒也不脏。门窗上的格子很小，没有什么灰尘。植物园里也是这样，地上没有果皮和纸屑。

美军在植物园盖了房屋，当然不准日本人入内，等军队一撤出，便又恢复了原样。

植物园里有条林荫路，西阵的大友宗助很喜欢。路两旁全是樟树。

樟树不大，路也不长，他常在这条路上散步。尤其当樟树抽芽的时节……

“那些樟树不知长得怎么样了？”听着织机的轧轧声，心里有时这么想。占领军未必会砍掉吧？

宗助在盼植物园重新开放的一天。

出了植物园，再到鸭川的堤岸上走走——这是宗助散步时惯走的路。有时也去眺望北山的风光。大抵都是独自一个人去。

到植物园和鸭川走一转，宗助至多用上一个小时。这样的散步真叫他怀念。此刻，他正这么思量着。“佐田先生来电话了，”妻子喊道，“好像是从嵯峨打来的。”

“佐田先生？从嵯峨打来的？”宗助朝账房走去。

织锦匠大友宗助和批发商佐田太吉郎两人，宗助小四五岁，除了生意上的交谊外，彼此性情颇相投合。年轻时，他们就是“老交情”了。可是近来，多少有些疏远。

“我是大友，好久不见了……”宗助接电话说。

“啊，大友先生。”太吉郎的声音少有地透着兴奋。

“你上嵯峨了？”宗助问。

“一个人悄悄躲在嵯峨一座冷清的尼姑庵里。”

“那太令人不解了。”宗助的措辞故示客套，“尼姑庵也有各种各样的呢……”

“哪里，这儿是真正的尼姑庵……只有一个上年纪的庵主……”

“那好哇。只有一个庵主，你就可以和年轻姑娘……”

“别信口雌黄。”太吉郎笑着说，“今天有件事想求你。”

“唔，唔。”

“我马上到府上来，你看方便不方便？”

“方便，方便，”宗助疑惑地说，“我这儿走不开。机器声，想来你电话里也听得见。”

“不错，是机器声。叫人怪想念的。”

“瞧你说的。机器要是停掉，那我怎么办呢。同你到尼庵觅静，可大不一样呀。”

不到半小时，佐田太吉郎便乘车到了宗助的店里。目光熠熠，赶紧解开包袱。

“这个想拜托你一下……”说着打开画好的图样。

“唔？”宗助望着太吉郎说，“是腰带呀。这在你，真够新颖华丽的了。哼，是给藏在尼庵里的人儿的吧……”

“又来了……”太吉郎笑着说，“是给女儿的。”

“哼，织出来，要不叫令爱大吃一惊才怪。首先，她肯系这条带子吗？”

“其实是千重子送了我二三本格雷的大画册。”

“什么格雷格雷的……”

“是个画家，听说是什么抽象派的先驱。都说他的画典雅，格调高，带种梦幻色彩。与我这个日本老人的心境倒很相通。在尼庵里，我一再揣摩，结果设想出这么个图案来。恐怕完全脱离了日本古代衣料设计的路子。”

“恐怕是这么回事。”

“不知织出来是什么样子。想麻烦你给织一下。”太吉郎依然兴冲冲地说。

太吉郎的图样，宗助看了一会儿说：

“嗯，不错，色彩也很调和……很好。这么新颖的图案，你还从来没设计过。不过，色调雅致了一点。织起来怕不容易。让我用心织织看吧。也许能表现出令爱的孝心，和为父的慈爱。”

“承你夸奖……近来一谈起来，便是什么 idea[1] 啦，sense[2] 的。甚至连色彩都要用西洋流行的叫法。”

“那并不见得高明。”

“我顶讨厌话里夹洋文。我们日本，远从贵族王朝时代起，谈到色彩，有说不出的优雅。”

“正是，光是黑色一词，就有种种说法……”宗助点头赞同着说。“虽然如此，今天我还想过，我们腰带纺织业中，也有像伊豆藏店那样的……盖起四层洋楼，俨然是现代工业了。西阵这一带迟早也会变成那个样子。一天能织五百条带子之多，不久连伙计也要参加经营，听说平均年龄才二十几岁。像我们这种手工业家庭作坊，过个二三十年，还不给淘汰以尽？”

“胡说些什么……”

“即使能苟延残喘，唉，也够不上‘国宝’。”

“……”

“像你，还能揣摩格雷什么的。”

“他叫保罗·格雷。我躲在尼庵里日思夜想，也有十天半月了。这带子的花样和颜色，依你看，不大和谐吧？”

“哪里，很和谐。而且，也不乏日本的风雅，”宗助忙说道，“不愧是

---

1　英文，意为设想。

2　英文，意为感觉等。

佐田先生的手笔。就交给我吧，织出一条漂亮的腰带来。尽快做出板样，再好好织。对了，与其我织，是不是叫秀男来织更好？他是我大儿子，你见过吧？”

“见过。”

“秀男的手艺比我强……”宗助说。

“行啊，你看着办吧。我们虽然是批发店，大多是拿到地方上去。”

“看你说的。”

“这条带子不是夏天用的，是秋季用品。希望能早些织好。”

“嗯，这我有数。配这条带子的和服呢？”

“我先只考虑带子……”

“你们是批发店，尽可拣好的挑……反正这好办，不过，你这是不是给令爱置办嫁妆啦？”

“哪里，哪里。”好像说自己似的，太吉郎脸红了。

都说西阵的手工纺织，难得三代相传。因为手工纺织，属于工艺一类。父辈是出色的匠人，手艺高超，未必能传给儿子。即或儿子靠父亲的手艺，既不偷懒，又肯下功夫，也不见得能学到手。

但也有这种情形：孩子到了四五岁，就先叫他学纺线；到了十一二岁，学织机；不久，便可租机子代客加工。所以，子女多，反而能帮大人兴家立业。有的上六七十岁的老婆婆，还能在家纺线。有些人家，祖母和孙女常相对纺线。

大友宗助家里，他的老妻便一个人在缠织带用的线。低头一直坐在那里，沉默寡言，长得比年纪显老。

他们有三个儿子，都在高机上织腰带。家里拥有三台高机算是上好的了，有的人家只有一台，更有租别人的。

长子秀男的手艺，正如宗助所说，比老子强，在同行和批发商中间，还小有名气。

“秀男，秀男！”宗助喊广两声，似乎没听见。和机械织机不同，这三台手工机器是木造的，噪音倒不厉害，而宗助的喊声又很响，可是，秀男的织机最靠院子，正在织一条难织的夹腰带，大概太专心了，没有听见父亲的喊声。

“老婆子，你叫秀男过来一下。”宗助对妻子说。

“嗳。”妻子掸了掸腿，下了地。一边用拳头捶腰，一边朝秀男的织机走去。

秀男停下机杼，望了过来，没有马上站起来。也许是累了，也许是知道有客人，不便伸胳膊伸懒腰。他擦了擦脸上的汗水，走了过来。

“您来了，这地方很脏。”沉着脸同太吉郎打招呼。工作的劳累，已经在他脸上和身上显了出来。

“佐田先生画了一幅腰带的花样，让咱们给织一下。”父亲说。

“是吗？”秀男依旧无精打采的样子。

“这条带子可要紧呐，与其我动手，不如你来织的好。”

“是千重子小姐的带子吧？”秀男这才抬起白皙的面孔，看了佐田一眼。

身为京都人，见儿子这么冷淡，父亲宗助不得不打圆场说：

“秀男从一清早干到现在，累了……”

“……”秀男依然没做声。

“要不那么专心，干不好活……”倒是太吉郎来安慰他。

“虽然织的是蹩脚的夹腰带,脑子却还得琢磨着,请原谅。”秀男说着，点了点头。

“没什么。手艺人嘛，不这样不行。”太吉郎点了两下头。

“尽管东西本身不怎么样，人家可认定是我们织的，就更叫人劳心。”说着，秀男又低下头去。

“秀男！”父亲的声音变了，“佐田先生的活，和别人的可不一样。这是佐田先生躲进嵯峨的尼庵里，画出来的花样，不是为了卖钱的。”

“是吗？哦，在嵯峨的尼庵里……”

“你先看看吧。”

“唔。”

秀男语言之间，气势压人，太吉郎走进大友店的那股劲头，已不复存在。他把花样摊给秀男看。

“……”

“你看行吗？”太吉郎怯生生地问。

“……”秀男默默地看着。

“不行吧？”

“……”

“秀男！”见儿子死不开腔，宗助不得不发话道，“你倒是说话呀！这太没礼貌了。”

“是。”秀男仍没抬起头来，“因为我也是手艺人，所以佐田先生的图案，才叫我看的。这毕竟不比平常的活儿，是千重子小姐的腰带吧？”

“不错。”父亲点头应道，觉得秀男有点反常，感到奇怪。

“是不是不行？”太吉郎又叮问一声，语气有点粗厉起来。

“挺好，”秀男平静地说，“我没说不行。”

“嘴上没说，你心里……你眼睛在说。”

“是吗？”

“什么话！”太吉郎跳起来，打了他一嘴巴。秀男没有躲闪。

“您尽管打好了，我可压根儿没认为图案不好。”

秀男的面颊也许因为挨了打，反显得容光焕发的。

秀男挨打之后，双手扶在席上道歉。也没去摸摸发红的半个脸。

“佐田先生，请您原谅。”

“……”

“虽然惹您生气，这条带子还是让我来织吧。”

“唔？本来就是求你们才来的。”

太吉郎竭力使心情平静下来。“我还得请你原谅。上了年纪，这才真的不成话。打人打得手生痛……”

“把我的手借给你打就好了。织工的手皮厚。”

两人笑了。

但太吉郎心里仍存着一丝芥蒂。

“不记得有多少年没动手打人了……这回，只要你能原谅，就算了。只是我想问问，你看见我这条带子的图案时，脸上的表情好不古怪，究竟是什么道理？老实告诉我行吗？”

“哦，”秀男的脸色又一沉，“我年纪太轻，只是个手艺人，说不大清楚。您不是说，这是在嵯峨的尼庵里画的吗？”

“不错。今天我还得回尼庵去。说来刚半个月光景……”

“不要去了，”秀男坚执地说，“您搬回家吧。”

“家里心静不下来。”

“就拿这条带子说吧，华丽，鲜艳，十分新颖。我感到惊奇，心想，佐田先生究竟是怎么画出来的？于是，再仔细一瞧……”

“……”

“猛一眼看上去，觉得很精彩，但是缺少内在的和谐，不够柔和，略嫌火暴，带点病态……”

太吉郎脸色发白，嘴唇哆嗦着，说不出话来。

“当然，不论尼庵有多荒凉，总不至于有狐狸、黄鼠狼什么的，附在佐田先生身上……”

“唔。”太吉郎把画稿拉到自己跟前，凝神审视着。

“嗯……说得有道理。年纪不大，倒很有见地。谢谢你……我再仔细琢磨琢磨，重画一张试试。”太吉郎连忙卷起画稿，揣进怀里。

“不用重画，这样就很好，织出来效果会不同的。再说画笔和丝线的颜色也……”

“多谢多谢。秀男，这张图样，你难道能织成暖色的，用以表示对我女儿的爱吗？”太吉郎慌慌张张，便告辞走出大门。

门口便是一条小溪，地道的京都式的小溪，岸边的草也古风依然，蘸着水面。溪边的白墙大概是大友家的。

太吉郎在怀里把腰带的画稿揉成一团，掏出来扔进溪水里。

繁子突然接到丈夫从嵯峨打来的电话，要她带女儿去御室[1]赏花，一时竟不知所措。她从未和丈夫一起去赏过花。

“千重子！千重子！”繁子求救似的叫女儿，“你爸来的电话，快来接一下……”

千重子过来，搂着母亲的肩膀，接过听筒。

“好的，叫妈也来。您就在仁和寺前的茶馆等我们好了。好的，我们尽快赶去……”

千重子放下听筒，看着母亲笑道：

“不就是叫咱们赏花去嘛，妈，您可真是的。”

“何苦把我也叫去！”

“御室的樱花，这几天开得正盛……”

千重子催促三心二意的母亲，一起走出店门。母亲仍然满腹狐疑。

城里的樱花，数御室的有明樱和八重樱开得迟。算是同京都的樱花最后惜别吧。

一进仁和寺的山门，左手的樱花林（或叫樱花园），已是花开满枝，把枝条压得弯弯的。

然而，太吉郎却说：“嗳呀，这可叫人受不了。”

樱花林中的路旁，摆着几张大桌子，饮酒的唱歌的，吵吵嚷嚷，乱成一片。有的乡下老婆子高兴得手舞足蹈，男人们喝得酩酊大醉，鼾声如雷，有的甚至从椅子上滚落到地下。

“太煞风景了。”太吉郎不无惋惜地站在那里。三个人没有朝樱花林走去。说来，御室的樱花，他们早就看得很熟了。

1　又名仁和寺，在京都市内，为观赏樱花的胜地。

丛林深处，在烧游客扔下的垃圾，烟雾升腾。

“咱们找个清静的地方，好吗，繁子？”太吉郎说。

临走的时候，樱花林对面高高的松树下，坐榻旁边有六七个朝鲜妇女，穿着朝鲜衣裙，敲着朝鲜长鼓，正翩翩起舞。倒是她们别具风韵。从绿松丛中望去，还可见山樱一角。

千重子停住脚步，看着朝鲜舞说：

“爸爸，还是地方清静些好，植物园怎么样？”

“哦，也许好些。御室的樱花看上一眼，也就算送走了春光。”

太吉郎一家出了山门，乘上汽车。

植物园在今年四月份，重行开放。京都站前，新辟一条开往植物园去的电车线路，车进车出，往来不断。

“要是植物园的人也多，就到加茂川边走走吧。”太吉郎对繁子说。

汽车行驶在新绿覆盖的城内。比起新建的房屋来，古色古香的老房子屋顶上的嫩叶，就显得更加欣欣向荣。

植物园门前是条林荫路，朝前走去，土地平阔，豁然开朗。左手便是加茂川的堤岸。

繁子把门票塞到腰带里。一无遮蔽的景致，使人心胸为之廓然。住在批发店街，只望得见远山一角，更何况繁子难得走出店门外。

进了植物园，迎面便是喷水池，四周开满了郁金香。

“这儿的景色，跟京都的不一样。到底是美国人，在这儿盖上了房子。”繁子说。

“你瞧，那里面好像就是。”太吉郎附和着说。

走近喷水池，春风微拂，飞沫四溅。喷水池的左面，盖了一座很大的圆顶温室，全部是用钢筋和玻璃造的。三人没有进去，只隔着玻璃看了看里面的热带植物。他们逛了一小会儿。路的右侧，高大的喜马拉雅杉已经抽芽，底下的树枝铺展在地面之上。虽然是针叶树，可是那新芽娇柔嫩绿，叫人无从想象出“针”的样子来。喜马拉雅杉与唐松不同，不是落叶植物，倘若也落叶的话，难道也会像梦幻一般发出新芽吗?

“我叫大友家的儿子奚落了一顿。”太吉郎没头没脑地说，“手艺比他老子好，眼光很尖，一直能看到你心里。”

太吉郎自说自话，繁子和千重子不免有点莫名其妙。

“您见到秀男了？”千重子问。

“听说是个很不错的手艺人。”繁子只说了这么一句。平时太吉郎最不喜欢别人问这问那的。

朝喷水池右面走去，走到尽头，又向左拐，像是儿童游乐场。只听见叽叽喳喳的声音，草地上堆了不少小衣物。

太吉郎一家三口顺着树荫向右拐。出乎意料，竟走到郁金香花圃了。花开似锦，千重子简直惊喜得赞叹不已。大朵的鲜花，有红，有黄，有白，还有像黑山茶一样的深紫色，开满了一园。

“嗯，新和服上倒可用郁金香做花样，就是有点俗气……”太吉郎感叹地说。

喜马拉雅杉下部刚抽芽的枝丫，铺展开来，倘若比作孔雀开屏的话，那么，五色斑斓、满目芳菲的郁金香又该作何比较呢？太吉郎凝视着这些花朵。经花色一衬映，天空为之增色，人心为之陶醉。

繁子离开丈夫几步，总靠近女儿。千重子心里好笑，脸上却没露出来。

“妈，白郁金香花圃前那些人，好像在相亲。”千重子低声对母亲说。

“嗯，可不是。”

“妈，别尽瞧着人家。”女儿拉了拉母亲的袖子。

郁金香花圃前有个喷水池，池内养着鲤鱼。

太吉郎从椅上站起身来，走近郁金香花圃，细细观赏。他弯下腰，向花丛看去，然后走回母女两人身旁。

“西洋花虽然艳丽，看两眼也就够了。我看还是竹林那里好。”

繁子和千重子都站了起来。

郁金香花圃是块洼地，周围树木环抱。

“千重子，植物园的格局，像不像西洋庭园？”父亲问女儿道。

“这我也不大清楚，也许有点像。”千重子答道。接着又说：“为照顾妈妈，咱们再待会儿吧？”

太吉郎不得已又在花圃间徜徉，只听有人喊道：

“是佐田先生吧？……果然是佐田先生！”

“啊，大友先生，秀男也来啦？”太吉郎说，“想不到会在这里……”

“是呀，我就更想不到了……”宗助深深鞠了一躬。

“我喜欢这里的樟树林阴道，尽盼着园子能再开放。这些樟树，有五六十个年头了，我们刚从树荫下慢慢踱过来。”宗助又低头致意说，“日前我儿子真是太失礼了……”

“年轻人嘛，没什么。”

“从嵯峨来的吗？”

“嗯，从嵯峨来的，不过繁子和千重子是从家里……”

宗助这才过去同繁子和千重子寒暄。

“秀男，这些郁金香你觉得怎么样？”太吉郎的问话带点生硬。

“花倒是生意盎然。”秀男唐突地答道。

“生意盎然？嗯，不错，生意盎然。不过，我看得有点发腻。花太密了……”太吉郎说着便转过身去。

花倒是生意盎然。寿命虽短，确实是生意盎然。而且来年还会含苞待放。——正同自然界的万物一样，生机勃勃……

太吉郎觉得仿佛又挨了秀男的讥讽似的。

“我缺乏眼光。衣料上或带子上，我不喜欢画郁金香这类图案，但是，要是一个大画家来画，哪怕画的是郁金香，那幅画恐怕就有了永恒的生命。”太吉郎仍看着一旁说，“古代的衣料，就是如此。没有比这座京城还古老的。它的美，是谁也造不出来的，唯有描摹而已。”

“……”

“就以活着的树而论，也没有比这座京城还古老的，你说是不是？”

“这种议论太深奥，我说不来。每天忙着织布，这类高尚的事，没有想过。”秀男低了低头，“但是，假如说，千重子小姐站在中宫寺和广隆寺的弥勒佛前，真不知小姐有多美呢。”

“千重子要是听见了，该有多高兴。这么比，真是过奖了……可是秀男，我女儿很快就会变老太婆的。你看，人生好比白驹过隙。”太吉郎说。

“正因为如此，我才说郁金香一片生意盎然，”秀男加重语气说，“花期虽短，不是尽其全部生命在怒放吗？现在是正当其时。”

“这倒是的。”太吉郎转向秀男。

“我并不存奢望，妄想织出的腰带子孙后代也会系。现在……我只求织好的腰带，别人能够称心，当上一件东西，系上一年半载。”

“好，有志气。”太吉郎点头说。

“有什么办法。我和龙村先生他们不一样。”

“……”

“我之所以说郁金香花一片生意盎然，也是出于这种心情。眼下虽在盛开，有的恐怕也凋落二三片花瓣了。”

“不错。”

“谈到落花，要数樱花落英缤纷，最有雅趣。郁金香就不知怎么样了。”

“花瓣凋零……”太吉郎说，“不过，郁金香太密了，我有些发腻。颜色也过于艳丽，缺少韵致……人老了。”

“走吧，”秀男催促太吉郎说，“送到店里来的郁金香纸样，没有一株是生意盎然的。看了这里的花，真一醒耳目。”

太吉郎一行五人，从低洼的郁金香花圃走上石梯。

石梯的一侧，栽了一排雾岛种的杜鹃花，与其说是一道篱笆，其实更像条长堤，花苞累累。虽然花期未到，细小茂密的嫩叶，把盛开的郁金香衬映得格外娇艳。

上了石梯，右面一大片是牡丹园和芍药园。还没开花。也许是新种不久，这里的花圃不大为人所知。

东面，比睿山在望。

植物园内，随处都能望见睿山、东山和北山。芍药园东面是睿山，像是在正面。

“比睿山上也许云霞过于浓重，山显得很低。”宗助对太吉郎说。

“正因这春天的云霞，才显得春山柔媚……”太吉郎望了半晌说，“我说大友先生，看着那云霞，你有没有想到春光将逝？”

“是啊。”

“那么浓重，倒叫人……春光将逝矣。”

“可不，”宗助说，“快得很哩。我还没怎么赏过花呢。”

“也没什么稀罕的。”

两人默默走着。过了一会儿，太吉郎开口道：

“大友先生，咱们从你喜欢的那条樟树林阴路往回走吧？”

“哦，那敢情好。只要能在那条林荫路上走走，我就心满意足了。来的时候，就是打那里过来的……”宗助回头冲着千重子说，“小姐也随我们一道走走吧。”

樟树林阴路上，左右两侧，枝柯相交。树梢上的新叶，还很嫩，带点红。没有一丝风，有时却在轻轻摇摆。

五个人几乎谁都没有说话，在树荫下，慢慢走着，各想各的。秀男方才把奈良和京都最美的佛像同女儿比，说千重子更胜一筹，这几句话一直萦绕在太吉郎脑际。秀男对千重子，竟钟情得一至于此吗？

“可是……”

倘使千重子嫁给秀男，在大友的作坊里，哪儿是她的立足之地呢？难道像秀男娘，终日缠丝绕线不成？

太吉郎回头看了一眼，千重子只顾听秀男说话，不时地点头。

即使结婚，千重子未必非去大友家。把秀男招赘到家里又何尝不可呢。太吉郎心里这么思忖着。

千重子是独养女儿。嫁出去了，母亲繁子该多难过。

而秀男，是大友家的长子。他父亲说，手艺比他还强。不过大友终究还有老二老三。

再说，太记老店，尽管生意清淡，旧章未改，毕竟是京都市中心的批发商，终非只有三台手工织机的作坊可比。没有一个雇工，只靠一家几口亲自劳作，也是明摆着的事。这从秀男娘朝子的身上，简陋的厨房，也能看得出来。秀男尽管是长子，只要能谈妥，不是照样可以做千重子的上门女婿吗？

“你们秀男很有志气。”太吉郎向宗助试探道，“年纪轻轻，却很老成持重。这是真话……”

“过奖了。”宗助无心地说，“干活固然肯用心出力，但一到人前，说话只会得罪人……真叫人担忧。”

“那很好嘛。从那次起，我总挨他的呲。”太吉郎乐呵呵地说。

“真得请你多包涵了。他就是那么个脾气。”宗助轻轻点了点头说，“娘老子的话，他要是听不进去，也是理都不理的。”

“那好哇。”太吉郎点头赞同，“今天你怎么只带秀男一个人出来？”

“要是把他弟弟也带来，机器不就该停了吗？再说他过于争强好胜，带他出来，在樟树林里走走，或许能陶冶一下性情，变得随和些……”

“这条林荫路真不错。说实话，大友先生，我带繁子和千重子来逛植物园，也是听了秀男的劝告。”

“唔？”宗助狐疑地盯着太吉郎的面孔，“恐怕是想看看令爱吧？”

“哪里哪里。”太吉郎慌忙否认。

宗助回头看去。秀男和千重子稍微落后几步，繁子又落在他们后面。

出了植物园大门，太吉郎向宗助提议：

“就坐我们这辆车回去吧，西阵离这里又近。这中间，我们要到加茂川河堤上走走，然后才用车……”

见宗助还在犹豫，秀男便说：

“那就承情了。”让父亲先上了车。

佐田一家站在路旁望着汽车，宗助在座位上欠一欠身子致意，秀男有没有点头也看不清。

“这孩子,真有意思。”太吉郎不由得想起打秀男耳光的事,忍着笑说，“千重子，你同秀男倒很谈得来。你一个年轻女孩儿，不好应付吧？”

千重子眉眼含羞地说：“是在樟树林阴路上吧？我只是听他讲。也不知他怎么同我说那么多话？那么起劲……”

“啧，还不是因为喜欢你吗？这还不清楚？他说，中宫寺和广隆寺的弥勒，还没你好看呢……我听了也愣住了，这个怪小子，倒挺会说的。”

“……”千重子也吃了一惊，连脖子都红了。

“都说了些什么呢？”父亲问。

“说他们西阵手工机器的命运来着。”

“命运？咦？”

见父亲沉思起来，女儿便回答说：

“命运，这话说来深奥。唉，命运……”

走出植物园，右面是加茂川的河堤，松树夹道。太吉郎走在头里，从松树中间走下河畔。河畔是一长溜草地，绿草如茵。流水拍打着堤堰，水声骤然可闻。

草地上，有坐着吃盒饭的老人，也有双双散步的情侣。

对岸的公路下面，是一处游乐场。隔着稀疏的樱花树影，看得见中间是爱宕山，与西山一脉相连。河上游的北山，仿佛离得很近。这一带是风景区。

“坐一会儿吧？”繁子说。

从北大路桥下望出去，可以望见河畔草地上晾着一幅幅友禅绸。

“哦，春天了。”繁子朝四周打量了一下说。

“繁子，你看秀男人怎么样？”太吉郎问妻子。

“什么怎么样？”

“做咱们的女婿……”

“什么？怎么忽然提起这事来？”

“人很靠得住。”

“这倒是。可是，也得先问问千重子的意思。”

“先前千重子说过,要听从父母之命嘛。”太吉郎看着千重子,“对吧？千重子。”

“这种事可绝不能勉强。”繁子看着千重子说。

千重子低着头。眼前浮现出水木真一的面影。是真一扮成童子的样子。那时，他还小，描着眉，涂着唇，化了妆，一身王朝时代的装束，乘在祇园会的彩车上。——当然，那时千重子也很小。

## 北山杉

远自平安王朝[1]起，在京都恐怕只要提起山，便是指比睿山，讲到祭日，便是指加茂的庙会。

五月十五的葵花祭已经过去了。

一九五六年以后，葵花祭奉行的仪式中，在敕使的行列里，加进斋王[2]一行。退居斋院之前，先要在加茂川净身，这是复活古老的典仪。斋王要穿十二件和服，乘牛车渡河。前有命妇，身着便服，坐在轿上；后随女官童女，杂以伶人奏乐。不仅装束可观，斋王年纪与女大学生相仿，所以，既风雅又透着华贵。

千重子的同学中，有个姑娘曾被选去扮斋王。千重子和同学们还赶到加茂川河堤上去看热闹。

京都有众多的古庙、神社，大大小小的庙会，几乎无日无之。翻皇历，五月里就有好几桩。

---

1　平安为京都别称。从公元794年桓武天皇奠都京都起，至1185年镰仓幕府建立止，史书上称平安时代为王朝时代。

2　天皇即位之初，侍奉于三重县伊势神宫或京都茂贺神社的未婚的内亲王或公主，此时称之为斋王。

祭神献茶，开茶会，野外点茶，总有地方会架上茶釜，简直多得转不过来。

今年五月，千重子连葵花祭也没去看。一来因为多雨，二来也许小时候各处都领她去看过的缘故。

花固然喜欢，但看看嫩绿的新叶，千重子也是乐意的。高雄[1]一带枫树的嫩叶自不必说，若王子[2]那里的，她也很喜欢。

人家从宇治寄来一些新茶，千重子沏好后说：

“妈，今年连采茶都忘了去看了。”

“恐怕还在采吧。”母亲说。

“也许。”

那次植物园的樟树刚刚发芽，美如花树，大概在那之后不久，千重子的朋友真砂子打来了电话。

“千重子，去不去高雄看嫩枫叶？”她约千重子说，“比看红叶时人少……”

“时令不晚吗？”

“那儿气候比城里冷，我想不会晚。”

“嗯——”千重子沉吟了一下，“当初看过平安神宫的樱花，再去看周山的樱花就好了。可惜压根儿给忘了。那棵古树……看樱花反正过时了，我倒很想去看北山杉，高雄离那儿不是挺近吗？看见又直又美的北山杉，我心里觉得格外痛快。顺道再去看杉树好吗？与其看枫叶，我宁愿看北山杉呢。”

---

1　京都市西北部的红叶名胜。

2　京都洛东，为永观堂步入哲学之路入口处的熊野若王子神社。

既然到了这里，结果千重子和真砂子还是决定到高雄的神护寺、槙尾的西明寺、栂尾的高山寺，观赏枫树的绿叶。

神护寺和高山寺都坐落在陡坡上。真砂子倒没什么，已经换了夏装，是一身轻便的西服裙，穿着平跟皮鞋。而千重子穿的是和服，真砂子怕她吃不消，便向她瞟了几眼。可是千重子毫不吃力的样子，竟问道：

“干吗尽看着我呀？”

“真美呀。”

“真美呀。”千重子站住，俯视着清泷川说，“我还以为已经是郁郁葱葱的深绿色了呢。多凉快呀。”

“我方才……”真砂子忍住笑说，“千重子，我说的是你呀。”

“……”

“造物怎么生下这么美的人儿呀。”

“别讨嫌。”

“一身淡雅的和服，站在万绿丛中，显得格外俏丽，要是穿着华丽，当然也一样漂亮。”

千重子穿了一件绛紫色的和服。腰带是父亲毫不可惜剪下来的那条印花布。

千重子上了石头台阶。想起神护寺里有平重盛[1]和源赖朝[2]的画像。安德烈·马尔罗[3]认为可列为世界名画。平重盛那幅，面颊上隐约留下一点红。正想到这里，真砂子便跟她说起这话来。同样的话，真砂子以前

1　平重盛（1138—1179），平安时代末期的武将。

2　源赖朝（1147—1199），为镰仓幕府（1185—1333）的第一代将军，武士政权的创始人。

3　安德烈·马尔罗（André Màlraux, 1901—1976），法现代著名作家、艺术评论家。

也告诉过她几次。

在高山寺，千重子喜欢站在石水院宽阔的廊下，眺望对面的山色，也喜欢高山寺的开山祖师明惠上人在树上坐禅的那幅画。壁龛的侧面挂着轴画《鸟兽嬉戏图》的复制品。两人在廊下还受到清茶款待。

高山寺再往里，真砂子就没进去过。一般游客大抵到此为止。

千重子想起那次随父亲上周山赏花，采了许多又粗又长的笔头菜回家。后来每次到高雄，哪怕一个人也要顺路去一下遍植北山杉的村里——现在，那儿已经划为市区，街名叫北区中川北山町，大约有一百二三十户人家，其实叫作村倒更恰当。

“我走路走惯了，咱们走着去吧？”千重子说，“路又这么好。”

清泷川边，山势陡峭逼仄。不一会儿，美丽的杉林便已在望。杉树挺拔而齐整，一看便知是经过人工经心修剪的。北山圆杉木，是名贵木材，只有这个村子才出产。

也许是到了三点钟休息的时刻，再不然就是割草回来，一群女人从杉山上走下来。

真砂子呆呆地站着，一动不动，盯住其中一个姑娘。

“千重子，那个人真像你。简直跟你一模一样。”

姑娘穿了件藏青碎白花的窄袖上衣，系着吊袖带子，下面是扎脚裤，围着围裙，手背上戴着护背套，头上包着手巾。围裙一直围到后腰，两边开衩；只有吊袖带子和扎脚裤下面露出的细带子是红颜色。装束与别的姑娘一般无异。

这些女孩子的打扮，和卖柴女或卖花女大致一样，只不过不是进城卖东西，而是在山里干活罢了。大概也是日本妇女在田里和山间劳动时的穿着。

“真像。你不觉得奇怪吗？千重子,你仔细瞧瞧。”真砂子唠唠叨叨的。

“是吗？”千重子没怎么看，“你太冒失了。”

“不管我多冒失，可她人长得那么美……”

“美是美，不过……”

“就像是你的私生女一样。”

“你瞧，你多冒失呀！”

经千重子一说，真砂子自觉失言，说话太离谱，忙掩住笑声说：

“虽然人和人有长得像的，可你们俩简直像得吓人。”

那姑娘同女伴们，对千重子她们两人，几乎没留意，便走了过去。

她头上的手巾包得很严。前面的头发略能看到一些，可是脸庞给遮去了一半。哪能像真砂子说的，看得那么清楚，何况又不能对着脸看。

再说，这村子千重子来过几趟，看见男人家先把树皮剥个大概，再由妇女细心刮净；也看过她们用水或是热水，和上菩提瀑布的沙子，磨圆杉木的情景。她对这些姑娘的面孔，模模糊糊都有个印象。因为这项加工活全在道旁或屋外做。小小的山村，未必有那么多的姑娘。当然也不可能把每个姑娘的面孔一一看得那么仔细。

真砂子只顾望着那群姑娘的后影，稍微平静一些。

“多怪呀。”又说了一句，还侧着头重又端详了一会儿千重子的面孔。

“真的很像。”

“哪儿像？”千重子问。

“怎么说呢，也许是我的感觉？很难说究竟哪儿像。眉眼，鼻子……

城里的小姐和山里的姑娘当然不能相提并论，你可别介意。”

“这有什么……”

“千重子，咱们跟着那姑娘，去她家看看好不好？”真砂子犹自恋恋不舍地说。

跟踪追迹，跑到那姑娘家去看个究竟，不论真砂子性情多么爽朗，毕竟也是说说而已。不过，千重子放慢了脚步，走走停停，要么抬头望着山上的杉树，要么看看家家堆在门口的圆杉木。

白白的圆杉木，粗细一样，磨得光光溜溜，很好看。

“像工艺品吧？”千重子说，“盖茶室似乎也用这种木材。甚至还行销到东京和九州那边……”

圆杉木在屋檐下整整齐齐，竖成一排。二楼上也竖了一排。有户人家在二楼竖的圆杉木前晾着衣服，真砂子看了觉得很稀罕，便说：

“那家人竟住在木头堆里了。”

“你真是个冒失鬼呀，真砂子……”千重子笑着说，“挨着圆杉木旁边不就是座很像样的房子吗？”

“噢，二楼上是晾的衣服……”

“说那姑娘像我，也是你这张嘴巴。”

“那是两码事。”真砂子一本正经地说，“说她像你，你竟那么不自在？”

“一点也不……”千重子说着，眼前倏然现出姑娘的眼睛。在她勤劳健美的身上，那一对漆黑、深邃的眼睛，显得沉郁而忧愁。

“这村里的女人家很能干。”千重子似乎要摆脱什么似的说道。

“女人和男人一样干活，有什么稀奇。乡下人嘛，都这样。卖菜的啦，卖鱼的啦，全如此……”真砂子轻松地说，“像你这样的千金小姐，才什么都大惊小怪的。”

“你才是呢。往后我也要去干活的。”

“哼，我可不愿做工。”真砂子老实承认说。

“要说做工，说说容易，我真想叫你看看村里姑娘是怎么干活的。”千重子又把目光移向山上的杉树，“大概已经开始剪枝了。”

“剪枝是怎么回事？”

“要叫树木长好，得把不需要的枝杈拿刀砍掉。有时爬梯子，但大都是像猴子似的，从这棵树悠到另一棵树……”

“那多危险！”

“有的人一清早爬上去，到吃午饭时也不下来……”

真砂子跟着抬头仰望山上的杉树。树干挺拔齐整，美到无可言喻。树梢头上，一簇簇的叶子，仿佛是装饰在上面的工艺品。

山不高，也不太深。杉树齐刷刷挺立在山巅上，几乎株株都看得很分明。这种杉树可以用来盖茶室，所以，林景好像也有一种茶室的风貌。

只有清泷川两岸，山势峭拔，形成一道窄长的峡谷。据说雨量多，日照少，宜于栽培圆杉木这种名材。当然也可以挡风。可是遇到狂风，幼树还不坚挺，有的便弯曲或变了形。

村落里，家家户户依山傍水，排成一行。

千重子和真砂子一直走到小村子的尽头，然后又踅了回来。

有户人家正在磨圆杉木。把浸在水里的杉树拿上来，女人家便用菩提沙细研细磨。沙子是红褐色的，看着就跟黏土差不多，听说是从菩提瀑布那里取来的。

“那种沙子，要是没有了，怎么办？”真砂子问。

“落了雨，会随瀑布冲下来，沉在河底。”一个上年纪的女人回答说。真砂子心想，她倒沉得住气。

正像千重子说的，女人家一个个都手脚不停地忙着。半尺多粗，想必是做柱子用的？

——据说磨好后，洗净，晾干，卷上纸，或裹上稻草，就可以运走了。

就连清泷川畔的河滩地上，有的地方也栽上了杉树。

真砂子望着山上一片片的杉林，和竖在屋檐下一株株的圆杉木，不由得联想起京都旧家洁无纤尘的格子门。

村口正好有个国营公共汽车站，叫菩提道。再往上去，大概就有瀑布了。

两人在那里乘上回城的公共汽车。沉默了半晌，真砂子突兀地说：

“女孩子家要是也能长得像杉树那么挺拔该多好。”

“……”

“只不过我们得不到那样细心的照顾就是了。”

千重子笑着问道：

“真砂子，跟他见面了？”

“嗯，见面了。坐在加茂川边的青草地上……”

“……”

“当时木屋町的凉台上顾客愈来愈多，已经点灯了。不过，我们是背朝着他们，所以凉台上的顾客认不出我们是谁。”

“今晚呢？”

“今晚约的是七点半。又是半明不暗的时分。”

真砂子交际上的这种自由，使千重子不胜艳羡。

千重子一家三口坐在朝天井的后客厅里吃晚饭。

“今儿个岛村先生送来不少竹叶鱼肉饭卷儿，是瓢正老铺的，我只烧了个汤，你将就些吧。”母亲对父亲说。

“是吗？”

父亲最喜欢吃加级鱼做的竹叶饭卷儿。

“关键是掌勺人回来晚了……”母亲在说千重子，“她又去看北山杉了，跟真砂子一起去的……”

“嗯。”

伊万里窑出品的碟子里，盛着竹叶鱼肉饭卷，剥开包成三角形的竹叶，米饭卷上便有一片薄薄的加级鱼片。汤里放了豆腐皮，还加了点香菇。

正像外面的格子门一样，太吉郎的铺子还保留着京式批发老店的旧规矩。不过现在也改成股份公司，掌柜和伙计都称为职员，大抵是早来晚走。只有从近江来的两三个小伙计还住在临街有密格子窗的二楼上。所以，吃晚饭时，后屋很静。

“千重子，你爱上北山杉的村里去，是不？”母亲问，“为什么？”

“那儿的杉树又直又好看，我想，人的心地要能长成那样该多好！”

“那，你不就是那样吗？”母亲说。

“不，我的心又别扭，又乖僻……”

“不错，”父亲插进来说，“不论多么直爽的人，也会有杂七杂八的念头。”

“……”

“那不是挺好吗？孩子长得像北山杉那样固然可爱，但往往不可得。即便有，说不定什么时候会遇上灾祸不幸。就说树吧，弯也好，曲也好，只要能长成大树就好，我是这么认为……你就看看咱们小院里的那棵老枫树吧。”

“对千重子这样好的孩子，还挑剔些什么！”母亲有些动气了。

“知道，知道。千重子是个正直的姑娘……”

千重子眼睛望着天井，沉默了一会儿说：

“要像那棵枫树一样坚韧，而我……”说着语带悲音，“就如同生在枫树干上坑洼里的紫花地丁那样。哎呀，紫花地丁不知什么时候已经谢了。”

“真的……到明年春天准还开。”母亲说。

千重子低着头，目光停在枫树旁那个基督像石灯上。靠屋里的灯光，那磨蚀损伤的圣像已看不太清，好像在做祷告。

“妈，我到底生在哪儿的？”

母亲跟父亲面面相觑。

“在祇园的樱花树下。”太吉郎言之凿凿。

生在祇园夜晚的樱花树下，岂不像神话传说《竹取物语》里，赫夜公主生在竹节里一样吗？

正因为如此，父亲才说得那么肯定。

千重子忽然想开个玩笑，既然生在花下，说不定也会像赫夜公主那样，给接到月宫里去——可是，她嘴上没说出来。

捡来的也罢，偷来的也罢，千重子生在哪里，现在的父母是不会知道的。恐怕连千重子的生身父母在哪里，他们也不知道。

千重子后悔起来，觉得不该问这件事。但是，不道歉似乎更好些。既然如此，为什么会出其不意地发问呢？她自己也不明白。难道是模模糊糊想起真砂子说的，北山杉村里那个姑娘跟她长得一模一样的缘故？

千重子不知往哪里看好，便把目光停在大枫树的树梢上。莫非是月亮出来的缘故，抑或是街灯的辉映，夜空才微泛白光。

“夜空的颜色像地道的夏天了。”母亲繁子也抬头望着天空说，“呶，千重子，你就是生在这个家里的。尽管不是我生的，但确实是生在这个家里的。”

“嗯。”千重子应道。

——正像千重子在清水寺告诉真一那样，她不是繁子夫妇晚上从圆山的樱花树下抱来的，而是给扔在店门口的弃儿，是太吉郎把她抱进家的。

那是二十年前的事了，太吉郎那时三十刚出头，也曾荒唐过一阵子。所以，妻子开头不肯相信他的话。

“说得怪好听的……兴许是跟哪个艺伎生的，弄到家里来了。”

“别胡说了！”太吉郎变色道，“你好好看看这孩子穿的衣服。这会是艺伎生的孩子吗？嗯？是艺伎生的孩子吗？”说着把婴儿递给妻子。

妻子接过来，把脸贴在婴儿冰凉的小脸上。

“这孩子，你打算怎么办呢？”

“到里面再慢慢商量。你怎么愣在这里？”

“还是刚生下来的呐。”

因为不知亲生父母是谁，所以不能收为养女。户籍上，写成太吉郎夫妇的嫡亲女儿，取名叫千重子。

俗语说，领来孩子招来弟。可是繁子自己并没生养。他们把千重子当作独生女一般抚养，疼爱。岁月悠悠，千重子究竟见弃于什么样的父母，太吉郎夫妇也不再放在心上了。至于千重子亲生父母的生死存亡，当然也就无从知道。

——当晚，吃完饭，收拾很简单。只需把竹叶和汤碗拾掇一下就行。千重子一个人在归置。

收拾完，她上二楼自己的卧室。翻着父亲曾带到嵯峨去的保罗·格雷和马克·夏加尔等人的画册。正欲蒙眬睡去，便叫了起来：

“啊——啊——”

给噩梦魇住了，她挣扎着醒来。

“千重子！千重子！”母亲在隔壁房里喊她。千重子还没应声，纸拉门拉开了。

“魇着了吧？”母亲进来说，“做梦了吗？”

说着坐在千重子身旁，捻开枕边的台灯。

千重子坐在被窝里。

“哟，这么多汗！”母亲从梳妆台上拿来一条纱手帕，给千重子揩额上和胸口的汗。千重子由着母亲给擦。“多白净的胸脯啊！”母亲心里一边想，一边把手帕递给千重子：

“呶，擦擦胳肢窝……”

“谢谢，妈。”

“做噩梦了吧？”

“嗯。梦见从老高的地方掉下来……嗖地一下掉进一个绿得可怕的深渊里，没有底儿。”

“这种梦，谁都做过。”母亲说，“掉进一个无底的深渊里。”

“……”

“千重子，别着凉。换件睡衣吧？”

千重子点了点头。但还是心有余悸，想站起身，脚步却有些踉跄。

“好了好了，我来拿吧。”

千重子坐在床上，腼腆而灵巧地换上睡衣。正要折叠刚换下的那件，母亲说：

“甭叠了，反正要洗。”便拿着挂到角落里的衣架上，又走回来，坐在千重子的枕边说：

“做梦倒没什么……该不会是发烧吧？”说着把手放到女儿的额角上。冰凉的。

“嗯，准是上北山杉村里累着了。”

“……”

“瞧你这样，叫人不放心，妈过来陪你睡好不好？”说着便要过去取被子。

“不必了……已经好了。您就放心去睡吧。”

“是吗？”母亲一边说，一边往千重子的被里钻。千重子把身子往边上挪了挪。

“千重子都长得这么大了，妈再也不能搂着你睡觉了。你说多奇怪。”

结果倒是母亲先安然睡去。千重子怕母亲肩膀着凉，用手摸了摸，然后把灯关掉。可是千重子怎么也睡不着。

千重子刚才做的梦很长，告诉母亲的，不过是个结尾。

起初，不像是梦，只是似睡非睡之际，挺高兴地想起白天和真砂子去北山杉村里的事。真砂子说的那个跟千重子很像的姑娘也在村里，而且奇怪的是，形象远比村子来得鲜明。

梦做到最后，才是她掉进一个绿色的深渊里。那绿色，也许就是印在她心上的杉山。

鞍马寺的伐竹会，是太吉郎喜欢的一种仪式。因为有地地道道的男子汉气概。

太吉郎年轻时看过多次，至今已不觉新鲜。但他想带女儿千重子去见识见识。何况今年要撙节用度,鞍马寺十月里的火节,据说不拟举办了。

太吉郎担心下雨。伐竹会在六月二十日，正是黄梅季节。

十九那天有梅雨，还很大。

“这么下法，明天停得了吗？”太吉郎不时望着天空说。

“爸爸，下雨我也不在乎。”

“不在乎是不在乎，”父亲说，“天不好总归……”

二十日仍是腻答答地下着雨。

“把窗户和柜子门关紧，潮气很重，不然衣料会受潮的。”太吉郎吩咐伙计说。

“爸爸，不去鞍马寺啦？”千重子问父亲。

“明年还会有的，今年算了吧。鞍马山上云遮雾罩的……”

——参加伐竹表演的不是出家的僧众，大抵是些乡下人，称为法师。十八日先要做好伐竹准备。鞍马寺正殿的左右两侧先竖起圆杉木，然后用雌竹雄竹各四根做横梁,缚在圆杉木上。雄竹去根留叶,雌竹则是连根带叶。

对着正殿的，左为丹波座，右为近江座，自古以来便这么称呼。

领班的，身着历代相传的白绢素服，足蹬武士草鞋，肩系吊袖带，腰插二把刀，头包五幅袈裟做的僧巾，身饰南天竹叶。伐竹用的山刀收在锦囊里。由开路的人带领走向山门。

下午一点光景。

直裰打扮的僧人吹响法螺，伐竹会宣布开始。

二男童向主持长老齐声称贺：

“恭贺伐竹神事开始大吉。”

然后二男童分头走向左右两座道贺：

“近江之竹上好。”

“丹波之竹上好。”

伐竹时，将缚在圆杉木上粗大的雄竹砍断，理好。细的雌竹不砍。

于是男童向主持长老宣布：

“伐竹完毕。”

僧众一一步入大厅，开始诵经。抛撒夏菊，以代替莲花。

主持长老走下祭坛，打开丝柏扇子，上上下下连扇三次。

和着“嗬”的一声惊叹，近江和丹波两座各有二人将竹子砍成三截。

太吉郎原想带女儿去看伐竹会，只因天阴下雨，正在游移之际，秀男挟着小包走进格子门来。

“小姐的腰带好歹织得了。”秀男说。

“腰带？”太吉郎狐疑地问，“我女儿的带子？”

秀男踞退一步，毕恭毕敬扶着席子施了一礼。

“是郁金香花样的吗……”太吉郎随口问了一句。

“不，是您在嵯峨尼庵里画的那条……”秀男郑重其事地说，“那天，我因年轻气盛，对佐田先生实在太失礼了。”

太吉郎不由得暗吃一惊。

“哪里，我只是兴之所至随便画画的。倒是你的高见点醒了我，我应当向你道谢才是。”

“承您看得起，那条带子我已经织好给您带来了。”

“是吗？”太吉郎不胜惊异，“那幅草图我已揉做一团，扔进你家旁边的小河里了。”

“扔掉了？是吗？”秀男毫不怯懦，镇静地说，“您不是让我看过吗？我已经记在脑子里了。”

“真不愧是手艺人呐。”说着，太吉郎额头又皱了起来。

“可是，秀男，图样我都扔进河里了，你为什么还要织呢？嗯？干吗还把它织出来？”太吉郎钉着问道，心里忽地一动，说不出是悲凉之感，抑或是愤激之情。

“缺乏内在的和谐，火暴，病态——这些评语难道不是你秀男说的吗？”

“……”

“因此，一走出你家门口，我便把图样扔进小河里了。”

“佐田先生，请您原谅。”秀男两手扶在席上，低头道歉，“我也是整天尽织些俗不可耐的东西，织得心都烦了。”

“彼此彼此，嵯峨的尼庵里，静虽然静，只有一个老庵主和一个白天来帮佣的老太婆，却也寂寞得很……再说，店里的生意日渐萧条，所以，你说的话，我觉得很有道理。何需我这个批发商设计什么图案呢！那种新颖别致的花样，就更……唉！”

“我也想得很多。在植物园遇到小姐之后，也想过。”

“……”

“这腰带，请您过目吧。要是不中意，您拿剪刀当场剪碎好了。”

“好吧。”太吉郎点头答应，又招呼女儿过来，“千重子！千重子！”

千重子正在账房里，坐在掌柜旁边，这时起身走过来。

秀男一双浓眉下，紧抿着嘴巴，神情充满自信。但双手解包袱时，不免微微颤抖。

对太吉郎仿佛不便说什么，便转身向着千重子。

“小姐,请你鉴赏一下。这是令尊的图样。”说着把卷好的腰带递过去，显得很拘谨。

千重子把腰带刚展开一点，说：

“噢,爸爸,是受到格雷画册的启发,在嵯峨画的吧！”一直展到膝上，“嗳呀，真好！”

太吉郎苦着脸不做声。但心里对秀男能把图案完全记在脑里，实在感到惊奇。

“爸爸！”千重子的声音里透着率真的喜悦，“带子真好！”

“……”

她用手摸摸带子的质地，对秀男说：

“您的织工很精致。”

“嗳嗳。”秀男低下了头。

“我在这儿打开来看看好吗？”

“嗳嗳。”秀男应了一声。

千重子站起身来，在父亲和秀男面前把带子完全展开，一手搭在父亲肩上，站着打量道：

“爸爸，您看怎么样？”

“……”

“您不觉得好看吗？”

“真的好看？”

“嗯，谢谢爸爸。”

“你再仔细看看。”

“这是新花样，当然要看配什么衣裳……不过，这带子真的好。”

“是吗？嗯，既然你中意，就该谢谢秀男。”

“秀男先生，多谢了。”千重子说着，在父亲身后跪下来，低头道谢。

“千重子。”父亲叫她，“这带子和谐吗？意境和谐吗？”

“什么？和谐？”千重子猝然间给问住了，又打量了一下带子，“您问和不和谐，这要看什么衣裳，也因人而异……现在，那种故意打破和谐的衣裳倒很时兴……”

“嗯。”太吉郎点点头说，“其实呢，千重子，当初我把带子的图样给秀男看，他说不和谐。一气之下，我把图样扔进了他们作坊旁的小河里了。”

“……”

“可是，秀男竟织好拿来了，一看，跟爸爸扔掉的那张图样还不是完全一样吗？尽管画笔的颜色和丝线的颜色，多少有些差别。”

“佐田先生，请多原谅。”秀男双手扶在席上致歉说。

“小姐，实在冒昧得很，能否请你把带子系在腰上试试？”

“就系在这件衣服上？……”说着，千重子站起身来，系上带子。顿时显得光艳照人。太吉郎的神色缓和下来。

“小姐，这不愧是令尊的杰作。”秀男的眼睛放着光辉。

## 祇园会

千重子提着大篮子，走出店门。她要往北经过御池大街，到麸屋町的汤波半老铺去。睿山至北山之间的天空，晚霞火样地红，千重子伫立在御池大街上，仰望了半晌。

夏天日长昼永，晚霞早出。天色颇不单调，一忽儿便染成一片火红。

“天空竟有这种样子，还是头一次见呢。”

千重子掏出小镜子，在霞光下，照着自己的面庞。

“我忘不了，一辈子也忘不了……人真是的，心情会左右一切。”

在晚霞的映照下，睿山和北山竟是一脉深蓝。

汤波半老铺里，豆腐皮、牡丹豆腐皮和八幡卷刚出锅。

“您来啦，小姐。一到祇园会，简直忙得不可开交，这还只是供应一些老主顾呢。凡事请多包涵呀。”

这家铺子，平日只接受订货。京都的点心行业中也有这样一类老店。

“是过节用的吧，一向承您照顾啦。”汤波半的老板娘一边说，一边把千重子的篮子装得满满的。

所谓八幡卷，就跟鳗鱼做的八幡卷一样，是豆腐皮裹上牛蒡卷成的。

牡丹豆腐皮，则类似油炸豆腐什锦，在豆腐皮里包上白果馅。

这家汤波半，是一八六四年那场大火中幸存的一家老字号，已有二百多年历史。当然也多少有些改进……例如天窗上安了玻璃，做豆腐皮用的炉灶改用砖砌的。

“从前烧炭，添火时，炭灰要落到豆腐皮上，所以才改烧锯末。”

“……”

一排锅子，用四方的铜板隔开，等锅面上结成一层豆腐皮，就用竹筷巧妙地捞出来，晾在锅上面的细竹棍上。竹棍上下摆几层，豆腐皮干了就往上移。

千重子走进后面的作坊，用手扶着古老的柱子。陪母亲一起来时，母亲常抚摸这根年代久远的大黑柱子。

“什么木的？”千重子问。

“丝柏的。高得很，一直到顶上，笔直笔直的……”

千重子也摸了摸这根古色古香的柱子，然后走出这家老铺。

回家时，一路上只听到排练祇园会的鼓乐声，高亢嘹亮。

祇园会的日期，远道来看热闹的人常常以为是祭神彩车巡行的七月十七那天。所以，顶多在十六日夜里，才赶来看前夜祭。

不过，祇园会的法事，实际上七月里要做一个月。

七月一日，准备祭神彩车的各街道，先自“画吉符”，奏乐打鼓。

彩车中，乘有童子、饰以长刀的那辆，年年照例走在仪仗队之前。为了决定其余彩车的先后次序，七月二日或三日那天，由市长亲自主持抽签。

七月十日，“洗御舆”，也即祭祀的开始。彩车头一天要搭好，御舆在鸭川的四条大桥上洗；所谓“洗”，不过是神官用杨桐枝蘸水，洒于车上而已。

十一日，童子参拜祇园神社。是乘在长刀彩车上的童子。他头戴京式乌纱帽，身着古代公卿礼服，骑着马，有侍从随后。童子前去领受五位之职，高于五位的，称为殿上人。

从前，彩车上还置有神像，所以，童子两侧的侍童要扮成观音菩萨和势至菩萨。童子从神庙领受职位，象征已与神道婚配成礼。

“干吗那么怪模怪样啊？我是男孩子呀。”水木真一小时给扮成童子时，曾抱怨说。

再者，童子要“单开伙”，饭食不能与家人共火同烧。这是为了洁净。如今，这个规矩已经从简。只是，童子吃的饭，要用火镰打两下。据说，家里人倘有疏忽，童子自己就会催促：“打火镰，打火镰。”

总而言之，童子不是巡行一天即告完事，远没有那么简单，还要去彩车街一一致意，全部祭典和童子的活动，总要一个月才能结束。

较之七月十七日彩车巡行，京都人宁愿领略十六日晚上前夜祭的情趣。

祇园会的正日，即将来临。

千重子家的店铺，外面的格子门已经卸下，正忙于准备。

京都姑娘千重子，家里是批发商，靠近四条，祖上入祀于八坂神社，所以对年年举办的祇园会，也就不觉得稀罕了。这是京都炎夏的庙会。

最令人怀念的，便是乘在彩车上由真一装扮的童子。每逢庙会，或闻鼓乐声喧，或见彩车四周灯火辉煌，真一的样子，便历历如在眼前。那时真一和千重子都还只有七八岁光景。

“即便女孩子里，那么俊的也少见。”

真一到祇园神社领受五位少将之职时，千重子也跟随趋入，彩车巡行街衢的时候,她也一直跟在后面转。扮成童子的真一,还带着侍童两人,到千重子家登门致谢。

“千重子,千重子。”千重子给喊得脸色绯红,只顾瞧他。真一化了妆,涂了口红，而千重子却是一张给阳光晒得发红的素脸。身上穿了一件单和服，系一条三尺长的红花纹腰带，挨着格子门，将坐榻放倒，正在同邻居的孩子放花火玩。

今宵，在鼓乐声中，在彩车灯下，千重子依稀还见到当年童子打扮的真一。

“千重子，今儿晚上，你不去逛逛前夜祭吗？”晚饭后母亲问千重子。

“妈您呢？”

“有客人来，妈走不开。”

千重子一出家门，便加快了脚步。四条上人山人海，简直走不动。

四条上哪些彩车在什么地方，哪个胡同有什么彩车，千重子最清楚不过了。她各处都转了转。果然热闹非常。彩车上的鼓乐之声处处可闻。

千重子走到神舆前买了一支蜡烛，点了供在神前。庙会期间，八坂神社的神道都迎到神舆那里。出了新京极，过四条，路南便是神舆。

在神舆前面，千重子发现有个姑娘在拜七拜，虽然只见后影，但一眼便知她做什么。所谓拜七拜，是在离开神舆几步的地方，走上前去拜一拜，退回原处，再走上前去拜一拜，这样往返拜七次。这中间倘遇见熟人，也不开口打招呼。

“咦？”千重子觉得那姑娘很面熟，不禁也随着拜了起来。

姑娘往西走几步，再踅回神舆前。千重子正相反，是东向往还。但姑娘比千重子虔诚，祷告得更久。

姑娘拜完七次，千重子每次离开神舆不像姑娘那么远，所以大致同时拜完。

姑娘凝眸望着千重子。

“你祈求什么呢？”千重子开口问道。

“你看见了？”姑娘的声音颤抖了，“我想知道姐姐的下落……你就是我的姐姐。神佛保佑，让我们相逢。”姑娘泪水盈盈。

不错，正是北山杉村里的那个姑娘。

神舆前挂满了灯笼，来朝拜的还点了蜡烛，所以神像前灯火通明。可是姑娘满脸泪痕，也不怕亮光，脸上映现出灯火闪闪。

千重子凭着意志，强自忍住泪水。

“我是独生女儿，没有姐妹。”说完脸色刷白。

北山杉姑娘哽咽着说：

“我知道，小姐，请原谅。原谅我吧。”她反复说道，“因为从小便一直惦着姐姐、姐姐的，所以认错了人……”

“……”

“听说是双胞胎，也不知究竟是姐姐，还是妹妹……”

“人和人也有长得很像的。”

姑娘点点头，泪水顺着脸颊往下淌。她掏出手帕，边擦边说：“小姐生在哪儿的？”

“就在附近，批发商大街。”

“是吗？小姐求神保佑什么呢？”

“保佑父母福寿双全。”

“……”

“你父亲呢？”千重子问了一句。

“早就不在了……一次给北山杉剪枝，从这棵树跳到另一棵树上，一失足，掉下来摔坏了……这是村里人告诉我的。那时，我刚出生，什么也不知道……”

千重子感到一阵揪心。

——我时常想去那村子，想看挺秀的北山杉，焉知不是父亲的阴魂在召唤我？

这个山村姑娘，说她有孪生姐妹。我的亲爹会不会在树上想起我千重子这个被弃的女儿，想出了神，无意中从树上摔下来的呢？准是这样。

千重子的额角沁出了冷汗。四条大街上杂沓的脚步声，祇园会的鼓乐声，仿佛都消失在远处。眼前一片昏黑。

山村姑娘扶着千重子的肩头，用手帕给她擦额角。

“谢谢你。”千重子接过手帕，擦了擦脸，不知不觉随手掖进自己衣袋里。

“你母亲呢？”千重子小声问。

“母亲也……”姑娘迟疑了一下，“我生在母亲的娘家，那儿是个深山坳，比杉树村还要僻远。母亲也不在了……”

千重子没有再问下去。

北山杉村来的姑娘，不用说，是高兴得流出了眼泪。一旦收住泪水，脸上转而光彩照人。

相比之下，倒是千重子凝然不动，两腿发颤，心思纷乱已极，一时里平静不下来。能够扶持慰藉她的，只有姑娘那健美的身躯。千重子不像山村姑娘高兴得那么率真，目光慢慢显出幽忧的神色。

千重子正在犹豫下一步不知该怎么办，这时姑娘招呼她说：

“小姐！”同时伸出右手。千重子握住姑娘的手。皮很厚，手很粗，不同于千重子的纤纤素手。可是，姑娘似乎并不在意，紧握着说：

“小姐，再见。”

“怎么？”

“啊，真高兴……”

“你叫什么名字？”

“苗子。”

“苗子？我叫千重子。”

“我现在在做工。村子不大，一提苗子，谁都知道。”

千重子点了点头。

“小姐，你挺福气的。”

“嗯。”

“我发誓，今晚咱们见面的事，谁也不告诉。只有这祇园神知。”

虽说是孪生姊妹，但身份殊隔，苗子大概意识到这一点。千重子思念及此，便什么话也说不出来了。但是，被抛弃的，难道不正是自己吗？

“再见，小姐。”苗子又说了一句，“趁别人还没看见……”

千重子一阵心酸。

“我家的店就在附近，苗子哪怕就从门前走过去也好，至少去一趟吧，好吗？”

苗子摇了摇头，却又问道：“府上有几个人？”

“家里人吗？只有父亲和母亲……”

“也不知怎的，我也觉得该是这样。你是父母的心肝宝贝，娇生惯养的。”

千重子拉着苗子的衣袖说：

“在这儿站得太久了……”

“真的。”

说着，苗子重新朝神舆诚心诚意地拜了拜。千重子也赶忙随苗子拜起来。

“再见。”苗子第三次说。

“再见。”千重子也说。

“真有好多话要说。什么时候，到村里来吧。在杉林里，谁都看不见的。”

“谢谢。”

两人挤出人群，无意中朝四条大桥走去。

属于八坂神社一脉流传下来的后裔很多。前夜祭和十七日正日祭神彩车巡行过后，赶庙会的人依旧络绎不绝。家家店铺门户洞开，摆上屏风什么的。早先有的屏风，画的是初期浮世绘，狩野派，大和绘，或是宗达的绘画。在浮世绘的原画中，有的属南蛮屏风，在古雅的京都风俗中，描绘异国人物。画面大多表现京都当年商业兴盛，市面繁荣。

现在，这种风俗的余绪还保留在祭神的彩车上。车上饰以中国织锦，法国葛布兰式花壁毯，毛织品，金线织花锦缎，仿织锦刺绣等。绚丽多彩的桃山[1]风格中，还显示出对外贸易的发达，具有一种异国情调之美。

彩车内则挂有当时的名家绘画。车的顶端看着像根柱子，据说有的是用来表示朱印船[2]的桅杆。

祇园会敲打的鼓乐，节奏很简单，通常是“咚咚呛咚咚呛”。实际上有二十六套，有人说类似壬生寺演假面哑剧的音乐伴奏，有的则说近乎雅乐。

前夜祭时，彩车上挂起一串串灯笼，鼓乐喧阗，高亢嘹亮。

四条大桥东头虽然没有彩车，可是去八坂神社的这一路上，仍是热闹非常。

千重子刚上大桥，就被人流推来挤去，比苗子落后几步。

苗子说了三次“再见”，可是千重子委决不下，不知是在这儿分手好，还是走过太记老店，甚至走到店门附近，让她知道店在什么地方好？对苗子，油然而生一缕亲情。

“小姐，千重子小姐！”苗子刚要过大桥，跟她打招呼走到她跟前的，是秀男。秀男把苗子错认为千重子了。“您来逛前夜祭？就一个人……”

苗子感到很为难，但她不能回头去看千重子。

千重子倏地躲入人群。

“今儿晚上好天气……”秀男对苗子说，“明儿个，天也会好。星星那么亮……”

---

1　织田信长、丰臣秀吉掌权时代（1573—1600），美术史上称为安土桃山时期。这时期的城郭、宫殿、寺院，建筑豪华，布局宏伟，室内装饰壁画之风颇盛，表现市民生活的风俗画、陶瓷、漆器、染织等工艺也甚发达。

2　明治维新前的江户时代，凡领有红色官印执照的船只，始可与外国通商贸易。

苗子抬头望着夜空。她不知如何回答是好。当然，苗子不可能认识秀男。

“上一次对令尊十分无礼，那条带子花样真好……”秀男对苗子说。

“哎。”

“令尊后来生气了没有？”

“哎。”苗子莫名其妙，无从回答。

不过，她并没拿目光去寻千重子。

苗子感到迷惑。要是千重子愿意见这个年轻男子，她就会走过来。

这个男子，头略大，肩很阔，目光沉静。苗子觉得不像是坏人。从他提起腰带的事看来，可能是西阵那边的织工。在高高的织机上，几年坐下来，体形多少总会变成这个样子。

“怪我年轻不懂事，对令尊的图样，说了几句废话，一宿没睡，想来想去还是决定把它织出来。”秀男说。

“……”

“您系过一次没有？”

“哎。”苗子含糊其辞地应了一声

“怎么样？”

桥上不如马路上那么亮，人群熙攘，把他们隔了开来。尽管如此，秀男居然认错人，苗子仍感到不解。

双胞胎生在一份人家，一视同仁，同样抚养，自是不易分辨。但是，千重子和苗子长在不同地方，生活境遇截然不同。苗子甚至以为，眼前这个人或许是近视也难说。

“小姐，我打算自己设计，为您精心织一条锦带，作为您二十岁的纪念，不知行不行？”

“哎，谢谢了。”苗子期期艾艾地说。

“祇园会的前夕，能见到小姐，神佛一定会保佑我织好锦带。”

“……”

苗子心里想，我们是孪生姊妹，千重子准是不愿叫这人知道，所以才不过来。

“再见了。”苗子对秀男说。秀男有点意外。

“哦，再见。”秀男应了一声，又说，“您同意我织，那太好了。我一定赶在看红叶之前织出来……”秀男把意思又说了一遍，这才走开。

苗子用目光搜寻了一下，没有看见千重子。

方才那个男子以及腰带的事，对苗子来说，横竖无所谓，可是，在神舆前同千重子相逢，仿佛是神佛的呵护，她只觉得高兴。手扶着桥栏杆，凝望着水上的灯影。

苗子沿着桥边，缓缓走着，打算走到四条的尽头，去参拜八坂神社。

走到大桥中央，发现千重子和两个年轻男子站着说话。

“啊！”苗子不觉低声叫了出来，但没有走过去。

她是无意之间看见他们三个的。

千重子本来在思忖，苗子究竟同秀男站在那里说些什么。显然，秀男错把苗子当成自己了。苗子怎么应付秀男呢？真难为她。

千重子想，也许该走到他们跟前去。可是不行。非但没过去，当她听见秀男喊苗子为“千重子”的刹那间，竟抽身躲进了人群。

为什么呢?

神舆前与苗子邂逅，就内心的震动而论，千重子要比苗子强烈得多。苗子早就知道,自己是孪生,始终在寻找那不知是姐姐还是妹妹的另一个。然而，在千重子却是万万没有想到的。实在过于突然，她没法像苗子发现千重子时那么兴高采烈，她也顾不上高兴。

并且，父亲从杉树上摔下来，母亲产后早死，是方才听苗子说才知道的。她心里感到刺痛。

过去，她只是听见邻居们私下传说，才认为自己是个弃儿，可是她竭力不去想自己是被什么样的父母抛弃的，他们又在哪里。即或想了，也无济于事。何况太吉郎和繁子对自己十分钟爱，无须再想。

今晚，在前夜祭上，苗子告诉她的这些事，在千重子听来，未必是什么幸事。然而，她对苗子这样一个姐妹，已产生一种温暖的手足之情。

“她的心地比我纯洁,又能干活,身体好像也挺好。”千重子喃喃自语，“有朝一日，说不定还能依靠她呢……”

她茫茫然走在四条大桥上，这时，听到：

“千重子！千重子！”真一喊住了她，“一个人走路想什么呢？都出了神了。脸色也不大好。”

“哦，是真一。”千重子回思过来，“真一，那年你扮作童子，乘在插着长刀的彩车上，多好玩呀。”

“当时可难受极了。现在想想怪好玩的。”

真一有个同伴。

“是我哥哥，在大学研究院读书。”

哥哥长得很像弟弟，莽撞地向千重子点了点头。

“真一小时候性格懦弱得可爱，长得又细气，像个女孩子，所以把他扮成童子。真傻。”哥哥大声笑着说。

走到桥心，千重子在哥哥那张英武的脸上看了一眼。

“千重子，你今晚脸色苍白，像是很伤心似的。”真一说。

“也许是桥中央灯光照着的缘故？”千重子说着，用脚使劲踩着地下，“再说，这个前夜祭，人头攒动，个个兴高采烈的，孤零零一个女孩子，看着就显得伤心似的，这又有什么？”

“那可不行。”说着真一把千重子推向桥栏杆旁边，“稍微靠一会儿吧。”

“谢谢。”

“河上没什么风……”

千重子手扶额角，闭起眼睛。

“真一，你扮童子，乘在插长刀的彩车里，那时几岁？”

“嗯……算起来不到七岁吧？记得是上小学的前一年……”

千重子点了点头，默不作声。她想擦擦额角和头颈上的冷汗，手伸进怀里，摸到的是苗子的手帕。

“啊！”

手帕上沾着苗子的泪痕，千重子捏在手里，犹豫着要不要掏出来。她把手帕捏成一团，擦着额角，泪水几乎涌了出来。

真一很诧异。他知道，把手帕团成一团，塞进衣袋，这不是千重子的习惯。

“千重子，你觉得热吗？还是发冷？要是热伤风，可不容易好，赶快回去吧……我们送你。好吗，哥哥？”

真一的哥哥点点头。他一直目不转睛，盯着千重子。

“很近，不必送了……”

“很近，就更得送了。”真一的哥哥说得很干脆。

三个人从桥心往回走。

“真一，你扮童子乘彩车巡行时，我始终跟在后面，你知道不？”千重子问。

“记得，记得。”真一回答。

“那时还挺小的。”

“可不是。当童子不好东张西望，可是我心里想，那么小的女孩难为她跟着走。累得很吧？人又挤……”

“再也不能变得那么小了。”

“你尽说的什么呀？”真一一面闪烁其词，一面心里疑惑，千重子今晚是怎么了？

送千重子到了家，真一的哥哥同她父母恭恭敬敬寒暄一番，真一则躲在哥哥身后。

太吉郎在后房，同一位客人喝过节酒。太吉郎倒没怎么喝，他不过是陪着罢了。繁子在旁侍候，一忽儿站起来，一忽儿坐下去。

“我回来了。”千重子说。

“你回来啦？这么快！”说着察看女儿的神色。

千重子对客人毕恭毕敬行过礼，然后说：

“妈，我回来太晚了，也没能帮您的忙……”

“没什么，没什么。”繁子示意千重子一起到厨房去。叫她来端烫好的酒，顺便说：

“千重子，大概是看到你这么伤心的样子，他们才送你回来的吧？”

“嗯，真一和他哥哥一定要送……”

“我看也是。脸色也不好，摇摇晃晃的……”繁子摸了摸千重子的前额，“倒不发烧。瞧你这伤心的样儿。今儿晚上有客人，就跟妈一起睡吧。”说着，慈爱地搂着千重子的肩膀。

一包眼泪几乎要滚出来，千重子拼命忍着。

“你就上楼先睡吧。”

“是，妈……”见母亲如此慈怜温蔼，千重子心头顿时释然。

“你爸爸也是，客人少，闷得慌。吃晚饭那阵工夫，倒有五六个人来着……”

千重子端酒壶进去。

“已经酒足饭饱了。这些足矣。”

千重子斟酒的手发颤，左手也扶着酒壶，仍是微微颤动。

今晚，天井里那盏基督雕像灯也点亮了。大枫树洼儿里的两株紫花地丁，隐约可见。

花已凋落。上下两株细小的紫花地丁，不就是千重子和苗子吗？两株花似乎各据一方，可是今晚不就相逢了吗？千重子望着薄明微暗中的两株紫花地丁，不禁又酸泪欲滴。

太吉郎也发现，千重子似乎有心事，时不时地望着她。

千重子轻轻站了起来，走上二楼。她的卧室已铺上客人的铺盖。便从壁橱里拿出自己的枕头，到母亲房里睡下。

她恣情一恸，因怕人听见，便把脸埋进枕头里，两手抓住枕头的两边。

繁子走进来，看见千重子的枕头湿了一片，便说：

“来，换一只，我回头就来。”说着给她拿来一只新枕头，随即又下楼去了。在楼梯口停了一停，回头望了一眼，什么也没说。

铺盖只铺了两副，倒不是铺不下三副。一副是千重子的，母亲大概打算和千重子一起睡。

在脚横头，叠着两条夏天盖的麻绉被，一条是母亲的，一条是千重子的。

繁子没铺自己的被，只铺了女儿的。这本算不得一回事，千重子却能体会到母亲的一番心意。

于是，千重子止住了泪水，心情平静下来。

“我就是这个家里的孩子。”

千重子和苗子突然邂逅之后，心绪纷乱已极，一时难以克制，这是很自然的。

她站到镜台前，打量自己的面孔。想搽粉遮掩一下，又作罢。便去拿香水，在被上洒了几滴。然后把身上的窄腰带重新系好。

当然，她一时还无法入睡。

“刚才对苗子是不是太冷淡了？”

一闭上眼睛，便看见中川村（町）那秀丽的杉山。

从苗子的话里，千重子对自己的亲生父母，也大体上有所了解了。

“这件事，是告诉爸爸妈妈好呢，还是不告诉的好？”

恐怕这批发店的老夫妇，既不知道千重子生在哪里，也不知道她亲生父母的下落如何。

“亲爹亲娘已经不在人世了……”想到这里，千重子倒也没有流泪。

街上传来了鼓乐声。

楼下的客人，好像是近江长滨那一带的绉绸店老板。已经醉意蒙眬，嗓音也高起来，千重子睡在后楼上，不时也能听见一言半语。

客人絮絮不休，在讲祭神彩车队经过的路线，从四条出来，经过颇为现代化的河原町，拐到单行道御池大街，市政府前甚至搭了观礼台，说是为了“观光”。

以前，车队行经京都狭窄的街道，有时会损坏一些房屋。别有情趣的是，从前可向楼上的人讨粽子，现在则是撒粽子。

四条还算好的，一旦拐进窄小的街道，彩车的脚便看不到了。这倒更好。

太吉郎心平气和地分辩说，在宽阔的大街上，整辆彩车一览无余，那才美不胜收呢。

千重子此刻躺在被窝里，恍如听见彩车的大木轮，辗过十字路口的声音。

客人今晚似乎要在隔壁房里留宿。所以，见到苗子的前后经过，千重子打算明天再告诉父母。

听说北山杉的村里，都是私人经营。并不是每份人家都有山有林的。有山的，只是少数几家。千重子心想，她的亲生父母大概是人家的雇工。

“我在做工……”苗子自己也这么说。

二十年前，父母生下双胞胎，或许有点不好意思。又听说双胞胎难养，而且，也考虑到生活的艰难，才把千重子给扔了也难说。

——有三件事，千重子忘了问苗子了。弃婴还在襁褓中，为什么抛弃的不是苗子而是千重子？父亲从树上摔下来又是什么时候？苗子倒说过，在她“刚出生”的时候……此外，苗子说，她“生在母亲的娘家，那儿是个深山坳，比杉树村还要偏远”。那地方叫什么名字呢？

苗子似乎觉得同被抛弃的千重子“身份殊隔”，她是绝不会自己来找千重子的。倘如千重子想同苗子说什么，那就非去她干活的地方找她不可。

然而，千重子不能瞒着父母去找苗子。

大佛次郎的名篇《京都的魅力》，千重子读过多遍。脑海里忽然想起其中的一段：

> 北山上做圆杉木用的杉林，树梢青翠，重重叠叠，宛如云层；而红松，树干纤细，色调鲜明，丛立山间。林涛细响，恰似音乐一般……

层山叠嶂，那圆陀的山峰，起伏的音乐，林涛的细响，这一切远远盖过庙会的鼓乐和人声，向千重子心头奔凑而来，仿佛冲破北山上的彩虹，听得见那音乐和细响……

千重子的悲哀淡薄了。也许那根本就不是悲哀。说不定是突然遇到苗子而感到的惊愕、迷惘和困惑。多半是女孩儿天生爱流泪的缘故。

千重子翻了个身，闭着眼睛，倾听那山之歌。

“苗子高兴得什么似的，可我呢？”

过了一会儿，客人同父母上楼来了。

“请好好休息吧。”父亲对客人说。

母亲叠好客人脱下的衣服，走到这间屋子，正要叠父亲脱下的衣服，千重子说：

“妈，我来吧。”

“还没睡着？”母亲让千重子叠，躺了下来。

“好香。到底是年轻人。”母亲爽朗地说。

近江客人喝了酒的缘故，隔着纸拉门，鼾声当即可闻。

“繁子。”太吉郎喊了一声睡在旁边铺上的妻子，“有田先生不是说，要把儿子送到柜上来吗？”

“是当店员……职员吗？”

“是做上门女婿，千重子的……”

“别说了，千重子还没睡着呢。”繁子拦住丈夫说。

“我知道。千重子听听也好。”

“……”

“是他家老二。曾经打发他来过几次。”

“我可不大喜欢有田这个人。”繁子声音虽低，语气却很坚决。萦绕在千重子心头的山林的乐声消失了。

“是不，千重子？”母亲转身朝向女儿。千重子睁着眼睛没有做声。静默了半晌，千重子交叉着两脚，一动不动。

“有田先生看中的，大概是咱们的铺子吧。我这么猜。”太吉郎说，“再说，他也知道，千重子既漂亮又可爱……虽然是咱们的主顾，可是对柜上的情况，倒全都清楚。想必是哪个伙计透露给他的。”

“……”

“不过，不论千重子长得怎么俊，也不能为了生意叫她出嫁，这事我想都没想过。繁子，你说是不是？这么做也对不起神灵。”

“可不是。”繁子说。

“我这人的禀性，不适于做生意。”

“爸爸，我让您把保罗·格雷之类的画册带到嵯峨的尼庵去，真是不应该。”千重子撑起身子向父亲道歉。

“哪里，这也是爸爸的乐趣和消遣。这样，生活才有点意义。父亲轻轻点了点头，“我又没有能耐，设计那种图案……”

“爸爸！”

“千重子，要不咱们把店盘出去，到幽静的南禅寺或冈崎租间小房子，哪怕西阵也行，咱们父女俩一块儿设计和服，画腰带的花样，你看好不好？不过，你受得了穷吗？”

“穷怕什么！我一点也不在乎……”

“真的？”父亲说完，过一忽儿就睡熟了。千重子却辗转难眠。

可是第二天，她一清早便醒了，打扫店前的街道，擦拭格子门和坐榻。

祇园会仍在进行。

十八日是入山伐木节；二十三日是节后祭和屏风会；二十四日彩车上山巡行，然后祭神演出狂言[1]；二十八日洗御舆，回八坂神社；二十九日是上奏神事已毕的奉告祭。

好些彩车都经过寺町。

千重子是杂事烦心，不得清静，庙会差不多前后忙了一个月。

---

1　日本一种古典喜剧。

## 秋色

明治初年倡导“文明开化”，保留下来的唯一陈迹，便是沿着崛川行驶的北野线电车，现在也终于决定取消了。这条线路是日本最早的电车。

这足以让人了解，千年古都很早即已取法西洋，吸收新事物。京都人居然也有这样一面。

然而，这辆“叮叮当当”的老爷电车，还能开到今日，或许正可以看出“古都”的特色。车身很小，对面对座，几乎彼此能碰到膝盖。

可是一旦取消，又不免感到惋惜。所以，便把这辆车缀以假花，装饰成“花电车”，让一些人按照明治时的风俗装扮起来，乘在车上。这消息在市民中盛传一时。或者也可以说是一个“节日”吧。

几天来，这辆旧电车天天客满，没事的人也要上去乘一乘。正当七月伏天，有人还撑着阳伞。

京都的夏天，比东京晒得厉害，东京现在已经看不到打阳伞走路的人了。

太吉郎在京都站前正要上那辆花电车，有个中年女人忍着笑，故意藏在他身后。说起来，太吉郎也算得上是明治时期的老资格。

上了电车，太吉郎才发现这个女人，不大好意思地说：

“是你呀！你还不够明治时期的资格哩。”

“反正离明治也不远了。再说我家就在北野线上。”

“哦，可不是嘛！”太吉郎说。

“什么可不是吗，您这人真薄情寡义……您倒是想起来了没有？”

“还带了个可爱的孩子……藏在什么地方了？”

“甭装糊涂……您明明知道不是我的孩子。”

“啧啧，我哪儿知道。你们女人家……”

“瞧您说的，你们男人家才这样呢。”

女人带的那个女孩儿，长得白白净净，姿容曼妙，约莫有十四五了。单和服的外面，系着一条窄的红腰带。女孩儿忸忸怩怩躲着太吉郎，挨着女人坐下来，抿起嘴一声不响。

太吉郎轻轻拉了一下女人的袖子。

“小千代，往中间坐坐。”女人说。

三个人沉默了好一会儿。女人隔着女孩子的头，附耳对太吉郎说：

“我常想，要是叫这孩子到祇园当舞伎，准能红。”

“谁家的孩子？”

“附近茶馆老板的。”

“嗯。”

“有人居然认为是先生您同我的孩子。”女人声音低到欲无地说。

“什么话！”

女人是上七轩一家茶馆的老板娘。

“我们要去北野神社。这孩子非拉上我不可……”

太吉郎知道老板娘在开玩笑，便问少女说：“你几岁啦？”

“中学一年级。”

“嗯。”太吉郎一面端详女孩子，一面对老板娘说，“唉，到来生转世，再拜托你吧。”

女孩子生在花街柳巷，似乎也懂一些风情，太吉郎的俏皮话自然听懂了。

“有什么事非让这孩子拉上你去北野神社不可？难道她是天神下凡不成？”太吉郎揶揄老板娘说。

“正是正是。”

“天神可是男身噢……”

“是他转世托生成女的了。”老板娘故作正经地说，“要是生成男的，就得发配，受罪。”

太吉郎扑哧一声笑了出来：“要是女的呢？”

“要是女的，对啦，要是女的，就有个如意郎君，备受疼爱。”

“嗯。”

这女孩儿模样俊俏，无可挑剔。梳的刘海头，又黑又亮。双眼皮，大眼睛，顾盼撩人，美极了。

“是独生女吗？”太吉郎问。

“不是，还有两个姐姐。大姐明年春天中学毕业，也许要下海。”

“也像这孩子那么漂亮？”

“像是像，可没她这么俊。”

“……”

现在上七轩连一个舞伎都没有。当舞伎，也非中学毕业不可。

所谓上七轩，顾名思义，大概原来有七家茶馆。太吉郎好像在哪儿听说，现在已增加到二十几家了。

从前，也并不很久，太吉郎常陪西阵的织工或是外地的老主顾，到上七轩一带冶游。眼前不禁浮现出当时的女人的面影。那时，太吉郎店里的生意还很兴隆。

“你兴致倒好，居然还来乘乘这辆电车……”太吉郎说。

“人顶要紧的就是念旧。”老板娘说，“吃我们这碗饭的，就不能把老主顾给忘了……”

“……”

“偏巧今儿个送客上火车，回去乘这辆电车又是顺路……倒是佐田先生好不奇怪，孤家寡人，一个人乘这辆车……”

“可不，唉，其实光看看也就够了。”太吉郎侧着头沉吟了一下，“也不知是过去令人怀念呢，还是现在太寂寞了。”

“要说寂寞，您还不到那个年纪。咱们一起走吧。哪怕就看看年轻姑娘也好……”

太吉郎竟然要给带往上七轩去。

老板娘径直朝北野神社的神前走去，太吉郎跟随于后。老板娘恭恭敬敬告祷了好久。少女也低着头。

老板娘回到太吉郎身边时说：

“该叫小千代回去了，您包涵着点。”

“唔。”

“小千代，回去吧。”

“对不起。”女孩儿向二人道过别便走了。渐去渐远，走路的姿势也越来越像个地道的中学生了。

“您好像挺中意这孩子的。”老板娘说，“再过二三年就下海了，您就耐着性子等着吧……现在她人就很懂事。长得是真够俊的。”

太吉郎没有回答。既然到了这里，索性在园子里逛逛吧。可是酷热难当。

“到你们柜上休息一下好不好？我有些累。”

“敢情好。方才我就这么打算来着。您可是老没来了。”老板娘说。

进了那爿古旧的茶馆，老板娘便郑重其事地招呼说：

“您来了,可真是久违了。一向都好哇？倒是常念叨您呐。”又说,“您躺躺吧，我去拿个枕头来。哦，您方才说寂寞得慌，叫个老实的主儿来解解闷如何？”

“要是从前见过的姑娘，那就免了吧。”

太吉郎刚要入睡，走进一个年轻艺伎。她安安生生坐了片刻。见是个生客，心里暗想，大概挺难伺候。太吉郎一直睡意蒙眬，压根儿打不起精神来说话。艺伎或许是为了逗逗客人，说她下海两年来，喜欢过四十七个客人。

“正好同赤穗义士[1]一样多。有的也四五十岁了。现在想想蛮滑稽的……尽惹人笑话，说一个个该闹单相思了。”

---

1 一七〇三年一月三十日夜，赤穗地方的四十七名武士起事，为其主公复仇，后人称之为赤穗义士。戏曲小说常取材于此，著名歌舞伎《忠臣藏》描写的便是这段史实。

太吉郎这才完全清醒过来。

“那么现在呢？”

“现在只有一个人。”

这当口老板娘正走进客厅。

这艺伎不过二十来岁，同泛泛之交的男人相好竟有“四十七”人之多，太吉郎真有点疑心她记得确实不确实。

她刚下海三天，领一个讨厌的客人去厕所，猛不防被那人抱住亲了一下。结果把客人的舌头给咬了。

“出血了吗？”

“可不，出血了。客人大发雷霆，叫赔治疗费，我呢就哭，折腾了半天。那也是他自作自受。现在连他叫什么名字，我都忘了。”

“嗯。”太吉郎盯着这个艺伎的面孔。当时她也不过十八九岁光景。这么一个细腰身、削肩膀，性格温柔的京都美人儿，居然会使劲咬人。

“让我看看你的牙。”太吉郎对年轻的艺伎说。

“牙？我的牙吗？说话的时候，您不就瞧见了吗？”

“我再仔细看看，不碍事的。”

“不嘛，怪难为情的。”艺伎抿着嘴说，“您多坏呀，叫人没法开口说话了不是？”

艺伎的樱桃小口里，露出一排细小洁白的牙齿。太吉郎嘲弄说：

“莫不是咬断了，镶的假牙吧？”

“舌头多软呀。”艺伎一不留神，说走了嘴，“真是的，我不说了……”

说着把脸藏在老板娘的背后。

过了片刻，太吉郎对老板娘说：

“既然到了这里，顺便到中里去看看吧。”

“哦……那他们会高兴的。我陪您去好吗？”说罢,老板娘站起身来,走到镜台前，大概要坐下匀匀脸。

中里家的门面依旧是老样子，客厅却布置一新。

又叫了一个艺伎来，太吉郎在中里家一直待到晚饭后。

——秀男到太吉郎店里，正是他不在家的时候。说要见小姐，千重子便走到前面店堂里。

“祇园会那晚，您答应过我给您设计腰带，现在已经画好了，我拿来请您过过目。”秀男说。

“千重子！”母亲招呼说，“请让进里屋来吧。”

“嗳。”

在朝天井的那间屋里，秀男打开图案给千重子看。一共有两幅。一幅画的是菊花配着绿叶,叶子几乎看不出来,形状很别致。另一幅是红叶。

“好极了。”千重子看得入迷了。

“只要小姐中意，我比什么都高兴……”秀男说，“那么就请小姐定一下织哪一幅吧。”

“这个嘛，要是菊花，长年都可以系。”

“那就织菊花这幅吧，好吗？”

“……”

千重子垂着头，神情抑郁。

“两幅都很好，不过……”她吞吞吐吐地说，“不能织成山上的青杉和红松吗？”

“山上的青杉和红松？看来不大容易，我想想看吧。”秀男诧异地看着千重子。

“秀男先生，这还得请您原谅。”

“哪里谈得到原谅……”

“这个……”千重子不知怎么说才好，“前夜祭那晚，在四条大桥上，您说要给我织腰带，其实，那人不是我。您认错人了。”

秀男说不出话来。他简直不能相信，顿时神情沮丧。正是为了千重子，他才呕心沥血设计图案的。难道千重子这是表示婉拒的意思吗？

但是，不论如何，千重子的措辞，她的态度，令人有点费解。秀男多少恢复一些他刚强的个性。

“那么说，我见到的竟是小姐的幻影了？是跟千重子小姐的幻影说的话？难道说祇园会上居然出现了幻影？”不过，秀男还没有说成是他“意中人”的幻影。

千重子庄容说道：

“秀男先生，当时同你说话的，是我妹妹。”

“……”

“是我妹妹。”

“……”

“我也是那晚头一次遇见她。”

“……”

“关于妹妹的事，我连父母都还没告诉。”

“什么？”秀男吃了一惊。他简直闹糊涂了。

“那个出北山圆杉木的村子，您知道吧？她就在那儿干活。”

“唔？”

他惊讶得一句话也说不出来。

“中川町您知道吧？”千重子问。

“嗯，乘公共汽车曾经从那儿经过……”

“请您给她织一条带子吧。”

“哎。”

“给她织吧？”

“哎。”秀男不无怀疑地点头答应，“所以，您方才说要红松和青杉的图案？”

千重子点点头。

“好吧，不过，是不是跟她的生活太切近了些？”

“那要看您设计得如何了。”

“……”

“她一辈子都会当件宝贝的。妹妹名叫苗子，不是有山有地人家的姑娘，所以很能干。比我坚强得多……”

秀男仍有些迷惑不解，但还是说：

“因为是小姐您要我织，我一定把它织好。”

“我再啰嗦一遍，是给苗子姑娘的。”

“知道了。可是，她怎么同千重子小姐那么相像呢？”

“我们是姐妹嘛。”

“即便是姐妹也……”

千重子还不便告诉秀男，说她们是孪生姐妹。

夏天的庙会上，衣衫本来轻便，再加灯光下，秀男把苗子错看成千重子，未必就是看花了眼的缘故。

古色古香的木格窗外，还围着一道木格栅栏，中间摆着坐榻，店堂开间很深——这种格局现在看来，或许是从前遗留下来的，但毕竟是堂堂京式老字号的绸缎批发商。作为这样一家批发商的小姐，同一个在北山杉村里做工的姑娘，怎么会是姐妹呢？秀男感到不可思议。然而，这事他又不便深问。

“带子织好后，是送到府上来吗？”秀男问。

“这个……”千重子沉吟了一下，“能不能请您直接送给苗子呢？”

“当然可以。”

“那就这么办吧。”千重子的嘱托里，似乎另有深意，“就是路远一些……”

“哦，远不到哪儿。”

“真不知苗子会多高兴。”

“她肯收下吧？”秀男的疑虑也不无道理。苗子大概会感到意外的。

“我先跟苗子说好。”

“是吗？那好吧……我一定送去。家住在哪里？”

千重子也不知道。“是苗子住的地方吗？”

“嗯。”

“我先打电话或写信告诉她。”

“是吗？”秀男说，“虽说有两位千重子小姐，我还是作为小姐您的带子用心去织，然后亲自送去。”

“太多谢了。”千重子低头致谢，“那就拜托了。您觉得奇怪吗？”

“……”

“秀男先生，腰带不是给我织的，是请您给苗子织的。”

“嗯，我知道了。”

过了一会儿，秀男走出店门，仍是百思不得其解。不过脑子里未尝不在琢磨腰带的图案。假如画山上的青杉和红松而不大胆创新，拿给千重子用，恐怕太素净了。秀男的心里，仍当它是千重子的腰带。换句话说，倘若看作是苗子姑娘的腰带，那万万不能同她的劳动生活太切近。方才对千重子也这么说过。

在四条的大桥上，自己遇到的不知是“叫千重子的苗子”，抑或是“叫苗子的千重子”？他想到桥上走走，两脚便朝那里走去。白日里阳光灼热。秀男站在桥上，凭栏闭目，竭力不去理会人群的嘈杂和电车的轰鸣，他想倾听那低到欲无的淙淙流水。

千重子今年没有去看大字篝火[1]。母亲难得随父亲一起去看热闹，千重子便一个人留下来看家。

父亲他们和附近两三家相熟的批发店，在木屋町二条南的一家茶楼包了一个凉台。

八月十六日的大字篝火，是在盂兰盆会最后一天为超度祖先亡灵而点的。从前的风俗，是那天夜里把松明火把抛到空中，表示送游魂回归冥府。山上烧篝火，据说就是沿袭这一风俗而来的。

实际上点篝火的有五座山，东山如意峰上点的才叫“大字篝火”。靠

1　每年八月十六日晚，在京都东山如意峰山腰上遍燃篝火，远看成一“大”字，故名大字篝火。

近金阁寺的大北山上的，叫“左大字篝火”；松崎山上的是“妙法篝火”；西贺茂的明见山，是“船形篝火”；上嵯峨山那里叫“鸟居篝火”，共是五山篝火。当晚要依次点燃起来，大约烧四十分钟光景。这期间，市内的霓虹灯和广告灯全都熄灭。

篝火点起来后，从那一片山色和夜色中，千重子感到了秋色。

比大字篝火早半个月，立秋的前夜，下鸭神社里有越夏神事。

以前为了看“左大字篝火”什么的，千重子常约几个朋友登上加茂川的堤堰。

大字篝火之类，她从小就已经看惯了。但是心里仍惦记着：

“今年的大字篝火也……”正当妙龄，更加多愁善感。

千重子走到店外，同邻居的孩子围着坐榻玩。小孩子对大字篝火似乎不大在意，觉得放烟火才更有趣。

可是，今年夏天的盂兰盆会，千重子新添一桩伤心的事。因为祇园会上遇见苗子，苗子把亲生父母早就过世的事告诉了她。

“对了，明天去看看苗子吧。”千重子思量着，“秀男织腰带的事，也得同她说好……”

翌日下午，千重子换上一身素净衣服出门。——大白天里，千重子还没有见过苗子呢。

她在菩提瀑布那一站，下了公共汽车。

北山町眼下正是繁忙的季节。男人家已经开始剥杉树皮，树皮堆得老高，四处还摊了一片。

千重子正在游移，刚走了几步，只见苗子一阵风似的跑了过来。

“小姐，你来得可太好了。真的真的，来得太好了……”

千重子见苗子一身干活打扮，便问：

“不要紧吗？”

“不要紧，我今儿个告了假。因为我看见你来了……”苗子气喘吁吁地说，“咱们上山到杉林里说说话去吧。谁也看不见咱们。”说着便拉着千重子的袖子。

苗子兴冲冲地赶忙解下围裙，铺在地上。丹波土布做的围裙，能到腰后，大小足够两个人并排坐着。

“请坐吧。”苗子说。

“谢谢。”

苗子摘下包头巾，用手拢了拢头发说：

“真的，你来了，可太好了。我真高兴极了……”目光亮晶晶的，看着千重子。

泥土的气息和着杉树的清香，杉山一片芳馨，浓烈袭人。

“到了这儿，下面就看不到我们了。”苗子说。

“我喜欢这美丽的杉林，偶尔也上这儿来过。可是钻进杉树林里，这还是头一次呐。”千重子放眼向四周望去。杉树差不多一般粗细，笔直地矗立在两人的周围。

“这些都是人工培植的。”苗子说。

“是吗？”

“这些树大概上四十年了。可以伐下来做柱子什么的。要是老这么长下去，不晓得能不能长到上千年，老粗老高的。有时我就这么想。不过，我更喜欢原始森林。可村里却像种花那么侍弄着……”

“……”

“世界上要是没有人，就不会有京都这座城，到处都会是一片原始森林或是杂草丛生的荒原。这一带就该成了麋鹿和野猪的天下，你说是不？这世上怎么会有人的呢？人呢，真是可怕呀……”

“苗子，你常想这些事吗？”千重子感到惊愕。

“嗯，偶尔这么想想……”

“你讨厌人吗？”

“我顶喜欢人……”苗子回答，“没有什么能像人那么叫我喜欢的了。要是世上没有人，那该成什么样子呢？有时躺在山上打过一阵瞌睡，我会突然这么想……”

“这不正是藏在你心里的厌世念头吗？”

“我顶不喜欢厌世什么的。每天我都快快活活地干活……不过，人毕竟……”

“……”

两个姑娘所在的杉林，骤然间幽暗下来。

“下阵雨了。”苗子说。雨水积在杉树梢头，变成很大的水珠，从叶子上落下来。

随之而来的，是一阵轰隆隆的雷鸣。

“好怕人！”千重子脸色发青，抓住苗子的手说。

“千重子，你把腿蜷起来，缩得小一点。”说着，苗子伏在千重子身上，几乎把千重子整个儿给遮住了。

雷声愈来愈令人惊怖，电闪雷鸣一阵紧似一阵。那声响大有山崩地裂之势。

而且，近在咫尺，宛如就在两个姑娘的头上。

雨点刷啦啦地打在杉树梢上，闪电的光把大地照得雪亮，也照在两个姑娘周围的杉树干上。美丽挺拔的树干刹那间显得幽阴可怖。猝不及防，又是一阵雷鸣。

“苗子，雷好像要劈下来了。”千重子把身子缩作一团。

“也许会劈下来。不过，劈不到咱们头上。”苗子用力地说，“怎么会劈下来呢！”

于是用身子把千重子遮得更严了。

“小姐，你头发湿了一点。”说着用手巾把千重子脑后的头发揩了揩，然后叠成两折，盖在千重子的头上。

“雨点也许会淋透，可是雷是绝不会劈到小姐头上或是身旁的。”

性情刚毅的千重子，听了苗子镇定自若的声音，才稍稍放下心来。

“谢谢……真得谢谢你。”千重子说，“你遮着我，自己却给淋湿了。”

“干活穿的衣裳，不要紧。”苗子说，“我高兴极了。”

“你腰上发亮的，是什么呀？”千重子问。

“嗳呀，我真大意。是镰刀。刚才在路边刮杉树皮，一看到你就奔过来，竟把镰刀也带来了。”苗子发现腰上的镰刀后说。“好险！”说着把镰刀扔到远处。是一把没有木柄的小镰刀。

“回去时再捡吧。可我真不想回去……”

雷声从两人的头上响了过去。

千重子完全想象得出，苗子用身体庇护自己的姿态。

纵然是夏天，山里下过阵雨，连指尖都是冰凉的。可是苗子从头到脚遮着千重子，把体温也传给了千重子，一直暖到她心上，有种说不出的亲密和温暖。千重子感到幸福，闭起眼睛半晌没动。

“苗子，太谢谢你了。”千重子又说，“在娘胎里，大概你也是这么护着我的。”

“我想准是你推我，我踢你的。”

“可不是。”千重子笑了起来，笑声充满了手足之情。

雷声停了，阵雨也随着过去了。

“苗子，多谢你了……雨停了吧？”千重子在苗子身下动了动，想站起来。

“停了。不过先别动，再这么待一忽儿。树叶上还在滴水呢……”苗子仍旧遮着千重子。千重子用手摸了摸苗子的后背。

“看你都湿透了，不冷吗？”

“我已经惯了，不碍事的。”苗子说，“你来了，我太高兴了，浑身直发热。你也淋湿了一点。”

“苗子，爸爸从杉树上摔下来，是在这一带吗？”千重子问。

“不知道。那时我还是小毛头呢。”

“妈妈的老家在哪儿？外公外婆身体都好吗？”

“也不知道。”苗子回答说。

“你不是那儿长大的吗？”

“小姐，干吗要打听这些事呢？”经苗子这一诘问，千重子倒噤住了。

“你没有这些亲戚。”

“……”

“只要你认我这个妹妹，我就千恩万谢了。祇园会上我真不该多这个嘴。”

“不，我很高兴。”

“我也是……可是，苗子不会到小姐家的店里去的。”

“你来吧，我要好好招待你。还要告诉爸爸妈妈……”

“千万别说。”苗子强调地说，“倘若小姐像今天这样遇到什么难处，我就是豁出命来也要保护你……你该明白我的意思啦。”

“……”千重子的眼睛一热，说道：

“我说，苗子，前夜祭那晚，人家把你当成我，让你为难了吧？”

“哦，是说什么腰带的那个人吧？”

“那个年轻人是西阵那儿织腰带的。人很靠得住……他说要给你织条腰带，是吧？”

“因为他把我当成你了。”

“最近他把那带子的图样拿来给我看了，我就告诉他，那不是我，是我妹妹。”

“什么？”

“我便求他给我妹妹苗子也织一条。”

“给我？”

“你不是答应过他吗？”

“那是他认错人的缘故。”

“我请他给我织一条，也给你织一条。作为咱们姐妹一场的纪念……”

“我……”苗子感到十分意外。

“倒不是因为祇园会上你答应的缘故。”千重子温柔地说。

苗子的身子方才还护着千重子，现在忽然有些发僵，一动不动。

“小姐，要是你碰到什么难处，我会心甘情愿什么都替你做的。可是要我替你接受别人的礼物,那我可不愿意。”苗子干脆地说,“那太难堪了。”

“不是替我。”

“是替你。”

千重子在想，怎么才能劝苗子同意。

“难道我送你，你也不收？”

“……”

“是我要送你，才叫他织的。”

“恐怕不是这么回事。前夜祭那晚，人家认错了人，说是要送你一条腰带。”停了一下苗子转了话题说，“那个织带子的，那个织匠，可是非常爱慕你呀。我好歹也是个女孩儿，所以我知道。”

千重子顾不得害羞，说道：

“要是那样的话，你就不肯收？”

“……”

“我说了，你是我妹妹，特意请他织的……”

“那我就收下吧，小姐。”苗子终于让步答应了，“尽说些废话，请别见怪。”

“带子由他送到你家里，你住在哪儿呢？”

“住在村濑家。”苗子说，“带子一定会是上好的，像我这种人，有机会系吗？”

“苗子，一个人的将来谁能料得定呢。”

“可不，这倒是。”苗子点点头说，“我倒不想有什么出头之日……这带子即使没有机会系，我也要当作宝贝珍藏起来。”

“我们柜上不卖腰带，回头我可以挑一套和秀男织的腰带相配的和服送你。”

“……”

“爸爸人很古怪，最近生意上的事，越发提不起精神去管。像我们这种批发店，往后也不能尽卖高档货。现在市面上化纤织品和毛料什么的，也慢慢多起来了……”

苗子抬头看了看树梢，从千重子背上直起身子。

“还有点水滴落下来……可你这么窝着太不舒服了。”

“没什么。多亏你……”

“生意上的事，你不好帮着照管一下吗？”

“我？”千重子像触着了痛处，站起身来。

苗子的衣服淋得精湿，贴在身上。

苗子没有送千重子到车站。不是因为衣服湿，大概是怕引起别人注意。

千重子回到店里，母亲正在过道里头给伙计准备下午的茶点。

“回来了？”

“回来了，妈。今儿个回来得晚了……爸爸呢？”

“进了挂幔帐那间屋，不知在想什么。”母亲凝视着千重子说，“你到哪儿去了？衣裳也湿了，都打皱了，去换换吧。”

“哎。”千重子上了后楼慢慢换着，又坐了片刻。下楼时，母亲已经把下午三点钟吃的茶点给伙计送过去了。

“妈。”千重子的声音微微发颤，“有件事我想先告诉妈一个人……”

繁子点点头："到后楼上去吧。"

这一来千重子反而不大自然起来，便问：

"这儿下过阵雨吗？"

"阵雨？没下过。你要告诉我的，怕不是下阵雨的事吧？"

"妈，我上北山杉的村里去了。那儿有我一个姐妹……也不知道是姐姐还是妹妹，跟我是双胞胎。今年祇园会上头一次遇见。听她说，父母他们早就去世了。"

当然事出繁子的意外。她只是盯着千重子的面孔，"北山杉的村里……哦？"

"这事我不能瞒着妈。祇园会那次连今天，我们一共只见过两次……"

"还是个女孩儿呐？现在在干什么呢？"

"在村里帮工，干活。挺好的一个姑娘。她不肯到咱家来。"

"嗯。"繁子沉吟了一下，"知道了这事也好。那么，千重子你……"

"妈，千重子是妈的孩子。还像过去一样，让我做你们的孩子吧。"她神情恳切地说。

"这还用说。千重子就是我的孩子，都已经二十年了。"

"妈……"千重子把脸伏在繁子的腿上。

"其实呢，打祇园会以来，就见你时常发愣，以为你喜欢上什么人了，妈还想问你来着。"

"……"

"领那姑娘到家里来一次好吗？等伙计下了班，晚上的时候。"千重子在母亲腿上轻轻摇了摇头说：

"她不肯来。还管我叫小姐……"

“是吗？”繁子摸着千重子的头发说，“还是告诉妈好。长得和你很像吗？”

丹波壶里的金钟儿，开始叫起来了。

## 松林苍翠

太吉郎听人说，南禅寺附近有座合适的房子出售。便想趁秋高气爽，出去散散步，顺便再看看房子，于是带上妻子女儿同去。

“你打算买下来吗？”繁子问。

“看了再说。”太吉郎蓦地发火说，“价码挺便宜，听说房子不大。”

“……”

“就是光散散步也好嘛。”

“好是好……”

繁子心里很不安。买下那座房子，往后家里店里要天天来回跑吗？——中京的批发商大街，近来也像东京的银座或是日本桥那样，老板另外住，每天去店里上班的也多起来了。要是那样倒也好，太记老店生意虽然日渐萧条，另外买座小房子，这点余裕总还有的。

但是，太吉郎的心思，该不会是把店盘掉，从此“隐居”在那座小房子里吧？趁手头还宽裕，赶早打主意也许更好。可是，住在南禅寺的小房子里，丈夫何以为生呢？人已经年过半百，也该让他过两天称心如意的日子才是。把店盘掉，数目会很可观。要是坐吃利息，不免有种恐慌之感。倘使能请人拿这笔钱好好周转，自能安乐度日。然而，在繁子心目中，一时之间还想不出有这样的人来。

母亲这里心事重重，虽未形之于口，女儿千重子早已察觉到了。千重子还太年轻，看着母亲的目光，流露出一缕怜恤之情。

与此相反，太吉郎却没事似的，高高兴兴，快快活活的。

“爸爸，既然到那一带散步，咱们从青莲院那儿绕一下好吗？”千重子在车上央求说，“只在门口经过一下就行……”

“哦，樟树，你想看看樟树吧？”

“嗯，”父亲这么机敏，千重子很惊讶，“是看樟树。”

“去，去。”太吉郎说，“爸爸年轻时，常会同三朋四友，在那儿的大樟树下谈天说地。——现在是故旧星散，一个都不在京都了。”

“……”

“到了那儿，处处叫人回首往事啊。”

千重子任凭父亲追怀他的青春年华，隔了一会儿说：

“我从学校毕业后，白天还没看过那儿的樟树呢。”接着又说，“爸爸，您知道晚上游览车的路线吗？参观寺庙，青莲院算一座，汽车一开进山门，就有几个和尚提着灯笼出来迎接。”

长长一段甬路，直通庙门，僧众几人提灯引路，要说情趣，仅此而已。

照导游指南的介绍，青莲院的僧尼会奉淡茶待客。可是千重子笑着说，到了大厅以后，“茶倒有，好些僧尼端着一张大木托盘，上面摆了许多粗瓷茶碗，放下就赶紧走开了。”千重子接着又说：

“也许还有尼姑夹在里面，可是，快得简直叫人来不及看上一眼……

真扫兴，茶也是半冷不热的。”

“那有什么办法。要是客客气气，岂不是要耽搁工夫吗？”父亲说。

“嗯，这还算好。宽敞的大院里，四面八方打着照明灯，居然有和尚站在院当中，长篇大论地演说，虽说是介绍青莲院，真也是口若悬河。”

“……”

“走进庙堂，各处都能听见古琴悠扬，我和同学说，不知是有人在弹奏，还是放的留声机……”

“嗯。”

“后来我们还去祇园看舞伎来着。在歌舞排练场上给跳了两三段舞。哎呀，舞伎叫什么来着？”

“叫什么？”

“腰带倒是垂下来的，衣裳可挺寒酸的。”

“唔？”

“接着又从祇园上岛原的角屋去看花魁。花魁穿的衣裳什么的，大概货色很地道，使女也打扮成那样。在粗大的蜡烛的光下，表演了一下喝酒的样子，那叫交杯酒吧？然后在门口的泥地上，还按照花魁的步法走了几步给我们看。”

“唔？能看到这些，就很不简单了。”太吉郎说。

“可不是嘛。要说有趣，就数青莲院的和尚提灯给客人引路，再就是岛原的角屋。”千重子说，“我记得以前好像告诉过你们……”

“什么时候带妈也去看一次。角屋啦，花魁啦，我还从来没见过呐。”母亲说话的工夫，车已经到了青莲院前。

千重子怎么会想到要去看樟树的呢？是因为上一次在植物园樟木林

阴道上散过步？还是因为北山杉是所谓人工栽培的，所以她才更加喜欢天然成趣的大树呢？

青莲院入口处的石墙上，只长了四棵樟树。其中，眼前的一棵似乎是棵古稀老树了。

千重子一家三口对着那棵樟树，默默地眺望着，大樟树虬枝横空，盘缠纠结，形状古怪。目不转睛地看着看着，觉得似乎蕴有一股可怕的力量。

“行了吧？走吧！”太吉郎说着便朝着南禅寺走去。

太吉郎从怀里掏出钱夹，找出一张画着去空房的路线图。一面看一面说：

“我说千重子，这樟树，我不大清楚，是不是宜于长在温暖的南国？热海和九州那边就挺多。这里的虽然是老树，你不觉得像个大盆景吗？”

“京都又何尝不如此呢？山也罢，河也罢，人也罢……”千重子说。

“唔，是吗？”父亲点了点头，又说，“未必人人都如此吧？”

“……”

“无论是今人还是历史上的古人……”

“倒也是。”

“照你这么说，日本这个国家不也如此吗？”

“……”千重子思忖着，父亲的话从大处看，确乎如此。她便说，“但是，爸爸，仔细看一下那樟树干，那横空伸张的枝丫，您难道不觉得有股强劲的生命力，令人望而生畏吗？”

“这话很对。你一个年轻女孩子家，怎么竟想这种事？”父亲回头看了一眼樟树，然后凝目望着女儿说，“的确像你说的。正如千重子又黑又亮的头发在长一样……爸爸已经变得迟钝了，老朽了。不过，你的话倒很有见地。”

“爸爸！”千重子深情地喊着。

站在南禅寺的山门口，朝院内望去，寥廓空寂，照例不见几个人影。

父亲看着去空房的路线图，朝左拐去。房子确实很小，围墙却很高，院子也深，走进窄小的院门，到房门口的小径两侧，长着长长一溜胡枝子花，正开着白花。

“呀，好美！”太吉郎伫立在门前，看那白胡枝子花，简直看迷了。可是，当他看见邻居家隔壁那座大房子，是家包饭的旅馆时，便已无意再看房子了。

然而，这一簇簇白胡枝子花，使他流连忘返。

太吉郎有一晌没来过这里，看到南禅寺前面的大街上，骤然之间许多人家变成旅馆，先已感到惊讶。其中有的经过重新翻修，改成接待团体旅客的大旅社，外省来的学生进进出出，闹闹哄哄的。

“房子好像挺好，可是不行。”太吉郎站在胡枝子花的那家门口，嘟哝着。

“看这势头，总有一天整个京都都要变成旅馆了，就像高台寺那一带似的……大阪和京都之间成了工业区，京西一带还有空地，虽然不大方便，却也不顾，附近不知要盖多么稀奇古怪、豪华时髦的房子……”太吉郎颓丧地说。

太吉郎也许依旧留恋那一簇簇的白胡枝子花，刚走了七八步，一个人又踅回去看。

繁子和千重子在路边上等他。

“开得真美啊！这其中难道有什么奥秘吗？”太吉郎走回母女二人身旁时说，“要是用竹棍支起来就好了……倘若下雨，花叶要沾湿衣服，石径便走不得人了。”又说，“想必胡枝子花今年照旧盛开时，恐怕房主还无意于出售这座产业。到了非卖不可时，大概也就任其凋零败落了。”

母女二人默默无言。

“人就是这么回事。”父亲神情为之黯然。

“爸爸，您这么喜欢胡枝子花吗？”千重子强作欢颜，“今年是来不及了，明年我给爸爸设计一件有小碎花的衣料，用胡枝子花做图案。”

“胡枝子花是女人家穿的花样。那是用来做女人单衣的。”

“我想试一下，既不是妇女穿的花样，也不是单衣花样。”

“唔？小碎花，做内衣吗？”父亲看着女儿，笑着掩饰说，“爸爸设计一件樟树花样的和服或和服外褂给你穿，作为酬劳。穿上这种花样该像个怪物了……”

“……”

“正好是男女颠倒。”

“没有颠倒。”

“穿着樟树打底的和服，像怪物似的，你能上街吗？”

“能，哪儿都能去。”

“嗯。”

父亲低头，似在沉思默想。

“千重子，我并非单单喜欢白胡枝子花。不论什么花，不论何时何地，看了总叫我动心。”

“这倒是。”千重子答道，“爸爸，龙村离这儿很近，既然到了这儿，我想顺路去看看……”

“哦，那家店是专门对外国人的……繁子，你看怎么样？”

“千重子想去就去吧。”繁子爽快地答应说。

“唔。那儿可不出售龙村的腰带……”

那附近的下河原町，是高等住宅区。

千重子一走进店里，就一一打量摆在右面的一卷卷丝绸女衣料，看得很经心。这些都不是龙村的出品，是金纺的。

繁子走过来问：“千重子也想穿西装吗？”

“不，不是的，妈。我想知道一下外国人喜欢什么样的丝绸。”

母亲点了点头，站在女儿身后，不时伸手摸摸衣料。

正中的店堂和廊下，陈列一些仿古衣料，大部分仿的是正仓院藏品，有些是古代衣料。

这些都是龙村的出品。龙村曾举行过几次展出，收藏的古代衣料及其图录，太吉郎都看过，印象颇深，名称也全都知道，但仍情不自禁又细细地看起来。

“敝号想叫外国人见识见识，日本也能织出这样的精品。”一个认识太吉郎的店员说。

这话以前来的时候，也曾听说过，这次太吉郎听了仍是点了点头。看到仿唐代的丝绸制品，太吉郎说：

“古代真了不起啊……都上千年了吧？”

这里成匹的仿古衣料大概不会出售。——有织成女用腰带的，太吉郎很喜欢，曾给繁子和千重子买过几条，可是这家店看来是面向洋人，没有腰带出售。大件商品不外乎台布之类。

玻璃柜里摆着手提袋、钱包、烟盒、绸巾等一些小物件。

太吉郎买了两三条不像龙村出品的龙村领带和一只菊花绉钱包。“菊花绉”者，是把光悦[1]在鹰峰发明的一种叫“大菊花绉”的造纸工艺，应用于绸料上；这种工艺方法，时行得还不太久。

“东北[2]有个地方，现在还生产一种钱包，是用结实的日本纸造的，跟这个很相似。”太吉郎说。

“是，是。”店里的人回答说，“不过，同光悦有什么关系，我们还不大清楚……”

里面的玻璃柜，陈列着索尼出的小型收音机，太吉郎一家人看了十分惊讶。即便是为了“赚取外汇”，摆在这里寄售，也太不伦不类了……

他们三人给让进后面的会客室里用茶。店员说，这些椅子，有好几位外国来的所谓贵客都坐过。

窗外是一簇杉林，虽然不大却很稀罕。

“这是什么杉？”太吉郎问。

“不大清楚……好像叫 guǎng ye 杉。”

“哪几个字？”

“花匠不识字，恐怕不准，大概是广叶杉三个字。据说本州南边才有这种树。”

---

1　全名为本阿弥光悦(1558—1637)，江户初期艺术家。

2　即福岛、宫城、岩手、青森、山形、秋田等六县的总称。

“树干的颜色……”

“那是青苔。”

小收音机响了，回头一看，有个青年正在向三四个外国女客做介绍。

“啊，是真一的哥哥。”说着，千重子站了起来。

真一的哥哥龙助，也迎着千重子走过来，向坐在会客室椅子上的千重子的父母鞠了一躬。

“你给那几位太太做导游吗？”千重子说。两个人走近之后，千重子觉得龙助同性情随和的真一不同，有种凌人之势，叫人说不出话来。

“谈不上是导游，因为我朋友给她们做翻译，他妹妹突然死了，我临时代三四天。”

“哦，他妹妹……”

“是的。比真一小两岁，是个可爱的姑娘……”

“……”

“真一英语不大灵，又腼腆。只好我来……这家商店也无需翻译……再说，客人到这里来也只买些小收音机什么的。这些美国太太都住在京城饭店。”

“是吗？”

“京城饭店离这里很近，顺便进来看看的。好好看看龙村的纺织品也行，倒看起小收音机来了。”龙助低声笑笑说，“反正也无所谓。”

“这里陈列收音机，我也是头一次看到。”

“小收音机也罢，龙村丝绸也罢，一个美金就是一个美金，这没什么不同。”

“嗯。”

“方才在院子里，池里有各种颜色的金鱼，我心里正发愁，要是细究细问起来，我该怎么讲解才好。幸而她们只是一迭连声地嚷漂亮呀漂亮的，倒帮了我的大忙。对金鱼，我也不大懂。金鱼的颜色，英文究竟怎么说才确切，也不知道。什么花斑金鱼啦，等等……”

“……”

“千重子小姐，出去看看金鱼好吗？”

“那几位女客怎么办？”

“让店员招呼她们好了，马上就到吃茶点的时间了，也该回饭店了。说是要会同她们的丈夫到奈良去。”

“那我跟父母说一声就来。”

“对了，我也向她们打个招呼去。”龙助回到女宾身边，不知说了些什么。她们一齐朝千重子看过来。千重子不禁脸颊飞红。

龙助随即过来，带千重子走到院里。

两人坐在池边，看着美丽的金鱼游来游去，默然有顷。

“千重子小姐，对于贵掌柜——就股份公司来说，应该称专务董事或常务董事，你要给他点厉害看看。你办得到吧？要我给你助阵也行……”

千重子感到愕然，心里不由得揪紧了。

从龙村回家的当晚，千重子做了一个梦——她蹲在池边，各色各样的金鱼聚在她的脚下。金鱼一条挨一条，有的泼刺翻跳，有的探头出水。

就是这样一个梦。梦见的全是白天的事。千重子把手伸进池里，搅起一圈圈的涟漪，金鱼便游近来。千重子自己也吃惊，对鱼群感到有说不出的喜爱。

站在身旁的龙助，惊讶的程度更甚于千重子。

“千重子小姐的手，难道有什么香气——灵气吗？”龙助说。

千重子听了有些赧然，站起身来说：“大概金鱼很快便能和人相熟的缘故。”

龙助目不转睛地看着千重子的侧脸。

“东山就在那边呐。”千重子躲开龙助的目光说。

“哦，你不觉得山色有些不同吗？已经带些秋意了……”龙助答说。

千重子醒来后，不记得梦里龙助在不在身旁，半晌没能入睡。

第二天，千重子很踌躇，龙助劝她给掌柜点“厉害看看”。她感到难以开口。

店快打烊的时候，千重子坐到账台前。账台是用矮格子栅栏围起来的，很是古朴。植村掌柜感到千重子气色不同寻常。

“小姐，有事吗？”

“给我看一下，有我穿的和服料子没有。”

“小姐穿的吗？”植村松了口气，“您要咱们柜上的？现在挑，是要年下穿的？还是出门做客穿的？要长袖子和服？那好说。小姐一向不是在冈崎染织店或是万记领子店订购吗？”

“把柜上的友禅绸拿给我看看，不是年下穿的。”

“行，行。有多少都拿出来让小姐过过目。也许能中小姐的意。”植村起身招呼两个伙计，耳语几句，三个人捧出十多块料子，在店堂里熟练地一块块摊开来。

“这块就行。”千重子当即挑中，“请在五天或一个星期之内给做得。

里子什么的，您就看着办吧。”

植村给镇住了。“一方面要得太紧，另外，咱们店是批发商，很少拿活出去定做，不过，这也没什么。”

两个伙计灵巧地卷起绸料。

“这是尺寸。”千重子放在植村的桌上，然而没有立即走开。

“植村掌柜，店里的生意我想一点点学起来，熟悉熟悉。还得请您多指教。”千重子轻声细语地说，略微低了低头。

“不敢当。”植村神情颇不自在。

千重子沉静地说：

“明天也行，请把账拿给我看看。”

“账？”植村苦笑着说，“小姐要查账？”

“什么查账呀，我可没那么不知天高地厚。我想看看账，是因为不知柜上都做些什么生意。”

“是吗？要说账，可多得很呐，还有专对税务局的。”

“柜上做了两本账吗？”

“瞧您说的，小姐！要干那弄虚作假的事，得请您小姐来。咱们可完全是光明正大。”

“明天就拿给我看吧，植村掌柜。”千重子口气很干脆，说完便从植村面前走开了。

“小姐，您还没出世，我植村就管这爿店哩……”见千重子头也不回，植村低声又咕噜一句：“岂有此理！”然后啧啧两声，说：“腰好痛哇！”

千重子走到正在做晚饭的母亲身边，母亲简直给她吓住了。

“千重子，你跟掌柜说这些，可了不得。”

“哎。妈，您辛苦了。”

“年轻人看着老实，也够吓人的了。妈这儿听着都要打哆嗦了。”

“这也是别人出的主意。”

“哦？是谁呀？”

“真一的哥哥，上次在龙村……真一他们柜上，一方面他父亲用心经营，另一方面又有两个好掌柜。所以龙助说，要是植村掌柜辞职不干，他们可以拨一个掌柜来，他亲自来也行。”

“龙助他本人吗？”

“嗯。他说反正将来得做生意，研究院那儿随时都可以退学……”

“是吗？”繁子望着千重子那光艳照人的面庞，“植村掌柜辞职，倒不必担心……”

“后来还说，在种白胡枝子花的那家人家附近，要有合适的房子，就叫他爸爸买下来。”

“哦！”母亲顿时说不出话来，“都怪你爸爸有些厌世的缘故。”

“可他说，爸爸这样不蛮好吗？”

“这也是龙助说的吗？”

“嗯。”

“……”

“妈，我求您件事。也许您都瞧见了，让我把柜上的和服送一套给杉树村那姑娘好吗？”

“好的，好的。外褂也送一件怎么样？”

千重子忙移开目光，泪水涌上了眼帘。

为什么叫高机呢？固然因为手工织机比较高，不过，安装机器的时候，还要把地面浅浅地挖去一层，埋在土里。据说，土里的潮气对生丝无损有益。原先人要坐在高机上。现在是把筐里放上大石头，吊在机器的横头。

有的染织房里，手工织机和机械织机两种都用。

秀男家只有三台手工机器。兄弟三人各织一台，父亲宗助偶尔也上机器。这在小作坊不少的西阵那一带来说，就算是蛮不错的了。

千重子要的腰带，愈接近完工，秀男心里愈感到喜悦。一来是他苦心孤诣快要织得了，二来在机杼来去之中，轧轧的机声里，有千重子的倩影在。

不，不是千重子，是苗子。不是千重子的腰带，而是苗子的。然而，秀男织着织着，把千重子与苗子变成一个人了。

父亲宗助立在身旁看了一会儿说：

“嗬，好漂亮的腰带！图案很新奇呀。”侧了头又问，“谁家的？”

“佐田家，千重子小姐的。”

“图案呢？”

“千重子小姐设计的。”

“唔？千重子小姐她？当真吗？哦！”父亲蓦地一怔。看了看，又用手摩挲一下机器上的腰带。“秀男，织得很密实，蛮好。”

“……”

“秀男，记得以前也跟你说过。佐田先生对咱们可是恩深义重呀。”

“听说过啦，爸爸。”

“哦，我说过啦？”宗助依旧喋喋不休地说，“我是织工出身，靠一个人白手起家。好不容易买了一台高机，而且一半是借的钱。织出一条腰带，就送到佐田先生柜上。光一条带子多寒碜呐，我就晚上偷偷送过去……”

“……”

“佐田先生从来没难为过我。现在机器有了三台,总算过得去了……”

“……”

“话虽如此，秀男，咱们的身份终究不比人家……”

“我知道，您说这些个干什么！”

“你好像看上了佐田先生家的千重子小姐……”

“这是怎么说的！”秀男说着又动手织起来。

腰带一织好，便赶紧上杉树村给苗子送去。

下午，北山那里先后出过几次彩虹。

秀男挟着苗子的腰带，一走到路上便看到了彩虹。彩虹虽宽，颜色却很淡,没有呈弯弓形。他停下脚步,仰望着,彩虹的颜色几乎淡到欲无。

公共汽车开进山峡之前，同样的彩虹秀男又看到两次。先后三道彩虹，形状都不完整，总有一处淡得很。虹本是司空见惯了的，可是……

“这虹不知是主吉还是主凶？”秀男今天心里不免有些惴惴。

天空并不见阴沉。进入峡谷时,那同样是淡淡的彩虹,仿佛又出现了,恰好被清泷川边的一座山遮住了，看不大清楚。

秀男在北山杉的村里下了车，苗子穿了一身劳动服，用围裙擦了擦湿手，赶紧走了过来。

苗子当时正拿菩提瀑布的沙子（毋宁说更像红褐色的黏土），在仔细搓洗圆杉木。

虽说刚刚十月，山水大概很凉了。在人工挖出的水沟里，圆杉木浮在上面，一头垒着简易炉灶，也许是热水外溢，热气升腾。

“劳您到这么一个山坳里来。”苗子弯腰行礼说。

“苗子小姐，您应许过的腰带，已经织得了，现在给您送来了。”

“是替千重子小姐许下的腰带吧？我不愿意再做别人的替身了。这么见一面就行了。”苗子说。

“这条带子您已经应许过，再说又是千重子小姐设计的图案。”

苗子低下头说：“其实，秀男先生，前天千重子小姐店里送来一套衣裳，从和服直到草屐，全有了。那么漂亮。也不知几时才能穿得上。”

“二十二日时代祭那天穿好吗？出得来不？”

“没什么，出得来。”苗子毫不犹豫地说，“站在这里太惹人注目了。”沉吟了一下说：“到河边碎石滩那儿去吧。”

总不至于像上次和千重子那样，跟秀男一起躲进杉林里去。

“您织的带子我会珍惜一辈子的。”

“不必这样，我还会给您织的。”

苗子没有做声。

千重子送她和服，苗子寄居的那户人家当然知道，所以把秀男领到家去也未尝不可。如今，对千重子的身份和店铺，苗子已经大致有所了解，可谓夙愿已偿。因而，也就不愿再为些许小事给千重子添什么麻烦。

尤其是苗子寄居的村濑这户人家，在当地有山有林，颇为富足；苗子也不辞辛苦，拼命干活。即便千重子家里知道了，也不碍事。较之一爿中等的绸缎批发店，有山有树，也许家道更为殷实。

然而，同千重子一再来往，情谊弥笃，苗子打算以后要谨慎从事。因为千重子对自己的一腔热爱，她已深有所感……

所以，她才把秀男带到河边的碎石滩上。这清泷川的碎石滩上，凡是能种树的地方，全种上了北山杉。

“这地方太委屈您了，请别见怪。”苗子说。到底是女孩儿家，对腰带总是先睹为快的。

“好秀丽的杉山！”秀男一面抬头望着杉山，一面打开布包袱皮，解开纸绳。

“我的意思，这里打成太鼓结，这个要系在前面……”

“唉呀！”苗子摩挲着腰带说，“这给我太可惜了。”苗子眼睛放着光辉。

“一个初出茅庐的新手织的，有什么可惜！图案画的是红松和青杉，因为快到正月了，我只想到用红松打成太鼓结，而千重子小姐说要加杉树，来到这里一看，才恍然大悟。原先一听说杉树，便以为是什么大树、古木。但我故意画得纤巧一些，倒还画对了。红松的树干在色彩上也稍加渲染……”

当然，杉树干也不是按本色画的。形状和色彩都费了一番苦心。

“带子真好。太谢谢了……要是太花哨的，我这种人也没法系。”

“同千重子小姐送的和服相称吗？”

“我看挺相称的。”

“千重子小姐自幼便熟悉京式和服……这条带子还没给她看过。也不知怎么回事，有些难为情。”

“是千重子小姐设计的图案，怕什么的……我也该给她看看。”

“时代祭那天，就请穿来吧。”说着，秀男折起腰带放进衬纸里。

“请别客气，就收下吧。一方面是我愿织，同时也是千重子小姐的吩咐。您就把我当一个普通的织工好了。”秀男结完绳扣，对苗子说道，“不过，我可是真心真意给您织的啊。”

苗子默默无言地接过秀男递给她的腰带包，放在腿上。

“千重子小姐从小就长在和服堆里，这条腰带同她送您的和服，一定很相称，方才也说过……”

“……”

清泷川浅浅的溪水，从两人面前潺潺流过。秀男环视两岸的杉山说：“正如我意想的那样，杉树干像工艺品似的簇立在那里，顶端的枝叶很像朴素的花朵。”

苗子脸上蓦地现出凄然的神色。父亲准是在树上一面剪枝，一面心疼被抛弃的婴儿千重子，向另一棵树跳时，一失脚摔下来的。当时，苗子同千重子同样是个婴儿，蒙昧无知，直到长大后，村里人告诉她才知道的。

而且，千重子——实际上连千重子的名字，她是生是死，以及虽是双胞胎，千重子究竟是姐姐还是妹妹，苗子都无从知道。她只是想，哪怕一次也好，但得能够相逢，能够从旁看她一眼。

苗子那间贫寒的小屋，像个窝棚，至今还荒废在杉树村里。一个姑娘家不便单独住在那儿。所以长久以来，一对在杉山里干活的中年夫妇和他们上小学的女孩借住在那里，当然苗子拿不到什么房租，小屋也不值得收房租。

只是上小学的女孩极其喜欢花，房前有一株美丽的桂花。

“苗子姐姐！”女孩偶尔来找苗子，问怎么侍弄。

“甭管它就行。”苗子说。可是每次走过小屋门前，苗子觉得老远就能比别人先闻到桂花香。这反而使苗子更加抑郁惆怅。

——苗子腿上搁着秀男的带子，格外感到沉甸甸的。她想起了种种往事……

“秀男先生，千重子小姐的下落既然知道了，我就不打算再去找她了。和服和腰带，只有这次，我收下就是，衷心地谢谢了……想来您能明白我的意思。”苗子真挚地说。

“是的。”秀男说，“时代祭那天，就请来吧。让我看看腰带系在您身上是什么样子。千重子小姐我就不请了。祭祀的队伍从皇宫出发，我在西面蛤御门那里等您，这样好吗？”

苗子双颊微微红了起来，半天才深深点了点头。

对岸河边有棵小树，叶子红彤彤的，映在水中，轻摇款摆。秀男举头望去，问道：

“那边树叶红艳艳的，是棵什么树？”

“漆树。”苗子抬头看了看说。顺便又用微颤的手理一理头发，不知怎的，一头黑发竟散了开来，披到肩上。

“嗳呀！”

苗子红着脸，绾起头发，拢了上去，发卡咬在嘴里，一一别好，有的发卡掉在地上，不够用了。

秀男看着她的丰姿和举止，觉得有说不出的娟秀俊美。

“您留长头发？”

“嗯，千重子小姐也没剪短。她梳得好，叫你们看不出来……”说着苗子赶忙用手巾包上头发说：“让您见笑了。”

“……”

“在这儿我只顾得给杉树打扮，自己却从不化妆。”

不过，仍是淡淡地涂了一点口红。秀男真希望苗子能把头巾再摘下来，让长长的黑发披到肩上给他看看。可是他不能这么说。看见苗子慌忙拿手巾包头，便觉得没法开这个口。

溪谷狭窄，西面山头天色渐暗。

“苗子小姐，我该告辞了。”秀男说着站了起来。

“今儿的活马上就该收工了……天时短起来了。”

溪谷东面的山坡上，株株杉树亭亭玉立。秀男从树干之间，望着金色的晚霞。

“秀男先生，谢谢您。实在太谢谢了。”说着略微做个收下带子的姿势，站了起来。

“要道谢，请向千重子小姐道谢吧。”秀男说。给这位杉山姑娘织腰带的那份喜悦，在他心里已化作一缕柔情。

“再啰嗦一句，时代祭那天，请您务必来。在皇宫西门，也就是蛤御门那儿见。”

“嗳。”苗子深深颔首，“这样的和服和腰带，我还从来没有上过身，有点怪不好意思的……”

十月二十二日的时代祭，同上贺茂神社和下贺茂神社的葵花祭以及祇园会一样，在庙会繁多的京都说来，是三大庙会之一。虽然祭典在平安神宫举行，但游行队伍却是从京都皇宫出发的。

苗子从一清早便坐立不安，提前半小时便到了皇宫的西御门，在蛤御门的背阴处等候秀男。等待一个男子，在她还是生平头一次。

所幸天晴，长空一碧。

平安神宫是在京都奠都一千一百年之际，于明治二十八年才修建的，所以在三大庙会之中，不消说历史最短。由于庙会是为庆祝京都定为京城，所以列队着意于表现京城千年风俗的变迁。游行队伍里穿着各时代的装束，有的还扮成历史上的一些名人。

例如：和宫、莲月尼、吉野花魁、出云阿国、淀君、常盘夫人、横笛尼、巴夫人、静夫人、小野小町、紫式部、清少纳言等。

此外，还有卖柴女和巫女。

前面列举的是名姬贵妇，其中杂有倡优女贩。至于楠正成、织田信长、丰臣秀吉，以及王朝的公卿武将，更是不在话下。

游行队伍相当之长，宛如一幅京都风俗画卷。

女子加入游行队伍，据说始自一九五〇年，从而使得庙会更加绚丽多彩，锦上添花。

队伍的先头由明治维新时期的勤王队和丹波北桑田的山国队开路，压轴的是延历时代文官参朝的队伍。回到平安神宫后，要在凤辇前致祈祷文。

队伍从皇宫出发，所以在皇宫前的广场上看热闹最好。秀男约苗子到皇宫来正是出于这个考虑。

苗子在皇宫门后等着秀男。人群熙攘，谁也没有留意她。只有一个中年的老板娘，径直走过来说：“小姐，这腰带真漂亮。是在哪儿买的？跟这身衣裳很配……对不起，”说着便想伸手摸一摸，“能不能让我看看你身后的太鼓结？”

苗子转过身去。

“咦？”经人这么一看，苗子心里反倒踏实下来。因为她有生以来，从未穿过这样的和服，系过这样的腰带。

“你久等了吧？”秀男来了。

靠近队伍出场的席位已被朝拜团体和旅游协会所占据，紧挨着他们的是观礼台。秀男和苗子便站在观礼台的后面。

苗子头一次站在这么好的位置上，不觉忘了秀男和新衣裳，专心看着游行。

她瞿然发觉，便问：

“秀男先生，您看什么呢？”

“看松林的苍翠。你看那队伍，给松林的苍翠一衬托，格外醒目。在皇宫宽阔的庭院里，有一片黑松吧，我最喜欢了。”

“……”

“有时也侧眼看你一眼，可你没发觉。”

“您真是的。”苗子低下了头。

## 深秋里的姐妹

在京都众多的庙会里，比起大字篝火，千重子更喜欢鞍马山的火祭。因为离得不远，所以苗子也去看过。那时，在火祭上，即便两人对面相逢，恐怕也不相识。

去鞍马山朝拜的路上，家家户户要树枝分隔，房檐上洒好水，在半里点起大大小小的松明火把。

上山朝拜时，一路上齐声吆喝着“美哉，祭礼！”。火焰熊熊，两乘神舆一抬出来，村（现在是镇）里的妇女全部出动，拉着神舆的绳子。最后献上大松明火把。仪式一直延续到天亮之前。

可是今年，这个有名的火祭取消了。说是为了节约。火祭不举行了，伐竹祭还照旧。

北野天神庙里的“芋茎祭”今年也不举行了。芋头收成不好，没有芋茎可做神舆。

京都鹿谷的安乐养寺有“南瓜供”，莲华寺有“黄瓜祭”，这些祭典多不胜数。这些既能展示古都的风貌，同时也可表现京都人的一个侧面。

近年来，重新恢复的仪式有：岚山河里龙舟上的极乐鸟；上贺茂神社庭院里的曲水之宴等。这些仪式都是当年王朝贵族的风流胜事。

所谓曲水之宴，是身着古装坐在溪边，在酒盏漂至之前，吟诗作画，或挥毫疾书，酒杯一经到了跟前，便举觞一饮而尽，然后再让杯盏漂走。这些事全由书童来服其劳。

这个仪式自去年开始举办，千重子曾去瞻礼过。坐在王朝公卿之前的，是诗人吉井勇（现已作古）。

因为是刚恢复的仪式，一般人还不太熟悉。

岚山的极乐鸟，千重子今年没有去看。觉得没有什么古趣可言。在京都，古趣盎然的仪式，简直多得看不胜看。

——母亲繁子一直亲自操持家务，也许是母亲教养的结果，也许是千重子天性如此，她也一向清早即起，揩拭门窗什么的。

“千重子，时代祭那天，你两个好快活呀！”早饭吃完刚收拾好，真一来了电话。看来，真一也认错人了，把苗子当成千重子。

“你也去了？打个招呼多好……”千重子缩了缩肩。

“我倒想来着，哥哥不让。”真一不存芥蒂地说。

千重子委决不下，要不要告诉他认错了人。从真一的电话来看，苗子大概穿上千重子送的和服，系上秀男织的腰带，去看时代祭了。

苗子的伴，准是秀男。陡然之间，颇出千重子的意料之外，一转念，心里感到一丝温暖，脸上不禁浮出笑容。

“千重子，千重子！”真一在电话里叫道，“你怎么不做声？”

“打电话的是你呀！”

“得了，得了。”真一笑了起来，“掌柜在吗？”

“不在，还没来……”

“你没感冒吧？”

“听出像感冒的声音吗？我正在门外擦格子门呐。”

“是吗？”真一好像摇了摇听筒。

千重子朗声笑了。

真一压低声音说：“电话是哥哥叫打的。现在他来接……”

和龙助说话，千重子不像同真一那么轻松。

“千重子小姐，掌柜那里，你试探了没有？”龙助劈头便问。

“试探了。”

“嗬，了不起！”龙助加重语气又说，“了不起！”

“母亲无意中也听见了，当时还挺提心吊胆的。”

“是吗？”

“我对掌柜说，我要了解一下柜上生意的情形，想一点点学起来，把账本都拿给我看看。”

“嗯，说得好。哪怕光是这么说说，局面就会不一样。”

“后来，连保险柜里的存折、股票、债券这些东西，也一股脑儿全让他拿了出来。”

“好，了不起！千重子小姐，真了不起！”龙助忍不住说，“想不到你这样一个温柔的小姐……”

“全仗龙助先生的指点……”

“倒不是我指点，是附近同行之间有些风言风语。本来打算，要是千重子小姐谈不成功，家父或是我准备来一趟。但小姐这一手来得顶漂亮。掌柜的态度想必不同了吧？”

“是的，有那么一点。”

“我猜也是。”电话里，龙助沉默了好一会儿才又说，“这一手，来得漂亮。”

千重子感到，龙助在电话里好像为什么事正在迟疑。

“千重子小姐，今天中午我想来府上拜访，不知方便不方便？”又补充说，“真一也来……”

“这有什么不方便的，我又没什么大不了的事。”千重子说。

“年轻小姐嘛！”

“您真是的！”

“怎么样？”龙助笑着问，“趁掌柜也在，我过来一趟。我想来看一眼。不必担心，我就看看掌柜的态度如何。”

“啊？”千重子说不出话来了。

龙助家的生意，是室町这一带的大批发商，在同行里颇有势力。龙助虽然还在大学研究生院念书，店家的声势，自然也使他身上有种威严。

“现在正是吃元鱼的时令。我在北野的大市订了座，想请你赏光。若连令尊令堂一起请，未免太不自量，所以只请你一个人……我家的童子小哥也去。”

千重子慑于他的气势，只应了一声：

“哎。”

真一在祇园会上扮成童子，乘在插长刀的彩车上，已经是十多年前的事了。可是至今，哥哥龙助有时仍要半开玩笑地喊他为“童子小哥”。也许真一身上仍然保留着“童子”的那种温文尔雅和可爱的风度……

千重子告诉母亲说：“下午龙助和真一要来，刚才来电话了。”

“哦？”母亲有些惊讶。

下午，千重子到后楼上化妆，虽是淡妆素裹，却也花了一些心思。长长的秀发，仔细地梳理了一番。但头发的式样总梳得不那么称心。衣服也不知穿哪件好，左一件右一件，反倒拿不定主意。

等她下了楼，父亲已经外出，不在店里。

千重子到后面客厅，把炭火盆端整好，又四下里打量了一眼。看了看狭小的庭院：大枫树上的苔藓，依然青葱翠绿，可树上那两株紫花地丁，叶子已经有些发黄了。

基督雕像灯脚下的小山茶花，开着灼红的花朵。真红得娇艳妩媚，比那红玫瑰，还要使千重子销魂。

龙助和真一来了，先向千重子的母亲恭恭敬敬地行礼寒暄，随后，龙助一个人到账房间去，端坐在掌柜面前。

掌柜植村慌忙走出账台的矮格子栅栏，向龙助殷勤致意，一再寒暄。龙助虽然也应个一声半声，却始终板着面孔。他这种冷漠神情，植村当然也心里明白。

植村心里尽管寻思，一个学生家，拿个什么架子！但在龙助咄咄逼人的气势下，也无可奈何。

龙助等植村说完，沉着脸说：

“柜上生意兴隆，很好。”

“唔，谢谢，托您的福。”

“家父他们也说，佐田先生柜上幸好有植村先生这样一个掌柜多年的经验，难得……”

“不敢当。水木先生柜上是大买卖，我们小可之比，实在微不足道。”

“哪里哪里。我们只是什么生意都做罢了。京式绸缎批发咧，这个那个的，简直就是家杂货店。我是不大喜欢那样的。像植村先生这么谨慎行事，踏实经营的老店，可一天少似一天喽……”

植村正要回答，龙助已经站了起来，朝千重子和真一待的客厅走去。植村苦着脸子，望着龙助的背影。千重子的要看账本，跟龙助今天的这一举动，个中的机关，植村自是心知肚明。

龙助走进客厅，千重子盘问似的看着他的面孔。

“千重子小姐，掌柜那里我已经稍微点了他一下。是我劝你的，我有这个责任……”

“……”

千重子低头给龙助斟茶。

“哥哥，你看那枫树干上的紫花地丁！”真一指着树说，“有两株吧？几年之前，千重子小姐就把两株花看成是一对可爱的恋人……虽然近在咫尺，却永无团聚之日……”

“唔。”

“女孩子尽会想些可爱的念头。”

“你真是，多叫人难为情呀，真一！”千重子把斟好的茶杯放到龙助面前，手略微有些颤抖。

三人乘上龙助店里的汽车，驰向北野六条大市元鱼店。门面带些古风，是家老字号，连外地游客都知道这家老店。房屋陈旧，天棚很低。

叫了清炖元鱼火锅，外加烩什锦。

千重子身上热起来，似乎有些醉意了。

她连头颈都泛出了桃红色。头颈的肌理白净细腻，光滑柔嫩，添上一层红晕，越发明艳动人。眼风顾盼撩人，显得含情脉脉。她不时用手摸摸脸颊。

千重子滴酒未沾。可是火锅里的汤汁，大概有一半是酒。

外面虽有汽车等着，千重子仍怕脚下不稳。不过，她感到非常快活，话也多了起来。

“真一。”千重子对好说话的弟弟说，“时代祭那天，你在皇宫院子里看见的两个人，不是我，你认错人了。大概是远看的缘故。”

“别蒙人了。”真一笑着说。

“我一点不骗你。”

千重子踌躇了一下：“说真的，那姑娘是我妹妹。”

“什么？”真一满腹狐疑的神情。

在花事正浓的清水寺里，千重子曾告诉真一说，她是个弃儿。这话想必也会传到真一的哥哥龙助的耳朵里。即或真一没有告诉哥哥，两家的店离得很近，这类事私下里也会不胫而走。作如此想，或许更恰当。

“你在皇宫院子里看见的……”千重子游移地说，“我们是孪生，你看见的，是那另外一个。”

真一真是闻所未闻。

“……”

三人沉默有顷。

“我是给抛弃的……”

“……”

“要真是那样，当初扔在我家店门前该多好……真的，扔在我们家门前该多好。”龙助一往情深地说了两遍。

“哥哥，”真一笑着说，“那时的千重子小姐和现在可不一样。那时是个初生的婴儿。”

“婴儿不也好吗？”龙助说。

“你是因为看到现在的千重子才这么说的。”

“不是的。”

“人家是佐田先生锦衣玉食，当作掌上明珠来养大的。这样，千重子才成其为今日的千重子。”真一说，“那时，哥哥自己还是个娃娃呢。娃娃能抚养婴儿吗？”

“能养。”龙助犟头倔脑地说。

“哼，哥哥总是这么自负，不肯认输。”

“也许是这样，不过，那我也愿意抚养千重子这个婴儿的。母亲一定肯帮我的。”

千重子酒醒了，脸色发白。

秋天里，北野的舞蹈会演，要跳上半个月。结束的前一天，佐田太吉郎一个人去了。茶馆给的入场券，当然不止一张，但太吉郎谁都不想请。看了舞蹈回来，再结伴去茶馆，他嫌麻烦。

太吉郎神情不悦，走进茶座时，舞蹈还没开始。今天坐在那里专司点茶的艺伎，也没有太吉郎所熟悉的。

在她旁边，站了七八位少女。可能是帮着递杯送盏的。一色都穿着粉色的长袖和服。

只有站在中间的一个少女，穿一身蓝。

“咦！”太吉郎几乎失声叫了出来。化妆得很漂亮。她不是由那个花街柳巷的老板娘带着，和太吉郎一起乘“叮叮当当老爷电车”的女孩吗？唯独她一个人穿蓝，也许管点什么事呢。

这位蓝衣少女给太吉郎端来淡茶，样子矜持，笑都不笑一下。完全是按规矩行事。

太吉郎的心，顿感轻松起来。

舞蹈跳的是八场舞剧《虞美人草图》。是众所周知的中国那出霸王别姬的悲剧。不过，虞姬拿剑自刎后，被项羽抱在怀里，听着思乡的楚歌而死去，项羽也随即战死；下一场便转到日本，讲的是熊谷直实、平敦盛及玉织姬的故事。杀了敦盛之后，熊谷感到人生无常，遂出家为僧；在凭吊古战场之时，敦盛冢的周围，虞美人草盛开。这时笛韵悠扬，接着敦盛显灵，要求把青叶笛收藏在风谷寺里，玉织姬的阴魂则要求将她香冢前虞美人草开的朵朵红花供在佛前。

舞剧之后，又演出一出热闹的新编舞蹈，叫《北野风流》。

上七轩的舞蹈，与祇园的井上派不同，属于花柳派。

太吉郎走出北野会馆，顺路走进那家古色古香的茶馆。坐在那里出神。

“给您叫哪位姑娘呀？”茶馆老板娘问。

“嗯，咬舌头的那个姑娘吧，——其次嘛，穿蓝衣送茶的那个孩子如何？”

“乘叮叮当当电车的那个吗……好吧，光见个面也许行。”

艺伎没到之前，太吉郎喝了几盅，来了之后就故意站起来走出屋子。艺伎跟在身后，太吉郎问：“现在还咬人吗？”

“您记得可真清楚，不要紧，您就伸出来试试看。”

“我可害怕。”

“真的，不要紧。”

太吉郎伸了出来，被吸进她那温润而柔软的嘴里。

太吉郎轻轻抚拍着女人的背说：

“你堕落了。”

“这就算堕落？”

太吉郎想漱口，可艺伎站在一旁，有所不便。

艺伎这种淘气法太大胆了。在她，恐怕也是不假思索、毫无意义地做做。太吉郎并不讨厌这个年轻的艺伎，也不觉得不洁净。

太吉郎要回客厅，艺伎抓住他：

“等一下。”

她掏出手帕，擦了擦太吉郎的嘴唇。手帕上沾着口红。艺伎又把脸凑近太吉郎的脸。一边看，一边说：

“嗯，这回行了。”

“谢谢……”太吉郎双手轻轻搭在艺伎的肩上。

艺伎为了擦唇膏，留在盥洗间的镜台前。

太吉郎踅回客厅，一个人也没有。像漱口似的呷了两三杯冷酒。身上仍觉得什么地方沾了艺伎的气味，或是她的香水味。太吉郎隐约觉得身心仿佛年轻了些。

太吉郎自忖，即便是艺伎过于淘气也罢，自己未免也太冷淡了些。恐怕是自己长久没有和年轻女人胡调的缘故。

这艺伎刚二十出头，或许是个大有意趣的主。

老板娘领了少女进来。仍是那身蓝色长袖和服。

“您既然想看她，我就跟人家说，只来见见面。您瞧，年龄总归还小。”老板娘说。

太吉郎看着少女说：“方才端茶……”

“是。”毕竟是茶馆店的孩子，一点都不忸怩，“我心里想，可不就是那位大爷嘛，便把茶端了过来。”

“唔，那就多谢了。你还记得我？”

“记得。”

艺伎这时也回到屋里。老板娘对她说：

“佐田先生对小千代，喜欢得不得了。”

“哦？”艺伎盯着太吉郎说，“您眼光可真高呀。还得等上三年呐。小千代明年春天要上先斗町去。”

“先斗町？为什么？”

“她想当舞伎。说她迷上了舞伎的风采，是吧？”

“唔？要当舞伎，祇园那里岂不更好？”

“小千代的伯母在先斗町，就图的这个。”

太吉郎一边瞧着这位少女，一边忖量，这孩子不管去哪儿，准能成为顶儿尖儿的舞伎。

西阵和服纺织工业公会做出一项前所未有的大胆决定：十一月十二至十九日，八日之内全部织机一律停工。十二、十九两日本是星期天，实际上只停工六天。

原因颇多，概括成一句话，即是经济上的考虑。由于生产过剩，库存衣料达三十万件。为了打开销路，改善经营，才采取这一措施。此外，也因近来银根紧缩之故。

从去年秋天到今年春天，收购西阵衣料的商号相继倒闭。

停机八天，大约可少产八九万件，这个措施看来能奏效，估计会成功。

然而，西阵纺织街，尤其是小巷里，一目了然，很多零散的家庭作坊，也都服从这一决定。

一座座小房子，瓦顶陈旧，屋檐很宽，鳞次栉比，匍匐在地面上。即使有二层楼，仍很低矮。窄得像甬道似的小胡同，错综交杂，连织机的声音，听着都显得晦暗。这些大概不是自家的机器，而是租来的。

然而，提出申请，要求“破例不停机”的，统共只有三十多家。

秀男家不织衣料，光织腰带。有三台高机，白天也须点灯。不过，车间总算亮堂，屋后也有空地。可是，屋子之小令人不禁要想，简陋的厨房用具，家人的坐卧休息，究竟在什么地方呢?

秀男身体健壮，既有才干，又有事业心。但坐在高机窄窄的板条上，年深月久，屁股上说不定会坐出老茧来。

那天约苗子去看时代祭，皇宫大院里的青松，倒比穿各朝服装的游行队伍，更吸引他。这或许是得以从日常生活中暂时解脱出来的缘故吧?而面对狭窄的山谷，在山上劳作惯的苗子，倒并没有怎么意……

不过，自从时代祭那天，苗子系了自己织的带子以后，秀男干起活来劲头更足了。

千重子和龙助、真一两兄弟去了大市回来，虽说不上是非常痛苦，有时总觉得一颗心仿佛失落在哪里似的，仔细一琢磨，还是因为苦恼的缘故。

十二月十三的“备年节”已经过去,京都的气候也进入了地道的冬天,极其多变。响晴的天,会下起阵雨来,时而是雨夹雪。时阴时晴,阴晴莫定。

按京都的风俗，从十二月十三的“准备年事节”那天起，便要准备过年，送年礼。

信守这些老规矩的，仍要数祇园那些花街柳巷。

艺伎和舞伎要给平素照应自己的茶馆、歌舞师傅和年长的艺伎家送镜饼[1]。

然后，舞伎四处拜谢。

见面要说“恭喜发财”,意思是这一年已平安过来,明年还请格外照应。

这一天，艺伎和舞伎打扮得比平时更加花枝招展，来来往往，提早到来的岁暮即景，把祇园一带点缀得花团锦簇。

千重子家所在的这一带，没那么热闹。

吃完早饭，她一个人上楼，随便打扮了一下。可她时时发怔，停下手来。

在北野的元鱼店里，龙助的话，情见乎辞，时时在她胸中起伏。要是婴儿时的千重子，给扔在他们龙助家门口该多好——话不是已经说得很明白了吗?

龙助的弟弟真一，和千重子是从小就认识的，一直同学到高中，性情温和恭良。千重子知道真一很爱她，可他从来没像龙助那样说过使她动心的话。千重子可以不拘形迹，同他在一起玩。

---

1　圆形的大年糕，上下两片对拢，系祭神供品。

千重子梳好长长的秀发，披在肩上，下楼来。

快吃完早饭时，北山杉村的苗子给千重子打来了电话。

“是小姐吗？”苗子谨慎地问，“我想见见你，有件事要跟你商量一下。”

“苗子，真怪想你的……明天好吗？”千重子回答说。

“什么时候都行……”

“你到店里来好吗？”

“原谅我，店里我不能去。”

“你的事我已经告诉妈了，爸爸也知道。”

“店里总有伙计什么的吧？”

“……”千重子沉吟了一下，“那么，我到村里来吧。”

“那太高兴了。可是大冷天……”

“顺便也想看看杉树……”

“是吗？这儿不仅冷，说不定还会下阵雨，你要准备好了再来。尽管我可以点上几堆火。我在路边干活，你一来我准瞧得见。”苗子爽朗地说。

## 冬之花

千重子穿上长裤和厚毛衣，这是从来没有过的。脚上一双厚袜子很漂亮。

父亲太吉郎正在家里，千重子坐在父亲面前，同父亲打招呼。太吉郎不觉瞪大眼睛，望着千重子这身稀罕的打扮，问：

“要去山里吗？”

“是的……北山杉那姑娘说，有事要同我商量，想见见我……”

“是吗？”太吉郎毫不犹豫地说，“千重子！”

“哎！”

“要是那姑娘有什么困苦和为难的事，就把她领回家来吧……我们可以收养她。”

千重子低下头。

“不错嘛。有两个姑娘，我和老婆子会觉得挺热闹的。”

“爸爸，谢谢您的好意。谢谢爸爸。”千重子俯下身去，热泪顺着脸颊流了下来。

“虽则你从吃奶的时候起，就由我们一手养大，我们一直把你当成心肝宝贝，可是对那姑娘，也一定尽量不分厚薄。她既然像你，准会是个好孩子。把她领家来吧。二十年前，双胞胎被人看不起，现在已经无所谓了。”父亲说。

“繁子，繁子！”招呼妻子。

“爸爸，我打心眼里谢谢您。可是，苗子那孩子决不肯到咱家来的。”千重子说。

“那为什么？”

“她的心思，准是怕妨碍我的幸福。”

“那会妨碍什么呢？！”

“……”

“究竟会妨碍什么呢？”父亲侧着头又说了一遍。

“方才我说,爸爸妈妈都知道了,让她今天来店里，”千重子含着泪说，“她顾虑伙计和邻居……”

“伙计怕什么！”太吉郎大声嚷道。

“我知道爸爸的意思，不过，今儿个还是我先去看看再说。”

“也好，”父亲点头说，“路上当心些……那么，你就把方才爸爸的话告诉苗子那孩子吧。”

“是。”

千重子在雨衣上加了风帽，换了一双雨鞋。

清晨，京都市区的天空晴朗无云，可是说阴就明，北山那里或许要下阵雨。在市区就看得出这种天色。要是没有京都这些秀丽低矮的群山遮挡，也许会看到那里正是天阴欲雪的作雪天哩。

千重子乘上国营的公共汽车。

去北山杉的中川北山町，有国营和市营两路公共汽车。市营汽车只开到京都市（现已扩大）北郊尽头的山口那里便折回来。国营公共汽车则一直通到远在福井县的小滨。

小滨在小滨湾旁，进而又从若狭湾伸展到日本海。

大概是冬天天冷，车上乘客不多。

一个有人伴随的年轻男子，紧紧盯着千重子瞧。千重子给看得有些发毛，便戴上风帽。

“小姐，求求你，别戴上那玩意儿藏起来嘛！”那年轻人声音沙哑，跟年龄很不相称。

“喂，不许说话！”旁边的男人说。

跟千重子说话的年轻人，手上戴着手铐。不知是什么罪犯，旁边的人，大概是个刑警。翻山越岭，要把他押送到什么地方去呢？

千重子又不能摘下风帽，露出脸给他看。

车到了高雄。

“这是在高雄什么地方？”有个乘客说。

未必像他说的那样看不出来。枫叶已经飘零殆尽，树枝梢头已有冬意。

栂尾山下的停车场上，简直就没有车辆。

苗子穿着劳动服，一直来到菩提瀑布车站，等着接千重子。

千重子的这身打扮，乍一看很难认出她来。苗子倒一眼就认了出来。

“小姐，你来了，可太好了。真的，跑到这深山里来，真太好了。”

“哪儿是什么深山呀。”千重子没来得及摘下手套，便握住苗子的两手说，“真高兴。从夏天以后，就没见过面。夏天在杉山上那次，多谢你了。”

“那算什么！”苗子说，“话又说回来，要是当时雷真劈到咱们头上，又会怎么样呢？不过，那我也高兴……”

“苗子，”千重子边走边说，“你电话打到家里，一定有什么万不得已的事。你先说说吧，不然也没心思说话儿。”

“……”苗子一身劳动服，头上包着手巾。

“什么事呢？”千重子又问了一句。

“就是秀男他向我求婚，所以……”苗子也不知是踉跄了一下还是怎的，一把抓住千重子。

千重子搂住摇摇晃晃的苗子。

苗子平日劳动，身体很结实。——夏天雷雨那次，千重子因为害怕，没留心。

苗子当即挺直身子，可是让千重子这么搂着，她心里很高兴。所以她宁愿这么靠着千重子走路，不想离开她。

千重子搂着苗子，不知不觉反倒靠在苗子身上。但两个姑娘谁都没注意到这一点。

千重子戴着风帽说：“那你是怎么答复秀男的呢？”

“答复？我当场怎么能马上就答复呢？”

“……”

“他把我当成你——现在当然不是认错人，可是你已经深深印在他心上了。”

“没有的事。”

“不，我很清楚，尽管没认错人，也是把我当作你的替身，他才求婚的。

在我身上，恐怕秀男先生看到的，是你的幻影。这是……”苗子说。

千重子记起：春天里，郁金香盛开的季节，从植物来，走在加茂川河堤上，父亲曾和母亲商量，把秀男招赘给千重子做女婿的事。

“其次，秀男先生家是织腰带的，”苗子加重语气说，“要是这么一来，跟小姐家的店发生点瓜葛，给你添什么麻烦，或是周围的人用奇怪的眼光打量我们，我就是死了也对不起你。所以，我真想躲开，躲到老远老远的深山里去……”

“你为什么这么想？”千重子摇着苗子的肩膀说，“今儿个到这儿来，也是跟父亲说好了才出来的。母亲也都知道了。”

“……”

“你知道父亲说了什么？”千重子更加使劲摇着苗子的肩膀说，“要是苗子那姑娘有什么困苦和为难的事，就把她领回家来吧……我是作为嫡亲女儿入的户籍。可父亲说，对那孩子要尽量不分厚薄。又说，我一个人也太孤单了些。”

“……”苗子取下包头手巾说，“谢谢了。”把手巾捂在脸上，“打心里谢谢你了。”好半天说不出话来。“我，你知道，没有亲人，没有真正可依傍的人，虽然感到孤单，我尽量不去想，拼命干活。”

千重子故作轻松地说：

“关键问题是，秀男先生的事怎么样呢？”

“这事一时之间还答复不了。”苗子看着千重子，带着哭声说。

“手巾给我一下。”说着千重子接过苗子的手巾，“这么淌眼抹泪的就进村了？”于是给她擦眼睛，擦腮帮。

“不要紧。我虽然好强，干活不让人，就是爱哭。”

千重子刚给苗子擦好脸，苗子反倒伏在千重子胸口上，越发抽噎起来。

“这多不好！苗子，伤心了？别哭了！”千重子轻轻拍着苗子的背说，“你再这么哭，我可要回去了。”

“不，别回去！”苗子一惊，从千重子手里拿过自己的日本布手巾，使劲擦脸。

好在是冬天，看不出她哭过，只是眼白还有些发红。苗子用手巾把头包得严严的。

两人默默走了一会儿。

北山杉连一些小树杈都给修枝剪掉了，留在树梢的叶子，微呈形，青幽素雅，像冬天的花朵。

千重子觉得差不多了，便对苗子说：

“秀男画的带子，花样又好，织得也密，人是非常认真的。”

“是的，这我知道。”苗子回答说，“时代祭那天，他约我去来着。他当时与其说看身穿各朝服装的游行队伍，不如说在看游行队伍后面皇宫里的青松，和东山变幻的山色。”

“看时代祭游行，对他已经没什么稀罕了。”

“不，不是那么回事。”苗子用力地说。

“……”

“队伍走完之后，他非要我去他家不可。”

“他家？秀男先生的家吗？”

“嗯。”

千重子不免有些惊讶。

“他还有两个弟弟。领我到屋后的空地上，他说我们两人要是结婚，就在那儿盖间小屋子，尽可能只织些自己喜欢的腰带。”

“那还不好！”

“好？他是把我当成你的幻影，才向我求婚的。我一个女孩子家，这类事自然也懂。”苗子又提起话头。

千重子一边走，心里一边游移，不知如何回答才好。

狭窄的山谷旁，有一条小小的山涧，那些洗圆杉木的女人正围坐成一圈，烤着手脚，篝火的烟，冉冉上升。

苗子来到自家的小屋门前。说是小屋，还不如说是窝棚。年久失修的草屋顶已经倾圮，呈波纹状。为是山里人家，有个小院子，滋生蔓长的南天竹，繁茂高大，枝头结着通红的果实。就这七八株南天竹，也是枝杈交错，缠绕不清。

这座荒凉的小屋，当初或许也是千重子的家。

从屋侧走过时，苗子的泪水已干。这就是当初的家。是告诉千重子好呢？还是不告诉的好？千重子是生在母亲的娘家，恐怕没在这屋住过。苗子还在襁褓中，父亲就去世了，后来又失去母亲，究竟在这小屋住没住过，连她自己也记不大清楚。

幸好千重子只顾抬头望着杉山和放好的一排排圆杉木，没有留意这座小屋，径自走了过去。苗子也就没提小屋的事。

树干笔直，树冠略圆，顶端留着叶子，一经看成是“冬天之花”，便果真像是冬天之花了。

一般人家都在屋檐下和二楼上晾了一排去皮洗净的圆杉木。白白的圆杉木，连根都收拾得干干净净的，竖了一排，煞是好看，也许比什么墙都美。

山上，杉树根旁的草已经枯黄。杉树的干，亭亭直立，一般粗细，显得很美。树皮带点圆斑，从树缝里，可以望见一角天空。

“你不觉得冬天美吗？”千重子说。

“是吗？天天看，看惯了，也就不觉得了。不过，冬天的杉树，叶子带点浅黄，是不？”

“就像花儿一样。”

“花儿？像花儿吗？”苗子仿佛觉得有些意外，仰望着杉山。

又走了一阵，有一幢古雅的房屋。大概是户大山主家。矮墙的下半截是涂成赭红色的木板，上半截一刷白，墙头有葺瓦的滴水檐。

千重子停下脚步说：“好漂亮的房子。”

“小姐，我就住在这户人家里。进去看看好吗？”

“……”

“不要紧。我在这家已经住了快十年了。”苗子说。

千重子听苗子说过两三次，与其说秀男把她当成千重子的替身，不如说当成幻影，才向她求婚的。

说“替身”，还好懂。“幻影”究竟是什么呢？——尤其是提到结婚的时候……

“苗子，你总说幻影幻影的，到底幻影是什么呢？”千重子诘问说。

“……”

“幻影岂不是摸得着看不见的东西吗？”千重子接着说。突然脸上飞起一片红晕。不仅面孔一模一样，恐怕任何一处都和自己相似的苗子，要为男人所猎有了。

“无形的幻影是这么个样的，”苗子回答说，“它存在于男人的心头上或胸怀里，也可能取别的形式。”

“……”

“哪怕我变成六十岁的老太婆，而幻想中的千重子，不依然是如今这么年轻吗？”

这话千重子听着十分意外。

“你居然竟想到这种事？”

“一个美丽的幻影，是永远不会令人生厌的。”

“那倒也不见得。”千重子勉强说了这么一句。

“幻影，你不可能踏倒它，还不是自己为之神魂颠倒吗？”

“嗯……”千重子觉得苗子带点妒忌心在说话，“其实，哪有什么幻影？”

“这儿就有……”苗子摇撼着千重子的前胸。

“我不是幻影。是苗子的孪生姐妹。”

“……”

“那么，你难道跟我的幽灵也做姐妹吗？”

“看你说的。这是指你千重子呀。不过，那也只限于秀男先生……”

“你想得太多了。”千重子低头走了几步，又说，“要不，咱们三个人把事情摊开，好好谈一次好不？”

“谈什么——真心话有时可以谈，有时就不可以……”

“苗子，你那么爱多心吗？”

“并不，但我也有一颗少女的心呀……”

“……”

“阵雨从周山那边移到北山这边来了。山上的杉树也……”

千重子抬眼望去。

“赶快回去吧。好像要下雨夹雪了。”

“我怕天下雨，带了雨具来的。”

千重子脱下一只手套给她看，说：“这只手，不像小姐的手吧？”

苗子一怔，两手握住千重子的手。

千重子还不知不觉，天就下起阵雨来了。连住在这村里的苗子，恐怕也没留心到。这雨，不同于小雨，也不像毛毛雨。

听苗子这么说，千重子放眼向四面山上望去。意态清寒，云气濛濛。山麓下丛立的杉树，一株株反而更加分明。

不大会儿，群山的山头，云雾凄迷，分不出界限。与春天的云霞不同，天色先就不一样。现在这天色，毋宁说更像是京都的。

低头一看脚下，地面已经有点潮了。

群山不着痕迹地抹上一层浅灰色，云雾缭绕。

过了片刻，云雾浓重，从山谷上飘下来，还夹着一点白的，成了雨夹雪。

“早些回去吧。”苗子这么说，是她忽然看见那点白的东西。说不上是雪。雨中有雪，雪又时有时无。

山谷里天时不同，已经薄暗微明，骤然冷了起来。

千重子总也是京都姑娘，对北山那种阵雨并不感到陌生。

“趁你还没有变成冰冷的幻影之前……”苗子说。

“又是幻影！”千重子笑了，“我带着雨具呐……冬天的京都，天气多变，下下就停了。”

苗子抬头看看天说：“现在就回去吧。”说着紧紧握着千重子没戴手套的那只手。

“苗子，真的，你想过结婚没有？”千重子问。

“偶尔想过……”苗子回答说，并且情意深长地给千重子戴上那只手套。

这时，千重子说：

“到我们柜上来一次吧。”

“……”

“来吧。”

“……”

“等伙计下班之后。”

“晚上吗？”苗子吃了一惊。

“住过夜。你的事爸爸妈妈都知道。”

苗子的眼睛露出喜悦的神色，但又有些踌躇。

“哪怕咱们一起过一晚也好。”

苗子站在路边，转过身去，背着千重子潸然泪下。千重子当然不会不知道。

千重子回到室町店里时，城里只是阴天而已。

“千重子，你回来得正好，还没下雨，”母亲说，“你爸爸在里屋等你。”

父亲不等千重子招呼完，便探着身子问：

“千重子，那姑娘说什么了？”

“嗳。”

千重子不知怎样回答才好，三言两语也说不清。

“说什么了？”父亲又问了一句。

“嗳。”

千重子虽然懂得苗子的意思，但有的话也不甚了了。秀男实际上意在千重子，由于难于如愿，只好死了这条心，转而向长得酷似千重子的苗子求婚。姑娘家心细如发，苗子当然很敏感。所以，便对千重子说起“幻影”这套怪论来。难道说秀男心里想娶千重子，而拿苗子来移花接木吗？千重子觉得，这倒未必是自己自负。

但是，说不定事情并不仅止于此。

千重子不敢正面看父亲，羞得连头颈都红了。

“苗子那孩子是光想看看你吗？”父亲说。

“是的。”千重子决然抬起头来，“据说大友家的秀男向苗子求婚了。”千重子的声音有些发颤。

“唔？”

父亲审视着千重子，沉默有顷，好像猜着了什么。不过，没说什么。

“是吗？和秀男？要是大友家的秀男，那倒不错。说实在的，各人有各人的缘分。恐怕这也是因为你的关系吧？”

“爸爸！不过，我觉得苗子不会跟秀男好的。”

“噢，为什么？”

“……”

“为什么呢？我觉得蛮好的……”

“倒不是好不好的事，爸爸，您还记得吗？您在植物园可是说过把秀男招赘给千重子怎么样。那姑娘可是知道这层意思的呢。”

“哦，这是怎么回事？”

“而且，她好像还考虑到秀男的织带铺同咱们店多多少少有些交易。”

父亲把不住心跳了，默默无言。

“爸爸，求您件事。哪怕一个晚上也好，让那孩子来家里住一夜吧。”

“当然可以。这有什么……我不是说过吗？收养她都行。”

“那她是决不肯的。就一个晚上……”

父亲不胜爱怜地看着千重子。

听见母亲在关窗上的挡雨板。

“爸爸，我去帮一下忙就来。”说着千重子站起身来。

阵雨悄没声儿滴落在檐头。父亲木然坐在那儿。

龙助和真一的父亲，请太吉郎到圆山公园的左阿弥吃晚饭。冬日天短，从高高的客厅俯瞰市街，已经是灯火点点了。天空灰蒙蒙的，没有晚霞。街市除了灯火，也是灰蒙蒙的。真是一派京都冬天的色彩。

龙助的父亲，是室町街上的大批发商，生意兴隆，为人可靠，可今天说话却有些吞吞吐吐。一边踌躇，一边说些闲话来拖时间。

“其实呢……”他借着酒力终于点到了正题。而性情优柔寡断或者说日渐消沉的太吉郎，大约也猜到水木先生要说什么。

“其实呢……”水木期期艾艾地说，“大概您从令爱处也听到些关于龙助那个愣小子的事吧？”

“啊，我这人很不中用，所以令郎龙助少爷的好意，我十分领情。”

“是吗？”水木轻松起来，“这小子很像我年轻的时候。一旦打定主意，谁也劝不过来。实在没有办法……”

“我倒是非常感谢他。”

“真的吗？听您这么说，我总算放下心了。”水木当真按着胸口说，“那就请您多多包涵。”说着鞠躬如仪。

太吉郎的店尽管日渐萧条，但是要搬请同行中的后生来帮忙，总是近乎耻辱。要是说来见习，从两家店的规模来说，倒是应该反过来才对。

“对于小店来说，是求之不得，但是……”太吉郎说，“宝号少了龙助少爷，恐怕不大方便……”

“哪里哪里。生意上龙助只是道听途说一点皮毛，哪晓得多少。从我这做父亲的来看，怎么说呢？他人还是很踏实牢靠的……”

“是啊，到小店来，忽然板起面孔坐在掌柜面前，我都吃了一惊。”

“他就是那么个人。”说完，水木喝着闷酒。

“佐田先生。”

“哦？”

“倘能叫龙助到府上帮忙，即便不是天天去，他弟弟真一也会慢慢长点志气，这一来也帮了我的忙。真一性格温良，直到现在龙助还动不动就嘲笑他，叫他‘童子小哥’的，真是不像话……祇园会上真一曾经坐过彩车……”

“因为长得眉清目秀的。同我家千重子从小就是同学……”

“令爱千重子……”水木一时语塞。

“令爱千重子……”水木又重复说，口吻甚至有点怒意，“怎么出挑得那么漂亮，好一位出色的小姐。”

“这不是靠父母的力量，是孩子自己天生成的……”太吉郎率直地回答道。

“想来佐田先生心里也明白，府上同我们可算是同行，龙助之所以要去府上帮忙，也为的是想在千重子小姐身旁，多待上一时半刻的。”

太吉郎点了点头。水木擦了一把额角，龙助的前额跟他很像。接着又说：“这小子虽然丑，但办事能干。我绝不敢有任何勉强的意思，万一有朝一日，千重子小姐对龙助还觉得中意，我这实在是老着脸皮，能否请佐田先生招门纳婿？我可以废掉他作为长子的继承权……”说着，又低头一礼。

“废掉……”太吉郎简直吓住了，“偌大一个批发商的嗣子……”

“这并非就是一个人的幸福。最近看到龙助那样子，我便这么想。”

“承您厚爱，不过，这种事全要看两个年轻人将来是否情投意合。”太吉郎避开水木的锋芒说，“千重子是个捡来的孩子。”

“捡来的孩子又怎么样呢？”水木说，“我这些话，佐田先生心里知道就是了，龙助去府上帮忙，您看可以吧？”

“那好吧。”

“多谢多谢。”水木看来满心高兴，举杯饮酒的样子也自不同了。

第二天清晨，龙助早早来到太吉郎的店里，立即把掌柜和伙计招集拢来，开始盘货——漆染绸、白绸、绣花绉绸、单丝绉、绫葛、高级绉绸、绵绸、结婚礼服、长袖和服、中袖和服、普通和服、花锦缎、缎子、高级印花绸、会客礼服、织锦腰带、里子绸、和服饰物等等。

龙助只是一旁看着，什么也不说。自从上一次较量之后，掌柜在龙助面前赔着小心，不敢拿大作势。

虽经挽留，龙助仍赶在晚饭前回去了。

当晚，“笃笃笃”敲着格子门的，是苗子。那声音只有千重子听见。

“哟，苗子！从傍晚起就挺冷的，你来了可真好。”

“……”

“星星出来了。”

“听我说，千重子，见了父母，我该怎么招呼才好呢？”

“你的事他们都知道，见了就说‘我是苗子’就行了。”千重子搂着苗子肩膀，走进屋，问道，“晚饭吃过了吗？”

“我在那边吃过鱼肉饭卷来的，甭张罗了。”

苗子虽然有些拘束，但二老一看到这么相像的姑娘，简直瞠目结舌，几乎说不出话来。

“千重子，你们上楼去吧，两个人从从容容说说话儿。”还是母亲繁子乖觉。

千重子拉着苗子的手，走过窄窄的廊子，上了后楼，点上暖炉。“苗子，来一下。”把她叫到穿衣镜前，凝视着两人的面庞。

“真像。”千重子浑身感到热乎乎的。两人又左右对换位置站着。“真是活脱儿像。咦？”

“孪生姐妹嘛。”苗子说。

“人要是尽生双胞胎，那会成什么样子呢？”

“准是老认错人，麻烦得很。”苗子退后一步，眼睛湿润了。“人的命运真不可思议呀。”

千重子也退到苗子身边，用力摇着苗子肩膀说：

“你就住下来不好吗？爸爸妈妈都这么说……我一个人又很孤

单……虽然杉山那里不知有多舒畅……”

苗子仿佛站不住似的，一歪身跪了下去。一边摇着头，眼泪滴在膝盖上。

“小姐，直到现在，咱们的生活境遇都不一样，教养也不同。室町这儿的生活，我未必过得惯。就让我到府上来这么一次，只要这么一次就行了。也是想穿上你送我的衣服，让你看看……再说，杉山你都去过两趟了。”

“……”

“而且，婴儿中，父亲抛弃的是小姐你呀！虽然我当时什么也不知道。”

“这些事我早就忘记了。”千重子毫不在意地说，“我现在也不去想，我还有过那样的父亲。”

“我想父母他们也许是受到报应了……尽管我那时还是个婴儿，请你原谅吧。”

“这事有你什么责任和罪过？”

“倒不是这么说。先前我说过，我苗子决不妨碍小姐你的幸福。”苗子放低了声音说，“所以，还是销声匿迹的好。”

“不行，你这是怎么说的……”千重子用力说，“你这样可太不公平了……苗子，你觉得不幸吗？”

“没有，但是感到孤独。”

“幸福是短暂的，孤独是长久的，你说是不？”千重子说，“咱们睡下去，再好好聊……”千重子从壁橱里拿出铺盖来。

苗子一面帮忙，一面说：“幸福大概也就是这么回事吧。”然后侧耳倾听屋檐上的声音。

千重子见苗子凝神细听，便问：

“阵雨吗？还是雨夹雪？要么是阵雨里带雪花？”说着千重子也停下手来。

“谁知道呢，或许是小雪？”

“雪？”

“这么静！这不是平常下的雪，实在是小极了的那种细雪。”

“哦。”

“山里常常下这种细雪，干活的时候，不知不觉间，杉树叶上铺了一层白，像花儿似的，连那些冬季落叶的枯树尖上，都变得雪白。”苗子说，“真是美极了。”

“……”

“有时下下就停了，有时变成雨夹雪或是阵雨……”

“要不要打开挡雨板看看？看一眼就知道了。”说着千重子起身要过去，苗子拦住道：“甭开了。怪冷的，你会感到幻灭的。”

“幻呀幻的，你就爱说这个字。”

“幻影吗？”

苗子姣好的面庞上，笑容可掬，但是隐约有一层凄婉的神情。

千重子刚要铺被褥，苗子忙说：

“千重子，就让我给你铺一次床吧。”

两个被窝并排挨着，千重子默默地钻进苗子的被窝。

“啊，苗子，好暖和。”

“干活毕竟不一样些。住的和……”

苗子紧紧搂着千重子。

“这样的夜晚，要冷的。”苗子压根儿不怕冷的样子，“细雪下下停停，停停下下……今儿晚上怕就是……”

“……”

父亲太吉郎和母亲繁子好像上楼走进隔壁房间。因为上了年纪，用电毯暖被窝。

苗子凑近千重子的耳边，悄声说：

“你的被窝已经暖和了，我挪过去睡啦。”

等到母亲把纸门拉开一条缝，看看两个姑娘的卧室时，已是后来的事了。

翌日清晨，苗子绝早起床，叫醒千重子说：“小姐，这大概是我一生中最幸福的一晚了。趁着还没人看见，我回去了。”

正如昨晚苗子说的，夜来果真细雪下下停停，此刻正是细雪霏霏，寒气袭人的清晓。

千重子起来说：“苗子，你没有雨具吧？等一下。”她把自己最好的天鹅绒外套和折叠伞、高底木屐拿给苗子。

“这是我送你的。以后还要来呀！”

苗子摇了摇头。千重子扶着格子门，一直目送她远去。苗子没有回头。千重子的额发上，飘洒下几点细雪，霎时便融化了。市街依旧在沉睡，大地一片岑寂。

（一九六一 —— 一九六二年）

自由地读书

# 傅雷家书

三联初版纪念本

傅雷◎著

FU LEI
JIA SHU

生活·讀書·新知 三联书店

图书在版编目（CIP）数据

傅雷家书：三联初版纪念本 / 傅雷著. —北京：
生活 · 读书 · 新知三联书店，2019.12 （2022.12 重印）
ISBN 978－7－108－06722－7

Ⅰ. ①傅… Ⅱ. ①傅… Ⅲ. ①傅雷（1908-1966）－书信集
Ⅳ. ① K825.6

中国版本图书馆 CIP 数据核字（2019）第 242780 号

特别策划 北京智慧熊文化传媒
责任编辑 王 竞
责任美编 薛 宇
责任校对 曹忠苓 常高峰 张国荣
责任印制 董 欢 卢 岳
出版发行 生活 · 讀書 · 新知 三联书店
（北京市东城区美术馆东街 22 号 100010）
网 址 www.sdxjpc.com
经 销 新华书店
印 刷 河北松源印刷有限公司
版 次 2019 年 12 月北京第 1 版
2022 年 12 月北京第 20 次印刷
开 本 720 毫米 × 1020 毫米 1/16 印张 17
字 数 243 千字 图 13 幅
定 价 39.80 元

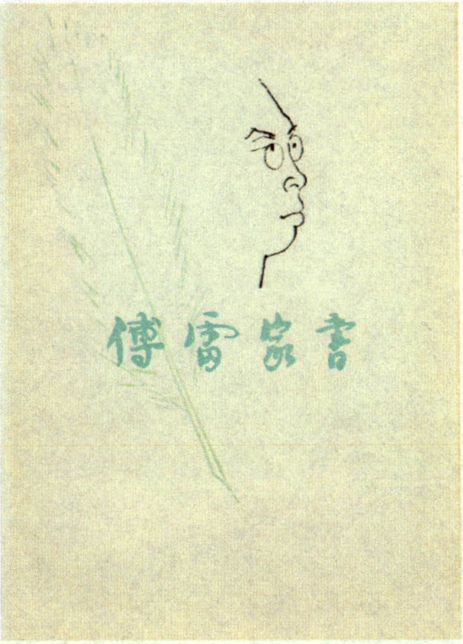


《傅雷家书》三联初版，
1981年8月

《傅雷家书》三联增补本，
1984年5月

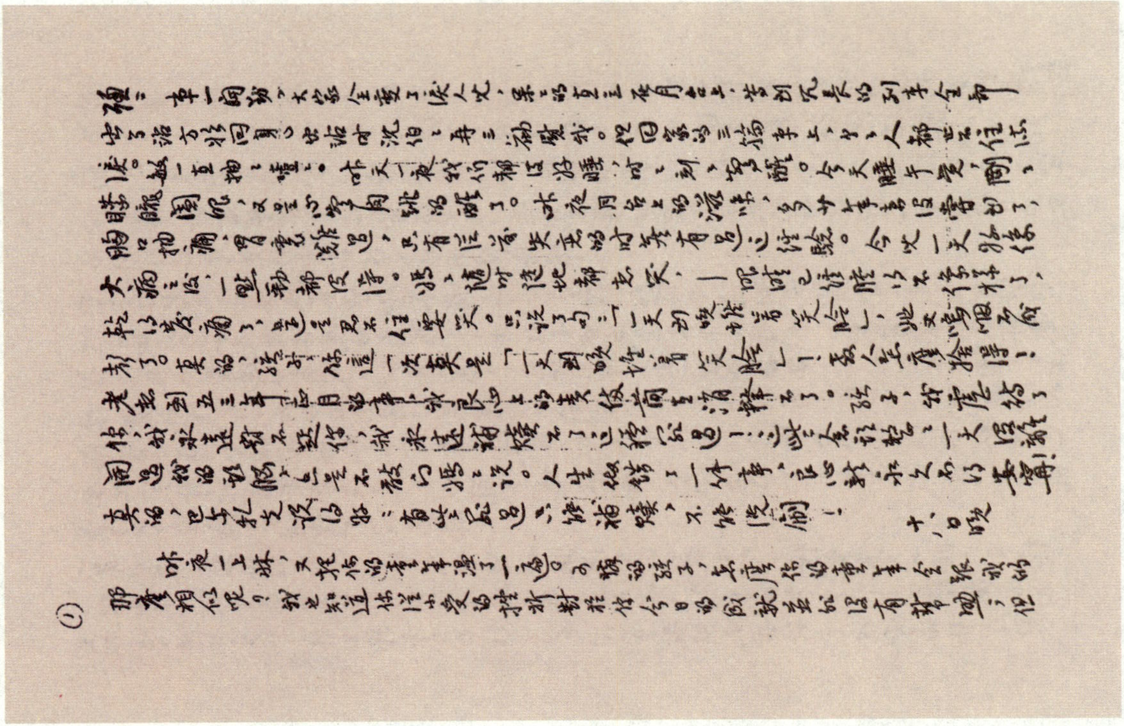

(1)

聰聰：車一開動，大家全變了淚人兒，呆呆的直立在月台上，等到冗長的列車全部出了站方始回身。出站時沈伯伯再三勸慰我。但回家的三輪車上，个个人都忍不住淚。敏一直抽抽噎噎。昨天一夜我們都沒好睡，時時刻刻驚醒。今天睡午覺，剛剛矇矓闔眼，又是心中一陣的痛醒了。昨夜月台上的滋味，多少年來沒嘗到了，胸口抽痛，胃裏難過，只有生離死別的時候才有這經驗。今兒一天好像大病之後，一點勁都沒有。媽媽隨時隨地都哭，——眼睛已經腫得不像樣了，乾得發痛了，還是忍不住要哭。只說了句「一天到晚堆着笑臉」，她又嗚咽不成聲了。真的，孩子，你這一次真是「一天到晚堆着笑臉」！教人怎麼捨得！老想到五三年正月的事，我良心上的責備簡直消釋不了。孩子，我虐待了你，我永遠對不起你，我永遠補贖不了這種罪過！這些念頭整整一天沒離開過我的頭腦，只是不敢向媽媽說。人生做錯了一件事，良心就永久不得安寧！真的，巴爾扎克說得好：有些罪過只能補贖，不能洗刷！

十八日晚

昨夜一上床，又把你的童年溫了一遍。可憐的孩子，怎麼你的童年會跟我的那麼相似呢？我也知道你從小受的挫折對於你今日的成就並非沒有幫助；但

傅雷家书墨迹，
1954年1月18日

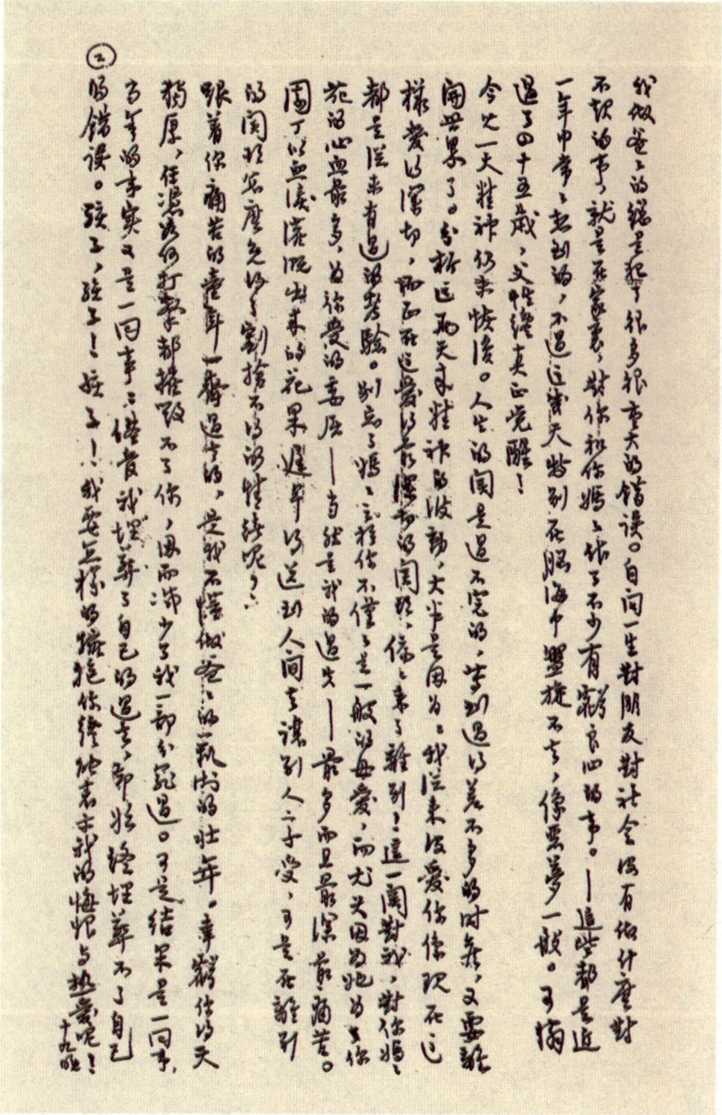
②
我做爸爸的錯是犯了很多很重大的錯誤。自問一生對朋友對社會沒有做什麼對不起的事，就是在家裏，對你和你媽媽做了不少有虧良心的事。——這些都是近一年中常常想到的，不過這幾天特別在腦海中盤旋不去，像惡夢一般。可憐過了四十五歲，父性才真正覺醒！
今天一天精神仍未恢復。人生的關是過不完的，等到過得差不多的時候，又要離開世界了。分析這兩天來精神的波動，大半是因為：我從來沒愛你像現在這樣愛得深切，而正在這愛得最深切的關頭，偏偏來了離別！這一關對我，對你媽媽，都是從未有過的考驗。別忘了媽媽之於你不僅僅是一般的母愛，而尤其因為她為了你花的心血最多，為你受的委屈——當然是我的過失——最多而且最深最痛苦。園丁以血淚灌溉出來的花果遲早得送到人間去讓別人享受，可是在離別的關頭怎麼免得了割捨不得的情緒呢？
跟着你痛苦的童年一齊過去的，是我不懂做爸爸的藝術的壯年。幸虧你的天性厚，任憑如何打擊都摧毀不了你，因而減少了我一部分罪過。可是結果是一回事，當年的事實又是一回事：儘管我埋葬了自己的過去，卻始終埋葬不了自己的錯誤。孩子，孩子，孩子！我要怎樣的擁抱你才能表示我的悔與熱愛呢！
十九晚

傅雷家书墨迹，1954年1月18日

赤子孤独了，会创造一个世界

# 走近名著

一九六六年九月二日深夜，连日遭受批判的傅雷夫妇坦坦荡荡地选择了死亡，以生命为代价，捍卫了他们人格的尊严，离开了他们挚爱的孩子，永远地告别了这个他们曾经认真生活过的世界。

幸而，在多方人士的努力下，《傅雷家书》于一九八一年正式呈现在读者面前，让我们有机会看到傅雷先生对人生、艺术、文学鞭辟入里的侃侃而谈，让我们能近距离接触傅雷先生贯穿一生的独立自由的人格，感受他真诚、高尚的爱国精神和苦心孤诣、呕心沥血的教子形象。

在家信中，傅雷或指导傅聪的音乐和生活，或评论中西方的古今音乐作家作品，或抒发自己对中国古诗词的感悟，或谈论当时中国文化、艺术的发展，或追述中国石刻画的来源……我们可以看到傅雷在文学、绘画、音乐等领域均有自己独到的见解。

“赤子之心”是贯穿《傅雷家书》的精神，也是傅雷独立人格的体现。所谓赤子之心，“不但指纯洁无邪，指清新，而且还指爱……热烈的、真诚的、洁白的、高尚的、如火如荼的、忘我的爱”！“真诚”“独立”“纯洁”“自由”这样的词在家信中随处可见。傅雷认为“真诚是第一把艺术的钥匙”，“要保持清白，保持人格独立”，“艺术表现的动人，一定是从心灵的纯洁来的”。他是这么说的，也是这么做的。他几十年如一日的文艺翻译工作，便是出于一颗赤子之心。人们甚至说“没有他，就没有巴尔扎克在中国”。

他还是爱国的赤子。他替傅聪编录“学习经过”和“国外音乐报导”，也只是“为了青年朋友们的学习，为了中国这么一个处在音乐萌芽时代的国家”，他经常给傅聪寄去中国古代文学作品，跟他交流中华优秀的传统文化，鼓励傅聪写中文信，希望傅聪能学国外音乐之所长，但也常常提醒傅聪不忘中华民族的音乐气质。

傅雷的教育是言传身教的。“我想时时刻刻，随处给你做个警钟，做面‘忠实的镜子’，不论在做人方面，在生活细节方面，在艺术修养方面，在演奏姿态方面。”信中，傅雷多次让傅聪借写信来梳理总结自己的演奏和学习心得，而他自己也是如此，不管是看了一本书，翻译了一篇文章，听了一段昆曲，还是在会议上学习了新的理论，一旦有所感悟，总会向妻子说上十几分钟，也经常把这些写在家信里与孩子分享。

《傅雷家书》是一把打开智慧大门的钥匙，也是一座启迪心灵的宝库。当决心打开这本书时，就可以试着让自己做一个有心人，带着一颗探索的好奇心，去欣赏傅雷带给我们的文艺瑰宝：在法国巴尔扎克的小说和语录里一窥西方的社会和文化；从罗曼·罗兰的《约翰·克利斯朵夫》里，学会正视现实，增加勇气；或许，你还可以读一读信中提到过的古诗文，品李杜诗意、魏晋风流；听一听大海一般宁静而包容的巴赫作品，在欧洲古典音乐的世界里自由徜徉；赏一赏傅雷摘抄的莫扎特的音乐笔记，在理论中多角度理解音乐作品；看一看黄宾虹先生“色调浓黑但是浑厚深沉”的山水画作，了解中华传统的优秀文化……

“世界上最高的最纯洁的欢乐，莫过于欣赏艺术。”现在，就让我们走进《傅雷家书》，边欣赏边思考，慢慢将文学和艺术的修养以及独立自由的人格融入我们自己的生命中去吧。

# 阅读建议

## 一、阅读规划

《傅雷家书》共收入一百三十八封书信，建议同学们用四周的时间完成整本书的阅读以及相关活动。在学习之余，每天可以抽二十至三十分钟时间快速阅读几封信件，周末则可以多读一些，用三周时间读完全书。第四周进行集中的阅读，各小组对自己感兴趣的问题进行讨论交流，展示阅读成果。同学们也可以根据自己的阅读习惯与阅读兴趣自行安排进度，保持阅读的连续性与完整性。时间可大致安排如下：

| 时间 | 快速阅读全书 |
|---|---|
| 第一周 | 阅读一九五四年至一九五五年的信件（共四十三封） |
| 第二周 | 阅读一九五六年至一九六一年的信件（共五十五封） |
| 第三周 | 阅读一九六二年至一九六六年的信件（共四十封） |

**前三周** 快速阅读全书。建议同学们完成下面三件事：

1. 随手做一些圈点、勾画和批注。可依照自己的习惯在有疑问、精彩语句、关键语句等处，做出不同的标记。如可以用“一疑、二好、三关键”的方法进行勾画。

2. 每读完一封信件，停下来思索一下，简要概括内容。可按照“回顾—分类—感悟”的形式进行整理。

（1）回顾感人细节

（2）进行分类整理

（3）写下你的感悟

3. 按照阅读进度完成相应的“阅读规划进度及自我测评”，每个周末测评一次阅读效果。

**第四周** 以小组为单位，围绕感兴趣的专题，进行整合性精读，并做成果展示。可以按照以下步骤进行：

1. 根据自己前三周的阅读经验，回忆每一年通信的主要内容，自行选择感兴趣的专题。同学们可以选择下面提供的专题，也可以小组讨论确定研究专题。

专题一：傅雷教子内容分类整理

提示：形式可丰富多样，如拟小标题式、人物大事记、表格式等。

专题二：对经典人物形象的评说

可采用横向和纵向的对比法来谈人物形象，如：曾国藩和傅雷同是教子名人，可以通过对比二者的异同来梳理人物形象；可以通过归纳傅雷教子方式前后的变化来评述人物形象；可以通过对比傅雷和傅聪的异同来进一步体会傅雷的人物形象。总之，思路可以多种多样，同学们可以找准角度，尽情发挥。

专题三：朗读《傅雷家书》片段

《傅雷家书》写得情辞生动，有些片段非常适合朗读。选取精彩信件，通过小组合作，讨论朗读技巧，分组进行展示。可以模仿《朗读者》或《见字如面》等栏目进行策划，也可以自己设计朗读创意。

专题四：自选角度创作一篇论文

参考角度：《也谈傅雷的教子方式》《由傅雷一生谈中国近现代知识分子的命运》《管窥傅聪与傅雷的关系》《我评〈傅雷家书〉》《论〈傅雷家书〉的现实意义》《我说傅雷的艺术造诣》《谈谈〈傅雷家书〉的语言风格》等。

2．围绕小组选定的专题，选取相关信件进行整合性精读。精读时注意梳理相关内容，记下自己的思考。可以参考以下表格：

| 精读部分信件 | | |
|---|---|---|
| 第四周 | 周一 | 精读书中做了批注的信件，分析傅聪在被培养成为卓越艺术家的过程中都经历了哪些历练，据此总结成为卓越艺术家的条件 |
| | 周二 | 从二十世纪五十年代和六十年代的信件中分别挑选出一封，对比精读，根据自己的感悟，试着写一些批注。找出傅雷苦心孤诣教育儿子的典型细节及其教育方式的变化，归纳傅雷的人物形象 |
| | 周三 | 随着自己的兴趣有选择地进行阅读，筛选一些傅雷感悟艺术的篇章并进行精读，写好批注，整理全书中傅雷有关艺术的观点和看法，有疑问的地方可以查资料多做了解，拓宽知识面 |

3．周四和周五，小组分享阅读感受。

提出存在的疑问，相互交流，并讨论小组阅读成果的最终展示方式，做出分工，分头准备。展示方式可以多种多样，不拘一格，一定要把精彩的阅读成果展示给大家。围绕要展示的成果，可以找一些相关文章或材料的评论来读一读，加深理解和认识。

## 二、阅读策略

1．选择性阅读

选择性阅读是一种理性的、目的性很强的阅读方式。“一千个读者眼里有一千个哈姆雷特”，同样地，有人从《傅雷家书》中借鉴傅雷的教子之道，有人把这本书当作艺术学徒的入门读物，有人研究学习傅雷作为翻译家如何工作，有人乐于品味其中的父子情深，有人欣赏傅聪的成才之路……同学们可以依据自己的兴趣爱好、阅读目的、关注焦点来选择不同类型的内容进行阅读。

2．提要式阅读

因为家书的特质，所以其内容大多零散，适合放慢速度来读。因此可以在通读的时候，边读边整理内容，每读完一封书信，合上书，回忆书中的细节，在脑海中将主要内容回顾一遍。还可进行分类——这是十分有用的阅读策略，可以帮助记忆，对作品内容有宏观的认识和把握。

示例：

| 类　别 | 艺　术 | 外语学习 | 做人礼节 | 理　财 | 婚　姻 | 工　作 |
|---|---|---|---|---|---|---|
| 内　容 | 1.赤子之心<br>2.…… | 1.牢记要点<br>2.…… | 1.注重细节<br>2.…… | 1.及时记账<br>2.…… | 1.忍耐包容<br>2.…… | 1.劳逸结合<br>2.…… |

3．批注式精读

在阅读中，可以先确定一个主题，再整合锁定相关篇章，圈点勾画，进行批注。这种读书方法可以凝聚阅读的注意力，便于记忆、思考、巩固和查考，同时训练信息整合的能力。运用圈点批注法，要注意以下几点：

（1）圈点虽然是随手勾画，但勾画的内容应该是文章的重点、难点、疑点，或者是自己深有体会之处。

（2）批注可以从作品的内容、结构、写作手法、语言特色等方面着手，写出心得体会，提出自己的见解。

（3）经典作品需要反复阅读，每次圈点批注可以有不同的侧重点。一般是遵循由易到难的顺序进行的，从解决字词方面的疑问，到重点语句的理解，到全篇内容的把握，再到语言风格的赏析。

（4）可以给自己设定一些圈点和批注的符号。

如：用圆点或方框表示精警之处，用问号表示质疑，用叹号表示强调，用直线表示需要着重记忆或领会的地方，用波浪线表示重要和关键语句，用双竖线或斜线表示段落层次的划分，等等。符号设定之后，同学们要养成固定使用的习惯，这样在整理读书笔记时才不至于凌乱。

# 出版说明

一九七九年四月，去国二十余年的傅聪从海外归来，参加为傅雷夫妇平反昭雪的骨灰安葬仪式。“眼前这位长身玉立、气度昂藏的壮汉，使我好像见到了傅雷；而他的雍容静肃、端庄厚憨的姿影，又像见到了他的母亲梅馥。”傅雷的老友楼适夷这样回忆当时的情景，并问起了这许多年中傅雷写给傅聪的“万里而且往往是万言的家书”。

当三联书店的负责人范用从楼适夷处了解到这批信因“好好保存在海外的寓居里”而逃过一劫时，“产生了极大的兴趣”，他“急不可待地”找到傅敏取来原件，动员并催促兄弟二人将这批信整理发表，摘录编成一集，约十五万字，名为《傅雷家书》。

彼时，傅聪二十世纪五十年代去国不归的事情还没有结论，家书下厂排印之时遇到阻力：说受书者傅聪是“叛国”，说出版这部书是提倡走白专道路。范用和一众老友多方奔走，想办法请新闻出版署的领导协调，终于得到一份“关于傅聪回国讲学问题的批示”。批示中说：傅聪出走，情有可原；出走之后，没有做过损害祖国的事；他在国外刻苦钻研，怀念国家，忠于艺术，治学严谨，对他，要充分理解和体谅。批示还说：他回来演出、教学，要允许他来去自由，不要歧视，不要冷淡；要派一个人去同他谈一谈，以表示社会主义祖国的慈母心肠。批示同时指出：出走毕竟是个污点，应有个交代。

范用认为，一九八〇年傅聪回国接受记者访问时，对自己过去的出走表示内疚，这可以看作是公开场合的表态。而且，后来种种事实表明傅聪是一个爱国者。因此，“出版一本傅雷的家书集，在政治上应不成问题，从积极意义来讲，也是落实政策，在国内外会有好的影响”。范用说，这本书会对年轻人、老年人都有

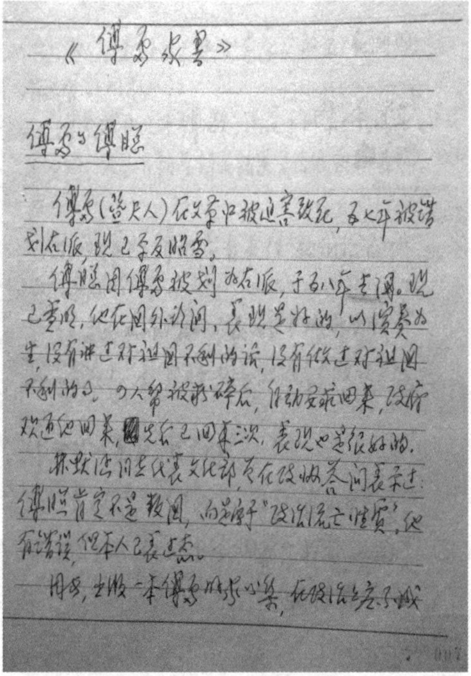

《傅雷家书》

傅雷与傅聪

傅雷（及夫人）在文革中被迫害致死，五七年被错划右派，现已平反昭雪。

傅聪因傅雷被划为右派，于五八年出国。现已查明，他在国外期间，表现是好的，以演奏为生，没有讲过对祖国不利的话，没有做过对祖国不利的事。四人帮被粉碎后，自动要求回来，政府欢迎他回来，[redacted]先后已回来三次，表现也是很好的。

林默涵同志代表文化部在政协答问表示过：傅聪肯定不是叛国，而是属于"政治流亡性质"，他有错误，但本人已表过态。

因此，出版一本傅雷的家书，在政治上是可以

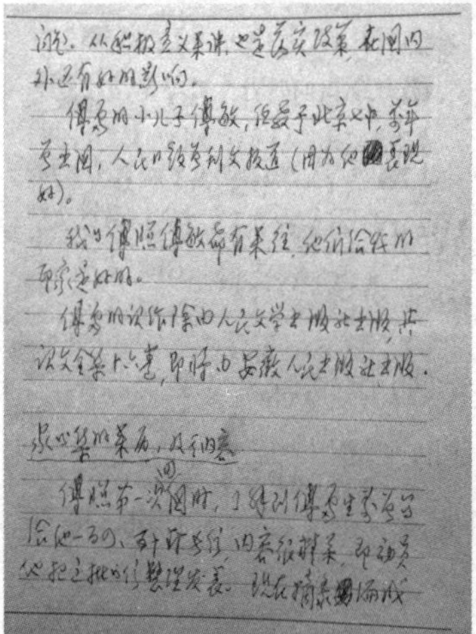

的。从他教育儿子来讲，也是落实政策，在国内外还有好的影响。

傅雷的小儿子傅敏，任教于北京四中，前年曾出国，人民日报等刊文报道（用名他[redacted]表现好）。

我与傅聪傅敏都有来往，他们给我的印象是好的。

傅雷的译作，除由人民文学出版社出版外，译文全集十六卷，即将由安徽人民出版社出版。

家书整理来历，及其内容

傅聪第一次回国时，[illegible]傅雷生前写给他的[illegible]，[illegible]内容很好，[illegible]他把这批信件整理发表。现在摘录[redacted]编成

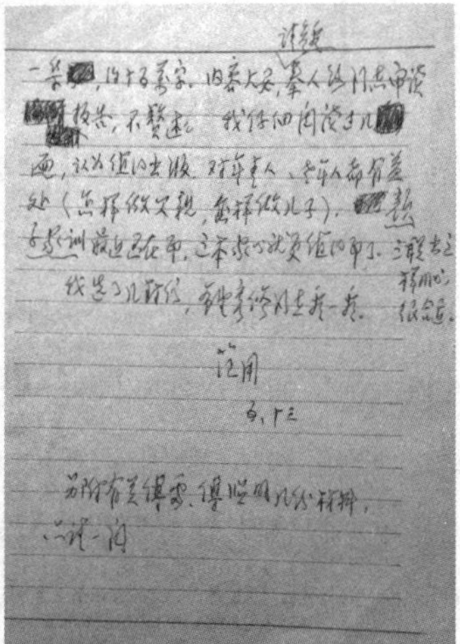

一集[redacted]，约十多万字。内容大多[illegible]

[redacted]校後，不赘述。我仔细阅读了几[redacted]遍，认为值得出版，对年青人、老年人都有益处（怎样做父亲，怎样做儿子）。[redacted][illegible]还在印。这本书可说是值得印了。[illegible]

我送了几封信，希望请同志看一看。

范用

五、十三

另附有关傅雷、傅聪的几份材料，供一阅

《傅雷家书》审稿意见（范用，一九八一年五月十三日）

益处（怎样做父亲，怎样做儿子），三联出这样的书，很合适。

《傅雷家书》终于在一九八一年八月出版发行，北京各大门店上架后一天卖光；迅速加印后，各地书店门前排起长龙。一九八四至一九八六年间，三联书店还策划了“傅雷家书墨迹展”，分别在香港、上海和北京展出，影响甚大，既是对“文革”的无声的否定和控诉，亦是一次大胆的思想解放的实践，是典型的三联书店传统思想风格的体现。

《傅雷家书》出版后持续畅销，广受好评，复于一九八四年五月推出增补本，“增补文字七万六千字，共增加六十九个独立段”，收录信件增至一百七十八封。一九八六年，《傅雷家书》荣获全国首届优秀青年读物一等奖，一九九九年入选“百年百种中国优秀文学图书”，截至二〇〇〇年销售达一百一十六万册。二〇一六年，傅雷逝世五十周年之际，三联书店邀请傅敏重新策划出版了“三联纪念版傅雷作品”，收入《傅雷书信选》《傅雷谈艺录》《世界美术名作二十讲》《傅译传记五种》《人生五大问题附恋爱与牺牲》《艺术哲学》共六部傅雷著译作品，再次获得读者的好评。

二〇一七年，三联书店成立八十五周年推出丛书“三联精选”之际，再次出版《傅雷家书》，以三联初版和增补本为底本，依循初版的编选原则和编排方式，增删若干信件和内容，是为“三联初版纪念本”，力图集中呈现一位苦心孤诣的父亲，一位学贯中西的良师，一位时刻“不忘祖国之荣誉、不忘艺术之良知”的知识分子的精神世界。书中，有些标点和字词如“公尺”“那末”“的”“地”的用法与现行规范有所不同，均保存原貌；一些人名、地名的翻译，亦保留傅雷的原译，并在其第一次出现时，以括号内加楷体的形式标注出通用译名。傅雷随信寄出的为傅聪摘译的几则音乐笔记也一并附上。

谨以此“三联初版纪念本”《傅雷家书》，纪念那段岁月，缅怀傅雷先生，以及那些像他一样“又热烈又恬静、又深刻又朴素、又温柔又高傲、又微妙又率直”的灵魂。

生活·讀書·新知 三联书店

二〇一八年四月七日

一九八六年年初，“傅雷家书墨迹展”分别在上海和北京展出

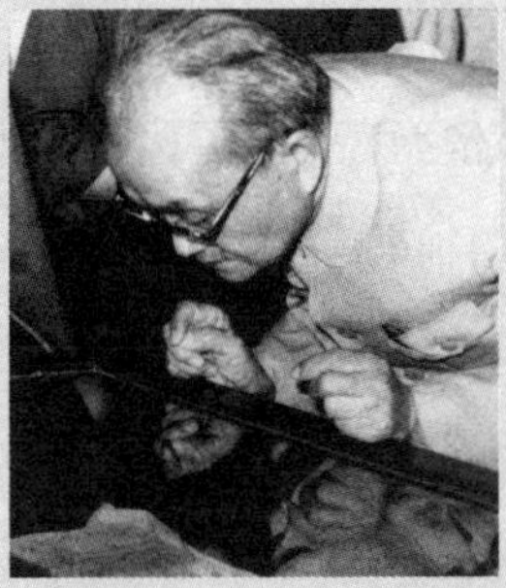

胡乔木在北京图书馆仔细观看傅雷夫妇遗书

展览上的范用与傅聪

CONTENTS

# 目录

# 一九五四年至一九五五年

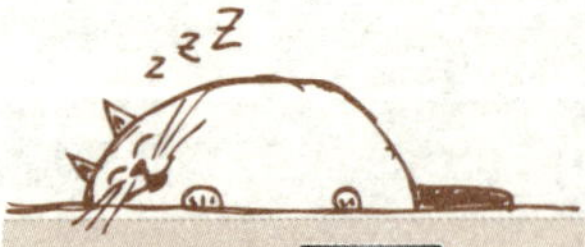

一九五四年一月十七日，傅雷一家到上海火车站送傅聪去北京准备出国。第二天，百感交集的傅雷落笔成文，寄出了饱含拳拳爱子之心的第一封家信，“傅雷家书”由此而始。同学们，让我们翻开傅雷的家书，走进赤子的世界……

# 一九五四年

### 一九五四年一月十八日晚

孩子，你这一次真是“一天到晚堆着笑脸！”教人怎么舍得！[①] 老想到五三年正月的事，我良心上的责备简直消释不了。孩子，我虐待了你，我永远对不起你，我永远补赎不了这种罪过！这些念头整整一天没离开过我的头脑，只是不敢向妈妈说。人生做错了一件事，良心就永久不得安宁！真的，巴尔扎克说得好：有些罪过只能补赎，不能洗刷！

### 一九五四年一月十九日晚

昨夜一上床，又把你的童年温了一遍。可怜的孩子，怎么你的童年会跟我的那么相似呢？我也知道你从小受的挫折对于你今日的成就并非没有帮助；但我做爸爸的总是犯了很多很重大的错误。自问一

① 一九五四年傅聪赴波兰参加第五届萧邦国际钢琴比赛并在波兰留学，一月十七日全家到上海火车站送傅聪去北京准备出国。

生对朋友对社会没有做什么对不起的事，就是在家里，对你和你妈妈做了不少有亏良心的事。——这些都是近一年中常常想到的，不过这几天特别在脑海中盘旋不去，像噩梦一般。可怜过了四十五岁，父性才真正觉醒！

今儿一天精神仍未恢复。人生的关是过不完的，等到过得差不多的时候，又要离开世界了。分析这两天来精神的波动，大半是因为：我从来没爱你像现在这样爱得深切，而正在这爱得最深切的关头，偏偏来了离别！这一关对我，对你妈妈都是从未有过的考验。别忘了妈妈之于你不仅仅是一般的母爱，而尤其因为她为了你花的心血最多，为你受的委屈——当然是我的过失——最多而且最深最痛苦。园丁以血泪灌溉出来的花果迟早得送到人间去让别人享受，可是在离别的关头怎么免得了割舍不得的情绪呢？

跟着你痛苦的童年一齐过去的，是我不懂做爸爸的艺术的壮年。幸亏你得天独厚，任凭如何打击都摧毁不了你，因而减少了我一部分罪过。可是结果是一回事，当年的事实又是一回事：尽管我埋葬了自己的过去，却始终埋葬不了自己的错误。孩子，孩子！孩子！我要怎样的拥抱你才能表示我的悔恨与热爱呢！

## 一九五四年一月三十日晚

亲爱的孩子，你走后第二天，就想写信，怕你嫌烦，也就罢了。可是没一天不想着你，每天清早六七点就醒，翻来覆去的睡不着，也说不出为什么。好像克利斯朵夫的母亲独自守在家里，想起孩子童年一幕幕的形象一样；我和你妈妈老是想着你二三岁到六七岁间的小故事。——这一类的话我们不知有多少可以和你说，可是不敢说，你这个年纪是一切向前往的，不愿意回顾的；我们噜哩噜苏的抖出你尿布时代的往事，会引起你的憎厌。孩子，这些我都很懂得，妈妈也懂得。只是你的一切终身会印在我们脑海中，随时随地会浮起来，像一幅幅的小品图画，使我们又快乐又惆怅。

真的，你这次在家一个半月，是我们一生最愉快的时期；这幸福不知应当向谁感谢，即使我没宗教信仰，至此也不由得要谢谢上帝了！我高兴的是我又多了一个朋友；儿子变了朋友，世界上有什么事可以和这种幸福相比的！尽管将来你我之间离多别少，但我精神上至少是温暖的，不孤独的。我相信我一定会做到不太落伍，不太冬烘，不至于惹你厌烦。也希望你不要以为我在高峰的顶尖上所想的，所见到的，比你们的不真实。年纪大的人终是往更远的前途看，许多事你们一时觉得我看得不对，日子久了，现实却给你证明我并没大错。

孩子，我从你身上得到的教训，恐怕不比你从我得到的少。尤其是近三年来，你不知使我对人生多增了几许深刻的体验，我从与你相处的过程中学到了忍耐，学到了说话的技巧，学到了把感情升华！

你走后第二天，妈妈哭了，眼睛肿了两天：这叫作悲喜交集的眼泪。我们可以不用怕羞的这样告诉你，也可以不担心你憎厌而这样告诉你。人毕竟是感情的动物。偶然流露也不是可耻的事。何况母亲的眼泪永远是圣洁的，慈爱的！

## 一九五四年二月二日

昨晚七时一刻至八时五十分电台广播你在市三①弹的四曲Chopin，外加encore的一支*Polonaise*；效果甚好，就是低音部分模糊得很；琴声太扬，像我第一天晚上到小礼堂空屋子里去听的情形。以演奏而论，我觉得大体很好，一气呵成，精神饱满，细腻的地方非常细腻，tone colour变化的确很多。我们听了都很高兴，很感动。好孩子，我真该夸奖你几句才好。回想五一年四月刚从昆明回沪的时期，你真是从低洼中到了半山腰了。希望你从此注意整个的修养，将来一定能攀登峰顶。从你的录音中清清楚楚感觉到你一切都成熟多了，尤其是我盼望了多少年的你的意志，终于抬头了。我真高兴，这一点我看得比什么都重。你能掌握整个的乐曲，就是对艺术加强深度，也就是你的艺术灵魂更坚强更广阔，也就是你整个的人格和心胸扩大了。孩子，我要重复Bronstein②信中的一句话，就是我为了你而感到骄傲！

今天是除夕了，想到你在远方用功，努力，我心里说不尽的欢

① 指上海原市立第三女子中学。

② 勃隆斯丹是上海音乐学院钢琴系苏联籍教师，曾指导过傅聪的钢琴。

喜。别了，孩子，我在心中拥抱你！

## 一九五四年三月十九日

川戏中的《秋江》，艄公是做得好，可惜戏本身没有把陈妙常急于追赶的心理同时并重。其余则以《五台会兄》中的杨五郎为最妙，有声有色，有感情，唱做俱好。因为川戏中的“生”这次角色都差。唱正派的尤其不行，既无嗓子，又乏训练。倒是反派角色的“生”好些。大抵川戏与中国一切的戏都相同，长处是做工特别细腻，短处是音乐太幼稚，且编剧也不够好；全靠艺人自己凭天才去咂摸出来，没有经作家仔细安排。而且tempo松弛，不必要的闲戏总嫌太多。

## 一九五四年三月二十四日上午

在公共团体中，赶任务而妨碍正常学习是免不了的，这一点我早料到。一切只有你自己用坚定的意志和立场，向领导婉转而有力的去争取。否则出国的准备又能做到多少呢？——特别是乐理方面，我一直放心不下。从今以后，处处都要靠你个人的毅力、信念与意志——实践的意志。我不再和你说教条式的话，去年那三封长信把我所想的话都说尽了；你也已经长大成人，用不着我一再叮嘱。但若你缺少勇气的时候，尽管来信告诉我，我可以替你打气。倘若你心绪不好，也老老实实和我谈谈，我可以安慰安慰你，代你解决一些或大或小的烦恼。关于某某的事，你早已跟我表明态度，相信你一定会实际做到。你年事尚少，出国在即；眼光、嗜好、趣味，都还要经过许多变化；即使一切条件都极美满，也不能担保你最近三四年中，双方的观点不会改变，从而也没法保证双方的感情不变。最好能让时间来考验。我二十岁出国，出国前后和你妈妈已经订婚，但出国四年中间，对她的看法三番四次的改变，动摇得很厉害。这个实在的例子很可以做你的参考，使你做事可以比我谨慎，少些痛苦——尤其为了你的学习，你的艺术前途！

另外一点我可以告诉你：就是我一生任何时期，闹恋爱最热烈的时候，也没有忘却对学问的忠诚。学问第一，艺术第一，真理第一，——爱情第二，这是我至此为止没有变过的原则。你的情形与我不同：少年得志，更要想到“盛名之下，其实难副”，更要战战兢兢，不负国人对你的期望。你对政府的感激，只有用行动来表现才算是真正的感激！我想你心目中的上帝一定也是Bach、Beethoven、Chopin等等第一，爱人第二。既然如此，你目前所能支配的精力与时间，只能贡献给你第一个偶像，还轮不到第二个神明。你说是不是？可惜你没有早学好写作的技术，否则过剩的感情就可用写作（乐曲）来发泄，一个艺术家必须能把自己的感情“升华”，才能于人有益。我决不是看了来信，夸张你的苦闷，因而着急；但我知道你多少是有苦闷的，我随便和你谈谈，也许能帮助你廓清一些心情。

## 一九五四年三月二十九日

感情问题能自己想通，我们听了都很安慰。你还该想到，目前你一切都已“如愿以偿”，全中国学音乐的青年，没有一个人有你那么好的条件。你冬天回沪前所担心的事都迎刃而解，顺利出乎你的意料之外。你也该满足了。满足以后更当在别方面多多克制。人生没有一桩幸福不要付代价的。东边占了便宜，西边就得吃亏些。何况如我前信所云，这也不是吃亏的事。而是“明哲”的举动。好孩子，安心用功吧，保重身体，医生非“常看”不可，吃药不能有一顿没一顿。再见了，孩子！

## 一九五四年四月七日

记得我从十三岁到十五岁，念过三年法文；老师教的方法既有问题，我也念得很不用功，成绩很糟（十分之九已忘了）。从十六岁到二十岁在大同改念英文，也没念好，只是比法文成绩好一些。二十岁出国时，对法文的知识只会比你的现在的俄文程度差。到了法国，半年之间，请私人教师与房东太太双管齐下补习法文，教师管读本与文法，房东太太管会话与发音，整天的改正，不用上课方式，而是随时在谈话中纠正。半年以后，我在法国的知识分子家庭中过生活，已经一切无问题。十个月以后开始能听几门不太难的功课。可见国外学语文，以随时随地应用的关系，比国内的进度不啻一与五六倍之比。这一点你在莫斯科遇到李德伦时也听他谈过。我特意跟你提，为的是要你别把俄文学习弄成“突击式”。一个半月之间念完文法，这是强记，决不能消化，而且过了一晌大半会忘了的。我认为目前主要是抓住俄文的要点，学得慢一些，但所学的必须牢记，这样才能基础扎实。贪多务得是没用的，反而影响钢琴业务，甚至使你身心困顿，一空下来即昏昏欲睡。——这问题希望你自己细细想一想，想通了，就得下决心更改方法，与俄文老师细细商量。一切学问没有速成的，尤其是语言。倘若你目前停止上新课，把已学的从头温一遍，我敢断言你会发觉有许多已经完全忘了。

你出国去所遭遇的最大困难，大概和我二十六年前的情形差不多，就是对所在国的语言程度太浅。过去我再三再四强调你在京赶学理论，便是为了这个缘故。倘若你对理论有了一个基本概念，那末日后在国外念的时候，不至于语言的困难加上乐理的困难，使你对乐理格外觉得难学。换句话说：理论上先略有门径之后，在国外念起来可以比较方便些。可是你自始至终没有和我提过在京学习理论的情形，连是否已开始亦未提过。我只知道你初到时因罗君①患病而搁置，以后如何，虽经我屡次在信中问你，你也没复过一个字。——现在我再和你说一遍：我的意思最好把俄文学习的时间分出一部分，移作学习乐理之用。

提早出国，我很赞成。你以前觉得俄文程度太差，应多多准备后再走。其实像你这样学俄文，即使用最大的努力，再学一年也未必能说准备充分，——除非你在北京不与中国人来往，而整天生活在俄国人堆里。

自己责备自己而没有行动表现，我是最不赞成的。这是做人的基本作风，不仅对某人某事而已，我以前常和你说的，只有事实才能证明你的心意，只有行动才能表明你的心迹。待朋友不能如此马虎。生性并非“薄情”的人，在行动上做得跟“薄情”一样，是最冤枉的，

① 即我国著名作曲家罗忠镕。

犯不着的。正如一个并不调皮的人要调皮而结果反吃亏，一个道理。

一切做人的道理，你心里无不明白，吃亏的是没有事实表现；希望你从今以后，一辈子记住这一点。大小事都要对人家有交代！

其次，你对时间的安排，学业的安排，轻重的看法，缓急的分别，还不能有清楚明确的认识与实践。这是我为你最操心的。因为你的生活将来要和我一样的忙，也许更忙。不能充分掌握时间与区别事情的缓急先后，你的一切都会打折扣。所以有关这些方面的问题，不但希望你多听听我的意见，更要自己多想想，想过以后立刻想办法实行，应改的应调整的都应当立刻改，立刻调整，不以任何理由耽搁。

**一九五四年四月二十一日**

孩子：接十七日信，很高兴你又过了一关。人生的苦难，theme不过是这几个，其余只是variations而已。爱情的苦汁早尝，壮年中年时代可以比较冷静。古语说得好，塞翁失马，未始非福。你比一般青年经历人事都更早，所以成熟也早。这一回痛苦的经验，大概又使你灵智的长成进了一步。你对艺术的领会又可深入一步。我祝贺你有跟自己斗争的勇气。一个又一个的筋斗栽过去，只要爬得起来，一定会逐渐攀上高峰，超脱在小我之上。辛酸的眼泪是培养你心灵的酒浆。不经历尖锐的痛苦的人，不会有深厚博大的同情心。所以孩子，我很高兴你这种蜕变的过程，但愿你将来比我对人生有更深切的了解，对人类有更热烈的爱，对艺术有更诚挚的信心！孩子，我相信你一定不会辜负我的期望。

**一九五四年六月二十四日下午**

亲爱的孩子：终于你的信到了！联络局没早告诉你出国的时期，固然可惜，但你迟早要离开我们，大家感情上也迟早要受一番考验；送君十里终须一别，人生不是都要靠隐忍来撑过去吗？你初到的那天，我心里很想要你二十以后再走，但始终守法和未雨绸缪的脾气把我的念头压下去了，在此等待期间，你应当把所有留京的琴谱整理一个彻底，用英文写两份目录，一份寄家里来存查。这种工作也可以帮助你消磨时间，省却烦恼。孩子，你此去前程远大，这几天更应当仔仔细细把过去种种作一个总结，未来种种作一个安排；在心理上精神上多作准备，多多锻炼意志，预备忍受四五年中的寂寞和感情的波动。这才是你目前应做的事。孩子，别烦恼。我前信把心里的话和你说了，精神上如释重负。一个人发泄是要求心理健康，不是使自己越来越苦闷。多听听贝多芬的第五，多念念克利斯朵夫里几段艰苦的事迹（第一册末了，第四册第九卷末了），可以增加你的勇气，使你更镇静。好孩子，安安静静的准备出国罢。一切零星小事都要想周到，别怕天热，贪懒，一切事情都要做得妥帖。行前必须把带去的衣服什物记在“小手册”上，把留京及寄沪的东西写一清账。想念我们的时候，看看照相簿。为什么写信如此简单呢？要是我，一定把到京时罗君来接及到团以后的情形描写一番，即使借此练练文字也是好的。

近来你很多地方像你妈妈，使我很高兴。但是办事认真一点，都望你像我。最要紧，不能怕烦！

## 一九五四年七月四日晨

孩子，希望你对实际事务多注意些，应办的即办，切勿懒洋洋的拖宕。夜里摆龙门阵的时间，可以打发不少事情呢。宁可先准备好了再玩。

也许这是你出国以前接到的最后一信了，也许连这封信也来不及收到，思之怆然。要嘱咐你的话是说不完的，只怕你听得起腻了。可是关于感情问题，我还是要郑重告诫。无论如何要克制，以前途为重，以健康为重。在外好好利用时间，不但要利用时间来工作，还要利用时间来休息，写信。别忘了杜甫那句诗：“家书抵万金”！

## 一九五四年七月二十七日深夜

你车上的信写得很有趣，可见只要有实情、实事，不会写不好信。你说到李、杜的分别，的确如此。写实正如其他的宗派一样，有长处也有短处。短处就是雕琢太甚，缺少天然和灵动的韵致。但杜也有极浑成的诗，例如“风急天高猿啸哀，渚清沙白鸟飞回，无边落木萧萧下，不尽长江滚滚来……”那首，胸襟意境都与李白相仿佛。还有《梦李白》《天末怀李白》几首，也是缠绵悱恻，至情至性，非常动人的。但比起苏李的离别诗来，似乎还缺少一些浑厚古朴。这是时代使然，无法可想的。汉魏人的胸怀比较更近原始，味道浓，苍茫一片，千古之下，犹令人缅想不已。杜甫有许多田园诗，虽然受渊明影响，但比较之下，似乎也“隔”（王国维语）了一层。回过来说：写实可学，浪漫底克不可学；故杜可学，李不可学；国人谈诗的尊杜的多于尊李的，也是这个缘故。而且究竟像太白那样的天纵之才不多，共鸣的人也少。所谓曲高和寡也。同时，积雪的高峰也令人有“琼楼玉宇，高处不胜寒”之感，平常人也不敢随便瞻仰。

词人中苏辛确是宋代两大家，也是我最喜欢的。苏的词颇有些咏田园的，那就比杜的田园诗洒脱自然了。此外，欧阳永叔的温厚蕴藉也极可喜，五代的冯延巳也极多佳句，但因人品关系，我不免对他有些成见。

在外倘有任何精神苦闷，也切勿隐瞒，别怕受埋怨。一个人有个大二十几岁的人代出主意，决不会坏事。你务必信任我，也不要怕我说话太严，我平时对老朋友讲话也无顾忌，那是你素知的。并且有些心理波动或是郁闷，写了出来等于有了发泄，自己可痛快些，或许还可免做许多傻事。孩子，我真恨不得天天在你旁边，做个监护的好天使，随时勉励你，安慰你，劝告你，帮你铺平将来的路，准备将来的学业和人格……

### 一九五四年七月二十八日夜

上星期我替敏讲《长恨歌》与《琵琶行》，觉得大有妙处。白居易对音节与情绪的关系悟得很深。凡是转到伤感的地方，必定改用仄声韵。《琵琶行》中“大弦嘈嘈”“小弦切切”一段，好比staccato，像琵琶的声音极切；而“此时无声胜有声”的几句，等于一个长的pause。“银瓶……水浆迸”两句，又是突然的attack，声势雄壮。至于《长恨歌》，那气息的超脱，写情的不落凡俗，处处不脱帝皇的nobleness，更是千古奇笔。看的时候可以有几种不同的方法：一是分出段落看叙事的起伏转折；二是看情绪的忽悲忽喜，忽而沉潜，忽而飘逸；三是体会全诗音节与韵的变化。再从总的方面看，把悲剧送到仙界上去，更显得那段罗曼史的奇丽清新，而仍富于人间味（如太真对道士说的一番话）。还有白居易写动作的手腕也是了不起：“侍儿扶起娇无力”，“君王掩面救不得”，“九华帐里梦魂惊”几段，都是何等生动！“九重城阙烟尘生，千乘万骑西南行”，写帝王逃难自有帝王气概。“翠华摇摇行复止”，又是多鲜明的图画！最后还有一点妙处：全诗写得如此婉转细腻，却仍不失其雍容华贵，没有半点纤巧之病！（细腻与纤巧大不同。）明明是悲剧，而写得不过分的哭哭啼啼，多么中庸有度，这是浪漫底克兼有古典美的绝妙典型。

### 一九五四年八月十一日午前

你的生活我想象得出，好比一九二九年我在瑞士。但你更幸运，有良师益友为伴，有你的音乐做你崇拜的对象。我二十一岁在瑞士正患着青春期的、浪漫底克的忧郁病：悲观，厌世，彷徨，烦闷，无聊；我在《贝多芬传》译序中说的就是指那个时期。孩子，你比我成熟多了，所有青春期的苦闷，都提前几年，早在国内度过；所以你现在更能够定下心神，发愤为学；不至于像我当年蹉跎岁月，到如今后悔无及。

你的弹琴成绩，叫我们非常高兴。对自己父母，不用怕“自吹自捧”的嫌疑，只要同时分析一下弱点，把别人没说出而自己感觉到的短处也一齐告诉我们。把人家的赞美报告我们，是你对我们最大的安慰；但同时必须深深的检讨自己的缺陷。这样，你写的信就不会显得过火；而且这种自我批判的功夫也好比一面镜子，对你有很大帮助。把自己的思想写下来（不管在信中或是用别的方式），比着光在脑中空想是大不同的。写下来需要正确精密的思想，所以写在纸上的自我检讨，格外深刻，对自己也印象深刻。你觉得我这段话对不对？

我对你这次来信还有一个很深的感想。便是你的感受性极强，极快。这是你的特长，也是你的缺点。你去年一到波兰，弹Chopin的style立刻变了；回国后却保持不住；这一回一到波兰又变了。这证明你的感受力极快。但是天下事有利必有弊，有长必有短，往往感受快的，不能沉浸得深，不能保持得久。去年时期短促，固然不足为定论。但你至少得承认，你的不容易“牢固执着”是事实。我现在特别提醒你，希望你时时警惕，对于你新感受的东西不要让它浮在感觉的表面；而要仔细分析，究竟新感受的东西，和你原来的观念、情绪，表达方式有何不同。这是需要冷静而强有力的智力，才能分析清楚的。希望你常常用这个步骤来“巩固”你很快得来的新东西（不管是技术是表达）。长此做去，不但你的演奏风格可以趋于稳定、成熟（当然所谓稳定不是刻板化、公式化）；而且你一般的智力也可大大提高，受到锻炼。孩子！记住这些！深深的记住！还要实地做去！这些话我相信只有我能告诉你。

还要补充几句：弹琴不能徒恃sensation、sensibility。那些心理作用太容易变。从这两方面得来的，必要经过理性的整理、归纳，才能深深的化入自己的心灵，成为你个性的一部分，人格的一部分。当然，你在波兰几年住下来，熏陶的结果，多少也（自然而然的）会把握住精华。但倘若你事前有了思想准备，特别在智力方面多下功夫，那末你将来的收获一定更大更丰富，基础也更稳固。再说得明白些：艺术家天生敏感，换一个地方，换一批群众，换一种精神气氛，不知不觉会改变自己的气质与表达方式。但主要的是你心灵中最优秀最特出的部分，从人家那儿学来的精华，都要紧紧抓住，深深的种在自己性格里，无论何时何地这一部分始终不变。这样你才能把独有的特点培养得厚实。

其次，我不得不再提醒你一句：尽量控制你的感情，把它移到艺术中去。你周围美好的天使太多了，我怕你又要把持不住。你别忘了，你自誓要做几年清教徒的，在男女之爱方面要过几年僧侣生活，禁欲生活的！这一点千万要提醒自己！时时刻刻防自己！一切都要醒悟得早，收篷收得早；不要让自己的热情升高之后再去压制，那时痛苦更多，而且收效也少。亲爱的孩子，无论如何你要在这方面听从我的忠告！爸爸妈妈最不放心的不过是这些。

你记住一句话：青年人最容易给人一个“忘恩负义”的印象。其实他是眼睛望着前面，饥渴一般的忙着吸收新东西，并不一定是“忘恩负义”；但懂得这心理的人很少；你千万不要让人误会。

### 一九五四年八月十六日晚

你素来有两个习惯：一是到别人家里，进了屋子，脱了大衣，却留着丝围巾；二是常常把手插在上衣口袋里，或是裤袋里。这两件都不合西洋的礼貌。围巾必须和大衣一同脱在衣帽间，不穿大衣时，也要除去围巾。手插在上衣袋里比插在裤袋里更无礼貌，切忌切忌！何况还要使衣服走样，你所来往的圈子特别是有教育的圈子，一举一动务须特别留意。对客气的人，或是师长，或是老年人，说话时手要垂直，人要立直。你这种规矩成了习惯，一辈子都有好处。

在饭桌上，两手不拿刀叉时，也要平放在桌面上，不能放在桌下，搁在自己腿上或膝盖上。你只要留心别的有教养的青年就可知道。刀叉尤其不要掉在盘下，叮叮当当的！

出台行礼或谢幕，面部表情要温和，切勿像过去那样太严肃。这与群众情绪大有关系，应及时注意。只要不急，心里放平静些，表情自然会和缓。

总而言之，你要学习的不仅仅在音乐，还要在举动、态度、礼貌各方面吸收别人的长处。这些，我在留学的时代是极注意的；否则，我对你们也不会从小就管这管那，在各种manner方面跟你们烦了。但望你不要嫌我繁琐，而要想到一切都是要使你更完满、更受人欢喜！

## 一九五四年八月三十一日

我译的服尔德[1]到昨夜终算完成，寄到北京去。从初译以后，至寄出为止，已改过六道，仍嫌不够古雅，十八世纪风格传达不出。

我今夏身心极感疲劳，腰酸得很，从椅上站起来，一下子伛着背，挺不直。比往年差多了。精神也不及从前那么不知疲倦。除了十小时半以外的经常工作，再要看书，不但时间不够，头脑也吃不消了。

## 一九五四年九月四日

聪，亲爱的孩子！　多高兴，收到你波兰第四信和许多照片，邮程只有九日，比以前更快了一天。看照片，你并不胖，是否太用功，睡眠不足？还是室内拍的照，光暗对比之下显得瘦？又是谁替你拍的？在什么地方拍的，怎么室内有两架琴？又有些背后有竞赛会的广告，是怎么回事呢？通常总该在照片反面写印日期、地方，以便他日查考。

你的鬆字始终写“别”，记住：上面是“髟”，下面是“松”，“松”便是鬆字的**读音**，记了这点就不会写错了。要写行书，可以如此写：。高字的草书是。

还有一件要紧的小事情：信封上的字**别太大**，把整个封面都占满了；两次来信，一封是路名被邮票掩去一部分，一封是我的姓名被贴去一只角。因为信封上实在没有地位可贴邮票了。你看看我给你的信封上的字，就可知道怎样才合式。

你的批评精神越来越强，没有被人捧得“忘其所以”，我真快活！你说的脑与心的话，尤其使我安慰。你有这样的了解，才显出你真正的进步。一到波兰，遇到一个如此严格、冷静、着重小节和分析曲体的老师，真是太幸运了。经过他的锻炼，你除了热情澎湃以外，更

① 又译“伏尔泰”，法国作家。

有个钢铁般的骨骼，使人觉得又热烈又庄严，又有感情又有理智，给人家的力量更深更强！我祝贺你，孩子，我相信你早晚会走到这条路上：过了几年，你的修养一定能够使你的brain与heart保持平衡。你的性灵越发掘越深厚、越丰富，你的技巧越磨越细，两样凑在一处，必有更广大的听众与批评家会欣赏你。孩子，我真替你快活。

你此次上台紧张，据我分析，还不在于场面太严肃——去年在罗京比赛不是一样严肃得可怕吗？主要是没先试琴，一上去听见tone大，已自吓了一跳，touch不平均，又吓了一跳，pedal不好，再吓了一跳。这三个刺激是你二十日上台紧张的最大原因。你说是不是？所以今后你切须牢记，除非是上台比赛，谁也不能先去摸琴，否则无论在私人家或在同学演奏会中，都得先试试touch与pedal。我相信下一回你决不会再nervous的。

大家对你的欣赏，妈妈一边念信一边直淌眼泪。你瞧，孩子，你的成功给我们多大的欢乐！而你的自我批评更使我们喜悦得无可形容。

要是你看我的信，总觉得有教训意味，仿佛父亲老做牧师似的；或者我的一套言论，你从小听得太熟，耳朵起了茧；那末希望你从感情出发，体会我的苦心；同时更要想到：只要是真理，是真切的教训，不管出之于父母或朋友之口，出之于熟人生人，都得接受。别因为是听腻了的，无动于衷，当作耳边风！你别忘了：你从小到现在的家庭背景，不但在中国独一无二，便是在世界上也很少很少。哪个人教育一个年轻的艺术学生，除了艺术以外，再加上这么多的道德的？我完全信任你，我多少年来播的种子，必有一日在你身上开花结果——我指的是一个德艺俱备、人格卓越的艺术家！

你的随和脾气多少得改掉一些。对外国人比较容易，有时不妨直说：我有事，或者：我要写家信。艺术家特别需要冥思默想。老在人堆里（你自己已经心烦了），会缺少反省的机会；思想、感觉、感情，也不能好好的整理、归纳。

煦良平日谈翻译极有见解，前天送来万余字精心苦练过的译稿要我看看，哪知一塌糊涂。可见理论与实践距离之大！北京那位苏联戏剧专家老是责备导演们："为什么你们都是理论家，为什么不提提具体问题？"我真有同感。三年前北京《翻译通报》几次要我写文章，我都拒绝了，原因即是空谈理论是没用的，主要是自己动手。

## 一九五四年九月二十一日晨

十二日信上所写的是你在国外的第一个低潮。这些味道我都尝过。孩子，耐着性子，消沉的时间，无论谁都不时要遇到，但很快会过去的。游子思乡的味道你以后常常会有呢。

华东美协为黄宾虹办了一个个人展览会，昨日下午举行开幕式，兼带座谈。我去了，画是非常好。一百多件近作，虽然色调浓黑，但是浑厚深沉得很，而且好些作品远看很细致，近看则笔头仍很粗。这种技术才是上品！我被赖少其（美协主席）逼得没法，座谈会上也讲了话。大概是：（1）西画与中画，近代已发展到同一条路上；（2）中画家的技术根基应向西画家学，如写生，写石膏等等；（3）中西画家应互相观摩、学习；（4）任何部门的艺术家都应对旁的艺术感到兴趣。发言的人一大半是颂扬作者，我觉得这不是座谈的意义。颂扬话太多了，听来真讨厌。

开会之前，昨天上午八点半，黄老先生就来我家。昨天在会场中遇见许多国画界的老朋友，如贺天健、刘海粟等，他们都说：黄先生常常向他们提到我，认为我是他平生一大知己。

这几日我又重伤风，不舒服得很。新开始的巴尔扎克，一天只能译二三页，真是蜗牛爬山！你别把"比赛"太放在心上。得失成败尽量置之度外，只求竭尽所能，无愧于心；效果反而好，精神上平日也可减少负担，上台也不致紧张。千万千万！

## 一九五四年十月二日

聪，亲爱的孩子：收到九月二十二晚发的第六信，很高兴。我们并没为你前信感到什么烦恼或是不安。我在第八信中还对你预告，这种精神消沉的情形，以后还是会有的。我是过来人，决不至于大惊小怪。你也不必为此担心，更不必硬压在肚里不告诉我们。心中的苦闷不在家信中发泄，又哪里去发泄呢？孩子不向父母诉苦向谁诉呢？我们不来安慰你，又该谁来安慰你呢？人一辈子都在高潮—低潮中浮沉，唯有庸碌的人，生活才如死水一般；或者要有极高的修养，方能廓然无累，真正的解脱。只要高潮不过分使你紧张，低潮不过分使你颓废，就好了。太阳太强烈，会把五谷晒焦；雨水太猛，也会淹死庄稼。我们只求心理相当平衡，不至于受伤而已。你也不是栽了筋斗爬不起来的人。我预料国外这几年，对你整个的人也有很大的帮助。这次来信所说的痛苦，我都理会得；我很同情，我愿意尽量安慰你，鼓励你。克利斯朵夫不是经过多少回这种情形吗？他不是一切艺术家的缩影与结晶吗？慢慢的你会养成另外一种心情对付过去的事：就是能够想到而不再惊心动魄，能够从客观的立场分析前因后果，做将来的借鉴，以免重蹈覆辙。一个人唯有敢于正视现实，正视错误，用理智分析，彻底感悟，终不至于被回忆侵蚀。我相信你逐渐会学会这一套，越来越坚强的。我以前在信中和你提过感情的ruin，就是要你把这些事当作心灵的灰烬看，看的时候当然不免感触万端，但不要刻骨铭心的伤害自己，而要像对着古战场一般的存着凭吊的心怀。倘若你认为这些话是对的，对你有些启发作用，那末将来在遇到因回忆而痛苦的时候（那一定免不了会再来的），拿出这封信来重读几遍。

说到音乐的内容，非大家指导见不到高天厚地的话，我也有另外的感触，就是学生本人先要具备条件：心中没有的人，再经名师指点也是枉然的。

## 一九五四年十月十九日夜

星期日（十七）出去玩了一天。上午到博物馆去看古画，看商周战国的铜器等等；下午到文化俱乐部（即从前的法国总会，兰心斜对面）参观华东参加全国美展的作品预展。结果看得连阿敏都频频摇头，连喊吃不消。大半是月份牌式，其幼稚还不如好的广告画。漫画木刻之幼稚，不在话下。其余的几个老辈画家，也是轧时髦，涂抹一些光光滑滑的，大幅的着色明信片，长至丈余，远看也像舞台布景，近看毫无笔墨。伦伦的爸爸在黄宾虹画展中见到我，大为亲热。这次在华东的展览中，有二张油画，二张国画。国画仍是野狐禅，徒有其貌，毫无精神，一味取巧，骗人眼目；画的黄山峭壁，千千万万的线条，不过二三寸长的，也是败笔，而且是琐琐碎碎接连起来的，毫无生命可言。艺术品是用无数“有生命力”的部分，构成一个有生命的总体，倘若拿描头画角的匠人功夫而欲求全体有生命，岂非南辕北辙？那天看了他的作品，我就断定他这一辈子的艺术前途完全没有希望了。我几十年不见他的作品，原希望他多少有些进步，不料仍是老调。而且他的油画比以前还退步。笔触谈不到，色彩也俗不可耐，而且俗到出乎意外。可见一个人弄艺术非真实、忠诚不可。他一生就缺少这两点。所以嘴里说得天花乱坠，实际上从无虚怀若谷的谦德，更不肯下苦功研究。今春他到黄山去住了两个多月，一切都有公家招待，也算画了几十件东西回来；可是内容如此，大大辜负了政府的好意了。

柯子歧送来奥艾斯脱拉与奥勃林[①]的Franck *Sonata*，借给我们听。第一个印象是太火爆，不够Franck味。volume太大，而melody应付得太粗糙。第三章不够神秘味儿；第四章violin转弯处显然出了角，不圆润，连我都听得很清楚。piano也有一个地方，tone的变化与上面不调和。后来又拿出Thibaud-Cortot[②]来一比，更显出这两人的修养与了解。有许多句子结尾很轻（指小提琴部分）很短，但有一种特别的气韵，我认为便是法朗克（现译弗兰克）的“隐忍”与“舍弃”精神的表现。这一点在俄国演奏家中就完全没有。我又回想起你和韦[③]前年弄的时候，大家听过好几遍Thibaud-Cortot的唱片，都觉得没有什么可学的；现在才知道那是我们的程度不够，体会不出那种深湛、含蓄、内在的美。而回忆之下，你的piano part也弹得大大的过于

① 奥艾斯脱拉与奥勃林，此二位为苏联小提琴家和钢琴家。
② 狄博和柯尔托，此二位为法国小提琴家与钢琴家。
③ 傅聪青年时期的朋友韦贤彰。

romantic。T.C.的演奏还有一妙，是两样乐器很平衡。苏联的是violin压倒piano，不但volume如此，连music也是被小提琴独占了。我从这一回听的感觉来说，似乎奥艾斯脱拉的tone太粗豪，不宜于拉十分细腻的曲子。

### 一九五四年十月二十二日晨

昨天尚宗[①]打电话来，约我们到他家去看作品，给他提些意见。话说得相当那个，不好意思拒绝。下午三时便同你妈妈一起去了。他最近参加华东美展落选的油画《洛神》，和以前画佛像、观音等等是一类东西。面部既没有庄严沉静（观音）的表情，也没有出尘绝俗的世外之态（洛神），而色彩又是既不强烈鲜明，也不深沉含蓄。显得作者的思想只是一些莫名其妙的烟雾，作者的情绪只是浑浑沌沌的一片无名东西。我问："你是否有宗教情绪，有佛教思想？"他说："我只喜欢富丽的色彩，至于宗教的精神，我也曾从佛教画中追寻他们的天堂等等的观念。"我说："他们是先有了佛教思想，佛教情绪，然后求那种色彩来表达他们那种思想与情绪的。你现在却是倒过来。而且你追求的只是色彩，而你的色彩又没有感情的根源。受外来美术的影响是免不了的，但必须与一个人的思想感情结合。否则徒袭形貌，只是做别人的奴隶。佛教画不是不可画，而是要先有强烈、真诚的佛教感情，有佛教人生观与宇宙观。或者是自己有一套人生观宇宙观，觉得佛教美术的构图与色彩恰好表达出自己的观念情绪，借用人家的外形，这当然可以。倘若单从形与色方面去追求，未免舍本逐末，犯了形式主义的大毛病。何况即以现代欧洲画派而论，纯粹感官派的作品是有极强烈的刺激感官的力量的。自己没有强烈的感情，如何教看的人被你的作品引起强烈的感情？自己胸中的境界倘若不美，人家看了你作品怎么会觉得美？你自以为追求富丽，结果画面上根本没有富丽，只有俗气乡气；岂不说明你的情绪就是俗气乡气？（当时我措辞没有如此露骨。）唯其如此，你虽犯了形式主义的毛病，连形式主义

① 傅雷二十世纪三十年代在上海美专任教时的学生胡尚宗。

的效果也丝毫产生不出来。”

我又说：“神话题材非不能画，但第一，跟现在的环境距离太远；第二，跟现在的年龄与学习阶段也距离太远。没有认清现实而先钻到神话中去，等于少年人醇酒妇人的自我麻醉，对前途是很危险的。学西洋画的人第一步要训练技巧，要多看外国作品，其次要把外国作品忘得干干净净——这是一件很艰苦的工作——同时再追求自己的民族精神与自己的个性。”

以尚宗的根基来说，至少再要在人体花五年十年功夫才能画理想的题材，而那时是否能成功，还要看他才具而定。后来又谈了许多整个中国绘画的将来问题，不再细述了。总之，我很感慨，学艺术的人完全没有准确的指导。解放以前，上海、杭州、北京三个美术学校的教学各有特殊缺点，一个都没有把艺术教育用心想过、研究过。解放以后，成天闹思想改造，而没有击中思想问题的要害。许多有关根本的技术训练与思想启发，政治以外的思想启发，不要说没人提过，恐怕脑中连影子也没有人有过。

学画的人事实上比你们学音乐的人，在此时此地的环境中更苦闷。先是你们有唱片可听，他们只有些印刷品可看；印刷品与原作的差别，和唱片与原演奏的差别，相去不可以道里计。其次你们是讲解西洋人的著作（以演奏家论），他们是创造中国民族的艺术。你们即使弄作曲，因为音乐在中国是处女地，故可以自由发展；不比绘画有一千多年的传统压在青年们精神上，缚手缚脚。你们不管怎样无好先生指导，至少从小起有科学方法的训练，每天数小时的指法练习给你们打根基；他们画素描先在时间上远不如你们的长，顶用功的学生也不过画一二年基本素描，其次也没有科学方法帮助。出了美术院就得“创作”，不创作就谈不到有表现；而创作是解放以来整个文艺界，连中欧各国在内，都没法找出路（心理状态与情绪尚未成熟，还没到瓜熟蒂落、能自然而然找到适当的形象表现）。

你的比赛问题固然是重负，但无论如何要做一番思想准备。只要尽量以得失置之度外，就能心平气和，精神肉体完全放松，只有如此才能希望有好成绩。这种修养趁现在做起还来得及，倘若能常常想到“文章千古事，得失寸心知”的名句，你一定会精神上放松得多。唯如此才能避免过度的劳顿与疲乏的感觉。最磨折人的不是脑力劳动，也不是体力劳动（那种疲乏很容易消除，休息一下就能恢复精力），而是操心（worry）！孩子，千万听我的话。

下功夫叫自己心理上松动，包管你有好成绩。紧张对什么事都有弊无利。从现在起，到比赛，还有三个多月，只要凭“愚公移山”的意志，存着“我尽我心”的观念；一紧张就马上叫自己宽弛，对付你的精神要像对付你的手与指一样，时时刻刻注意放松，我保证你明年有成功。这个心理卫生的功夫对你比练琴更重要，因为练琴的成绩以心理的状态为基础，为主要条件！你要我们少为你操心，也只有尽量叫你放松。这些话你听了一定赞成，也一定早想到的，但要紧的是实地做去，而且也要跟自己斗争；斗争的方式当然不是紧张，而是冲淡，而是多想想人生问题，宇宙问题，把个人看得渺小一些，那末自然会减少患得患失之心，结果身心反而舒泰，工作反而顺利！

平日你不能太忙。人家拉你出去，你事后要补足功课，这个对你精力是有妨碍的。还是以练琴的理由，多推辞几次吧。要不紧张，就不宜于太忙；宁可空下来自己静静的想想，念一二首诗玩味一下。切勿一味重情，不好意思。工作时间不跟人出去，做成了习惯，也不会得罪人的。人生精力有限，谁都只有二十四小时；不是安排得严密，像你这样要弄坏身体的。人家技巧不需苦练，比你闲，你得向他们婉转说明。这一点上，你不妨常常想起我的榜样，朋友们也并不怪怨我呀。

### 一九五四年十一月一日夜

刚听了波兰Regina Smangianka音乐会回来；上半场由上海乐队奏特伏夏克（现译德沃夏克）的第五（“*New World*”），下半场是*Egmond Overture*和Smangianka弹的贝多芬第一*Concerto*。Encore四支：一，Beethoven：*Ecossaise*；二，Scarlatti：*Sonata in C Maj.*；

三，Chopin：*Etude Op.25*，*No.12*；四，Khachaturian：*Toccata*。

*Concerto*弹得很好；乐队伴奏居然也很像样，出乎意外，因为照上半场的特伏夏克听来，教人替他们捏一把汗的。Scarlatti光芒灿烂，意大利风格的brio都弹出来了。Chopin的*Etude*，又有火气，又是干净。这是近年来听到的最好的音乐会。

我们今晚送了一只花篮，附了一封信（法文）给她，说你早在九月中报告过，我借此机会表示欢迎和祝贺之意。不知她能否收到，因为门上的干事也许会奇怪，从来没有“个人”送礼给外宾的。

前二天听了捷克代表团的音乐会：一个男中音，一个钢琴家，一个提琴家。后两人都是头发花白的教授，大提琴的tone很贫乏，技巧也不高明，感情更谈不到；钢琴家则是极呆极木，弹Liszt的*Hungarian Rhapsody No.12*，各段不连贯，也没有brilliancy；弹Smatana的*Concerto Fantasy*，也是散散率率，毫无味道，也没有特殊的捷克民族风格。三人之中还是唱的比较好，但音质不够漂亮，有些“空”；唱莫扎特的*Marriage of Figaro*没有那种柔婉妩媚的气息。唱*Carman*中的斗牛士歌，还算不差，但火气不够，野性不够。Encore唱莫索斯基的跳蚤之歌，倒很幽默，但钢琴伴奏（就是弹独奏的教授）呆得很，没有humorist味道。呆的人当然无往而不呆。唱的那位是本年度Prague之春的一等奖，由此可见国际上唱歌真好的也少，这样的人也可得一等奖，人才也就寥落可怜得很了！

## 一九五四年十一月六日午

S.[①]说你平日工作太多。工作时也太兴奋。她自己练琴很冷静，你的练琴，从头至尾都跟上台弹一样。她说这太伤精神，太动感情，对健康大有损害。我觉得这话很对。艺术是你的终身事业，艺术本身已是激动感情的，练习时万万不能再紧张过度。人寿有限，精力也有限，要从长里着眼，马拉松赛跑才跑得好。你原是感情冲动的人，更要抑制一些。S.说Drz.[②]老师也跟你谈过几次这一点。希望你听从他们

① 即波兰著名钢琴家斯曼齐安卡。
② 即杰维茨基，波兰著名钢琴教授，傅聪的钢琴老师，于一九七一年亡故。

的劝告，慢慢的学会控制。这也是人生修养的一个大项目。

## 一九五四年十一月十七日午

你到波以后常常提到精神极度疲乏，除了工作的“时间”以外，更重要的恐怕还是工作时“消耗精力”的问题。倘使练琴时能多抑制情感，多着重于技巧，多用理智，我相信一定可以减少疲劳。比赛距今尚有三个多月，长时期的心理紧张与感情高昂，足以影响你的成绩；千万小心，自己警惕，尽量冷静为要！我十几年前译书，有时也一边译一边感情冲动得很，后来慢慢改好了。

因为天气太好了，忍不住到杭州去溜了三天，在黄宾翁家看了一整天他收藏的画，元、明、清都有。回沪后便格外忙碌，上星期日全天“加班”。除了自己工作以外，尚有朋友们托的事。例如最近西禾译了一篇罗曼·罗兰写的童年回忆，拿来要我校阅，从头至尾花了大半日功夫，把五千字的译文用红笔画出问题，又花了三小时和他当面说明。他原来文字修养很好，但译的经验太少，根本体会不到原作的风格、节奏。原文中的短句子，和一个一个的形容词，都译成长句，拼在一起，那就走了样，失了原文的神韵。而且用字不恰当的地方，几乎每行都有。毛病就是他功夫用得不够；没吃足苦头决不能有好成绩！

星期一（十五日）晚上到音乐院去听苏联钢琴专家（目前在上海教课）的个人演奏。节目如下：

I

（1）Handel：*Suite in G min.*

（2）Beethoven：*Rondo Op. 51*

（3）Beethoven：*Sonata Op. 111*

II

（4）Chopin：*Polonaise in C min.*

（5）Chopin：*Mazurka in E min.*

——*Mazurka in C# min.*

（6）Chopin：*Ballad No.4*

（7）Chopin：*Nocturne in D$^b$ Maj.*

（8）Chopin：*Scherzo No.3*

Encore 3支

（1）Chopin：*Mazurka*

（2）Chopin：*Etude*

（3）Chopin：*Berceuse*

（1）（2）两支弹得很普通，（1）两手的线条都不够突出，对比不够，没有华彩；（2）没有贝多芬早期那种清新、可爱的阳刚之气。（3）第二乐章一大段的trill（你记得一共有好几pages呢！）弹得很轻，而且tempo太慢，使那段variation（第二乐章共有五个variations）毫无特点。（4）*Polonaise*没有印象。（5）两支玛祖卡毫无诗意。（6）对比不够，平凡之极，深度更谈不到。（7）夜曲的tone毫无变化，melody的线条不够柔媚。（8）算是全部节目中弹得最好的，因为技巧成分较多。总的批评是技巧相当好，但是敲出夹音也不少；tone没有变化，只有p、mp、mf、f、ff，所以从头至尾呆板，诗意极少，没有细腻柔婉之美，也没有光芒四射的华彩，也没有大刀阔斧的豪气。他年纪不过三十岁，人看来温文尔雅，颇有学者风度。大概教书不会坏的。但他上课，不但第一次就要学生把曲子背出（比如今天他指定你弹三个曲子，三天后上课，就要把那三支全部背；否则他根本不给你上课），而且改正时不许看谱（当场把谱从琴上拿掉的），只许你一边背，一边改正。这种教授法，你认为怎样？——我觉得不合理。（一）背谱的快慢，人各不同，与音乐才具的高低无关；背不出即不上第一课，太机械化；（二）改正不许看谱，也大可商榷；因为这种改法不够发挥intellectual的力量，学生必须在理智上认识错的原因与改正的道理，才谈得上“消化”“吸收”。我很想听听你的意见。

练琴一定要节制感情，你既然自知责任重大，就应当竭力爱惜精神。好比一个参加世运的选手，比赛以前的几个月，一定要把身心的健康保护得非常好，才能有充沛的精力出场竞赛。俗语说“养兵千日”，“养”这个字极有道理。

### 一九五四年十一月二十三日夜

你为了俄国钢琴家[1]，兴奋得一晚睡不着觉；我们也常常为了些特殊的事而睡不着觉。神经锐敏的血统，都是一样的；所以我常常劝你尽量节制。那钢琴家是和你同一种气质的，有些话只能加增你的偏向。比如说每次练琴都要让整个人的感情激动。我承认在某些romantic性格，这是无可避免的；但“无可避免”并不一定就是艺术方面的理想；相反，有时反而是一个大累！为了艺术的修养，在heart过多的人还需要尽量自制。中国哲学的理想，佛教的理想，都是要能控制感情，而不是让感情控制。假如你能掀动听众的感情，使他们如醉如狂，哭笑无常，而你自己屹如泰山，像调度千军万马的大将军一样不动声色，那才是你最大的成功，才是到了艺术与人生的最高境界。你该记得贝多芬的故事，有一回他弹完了琴，看见听的人都流着泪，他哈哈大笑道：“嘿！你们都是傻子。”艺术是火，艺术家是不哭的。这当然不能一蹴即成，尤其是你，但不能不把这境界作为你终生努力的目标。罗曼·罗兰心目中的大艺术家，也是这一派。

关于这一点，最近几信我常与你提到；你认为怎样？

我前晌对恩德[2]说：“音乐主要是用你的脑子，把你矇矇眬眬的感情（对每一个乐曲，每一章，每一段的感情）分辨清楚，弄明白你的感觉究竟是怎么一回事；等到你弄明白了，你的境界十分明确了，然后你的technic自会跟踪而来的。”你听听，这话不是和Richter说的一模一样吗？我很高兴，我从一般艺术上了解的音乐问题，居然与专门音乐家的了解并无分别。

技巧与音乐的宾主关系，你我都是早已肯定了的；本无须逢人请教，再在你我之间讨论不完，只因为你的技巧落后，存了一个自卑

---

① 指著名钢琴家李赫特（Richter）。
② 即牛恩德，傅聪出国前的琴友，后被傅雷夫妇认作干女儿。

感，我连带也为你操心；再加近两年来国内为什么school，什么派别，闹得惶惶然无所适从，所以不知不觉对这个问题特别重视起来。现在我深信这是一个魔障，凡是一天到晚闹技巧的，就是艺术工匠而不是艺术家。一个人跳不出这一关，一辈子也休想梦见艺术！艺术是目的，技巧是手段：老是只注意手段的人，必然会忘了他的目的。甚至一切有名的virtuoso也犯的这个毛病，不过程度高一些而已。

你到处的音乐会，据我推想，大概是各地的音乐团体或是交响乐队来邀请的，因为十一月至明年四五月是欧洲各地的音乐节。你是个中国人，能在Chopin的故国弹好Chopin，所以他们更想要你去表演。你说我猜得对不对？

昨晚陪你妈妈去看了昆剧：比从前差多了。好几出戏都被“戏改会”改得俗滥，带着绍兴戏的浅薄的感伤味儿和骗人眼目的花花绿绿的行头。还有是太卖弄技巧（武生）。陈西禾也大为感慨，说这个才是“纯技术观点”。其实这种古董只是音乐博物馆与戏剧博物馆里的东西，非但不能改，而且不需要改。它只能给后人做参考，本身已没有前途，改它干么？改得好也没意思，何况是改得“点金成铁”！

## 一九五四年十二月二日夜

苏联歌剧团正在北京演出，中央歌舞团利用机会，请他们的合唱指挥每天四时至六时训练团中的合唱队。唱的是苏联歌剧，由指挥一句一句的教，成绩不错。只是声音不够好，队员的音乐修养不行。指挥说女高音的唱，活像母鸡被捉的怪叫。又说唱快乐的曲子，脸部表情应该快乐，但队员都哭丧着脸，直到唱完后，才有如释重负似的笑容浮现。女低音一向用假声唱，并且强调用假声唱才美。林伯伯去京时就主张用真声，受她们非难。这回苏联指挥说怎么女低音都低不下去，浮得很。中间有几个是林伯伯正在教的学生，便用真声唱下去，他即说：对了，应该这样唱，浓，厚，圆滑，多美！合唱队才恍然大悟，一个个去问林伯伯如何开始改正。

苏联歌剧，林伯伯在京看了二出，第二出叫作《暴风雨》（不知哪个作家，他没说明）。他自称不够musical，居然打瞌睡。回到团里，才知道有人比他更不musical的，竟睡了一大觉，连一共几幕都没知道！林分析这歌剧引不起兴趣的原因，是主角配角都没有了不起的声音。他慨叹世界上给人听不厌的声音实在太少。

林伯伯在北京录过两次音，由巫漪丽伴奏。第一次录了四支，他自己挑了四支，因为他说：歌唱以情绪为主，情绪常常是第一遍最好，多唱就渐趋虚伪。——关于这一点，我认为一部分对，一部分并不对。以情绪为主，当然。每次唱，情绪可能每次稍有出入；但大体不会相差过远。至于第一遍唱的情绪比较真实，多唱会渐渐虚伪，则还是唱的人修养不到家，浸入音乐不深，平日练习不够的缘故。我这意见，不知你觉得如何？

## 一九五四年十二月四日夜

刚才去看了李先生[1]，问她专家开过演奏会以后，校内评论如何。她说上上下下毫无评论。我说这就是一种评论了。大概师生对他都不佩服。李先生听他上课，说他教果然教得不错，但也没有什么大了不起的地方，没有什么出人意外的音乐的发掘。她对于他第一次上课就要学生背也不赞成。专家说莫斯科音乐院有四个教研组，每组派别不同。其中一派是不主张练studies，只在乐曲中练技巧的。李先生对此也不赞成。我便告诉她Richter的说法，也告诉她，我也不赞成。凡是天才的学习都不能作为常规的。从小不练scale与studies这一套，假如用来对付一般学生，一定要出大毛病。除非教的先生都是第一流的教授。

## 一九五四年十二月二十七日

一天练出一个concerto的三个乐章带cadenza，你的technic和了解，真可以说是惊人。你上台的日子还要练足八小时以上的琴，也叫人佩服你的毅力。孩子，你真有这个劲儿，大家说还是像我，我听了好不flattered！不过身体还得保重，别为了多争半小时一小时，而弄得筋疲力尽。从现在起，你尤其要保养得好，不能太累，休息要充分，常

① 即李翠贞，原上海音乐学院钢琴系教授。

常保持fresh的精神。好比参加世运的选手，离上场的日期愈近，身心愈要调养得健康，精神饱满比什么都重要。所谓the first prize is always "luck" 这句话，一部分也是这个道理。目前你的比赛节目既然差不多了，technic、pedal也解决了，那更不必过分拖累身子！再加一个半月的琢磨，自然还会百尺竿头，更进一步；你不用急，不但你有信心；老师也有信心，我们大家都有信心：主要仍在于心理修养，精神修养，存了"得失置之度外""胜败兵家之常"那样无挂无碍的心，包你没有问题的。第一，饮食寒暖要极小心，一点儿差池不得。比赛以前，连小伤风都不让它有，那就行了。

到波兰五个月，有这样的进步，恐怕你自己也有些出乎意外吧。李先生今年一月初说你：gains come with maturity①，真对。勃隆斯丹过去那样赏识你，也大有先见之明。还是我做父亲的比谁都保留，其实我也是expect the worst，hope for the best②。我是你的舵工，责任最重大；从你小时候起，我都怕好话把你宠坏了。现在你到了这地步，样样自己都把握得住，我当然不再顾忌，要跟你说：我真高兴，真骄傲！中国人气质，中国人灵魂，在你身上和我一样强，我也大为高兴。

你现在手头没有散文的书（指古文),《世说新语》大可一读。日本人几百年来都把它当作枕中秘宝。我常常缅怀两晋六朝的文采风流，认为是中国文化的一个高峰。

《人间词话》，青年们读得懂的太少了；肚里要不是先有上百首诗、几十首词，读此书也就无用。再说，目前的看法，王国维的美学是"唯心"的；在此俞平伯"大吃生活"之际，王国维也是受批判的对象。其实，唯心、唯物不过是一物之两面，何必这样死拘！我个人认为中国有史以来，《人间词话》是最好的文学批评。开发性灵，此书等于一把金钥匙。一个人没有性灵，光谈理论，其不成为现代学究、当世腐儒、八股专家也鲜矣！为学最重要的是"通"，通才能不

① 因成熟而进步。
② 做最坏的打算，抱最好的希望。

拘泥，不迂腐，不酸，不八股；“通”才能培养气节、胸襟、目光。“通”才能成为“大”，不大不博，便有坐井观天的危险。我始终认为弄学问也好，弄艺术也好，顶要紧是humain[①]，要把一个“人”尽量发展，没成为某某家某某家以前，先要学做人；否则那种某某家无论如何高明也不会对人类有多大贡献。这套话你从小听腻了，再听一遍恐怕更觉得烦了。

妈妈说你的信好像满纸都是sparkling。当然你浑身都是青春的火花，青春的鲜艳，青春的生命、才华，自然写出来的有那么大的吸引力了。我和妈妈常说，这是你一生之中的黄金时代，希望你好好的享受、体验，给你一辈子做个最精彩的回忆的底子！眼看自己一天天的长大成熟，进步，了解的东西一天天的加多，精神领域一天天的加阔，胸襟一天天的宽大，感情一天天的丰满深刻：这不是人生最美满的幸福是什么！这不是最隽永最迷人的诗歌是什么！孩子，你好福气！

## 一九五四年十二月三十一日晚

寄你的书里，《古诗源选》《唐五代宋词选》《元明散曲选》，前面都有序文，写得不坏；你可仔细看，而且要多看几遍；隔些日子温温，无形中可以增加文学史及文学体裁的学识，和外国朋友谈天，也多些材料。谈词、谈曲的序文中都提到中国固有音乐在隋唐时已衰敝，宫廷盛行外来音乐；故真正古乐府（指魏晋两汉的）如何唱法在唐时已不可知。这一点不但是历史知识，而且与我们将来创作音乐也有关系。换句话说，非但现时不知唐宋人如何唱诗、唱词，即使知道了也不能说那便是中国本土的唱法。至于龙沐勋氏在序中说“唐宋人唱诗唱词，中间常加‘泛音’，这是不应该的”（大意如此）；我认为正是相反；加泛音的唱才有音乐可言。后人把泛音填上实字，反而是音乐的大阻碍。昆曲之所以如此费力、做作，中国音乐的被文字束缚到如此地步；都是因为古人太重文字，不大懂音乐；懂音乐的人又

① 法文，human，人。

不是士大夫，士大夫视音乐为工匠之事，所以弄来弄去，发展不出。汉魏之时有《相和歌》，明明是duet的雏形，倘能照此路演进，必然早有polyphonic的音乐。不料《相和歌》词不久即失传，故非但无polyphony，连harmony也产生不出。真是太可惜了。

文化部决定要办一声乐研究所，叫林伯伯主持。他来信和我再三商榷，决定暂时回上海跟王鹏万医生加深研究喉科医术，一方面教学生，做实验，待一二年后再办声乐研究所。目前他一个人唱独脚戏，如何教得了二三十个以上的学生？他的理论与实验也还不够，多些时间研究，当然可以更成熟；那时再拿出来问世，才有价值。

顾圣婴暑假后已进乐队，三个月后上面忽然说她中学毕业不进音院，思想有问题，不要她了。这也是岂有此理，大概又是人事科搅出来的。

昨晚请唐云来吃夜饭，看看古画，听他谈谈，颇学得一些知识。此人对艺术甚有见地，人亦高雅可喜，为时下国画家中不可多得之才；可惜整天在美协办公、打杂，创作大受影响。艺术家与行政工作，总是不两立的。不多谈了，希望你多多养神，勿太疲劳！

# 一九五五年

## 一九五五年一月二十六日

早预算新年中必可接到你的信，我们都当作等待什么礼物一般的等着。果然昨天早上收到你（波10）来信，而且是多少可喜的消息。孩子！要是我们在会场上，一定会禁不住涕泗横流的。世界上最高的最纯洁的欢乐，莫过于欣赏艺术，更莫过于欣赏自己的孩子的手和心传达出来的艺术！其次，我们也因为你替祖国增光而快乐！更因为你能借音乐而使多少人欢笑而快乐！想到你将来一定有更大的成就，没有止境的进步，为更多的人更广大的群众服务，鼓舞他们的心情，抚慰他们的创痛，我们真是心都要跳出来了！能够把不朽的大师的不朽的作品发扬光大，传布到地球上每一个角落去，真是多神圣、多光荣的使命！孩子，你太幸福了，天待你太厚了。我更高兴的更安慰的是：多少过分的谀辞与夸奖，都没有使你丧失自知之明，众人的掌声、拥抱，名流的赞美，都没有减少你对艺术的谦卑！总算我的教育没有白费，你二十年的折磨没有白受！你能坚强（不为胜利冲昏了头脑是坚强的最好的证据），只要你能坚强，我就一辈子放了心！成就的大小、高低，是不在我们掌握之内的，一半靠人力，一半靠天赋，但只要坚强，就不怕失败，不怕挫折，不怕打击——不管是人事上的、生活上的、技术上

家书抵万金啊！“早预算”，可见傅雷夫妇早早地就开始等待着、盼望着儿子的信；“礼物”一词，又可见他们对即将接到的信充满喜悦和幸福。

一向严厉到不肯轻易赞美孩子的傅雷，在这里是如何表达对儿子演奏成功后的心情的？

的、学习上的——打击；从此以后你可以孤军奋斗了。何况事实上有多少良师益友在周围帮助你，扶掖你。还加上古今的名著，时时刻刻给你精神上的养料！孩子，从今以后，你永远不会孤独的了，即使孤独也不怕的了！

赤子之心这句话，我也一直记住的。赤子便是不知道孤独的。赤子孤独了，会创造一个世界，创造许多心灵的朋友！永远保持赤子之心，到老也不会落伍，永远能够与普天下的赤子之心相接相契相抱！你那位朋友说得不错，艺术表现的动人，一定是从心灵的纯洁来的！不是纯洁到像明镜一般，怎能体会到前人的心灵？怎能打动听众的心灵？

音乐院长说你的演奏像流水、像河；更令我想到克利斯朵夫的象征。天舅舅说你小时候常以克利斯朵夫自命；而你的个性居然和罗曼·罗兰的理想有些相像了。河，莱茵，江声浩荡……钟声复起，天已黎明……中国正到了“复旦”的黎明时期，但愿你做中国的——新中国的——钟声，响遍世界，响遍每个人的心！滔滔不竭的流水，流到每个人的心坎里去，把大家都带着，跟你一块到无边无岸的音响的海洋中去吧！名闻世界的扬子江与黄河，比莱茵的气势还要大呢！……黄河之水天上来，奔流到海不复回！……无边落木萧萧下，不尽长江滚滚来！……有这种诗人灵魂的传统的民族，应该有气吞牛斗的表现才对。

傅雷希望傅聪的演奏不只像国外的莱茵河，更要像中国的扬子江与黄河。这两者有什么不一样吗？反复朗读这个片段，并查找资料了解一下。

你说常在矛盾与快乐之中，但我相信艺术家没有矛盾不会进步，不会演变，不会深入。有矛盾正是生机蓬勃的明证。眼前你感到的还不过是技巧与理想的矛盾，将来你还有反复不已更大的矛盾呢：

傅雷是怎样理解人生中的矛盾的？你可以从中获得怎样的生活启示？想一想。

形式与内容的枘凿，自己内心的许许多多不可预料的矛盾，都在前途等着你。别担心，解决一个矛盾，便是前进一步！矛盾是解决不完的，所以艺术没有止境，没有perfect的一天，人生也没有perfect的一天！唯其如此，才需要我们日以继夜，终生的追求、苦练；要不然大家做了羲皇上人，垂手而天下治，做人也太腻了！

## 一九五五年三月十五日夜

马先生①有家信到京（还在比赛前写的），由王棣华转给我们看。他说你在琴上身体动得厉害，表情十足，但指头触及键盘时仍紧张。他给你指出了，两天以内你的毛病居然全部改正，使老师也大为惊奇，不知经过情形究竟如何？

好些人看过Glinka的电影，内中Richter扮演李斯特在钢琴上表演，大家异口同声对于他火爆的表情觉得刺眼。我不知这是由于导演的关系，还是他本人也倾向于琴上动作偏多？记得你十月中来信，说他认为整个的人要跟表情一致。这句话似乎有些毛病，很容易鼓励弹琴的人身体多摇摆。以前你原是动得很剧烈的，好容易在一九五三年上改了许多。从波兰寄回的照片上，有几张可看出你又动得加剧了。这一点希望你注意。传说李斯特在琴上的戏剧式动作，实在是不可靠的；我读过一段当时人描写他的弹琴，说像rock一样。罗宾斯丹（安东）也是身如岩石。唯有肉体静止，精神的活动才最圆满：这是千古不变的定律。在这方面，我很想听听你的意见。

## 一九五五年三月二十一日上午

聪，亲爱的孩子：期待了一个月的结果终于揭晓了，多少夜没有好睡，十九晚更是神思恍惚，昨（二十日）夜为了喜讯过于兴奋，我们仍没睡着。先是昨晚五点多钟，马太太从北京来长途电话；接着八时许无线电报告（仅至第五名为止），今晨报上又披露了十名的名单。难为你，亲爱的孩子！你没有辜负大家的期望，没有辜负祖国的

① 即马思聪，作曲家、小提琴家，曾任中央音乐学院院长，是率先发现傅聪音乐天赋的音乐家之一。

寄托，没有辜负老师的苦心指导，同时也没辜负波兰师友及广大群众这几个月来对你的鼓励！

也许你觉得应该名次再前一些才好，告诉我，你是不是有“美中不足”之感？可是别忘了，孩子，以你离国前的根基而论，你七个月中已经做了最大的努力，这次比赛也已经do your best。不但如此，这七个月的成绩已经近乎奇迹。想不到你有这么些才华，想不到你的春天来得这么快，花开得这么美，开到世界的乐坛上放出你的异香。东方升起了一颗星，这么光明，这么纯净，这么深邃；替新中国创造了一个辉煌的世界纪录！我做父亲的一向低估了你，你把我的错误用你的才具与苦功给点破了，我真高兴，我真骄傲，能够有这么一个儿子把我错误的估计全部推翻！妈妈是对的，母性的伟大不在于理智，而在于那种直觉的感情；多少年来，她嘴上不说，心里是一向认为我低估你的能力的；如今她统统向我说明了。我承认自己的错误，但是用多么愉快的心情承认错误：这也算是一个奇迹吧？

回想到一九五三年十二月你从北京回来，我同意你去波学习，但不鼓励你参加比赛，还写信给周巍峙要求不让你参加。虽说我一向低估你，但以你那个时期的学力，我的看法也并不全错。你自己也觉得即使参加，未必有什么把握。想你初到海滨时，也不见得有多大信心吧？可见这七个月的学习，上台的经验，对你的帮助简直无法形容，非但出于我们意料之外，便是你以目前和七个月以前的成绩相比，你自己也要觉得出乎意料之外，是不是？

今天清早柯子歧打电话来，代表他父亲母亲向我们道贺。子歧说：与其你光得第二，宁可你得第三，加上一个玛祖卡奖的。这句话把我们心里的意思完全说中了。你自己有没有这个感想呢？

再想到一九四九年第四届比赛的时期，你流浪在昆明，那时你的生活，你的苦闷，你的渺茫的前途，跟今日之下相比，不像是做梦吧？谁想得到，五一年回上海时只弹*Pathétique Sonata*还没弹好的人，五年以后会在国际乐坛的竞赛中名列第三？多少迂回的路，多少痛苦，多少失意，多少挫折，换来你今日的成功！可见为了获得更大的成功，只有加倍努力，同时也得期待别的迂回，别的挫折。我时时刻刻要提醒你，想着过去的艰难，让你以后遇到困难的时候更有勇气去克服，不至于失掉信心！人生本是没穷尽没终点的马拉松赛跑，你的路程还长得很呢：这不过是一个光辉的开场。

回过来说：我过去对你的低估，在某些方面对你也许有不良的影响，但有一点至少是对你有极大的帮助的。唯其我对你要求严格，终不至于骄纵你——你该记得罗马尼亚三奖初宣布时你的愤懑心理，可见年轻人往往容易估高自己的力量。我多少年来把你紧紧拉着，至少养成了你对艺术的严肃的观念，即使偶尔忘形，也极易拉回来。我提这些话，不是要为我过去的做法辩护，而是要趁你成功的时候特别让你提高警惕，绝对不让自满和骄傲的情绪抬头。我知道这也用不着多嘱咐，今日之下，你已经过了这一道骄傲自满的关，但我始终是中国儒家的门徒，遇到极盛的事，必定要有"如临深渊，如履薄冰"的格外郑重、危惧、戒备的感觉。

说到"不完整"，我对自己的翻译也有这样的自我批评。无论译哪一本书，总觉得不能从头至尾都好；可见任何艺术最难的是"完整"！你提到perfection，其实perfection根本不存在的，整个人生、世界、宇宙，都谈不上perfection。要就是存在于哲学家的理想和政治家的理想之中。我们一辈子的追求，有史以来多少世代的人的追求，无非是perfection，但永远是追求不到的，因为人的理想、幻想，永无止境，所以perfection像水中月、镜中花，始终可望而不可及。但能在某一个阶段求得总体的"完整"或是比较的"完整"，已经很不差了。

比赛既然过去了，我们希望你每个月能有两封信来。尤其是我希望多知道：（1）国外音乐界的情形；（2）你自己对某些乐曲的感想和心得。千万抽出些功夫来！以后不必再像过去那样日以继夜的扑在琴上。修养需要多方面的进行，技巧也得长期训练，切勿操之过急。静下来多想想也好，而写信就是强迫你整理思想，也是极好的训练。

乐理方面，你打算何时开始？当然，这与你波兰文程度有关。

## 一九五五年三月二十七日夜

为你参考起见，我特意从一本专论莫扎特的书里译出一段给你。另外还有罗曼·罗兰论莫扎特的文字，来不及译。不知你什么时候学莫扎特？萧邦在写作的taste方面，极注意而且极感染莫扎特的风格。刚弹完萧邦，接着研究莫扎特，我觉得精神血缘上比较相近。不妨和杰老师商量一下。你是否可在贝多芬第四弹好以后，接着上手莫扎特？等你快要动手时，先期来信，我再寄罗曼·罗兰的文字给你。

从我这次给你的译文中，我特别体会到，莫扎特的那种温柔妩媚，所以与浪漫派的温柔妩媚不同，就是在于他像天使一样的纯洁，毫无世俗的感伤或是靡靡的sweetness。神明的温柔，当然与凡人的不同，就是达·芬奇与拉斐尔的圣母，那种妩媚的笑容决非尘世间所有的。能够把握到什么叫作脱尽人间烟火的温馨甘美，什么叫作天真无邪的爱娇，没有一点儿拽心，没有一点儿情欲的骚乱，那末我想表达莫扎特可以“虽不中，不远矣”。你觉得如何？往往十四五岁到十六七岁的少年，特别适应莫扎特，也是因为他们童心没有受过玷染。

将来你预备弹什么近代作家，望早些安排，早些来信；我也可以供给材料。在精神气氛方面，我还有些地方能帮你忙。

我再要和你说一遍：平日来信多谈谈音乐问题。你必有许多感想和心得，还有老师和别的教授们的意见。这儿的小朋友们一个一个都在觉醒，苦于没材料。他们常来看我，和我谈天；我当然要尽量帮助他们。你身在国外，见闻既广，自己不断的在那里进步，定有不少东西可以告诉我们。同时一个人的思想是一边写一边谈出来的，借此可以刺激头脑的敏捷性，也可以训练写作的能力与速度。此外，也有一个道义的责任，使你要尽量的把国外的思潮向我们报导。一个人对人民的服务不一定要站在大会上演讲或是做什么惊天动地的大事业，随时随地，点点滴滴的把自己知道的、想到的告诉人家，无形中就是替国家播种、施肥、垦植！孩子，你千万记住这些话，多多提笔！

黄宾虹先生于本月二十五日在杭患胃癌逝世，享寿九十二岁。以艺术家而论，我们希望他活到一百岁呢。去冬我身体不好，中间摔了一跤，很少和他通信；只是在十一月初到杭州去，连续在他家看了二天画，还替他拍了照，不料竟成永诀。听说他病中还在记挂我，跟不认识我的人提到我。我听了非常难过，得信之日，一晚没睡好。

〔音乐笔记〕

### 莫扎特的作品不像他的生活，而像他的灵魂

莫扎特的作品跟他的生活是相反的。他的生活只有痛苦，但他的作品差不多整个儿只叫人感到快乐。他的作品是他灵魂的小影。〔译者注：作品是灵魂的小影，便是一种和谐。下文所称“这种和谐”指此。〕这样，所有别的和谐都归纳到这个和谐，而且都融化在这个和谐中间。

后代的人听到莫扎特的作品，对于他的命运可能一点消息都得不到；但能够完全认识他的内心。你看他多么沉着，多么高贵，多么隐藏！他从来没有把他的艺术来作为倾吐心腹的对象，也没有用他的艺术给我们留下一个证据，让我们知道他的苦难，他的作品只表现他长时期的耐性和天使般的温柔。他把他的艺术保持着笑容可掬和清明平静的面貌，决不让人生的考验印上一个烙印，决不让眼泪把它沾湿。他从来没有把他的艺术当作愤怒的武器，来反攻上帝；他觉得从上帝那儿得来的艺术是应当用作安慰的，而不是用作报复的。一个反抗、愤怒、憎恨的天才固然值得钦佩，一个隐忍、宽恕、遗忘的天才，同样值得钦佩。遗忘？岂止是遗忘！莫扎特的灵魂仿佛根本不知道莫扎特的痛苦；他的永远纯洁，永远平静的心灵的高峰，照临在他的痛苦之上。一个悲壮的英雄会叫道：“我觉得我的斗争多么猛烈！”莫扎特对于自己所感到的斗争，从来没有在音乐上说过是猛烈的。在莫扎特最本色的音乐中，就是说不是代表他这个或那个人物的音乐，而是纯粹代表他自己的音乐中，你找不

到愤怒或反抗，连一点儿口吻都听不见，连一点儿斗争的痕迹，或者只是一点儿挣扎的痕迹都找不到。《*G min.*钢琴与弦乐四重奏》的开场，《*C min.*幻想曲》的开场，甚至于《安魂曲》中的“哀哭”〔译者注：这是安魂曲（*Requiem*）中一个乐章的表情名称，叫作lagrimoso〕的一段，比起贝多芬的《*C min.*交响乐》来，又算得什么？可是在这位温和的大师的门上，跟在那位悲壮的大师门上，同样由命运来惊心动魄的敲过几下了。但这几下的回声并没传到他的作品里去，因为他心中并没去回答或抵抗那命运的叩门，而是向他屈服了。

莫扎特既不知道什么暴力，也不知道什么叫作惶惑和怀疑，他不像贝多芬那样，尤其不像华葛耐（**现译瓦格纳**）那样，对于“为什么”这个永久的问题，在音乐中寻求答案；他不想解答人生的谜。莫扎特的朴素，跟他的温和与纯洁都到了同样的程度。对他的心灵而论，便是在他心灵中间，根本无所谓谜，无所谓疑问。

怎么！没有疑问没有痛苦吗？那末跟他的心灵发生关系的，跟他的心灵谐和的，又是哪一种生命呢？那不是眼前的生命，而是另外一个生命，一个不会再有痛苦、一切都会解决了的生命。他与其说是“我们的现在”的音乐家，不如说是“我们的将来”的音乐家，莫扎特比华葛耐更其是未来的音乐家。丹纳说得非常好：“他的本性爱好完全的美。”这种美只有在上帝身上才有，只能是上帝本身。只有在上帝旁边，在上帝身上，我们才能找到这种美，才会用那种不留余地的爱去爱这种美。但莫扎特在尘世上已经在爱那种美了。在许多原因中间，尤其是这个原因，使莫扎特有资格称为超凡入圣的（divine）。

——法国音乐学者Camille Bellaique著《莫扎特》p.111–113

一九五五年三月二十四日译

## 一九五五年四月一日晚

我知道你忙，可是你也知道我未尝不忙，至少也和你一样忙。我近七八个月身体大衰，跌跤后已有二个半月，腿力尚未恢复，腰部酸痛更是厉害。但我仍硬撑着工作，写信，替你译莫扎特等等都是拿休息时间，忍着腰痛来做的。孩子，你为什么老叫人牵肠挂肚呢？预算你的信该到的时期，一天不到，我们精神上就一天不得安定。

我把纪念册上的纪录做了一个统计：发觉萧邦比赛，历届中进入前五名的，只有波、苏、法、匈、英、中六个国家。德国只有第三届得了一个第六，奥国第二届得了一个第十，意大利第二届得了一个第二十四。可见与萧邦精神最接近的是斯拉夫民族。其次是匈牙利和法国。纯粹日耳曼族或纯粹拉丁族都不行。法国不能算纯粹拉丁族。奇怪的是连修养极高极博的大家如Busoni①生平也未尝以弹奏萧邦知名。德国十九世纪末期，出了那么些大钢琴家，也没有一个弹萧邦弹得好的。

但这还不过是个人悬猜，你在这次比赛中实地接触许多国家的选手，也听到各方面的批评，想必有些关于这个问题的看法，可以告诉我。

## 一九五五年四月三日

今日接马先生（三十日）来信，说你要转往苏联学习，又说已与文化部谈妥，让你先回国演奏几场；最后又提到预备叫你参加明年二月德国的Schumann比赛。

我认为回国一行，连同演奏，至少要花两个月；而你还要等波兰的零星音乐会结束以后方能动身。这样，前前后后要费掉三个多月。这在你学习上是极大的浪费。尤其你技巧方面还要加工，倘若再想参加明年的Schumann比赛，他的技巧比萧邦的更麻烦，你更需要急起直追。

与其让政府花了一笔来回旅费而耽误你几个月学习，不如叫你在波兰灌好唱片（像我前信所说）寄回国内，大家都可以听到，而且是永久性的；同时也不妨碍你的学业。我们做父母的，在感情上极希望见见你，听到你这样成功的演奏，但为了你的学业，我们宁可牺牲这个福气。我已将此意写信告诉马先生，请他与文化部从长

① 布索尼，意大利作曲家、钢琴家。

考虑。我想你对这个问题也不会不同意吧？

其次，转往苏联学习一节，你从来没和我们谈过。你去波以后我给你二十九封信，信中表现我的态度难道还使你不敢相信，什么事都可以和我细谈、细商吗？你对我一字不提，而托马先生直接向中央提出，老实说，我是很有自卑感的，因为这反映你对我还是不放心。大概我对你从小的不得当、不合理的教育，后果还没有完全消灭。你比赛以后一直没信来，大概心里又有什么疙瘩吧！马先生回来，你也没托带什么信，因此我精神上的确非常难过，觉得自己功不补过。现在谁都认为（连马先生在内）你今日的成功是我在你小时候打的基础，但事实上，谁都不再对你当前的问题再来征求我一分半分意见；是的，我承认老朽了，不能再帮助你了。

可是我还有几分自大的毛病，自以为看事情还能比你们青年看得远一些，清楚一些。

同时我还有过分强的责任感，这个责任感使我忘记了自己的老朽，忘记了自己帮不了你忙而硬要帮你忙。

所以倘使下面的话使你听了不愉快，使你觉得我不了解你，不了解你学习的需要，那末请你想到上面两个理由而原谅我，请你原谅我是人，原谅我抛不开天下父母对子女的心。

一个人要做一件事，事前必须考虑周详。尤其是想改弦易辙、丢开老路、换走新路的时候，一定要把自己的理智做一个天平，把老路与新路放在两个盘里很精密的称过。现在让我来替你做一件工作，帮你把一项项的理由，放在秤盘里：

| 〔甲盘〕 | 〔乙盘〕 |
| --- | --- |
| （一）杰老师过去对你的帮助是否不够？假如他指导得更好，你的技术是否还可以进步？ | （一）苏联的教授法是否一定比杰老师的高明？技术上对你可以有更大的帮助？ |

| | |
|---|---|
| （二）六个月在波兰的学习，使你得到这次比赛的成绩，你是否还不满意？ | （二）假定过去六个月在苏联学，你是否觉得这次的成绩可以更好？名次更前？ |
| （三）波兰得第一名的，也是杰老师的学生，他得第一的原因何在？ | （三）苏联得第二名的，为什么只得一个第二？ |
| （四）技术训练的方法，波兰派是否有毛病，或是不完全？ | （四）技术训练的方法，在苏联是否一定胜过任何国家？ |
| （五）技术是否要靠时间慢慢的提高？ | （五）苏联是否有比较快的方法提高？ |
| （六）除了萧邦以外，对别的作家的了解，波兰的教师是否不大使你佩服？ | （六）对别的作家的了解，是否苏联比别国也高明得多？ |
| （七）去年八月周小燕在波兰知道杰老师为了要教你，特意训练他的英语，这点你知道吗？ | （七）苏联教授是否比杰老师还要热烈？ |

〔一般性的〕

（八）以你个人而论，是否换一个技术训练的方法，一定还能有更大的进步？所以对第（二）项要特别注意，你是否觉得以你六个月的努力，倘有更好的方法教你，你是否技术上可以和别人并驾齐驱，或是更接近？

（九）以学习Schumann而论，是否苏联也有特殊优越的条件？

（十）过去你盛称杰老师教古典与近代作品教得特别好，你现在是否改变了意见？

（十一）波兰居住七个月来的总结，是不是你的学习环境不大理想？苏联是否在这方面更好？

（十二）波兰各方面对你的关心、指点，是否在苏联同样可以得到？

（十三）波兰方面一般的带着西欧气味，你是否觉得对你的学习不大好？

这些问题希望你平心静气，非常客观的逐条衡量，用“民主表决”的方法，自己来一个总结。到那时再作决定。总之，听不听由你，说不说由我。你过去承认我“在高山上看事情”，也许我是近视眼，看出来的形势都不准确。但至少你得用你不近视的眼睛，来检查我看到的是否不准确。果然不准确的话，你当然不用，也不该听我的。

假如你还不以为我顽固落伍，而愿意把我的意见加以考虑的话，那对我真是莫大的“荣幸”了！等到有一天，我发觉你处处比我看得清楚，我第一个会佩服你，非但不来和你“缠夹二”乱提意见，而且还要遇事来请教你呢！目前，第一不要给我们一个闷葫芦！磨难人最厉害的莫如unknown和uncertain！对别人同情之前，对父母先同情一下吧！

## 一九五五年四月二十一日夜

孩子：能够起床了，就想到给你写信。

邮局把你比赛后的长信遗失，真是害人不浅。我们心神不安半个多月，都是邮局害的。三月三十日是我的生日，本来预算可以接到你的信了。到四月初，心越来越焦急，越来越迷糊，无论如何也想不通你始终不来信的原因。到四月十日前后，已经根本抛弃希望，似乎永远也接不到你的家信了。

四月十日上午九时半至十一时，听北京电台广播你弹的*Berceuse*和一支*Mazurka*，一边听，一边说不出有多少感触。耳朵里听的是你弹的音乐，可是心里已经没有把握孩子对我们的感情怎样——否则怎么会没有信呢？——真的，孩子，你万万想不到我跟你妈妈这一个月来的精神上的波动，除非你将来也有了孩子，而且也是一个像你这样的孩子！马先生三月三十日就从北京寄信来，说起你的情形，可见你那时身体是好的，那么迟迟不写家信更叫我们惶惑“不知所措”了。何况你对文化部提了要求，对我连一个字也没有：难道又不信任爸爸了吗？这个疑问给了我最大的痛苦，又使我想到舒曼痛惜他父亲早死的事，又想到莫扎特写给他父亲的那些亲切的信：其中有一封信，是莫扎特离开了Salzburg大主教，受到父亲责难，莫扎特回信说：

“是的，这是一封父亲的信，可不是我的父亲的信！”

聪，你想，我这些联想对我是怎样的一种滋味！四月三日（第30号）的信，我写的时候不知怀着怎样痛苦、绝望的心情，我是永远忘不了的。妈妈说的：“大概我们一切都太顺利了，太幸福了，天也嫉妒我们，所以要给我们受这些挫折！”要不这样说，怎么能解释邮局会丢失这么一封要紧的信呢？

你那封信在我们是有历史意义的，在我替你编录的“学习经过”和“国外音乐报导”（这是我把你的信分成的类别，用两本簿子抄下来的），是极重要的材料[①]。我早已决定，我和你见了面，每次长谈过后，我一定要把你谈话的要点记下来。为了青年朋友们的学习，为了中国这么一个处在音乐萌芽时代的国家，我做这些笔记是有很大的意义的。所以这次你长信的失落，逼得我留下一大段空白，怎么办呢？

可是事情不是没有挽回的。我们为了丢失那封信，二十多天的精神痛苦，不能不算是付了很大的代价；现在可不可以要求你也付些代价呢？只要你每天花一小时的功夫，连续三四天，补写一封长信给我们，事情就给补救了。而且你离开比赛时间久一些，也许你一切的观感倒反客观一些。我们极需要知道你对自己的演出的评价，对别人的评价——尤其是对于上四五名的。我一向希望你多发表些艺术感想，甚至对你弹的Chopin某几个曲子的感想。我每次信里都谈些艺术问题，或是报告你国内乐坛消息，无非想引起你的回响，同时也使你经常了解国内的情形。

你说要回来，马先生信中说文化部同意（三月三十日信）你回来一次表演几场；但你这次（四月九日）的信和马先生的信，都叫人看不出究竟是你要求的呢？还是文化部主动的？我认为以你的学习而论，回来是大大的浪费。但若你需要休息，同时你绝对有把握耽搁

① 这批材料在“文革”中抄家失散。

三四个月不会影响你的学习，那末你可以相信，我和你妈妈未有不欢迎的！在感情的自私上，我们最好每年能见你一面呢！

至于学习问题，我并非根本不赞成你去苏联；只是觉得你在波兰还可以多耽二三年，从波兰转苏联，极方便；再要从苏联转波兰，就不容易了！这是你应当考虑的。但若你认为在波兰学习环境不好，或者杰老师对你不相宜，那末我没有话说，你自己决定就是了。但决定以前，必须极郑重、极冷静，从多方面、从远处大处想周到。

你去年十一月中还说："希望比赛快快过去，好专攻古典和近代作品。杰老师教出来的古典真叫人佩服。"难道这几个月内你这方面的意见完全改变了吗？

倘说技巧问题，我敢担保，以你的根基而论，从去年八月到今年二月的成就，无论你跟世界上哪一位大师哪一个学派学习，都不可能超出这次比赛的成绩！你的才具、你的苦功，这一次都已发挥到最高度，老师教你也施展出他所有的本领和耐性！你可曾研究过program上人家的学历吗？我是都仔细看过了的；我敢说所有参加比赛的人，除了非洲来的以外，没有一个人的学历像你这样可怜的——换句话说，跟到名师只有六七个月的竞选人，你是独一无二的例外！所以我在三月二十一日（第28号）信上就说拿你的根基来说，你的第三名实际是远超过了第三名。说得再明白些，你想：Harasiewicz、Askenasi、Ringeissen，这几位①，假如过去学琴的情形和你一样，只有十至十二岁半的时候，跟到一个Paci②，十七至十八岁跟到一个Bronstein，再到比赛前七个月跟到一个杰维茨基，你敢说：他们能获得第三名和*Mazurka*奖吗？

我说这样的话，绝对不是鼓励你自高自大，而是提醒你过去六七个月，你已经尽了最大的努力，杰老师也尽了最大的努力。假如你以为换一个school，你六七个月的成就可以更好，那你就太不自量，以为自己有超人的天才了。一个人太容易满足固然不行，太不知足而引

① 这几位分别是参加第五届国际萧邦钢琴比赛的波兰选手、苏联选手和法国选手。
② 即梅百器（1878—1946），意大利钢琴家，作曲家李斯特的弟子，也是上海交响乐队的创办者兼指挥。傅聪少时曾在他门下学琴三年。

起许多不现实的幻想也不是健全的！这一点，我想也只有我一个人会替你指出来。假如我把你意思误会了（因为你的长信失落了，也许其中有许多理由，关于这方面的），那末你不妨把我的话当作"有则改之，无则加勉"。爸爸一千句、一万句，无非是为你好。为你个人好，也就是为我们的音乐界好，也就是为我们的祖国、人民，以及全世界的人类好！

我知道克利斯朵夫（晚年的）和乔治之间的距离，在一个动荡的时代是免不了的。但我还不甘落后，还想事事、处处追上你们，了解你们，从你们那儿汲取新生命、新血液、新空气，同时也想竭力把我们的经验和冷静的理智，献给你们，做你们一支忠实的手杖！万一有一天，你们觉得我这根手杖是个累赘的时候，我会感觉到，我会销声匿迹，决不来绊你们的脚！

你有一点也许还不大知道。我一生遇到重大的问题，很少不是找几个内行的、有经验的朋友商量的；反之，朋友有重大的事也很少不来找我商量的。我希望和你始终能保持这样互相帮助的关系。

杰维茨基教授四月五日来信说："聪很少和我谈到将来的学习计划。我只知道他与苏联青年来往甚密，他似乎很向往于他们的学派。但若聪愿意，我仍是很高兴再指导他相当时期。他今后不但要在技巧方面加工，还得在情绪（emotion）和感情（sentimento）的平衡方面多下克制功夫（这都是我近二三年来和你常说的）；我预备教他一些less romantic的东西，即巴哈（现译巴赫）、莫扎特、斯加拉蒂（现译斯卡拉蒂）、初期的贝多芬等等。"

他也提到你初赛的tempo拉得太慢，后来由马先生帮着劝你，复赛效果居然改得多等等。你过去说杰老师很cold，据他给我的信，字里行间都流露出热情，对你的热情。我猜想他有些像我的性格，不愿意多在口头奖励青年。你觉得怎么样？

四月十日播音中，你只有两支。其余有Askenasi的、Harasiewicz的、田中清子的、Lidia Grych的、Ringeissen的。李翠贞先生和恩德都很欣赏Ringeissen。Askenasi的*valse*我特别觉得呆板。杰老师信中也提到苏联group整个都是第一流的technic，但音乐表达很少个性。不知你感觉如何？波兰同学及年长的音乐家们的观感如何？

说起*Berceuse*，大家都觉得你变了很多，认不得了；但你的*Mazurka*，大家又认出你的面目了！是不是现在的style都如此？所谓自然、简单、朴实，是否可以此曲（照你比赛时弹的）为例？我特别觉得开头的theme非常单调，太少起伏，是不是我的taste已经过时了呢？

你去年盛称Richter，阿敏二月中在国际书店买了他弹的Schumann：*The Evening*，平淡得很；又买了他弹的Schubert：*Moments Musicaux*，那我可以肯定完全不行，笨重得难以形容，一点儿Vienna风的轻灵、清秀、柔媚都没有。舒曼的我还不敢确定，他弹的舒伯特，则我断定不是舒伯特。可见一个大家要样样合格真不容易。

你是否已决定明年五月参加舒曼比赛，会不会妨碍你的正规学习呢？是否同时可以弄古典呢？你的古典功夫一年又一年的耽下去，我实在不放心。尤其你的mentality，需要早早借古典作品的熏陶来维持它的平衡。我们学古典作品，当然不仅仅是为古典而古典，而尤其是为了整个人格的修养，尤其是为了感情太丰富的人的修养！

所以，我希望你和杰老师谈谈，同时自己也细细思忖一番，是否准备Schumann和研究古典作品可以同时并进？这些地方你必须紧紧抓住自己。我很怕你从此过的多半是选手生涯。选手生涯往往会限制大才的发展，影响一生的基础！

不知你究竟回国不回国？假如不回国，应及早对外声明，你的代表中国参加比赛的身份已经告终；此后是纯粹的留学生了。用这个理由可以推却许多邀请和群众的热情的（但是妨碍你学业的）表示。做一个名人也是有很大的危险的，孩子，可怕的敌人不一定是面目狰狞的，和颜悦色、一腔热爱的友情，有时也会耽误你许许多多宝贵的光阴。孩子，你在这方面极需要拿出勇气来！

我坐不住了，腰里疼痛难忍，只希望你来封长信安慰安慰我们。

## 一九五五年五月八日

说到“不答复”，我又有了很多感慨。我自问：长篇累牍的给你写信，不是空唠叨，不是莫名其妙的gossip，而是有好几种作用的。第一，我的确把你当作一个讨论艺术、讨论音乐的对手；第二，极想激出你一些青年人的感想，让我做父亲的得些新鲜养料，同时也可以间接传布给别的青年；第三，借通信训练你的——不但是文笔，而尤其是你的思想；第四，我想时时刻刻，随处给你做个警钟，做面“忠实的镜子”，不论在做人方面，在生活细节方面，在艺术修养方面，在演奏姿态方面。我做父亲的只想做你的影子，既要随时随地帮助你、保护你，又要不让你对这个影子觉得厌烦。但我这许多心愿，尽管我在过去的三十多封信中说了又说，你都似乎没有深刻的体会，因为你并没有适当的反应，就是说：尽量给我写信，“被动的”对我说的话或是表示赞成，或是表示异议，也很少“主动的”发表你的主张或感想——特别是从十二月以后。

你不是一个作家，从单纯的职业观点来看，固无须训练你的文笔。但除了多写之外，以你现在的环境，怎么能训练你的思想、你的理智、你的intellect呢？而一个人思想、理智、intellect的训练，总不能说不重要吧？多少读者来信，希望我多跟他们通信；可惜他们的程度与我相差太远，使我爱莫能助。你既然具备了足够的条件，可以和我谈各式各种的问题，也碰到我极热烈的渴望和你谈这些问题，而你偏偏很少利用！孩子，一个人往往对有在手头的东西（或是机会，或是环境，或是任何可贵的东西）不知珍惜，直到要失去了的时候再去后悔！这是人之常情，但我们不能因为是人之常情而宽恕我们自己的这种愚蠢，不想法去改正。

你不是抱着一腔热情，想为祖国、为人民服务吗？而为祖国、为人民服务是多方面的，并不限于在国外为祖国争光，也不限于用音乐去安慰人家——虽然这是你最主要的任务。我们的艺术家还需要把自己的感想、心得，时时刻刻传达给别人，让别人去作为参考的或者是批判的资料。你的将来，不光是一个演奏家，同时必须兼做教育家；

所以你的思想，你的理智，更其需要训练，需要长时期的训练。我这个可怜的父亲，就在处处替你做这方面的准备，而且与其说是为你做准备，还不如说为中国音乐界做准备更贴切。孩子，一个人空有爱同胞的热情是没用的，必须用事实来使别人受到我的实质的帮助。这才是真正的道德实践。别以为我们要求你多写信是为了父母感情上的自私，——其中自然也有一些，但决不是主要的。你很知道你一生受人家的帮助是应当用行动来报答的；而从多方面去锻炼自己就是为报答人家做基本准备。

你现在弹琴有时还要包橡皮膏或涂paraffine oil么？是不是手放松了可以不损坏手指尖？

## 一九五五年五月九日

至于霍夫曼本人的人品，你日常当然知道很多；以后对别人就得防一着，别再那样天真，老是“以君子之心度小人之腹”。以前我常常劝你勿太轻信，你总以为年轻人是纯洁的，如今你该明白了，年轻人不比中年人纯洁多少，一切都要慢慢的观察，“日久见人心”，“知人知面不知心”，这几句老话真有道理！

……你放心，爸爸是相信你一切都很客观、冷静，对人的批评并非意气用事；但是一个有些成就的人，即使事实上不骄傲也很容易被人认为骄傲的，（一个有些名和地位的人，就是这样的难做人！）所以在外千万谨慎，说话处处保留些。尤其双方都用一种非祖国的语言，意义轻重更易引起误会。

## 一九五五年五月十一日

孩子，别担心，你四月二十九、三十两信写得非常彻底，你的情形都报告明白了。我们决无误会。过去接不到你的信固然是痛苦，但一旦有了你的长信，明白了底细，我们哪里还会对你有什么不快，只有同情你，可怜你补写长信，又开了通宵的“夜车”，使我们心里老大的不忍。你出国七八个月，写回来的信并没什么过火之处，偶尔有些过于相信人或是怀疑人的话，我也看得出来，也会打些小折扣。一个热情的人，尤其是青年，过火是免不了的；只要心地善良、正直，胸襟宽，能及时改正自己的判断，不固执己见，那就很好了。你不必多责备自己，只要以后多写信，让我们多了解你的情况，随时给你提提意见，那就比空自内疚、后悔挽救不了的“以往”，有意思多了。你说写信退步，我们都觉得你是进步。你分析能力比以前强多了，态度也和平得很。爸爸看文字多么严格，从文字上挑剔思想又多么认真，不会随便夸奖你的。

你回来一次的问题，我看事实上有困难。即使大使馆愿意再向国内请示，公文或电报往返，也需很长的时日，因为文化部外交部决定你的事也要做多方面的考虑。耽搁日子是不可避免的。而等到决定的时候，离联欢节已经很近，恐怕他们不大肯让你不在联欢节上参加表演，再说，便是让你回来，至早也要到六月底、七月初才能到家。而那时代表团已经快要出发，又要催你上道了。

以实际来说，你倘若为了要说明情形而回国，则大可不必，因为我已经完全明白，必要时我可以向文化部说明。倘若为了要和杰老师分手而离开一下波兰，那也并无作用。既然仍要回波学习，则调换老师是早晚的事，而早晚都得找一个说得过去的理由向杰老师做交代；换言之，你回国以后再去，仍要有个充分的借口方能离开杰老师。若这个借口，目前就想出来，则不回国也是一样。

以我们的感情来说，你一定懂得我们想见见你的心，不下于你想见见我们的心；尤其我恨不得和你长谈数日夜。可是我们不能只顾感情，我们不能不硬压着个人的愿望，而为你更远大的问题打算。

转苏学习一点，目前的确不很相宜。政府最先要考虑到邦交，你是波政府邀请去学习的，我政府正式接受之后，不上一年就调到别国，对波政府的确有不大好的印象。你是否觉得跟斯东加[1]学technic还是不大可靠？我的意思，倘若technic基本上有了method，彻底改过了，就是已经上了正轨，以后的technic却是看自己长时期的努力了。我想经过三四年的苦功，你的technic不见得比苏联的一般水准（不说

---

① 即波兰钢琴教授斯托姆卡。

最特出的）差到哪里。即如H.和Smangianka，前者你也说他技巧很好，后者我们亲自领教过了，的确不错。像Askenasi——这等人，天生在technic方面有特殊才能，不能作为一般的水准。所以你的症结是先要有一个好的方法，有了方法，以后靠你的聪明与努力，不必愁在这方面落后，即使不能希望和Horowitz那样高明。因为以你的个性及长处，本来不是virtuoso的一型。总结起来，你现在的确非立刻彻底改technic不可，但不一定非上苏联不可。将来倒是为了音乐，需要在苏逗留一个时期。再者，人事问题到处都有，无论哪个国家，哪个名教授，到了一个时期，你也会觉得需要更换，更换的时节一定也有许多人事上及感情上的难处。

假定杰老师下学期调华沙是绝对肯定的，那末你调换老师很容易解决。我可以写信给他，说"我的意思你留在克拉可夫比较环境安静，在华沙因为中国代表团来往很多，其他方面应酬也多，对学习不大相宜，所以总不能跟你转往华沙，觉得很遗憾，但对你过去的苦心指导，我和聪都是十二分感激"等等（目前我听你的话，决不写信给他，你放心）。

假定杰老师调任华沙的事，可能不十分肯定，那末先要知道杰老师和Sztomka感情如何。若他们不像Levy①与Long②那样的对立，那末你可否很坦白、很诚恳的，直接向杰老师说明，大意如下：

"您过去对我的帮助，我终生不能忘记。您对古典及近代作品的理解，我尤其佩服得不得了。本来我很想跟您在这方面多多学习，无奈我在长时期的、一再的反省之下，觉得目前最急切的是要彻底的改一改我的technic，我的手始终没有放松；而我深切的体会到方法不改，将来很难有真正的进步；而我的年龄已经在音乐技巧上到了一个critical age，再不打好基础，就要来不及了，所以我想暂时跟斯东加先生把手的问题彻底解决。希望老师谅解，我决不是忘恩负义（ungrateful）；我的确很真诚的感谢您，以后还要回到您那儿请您指导的。"我认为一个人只要真诚，总能打动人的；即使人家一时不了

① 即恩斯特·莱维（Ernst Levy），瑞士钢琴家。
② 即玛格丽特·朗（Marguerite Long），法国钢琴家。

解，日后仍会了解的。我这个提议，你觉得如何？因为我一生做事，总是第一坦白，第二坦白，第三还是坦白。绕圈子，躲躲闪闪，反易叫人疑心；你耍手段，倒不如光明正大，实话实说，只要态度诚恳、谦卑、恭敬，无论如何人家不会对你怎么的。我的经验，和一个爱弄手段的人打交道，永远以自己的本来面目对付，他也不会用手段对付你，倒反看重你的。你不要害怕，不要羞怯，不要不好意思；但话一定要说得真诚老实。既然这是你一生的关键，就得拿出勇气来面对事实，用最光明正大的态度来应付，无须那些不必要的顾虑，而不说真话！就是在实际做的时候，要注意措辞及步骤。只要你的感情是真实的，别人一定会感觉到，不会误解的。你当然应该向杰老师表示你的确很留恋他，而且有“鱼与熊掌不可得兼”的遗憾。即使杰老师下期一定调任，最好你也现在就和他说明；因为至少六月份一个月你还可以和斯东加学technic，一个月，在你是有很大出入的！

以上的话，希望你静静的想一想，多想几回。

另外你也可向Eva太太讨主意，你把实在的苦衷跟她谈一谈，征求她的意见，把你直接向杰老师说明的办法问问她。

最后，倘若你仔细考虑之后，觉得非转苏学习不能解决问题，那末只要我们的政府答应（只要政府认为在中波邦交上无影响），我也并不反对。

你考虑这许多细节的时候，必须心平气和，精神上很镇静，切勿烦躁，也切勿焦急。有问题终得想法解决，不要怕用脑筋。我历次给你写信，总是非常冷静、非常客观的。唯有冷静与客观，终能想出最好的办法。

对外国朋友固然要客气，也要阔气，但必须有分寸。像西卜太太之流，到处都有，你得提防。巴尔扎克小说中人物，不是虚造的。人的心理是：难得收到的礼，是看重的，常常得到的不但不看重，反而认为是应享的权利，临了非但不感激，倒容易生怨望。所以我特别要嘱咐你“有分寸”！

以下要谈两件艺术的技术问题：

恩德又跟了李先生学，李先生指出她不但身体动作太多，手的动作也太多，浪费精力之外，还影响到她的technic和speed，以及tone的深度。记得裘伯伯也有这个毛病，一双手老是扭来扭去。我顺便和你提一提，你不妨检查一下自己。关于身体摇摆的问题，我已经和你谈过好多次，你都没答复，下次来信务必告诉我。

其次是，有一晚我要恩德随便弹一支Brahms的*Intermezzo*，一开场tempo就太慢，她一边哼唱一边坚持说不慢。后来我要她停止哼唱，只弹音乐，她弹了二句，马上笑了笑，把tempo加快了。由此证明，哼唱有个大缺点，容易使tempo不准确。哼唱是个极随意的行为，快些，慢些，吟哦起来都很有味道；弹的人一边哼一边弹，往往只听见自己哼的调子，觉得很自然很舒服，而没有留神听弹出来的音乐。我特别报告你这件小事，因为你很喜欢哼的。我的意思，看谱的时候不妨多哼，弹的时候尽量少哼，尤其在后来，一个曲子相当熟的时候，只宜于“默唱”，暗中在脑筋里哼。

此外，我也跟恩德提了以下的意见：

自己弹的曲子，不宜尽弹，而常常要停下来想想，想曲子的picture，追问自己究竟要求的是怎样一个境界，这是使你明白what you want，而且先在脑子里推敲曲子的结构、章法、起伏、高潮、低潮等等。尽弹而不想，近乎improvise，弹到哪里算哪里，往往一个曲子练了二三个星期，自己还说不出哪一种弹法（interpretation）最满意，或者是有过一次最满意的interpretation，而以后再也找不回来（这是恩德常犯的毛病）。假如照我的办法做，一定可能帮助自己的感情更明确而且稳定！

其次，到先生那儿上过课以后，不宜回来马上在琴上照先生改的就弹，而先要从头至尾细细看谱，把改的地方从整个曲子上去体会，得到一个新的picture，再在琴上试弹，弹了二三遍，停下来再想再看谱，把老师改过以后的曲子的表达，求得一个明确的picture。然后再在脑子里把自己原来的picture与老师改过以后的picture做个比较，然后再在琴上把两种不同的境界试弹，细细听，细细辨，究竟哪个更好，还是部分接受老师的，还是全盘接受，还是全盘不接受。不这样做，很容易“只见其小，不见其大”，光照了老师的一字一句修改，可能通篇不连贯，失去脉络，弄得支离破碎、非驴非马，既不像自己，又不像老师，把一个曲子搅得一团糟。

我曾经把上述两点问李先生觉得如何，她认为是很内行的意见，不知你觉得怎样？

你二十九信上说Michelangeli[①]的演奏，至少在“身如rock”一点上使我很向往。这是我对你的期望——最殷切的期望之一！唯其你有着狂热的感情，无穷的变化，我更希望你做到身如rock，像统率三军的主帅一样。这用不着老师讲，只消自己注意，特别在心理上、精神上，多多修养，做到能入能出的程度。你早已是“能入”了，现在需要努力的是“能出”！那我保证你对古典及近代作品的风格及精神，都能掌握得很好。

你来信批评别人弹的萧邦，常说他们cold。我因此又想起了以前的念头：欧洲自从十九世纪，浪漫主义在文学艺术各方面到了高潮以后，先来一个写实主义与自然主义的反动（光指文学与造型艺术言），接着在二十世纪前后更来了一个普遍的反浪漫底克思潮。这个思潮有两个表现：一是非常重感官（sensual），在音乐上的代表是R.Strauss，在绘画上是玛蒂斯；一是非常的intellectual，近代的许多作曲家都如此，绘画上的Picasso亦可归入此类。近代与现代的人一反十九世纪的思潮，另走极端，从过多的感情走到过多的mind的路上去了。演奏家自亦不能例外。萧邦是个半古典半浪漫底克的人，所以现代青年都弹不好。反之，我们中国人既没有上一世纪像欧洲那样的浪漫底克狂潮，民族性又是颇有olympic（希腊艺术的最高理想）精神，同时又有不太过分的浪漫底克精神，如汉魏的诗人，如李白，如杜甫（李后主算是最romantic的一个，但比起西洋人，还是极含蓄而讲究taste的），所以我们先天的具备表达萧邦相当优越的条件。

我这个分析，你认为如何？

反过来讲，我们和欧洲真正的古典，有时倒反隔离得远一些。真正的古典是讲雍容华贵，讲graceful，elegant，moderate。但我们也极

① 米开兰琪利，意大利钢琴家。

懂得discreet，也极讲中庸之道，一般青年人和传统不亲切，或许不能抓握这些，照理你是不难体会得深刻的。有一点也许你没有十分注意，就是欧洲的古典还多少带些宫廷气味，路易十四式的那种宫廷气味。

对近代作品，我们很难和欧洲人一样的浸入机械文明，也许不容易欣赏那种钢铁般的纯粹机械的美，那种“寒光闪闪”的brightness，那是纯理智、纯mind的东西。

环境安静对你的精神最要紧。做事要科学化，要彻底！我恨不得在你身边，帮你解决并安排一切物质生活，让你安心学习，节省你的精力与时间，使你在外能够事半功倍，多学些东西，多把心思花在艺术的推敲与思索上去。一个艺术家若能很科学的处理日常生活，他对他人的贡献一定更大！

五月二日来信使我很难受。好孩子，不用焦心，我决不会怨你的，要说你不配做我的儿子，那我更不配做你父亲了。只要我能帮助你一些，我就得了最大的酬报。我真是要拿我所有的知识、经验、心血，尽量给你做养料，只要你把我每封信多看几遍，好好的思索几回，竭力吸收，“身体力行”的实践，我就快乐得难以形容了。

我又细细想了想杰老师的问题，觉得无论如何，还是你自己和他谈为妙。他年纪这么大，人生经验这么丰富，一定会谅解你的。倒是绕圈子，不坦白，反而令人不快。西洋人一般的都喜欢直爽。但你一定要切实表示对他的感激，并且声明以后还是要回去向他学习的。

这件事望随时来信商讨，能早一天解决，你的技巧就可早一天彻底改造。关于一面改技巧、一面练曲子的冲突，你想过没有？如何解决？恐怕也得向Sztomka先生请教请教，先做准备为妥。

## 一九五五年五月十六日

你现在对杰老师的看法也很对。“做人”是另外一个问题，与教学无关。对谁也不能苛求。你能继续跟杰老师上课，我很赞成，千万不要驼子摔跤，两头不着。有个博学的老师指点，总比自己摸索好，尽管他有些见解与你不同。但你还年轻，musical literature的接触真是太有限了，乐理与曲体的知识又是几乎等于零，更需要虚心一些，多听听年长的，尤其是一个scholarship很高的人的意见。

有一点，你得时时刻刻记住：你对音乐的理解，十分之九是凭你的审美直觉；虽则靠了你的天赋与民族传统，这直觉大半是准确的，但究竟那是西洋的东西，除了直觉以外，仍需要理论方面的、逻辑方面的、史的发展方面的知识来充实；即使是你的直觉，也还要那些学识来加以证实，自己才能放心。所以便是以口味而论觉得格格不入的说法，也得采取保留态度，细细想一想，多辨别几时，再作断语。这不但对音乐为然，治一切学问都要有这个态度。所谓冷静、客观、谦虚，就是指这种实际的态度。

来信说学习主要靠mind、ear，及敏感，老师的帮助是有限的。这是因为你的理解力强的缘故，一般弹琴的，十分之六七以上都是要靠老师的。这一点，你在波兰同学中想必也看得很清楚。但一个有才的人也有另外一个危机，就是容易自以为是的走牛角尖。所以才气越高，越要提防，用solid的学识来充实，用冷静与客观的批评精神，持续不断的检查自己。唯有真正能做到这一步，而且终身的做下去，才能成为一个真正的艺术家。

一扯到艺术，一扯到做学问，我的话就没有完，只怕我写得太多，你一下子来不及咂摸。

来信提到Chopin的*Berceuse*的表达，很有意思。以后能多写这一类的材料，最欢迎。

还要说两句有关学习的话，就是我老跟恩德说的："要有耐性，不要操之过急。越是心平气和，越有成绩。时时刻刻要承认自己是笨伯，不怕做笨功夫，那就不会期待太切，稍不进步就慌乱了。"对你，第一要紧是安排时间，多多腾出无谓的"消费时间"，我相信假如你在波兰能像在家一样，百事不打扰，每天都有七八小时在琴上，你的进步一定更快！

我译的莫扎特的论文，有些地方措辞不大妥当，望切勿"以辞害意”。尤其是说到“肉感”，实际应该这样了解：“使感官觉得愉快的。”原文是等于英文的sensual。

### 一九五五年十二月十一日夜

毛选中的《实践论》及《矛盾论》，可多看看，这是一切理论的根底。此次寄你的书中，一部分是纯理论，可以帮助你对马列主义及辩证法有深切了解。为了加强你的理智和分析能力，帮助你头脑冷静，彻底搞通马列及辩证法是一条极好的路。我本来富于科学精神，看这一类书觉得很容易体会，也很有兴趣，因为事实上我做人的作风一向就是如此的。你感情重，理智弱，意志尤其弱，亟须从这方面多下功夫。否则你将来回国以后，什么事都要格外赶不上的。

住屋及钢琴两事现已圆满解决，理应定下心来工作。倘使仍觉得心绪不宁，必定另有原因，索性花半天功夫仔细检查一下，病根何在？查清楚了才好对症下药，廓清思想。老是蒙着自己，不正视现实，不正视自己的病根，而拖泥带水，不晴不雨的糊下去，只有给你精神上更大的害处。该拿出勇气来，彻底清算一下。

廓清思想，心绪平定以后，接着就该周密考虑你的学习计划：把正规的学习和明春的灌片及南斯拉夫的演奏好好结合起来。事先多问问老师意见，不要匆促决定。决定后勿轻易更动。同时望随时来信告知这方面的情况。前信（51号）要你谈谈技巧与指法手法，与你今后的学习很有帮助：我们不是常常对自己的工作（思想方面亦然如此）需要来个“小结”吗？你给我们谈技巧，就等于你自己做小结。千万别懒洋洋的拖延！我等着。同时不要一次写完，一次写必有遗漏，一定要分几次写才写得完全；写得完全是表示你考虑得完全，回忆得清楚，思考也细致深入。你务必听我的话，照此办法做。这也是一般工作方法的极重要的一个原则。

……我素来不轻信人言，等到我告诉你什么话，必有相当根据，而你还是不大重视，轻描淡写。这样的不知警惕，对你将来是危险的！一个人妨碍别人，不一定是因为本性坏，往往是因为头脑不清，不知利害轻重。所以你在这些方面没有认清一个人的时候，切忌随口吐露心腹。一则太不考虑和你说话的对象，二则太不考虑事情所牵涉的另外一个人。（还不止一个呢！）来信提到这种事，老是含混得很。去夏你出国后，我为另一件事写信给你，要你检讨，你以心绪恶劣推掉了。其实这种作风，这种逃避现实的心理是懦夫的行为，决不是新中国的青年所应有的。你要革除小布尔乔亚根性，就要从这等地方开始革除！

别怕我责备！（这也是小布尔乔亚的懦怯。）也别怕引起我心烦，爸爸不为儿子烦心，为谁烦心？爸爸不帮助孩子，谁帮助孩子？儿子苦闷不向爸爸求救，向谁求救？你这种顾虑也是一种短视的温情主义，要不得！懦怯也罢，温情主义也罢，总之是反科学，反马列主义。为什么一个人不能反科学、反马列主义？因为要生活得好，对社会尽贡献，就需要把大大小小的事，从日常生活、感情问题，一直到学习、工作、国家大事，一贯的用科学方法、马列主义的方法，去分析，去处理。批评与自我批评所以能成为有力的武器，也就在于它能培养冷静的科学头脑，对己、对人、对事，都一视同仁，做不偏不倚的检讨。而批评与自我批评最需要的是勇气，只要存着一丝一毫懦怯的心理，批评与自我批评便永远不能做得彻底。我并非说有了自我批评（即挖自己的根），一个人就可以没有烦恼。不是的，烦恼是永久免不了的，就等于矛盾是永远消灭不了的一样。但是不能因为眼前的矛盾消灭了将来照样有新矛盾，就此不把眼前的矛盾消灭。挖了根，至少可以消灭眼前的烦恼。将来新烦恼来的时候，再去消灭新烦恼。挖一次根，至少可以减轻烦恼的严重性，减少它危害身心的可能；不挖根，老是有些思想的、意识的、感情的渣滓积在心里，久而久之，成为一个沉重的大包袱，慢慢的使你心理不健全，头脑不冷静，胸襟不开朗，创造更多的新烦恼的因素。这一点不但与马列主义的理论相合，便是与近代心理分析和精神病治疗的研究结果也相合。

至于过去的感情纠纷，时时刻刻来打扰你的缘故，也就由于你没仔细挖根。我相信你不是爱情至上主义者，而是真理至上主义者；那末你就该用这个立场去分析你的对象（不论是初恋的还是以后的），你跟她（不管是谁）在思想认识上，真理的执着上，是否一致或至少相去不远？从这个角度上去把事情解剖清楚，许多烦恼自然迎刃而解。你也该想到，热情是一朵美丽的火花，美则美矣，无奈不能持久。希望热情能永久持续，简直是愚妄；不考虑性情、品德、品格、思想等等，而单单执着于当年一段美妙的梦境，希望这梦境将来会成为现实，那末我警告你，你可能遇到悲剧的！世界上很少如火如荼的情人能成为美满的、白头偕老的夫妇的；传奇式的故事，如但丁之于裴阿脱里克斯，所以成为可哭可泣的千古艳事，就因为他们没有结合；但丁只见过几面（似乎只有一面）裴阿脱里克斯。歌德的太太克里斯丁纳是个极庸俗的女子，但歌德的艺术成就，是靠了和平宁静的夫妇生活促成的。过去的罗曼史，让它成为我们一个美丽的回忆，作为一个终身怀念的梦，我认为是最明哲的办法。老是自苦是只有消耗自己的精力，对谁都没有裨益的。孩子，以后随时来信，把苦闷告诉我，我相信还能凭一些经验安慰你呢。爸爸受的痛苦不能为儿女减除一些危险，那末爸爸的痛苦也是白受了。但希望你把苦闷的缘由写得详细些（就是要你自己先分析一个透彻），免得我空发议论，无关痛痒的对你没有帮助。好了，再见吧，多多来信，来信分析你自己就是一种发泄，而且是有益于心理卫生的发泄。爸爸还有足够的勇气担受你的苦闷，相信我吧！你也有足够的力量摆脱烦恼，有足够的勇气正视你的过去，我也相信你！

### 一九五五年十二月二十一日晨

亲爱的孩子：今年暑天，因为身体不好而停工，顺便看了不少理论书；这一回替你买理论书，我也买了许多，这几天已陆续看了三本小册子：关于辩证唯物主义的一些基本知识，批评与自我批评是苏维埃社会发展的动力，社会主义基本经济规律。感想很多，预备跟你随便谈谈。

第一个最重要的感想是：理论与实践绝对不可分离，学习必须与现实生活结合；马列主义不是抽象的哲学，而是极现实极具体的哲学；它不但是社会革命的指导理论，同时亦是人生哲学的基础。解放六年来的社会，固然有极大的进步，但还存在着不少缺点，特别在各级干部的办事方面。我常常有这么个印象，就是一般人的政治学习，完全是为学习而学习，不是为了生活而学习，不是为了应付实际斗争而学习。所以谈起理论来头头是道，什么唯物主义，什么辩证法，什么批评与自我批评等等，都能长篇大论发挥一大套；一遇到实际事情，一坐到办公桌前面，或是到了工厂里、农村里，就把一切理论忘得干干净净。学校里亦然如此；据在大学里念书的人告诉我，他们的政治讨论非常热烈，有些同学提问题提得极好，也能作出很精辟的结论；但他们对付同学、对付师长、对付学校的领导，仍是顾虑重重，一派的世故，一派的自私自利。这种学习态度，我觉得根本就是反马列主义的；为什么把最实际的科学——唯物辩证法，当作标榜的门面话和口头禅呢？为什么不能把嘴上说得天花乱坠的道理化到自己身上去，贯彻到自己的行为中、作风中去呢？

因此我的第二个感想以及以下的许多感想，都是想把马列主义的理论结合到个人修养上来。首先是马克思主义的世界观，应该使我们有极大的、百折不回的积极性与乐天精神。比如说："存在决定意识，但并不是说意识便成为可有可无的了。恰恰相反，一定的思想意识，对客观事物的发展会起很大的作用。"换句话说，就是"主观能动作用"。这便是鼓励我们对样样事情有信心的话，也就是中国人的"人定胜天"的意思。既然客观的自然规律，社会的发展规律，都可能受到人的意识的影响，为什么我们要灰心、要气馁呢？不是一切都是"事在人为"吗？一个人发觉自己有缺点，分析之下，可以归纳到遗传的根性，过去旧社会遗留下来的坏影响，潜伏在心底里的资产阶级意识、阶级本能等等；但我们因此就可以听任自己这样下去吗？若果如此，这个人不是机械唯物论者，便是个自甘堕落的没出息的东西。

第三个感想也是属于加强人的积极性的。一切事物的发展，包括自然现象在内，都是由于内在的矛盾，由于旧的腐朽的东西与新的健全的东西做斗争。这个理论可以帮助我们摆脱许多不必要的烦恼，特别是留恋过去的烦恼，与追悔以往的错误的烦恼。陶渊明就说过：“觉今是而昨非”，还有一句老话，叫作：“过去种种譬如昨日死，现在种种譬如今日生。”对于个人的私事与感情的波动来说，都是相近似的教训。既然一切都在变，不变就是停顿，停顿就是死亡，那末为什么老是恋念过去，自伤不已，把好好的眼前的光阴也毒害了呢？认识到世界是不断变化的，就该体会到人生亦是不断变化的，就该懂得生活应该是向前看，而不是往后看。这样，你的心胸不是廓然了吗？思想不是明朗了吗？态度不是积极了吗？

第四个感想是单纯的乐观是有害的，一味的向前看也是有危险的。古人说：“鉴往而知来”，便是教我们检查过去，为的是要以后生活得更好。否则为什么大家要做小结，做总结，左一个检查，右一个检查呢？假如不需要检讨过去，就能从今以后不重犯过去的错误，那末“我们的理性认识，通过实践加以检验与发展”这样的原则，还有什么意思？把理论到实践中去对证、去检视，再把实践提到理性认识上来与理论复核，这不就是需要分析过去吗？我前二信中提到一个人对以往的错误要做冷静的、客观的解剖，归纳出几个原则来，也就是这个道理。

第五个感想是“从感性认识到理性认识”这个原理，你这几年在音乐学习上已经体会到了。一九五一——五三年间，你自己摸索的时代，对音乐的理解多半是感性认识，直到后来，经过杰老师的指导，你才一步一步走上了理性认识的阶段。而你在去罗马尼亚以前的彷徨与缺乏自信，原因就在于你已经感觉到仅仅靠感性认识去理解乐曲，是不够全面的，也不够深刻的；不过那时你不得其门而入，不知道怎样才能达到理性认识，所以你苦闷。你不妨回想一下，我这个分析与事实符合不符合？所谓理性认识是“通过人的头脑，运用分析、综合、对比等等的方法，把观察到的（我再加上一句：感觉到的）现象加以研究，抛开事物的虚假现象，及其他种种非本质现象，抽出事物的本质，找出事物的来龙去脉，即事物发展的规律”。这几句，倘若能到处运用，不但对学术研究有极大的帮助，而且对做人处世，也是一生受用不尽。因为这就是科学方法。而我一向主张不但做学问，弄艺术要有科学方法，做人更其需要有科学方法。因为这缘故，我更主张把科学的辩证唯物论应用到实际生活上来。毛主席在《实践论》中说："我们的实践证明：感觉到了的东西，我们不能立刻理解它，只有理解了的东西才能更深刻地感觉它。"你是弄音乐的人，当然更能深切的体会这话。

第六个感想，是辩证唯物论中有许多原则，你特别容易和实际结合起来体会；因为这几年你在音乐方面很用脑子，而在任何学科方面多用头脑思索的人，都特别容易把辩证唯物论的原则与实际联系。比如"事物的相互联系与相互限制"，"原因和结果有时也会相互转化，相互发生作用"，不论拿来观察你的人事关系，还是考察你的业务学习，分析你的感情问题，还是检讨你的起居生活，随时随地都会得到鲜明生动的实证。我尤其想到"从量变到质变"一点，与你的音乐技术与领悟的关系非常适合。你老是抱怨技巧不够，不能表达你心中所感到的音乐；但你一朝获得你眼前所追求的技巧之后，你的音乐理解一定又会跟着起变化，从而要求更新更高的技术。说得浅近些，比如你练萧邦的练习曲或诙谑曲中某些快速的段落，常嫌速度不够。但等到你速度够了，你的音乐表现也决不是像你现在所追求的那一种了。假如我这个猜测不错，那就说明了量变可以促成质变的道理。

以上所说，在某些人看来，也许是把马克思主义庸俗化了；我却认为不是庸俗化，而是把它真正结合到现实生活中去。一个人年轻的时候，当学生的时候，倘若不把马克思主义"身体力行"，在大大小小的事情上实地运用，那么一朝到社会上去，遇到无论怎么微小的事，也运用不了一分一毫的马克思主义。所谓辩证法，所谓准确的世界观，必须到处用得烂熟，成为思想的习惯，才可以说是真正受到马克思主义的锻炼。否则我是我，主义是主义，方法是方法，始终合不到一处，学习一辈子也没用。从这个角度上看，马列主义绝对不枯索，而是非常生动、活泼、有趣的，并且能时时刻刻帮助我们解决或大或小的问题的——从身边琐事到做学问，从日常生活到分析国家大事，没有一处地方用不到。至于批评与自我批评，我前二信已说得很多，不再多谈。只要你记住两点：必须有不怕看自己丑脸的勇气，同时又要有冷静的科学家头脑，与实验室工作的态度。唯有用这两种心情，才不至于被虚伪的自尊心所蒙蔽而变成懦怯，也不至于为了以往的错误而过分灰心，消灭了痛改前非的勇气，更不至于茫然于过去错误的原因而将来重蹈覆辙。子路“闻过则喜”，曾子的“吾日三省吾身”，都是自我批评与接受批评的最好的格言。

从有关五年计划的各种文件上，我特别替你指出下面几个全国上下共同努力的目标：

增加生产，厉行节约，反对分散使用资金，坚决贯彻重点建设的方针。

你在国外求学，“厉行节约”四字也应该竭力做到。我们的家用，从上月起开始每周做决算，拿来与预算核对，看看有否超过？若有，要研究原因，下周内就得设法防止。希望你也努力，因为你音乐会收入多，花钱更容易不假思索，满不在乎。至于后面两条，我建议为了你，改成这样的口号：反对分散使用精力，坚决贯彻重点学习的方针。今夏你来信说，暂时不学理论课程，专攻钢琴，以免分散精力，这是很对的。但我更希望你把这个原则再推进一步，再扩大，在生活细节方面都应用到。而在乐曲方面，尤其要时时注意。首先要集中几个作家。作家的选择事先可郑重考虑；决定以后切勿随便更改，切勿看见新的东西而手痒心痒——至多只宜做辅助性质的附带研究，而不能喧宾夺主。其次是练习的时候要安排恰当，务以最小限度的精力与时间，获得最大限度的成绩为原则。和避免分散精力连带的就是重点学习。选择作家就是重点学习的第一个步骤；第二个步骤是在选定的作家中再挑出几个最有特色的乐曲。譬如巴哈，你一定要选出几个典型的作品，代表他键盘乐曲的各个不同的面目的。这样，你以后对于每一类的曲子，可以举一反三，自动的找出路子来了。这些道理，你都和我一样的明白。我所以不惮烦琐的和你一再提及，因为我觉得你许多事都是知道了不做。学习计划，你从来没和我细谈，虽然我有好几封信问你。从现在起到明年（一九五六）暑假，你究竟决定了哪些作家，哪些作品？哪些作品作为主要的学习，哪些作为次要与辅助性质的？理由何在？这种种，无论如何希望你来信详细讨论。我屡次告诉你：多写信多讨论问题，就是多些整理思想的机会，许多感性认识可以变作理性认识。这样重要的训练，你是不能漠视的。只消你看我的信就可知道。至于你忙，我也知道；但我每个月平均写三封长信，每封平均有三千字，而你只有一封，只及我的三分之一：莫非你忙的程度，比我超过200/100吗？问题还在于你的心情：心情不稳定，就懒得动笔。所以我这几封信，接连的和你谈思想问题，急于要使你感情平下来。做爸爸的不要求你什么，只要求你多写信，多写有内容有思想实质的信；为了你对爸爸的爱，难道办不到吗？我也再三告诉过你，你一边写信整理思想，一边就会发见自己有很多新观念；无论对人生、对音乐、对钢琴技巧，一定随时有新的启发，可以帮助你今后的学习。这样一举数得的事，怎么没勇气干呢？尤其你这人是缺少计划性的，多写信等于多检查自己，可以纠正你的缺点。当然，要做到"不分散精力"，"重点学习"，"多写信，多发表感想，多报告计划"，最基本的是要能**抓紧时间**。你该记得我的生活习惯吧？早上一起来，洗脸，吃点心，穿衣服，没一件事不是用最快的速度赶着做的；而平日工作的时间，尽量不接见客人，不出门；万一有了杂务打岔，就在晚上或星期日休息时间补足错失的工作。这些都值得你模仿。要不然，怎么能抓紧时间呢？怎么能不浪费光阴呢？如今你住的地方幽静，和克拉可夫音乐院宿舍相比，有天渊之别；你更不能辜负这个清静的环境。每天的工作与休息时间都要安排妥当，避免一切突击性的工作。你在国外，究竟不比国内常常有政治性的任务。临时性质的演奏也不会太多，而且宜尽量推辞。正式的音乐会，应该在一个月以前决定，自己早些安排练节目的日程，切勿在期前三四天内日夜不停的"赶任务"，赶出来的东西总是不够稳、不够成熟的；并且还要妨碍正规学习；事后又要筋疲力尽，仿佛人要瘫下来似的。

我说了那么多，又是你心里都有数的话，真怕你听腻了，但也真怕你不肯下决心实行。孩子，告诉我，你已经开始在这方面努力了，那我们就安慰了，高兴了。

**一九五五年十二月二十七日午**

协奏曲钢琴部分录音并不如你所说，连轻响都听不清；乐队部分很不好，好似蒙了一层，音不真，不清。钢琴loud passage也不够分明。据懂技术的周朝桢先生说：这是录音关系，正式片也无法改进的了。

以音乐而论，我觉得你的协奏曲非常含蓄，绝无罗宾斯丹（现译鲁宾斯坦）那种感伤情调，你的情感都是内在的。第一乐章的技巧不尽完整，结尾部分似乎很显明的有些毛病。第二乐章细腻之极，touch是delicate之极。最后一章非常brilliant。摇篮曲比颁奖音乐会上的好得多，mood也不同，更安静。幻想曲全部改变了：开头的引子，好极，沉着，庄严，贝多芬气息很重。中间那段slow的singing part，以前你弹得很tragic的，很sad的，现在是一种惆怅的情调。整个曲子像一座巍峨的建筑，给人以厚重、扎实、条理分明、波涛汹涌而意志很热的感觉。

李先生说你的协奏曲，左手把rhythm控制得稳极，rubato很多，但不是书上的，也不是人家教的，全是你心中流出来的。她说从国外回来的人常说现在弹萧邦都没有rubato了，她觉得是不可能的；听了你的演奏，才证实她的怀疑并不错。问题不是没有rubato，而是怎样的一种rubato。

玛祖卡，我听了四遍以后才开始捉摸到一些，但还不是每支都能体会。我至此为止是能欣赏了*Op.59*，*No.1*；*Op.68*，*No.4*；*Op.41*，*No.2*；*Op.33*，*No.1*。*Op.68*，*No.4*的开头像是几句极凄怨的哀叹。*Op.41*，*No.2*中间一段，几次感情欲上不上，几次悲痛冒上来又压下去，到最后才大恸之下，痛哭出声。第一支最长的*Op.56*，*No.3*，因为前后变化多，还来不及抓握。阿敏却极喜欢，恩德也是的。她说这种曲子如何能学？我认为不懂什么叫作“tone colour”的人，一辈子也休想懂得一丝半毫，无怪几个小朋友听了无动于衷。colour sense也是天生的。孩子，你真怪，不知你哪儿来的这点悟性！斯拉夫民族的灵魂，居然你天生是具备的。斯克里亚宾的*Prélude*既弹得好，玛祖卡当然不会不好。恩德说，这是因为中国民族性的博大，无所不包，所以什么别的民族的东西都能体会得深刻。*Notre-Temps No.2*好似太拖拖拉拉，节奏感不够。我们又找出罗宾斯丹的片子来听了，觉得他大部分都是节奏强，你大部分是诗意浓；他的音色变化不及你的多。

# 阅读规划进度及自我测评

01 计划阅读时间

02 实际阅读时间

03 完成度（%）

04 阅读兴趣

感兴趣□　　一般□　　没兴趣□

原因：

问题：

05 探究拓展

① 傅雷在一九五四年一月三十日晚给儿子的家信中说："我高兴的是我又多了一个朋友；儿子变了朋友，世界上有什么事可以和这种幸福相比的！"从这封信来看，这种"父子如朋友"的境界体现在哪里？

② 从一九五四年的家信里，选择你最喜欢的一封，说一说你从中读出了一个怎样的父亲？

③ 傅雷在家信中写道："永远保持赤子之心，到老也不会落伍，永远

能够与普天下的赤子之心相接相契相抱！”你怎样理解“赤子之心”呢？你认为什么样的人堪称“赤子”？

④ 在傅雷看来，什么才是儿子最大的成功，才达到了艺术与人生的最高境界？同学们可以和爸爸妈妈交流这个问题，探讨一下他们对你的期待是什么，你自己的理想与愿望又是什么。

⑤ 对于傅聪转入苏联学习一事，傅雷是如何审慎分析的？你觉得他说的有道理吗？

## 06 摘抄，积累

回忆一下阅读过的书信内容，把你认为好的语句或段落摘抄下来，积累更多的语言素材吧！还可以用表格对傅雷教导傅聪的内容进行分类整理，可分为艺术、外语学习、理财、工作、为人处世等方面。

# 一九五六年至一九六一年

傅雷、傅聪父子二人常常在家信中畅谈人生、文学、音乐，思想与智慧碰撞出激烈的火花。正如傅雷所言："父子之间能有这种境界，也是人生莫大的幸福。"在阅读的过程中有产生共鸣的地方，同学们不妨做一些旁批，还可以选择一两封令你感动的家书分享给父母品读。

# 一九五六年

## 一九五六年一月四日深夜

我劝你千万不要为了技巧而烦恼，主要是常常静下心来，细细思考，发掘自己的毛病，寻找毛病的根源，然后想法对症下药，或者向别的师友讨教。烦恼只有打扰你的学习，反而把你的技巧拉下来。共产党员常常强调"克服困难"，要克服困难，先得镇定！只有多用头脑才能解决问题。同时也切勿操之过急，假如经常能有些少许进步，就不要灰心，不管进步得多么少。而主要还在于内心的修养，性情的修养：我始终认为手的紧张和整个身心有关系，不能机械的把"手"孤立起来。练琴的时间必须正常化，不能少，也不能多；多了整个的人疲倦之极，只会有坏结果。要练琴时间正常，必须日常生活科学化、计划化、纪律化！假定有事出门，回来的时间必须预先肯定，在外面也切勿难为情，被人家随便多留，才能不打乱事先定好的日程。

## 一九五六年一月二十日

亲爱的孩子：昨天接一月十日来信，和另外一包节目单，高兴得很。第一你心情转好了；第二,一个月由你来两封信，已经是十个多月没有的事了。只担心一件，一天十二小时的工作对身心压力太重。我明白你说的“十二小时绝对必要”的话，但这句话背后有一个很重要的原因：倘使你在十一、十二两月中不是常常烦恼，每天保持——不多说——六七小时的经常练琴，我断定你现在就没有一天练十二小时的“必要”。你说是不是？从这个经验中应得出一个教训：以后即使心情有波动，工作可不能松弛。平日练八小时的，在心绪不好时减成六七小时，那是可以原谅的，也不至于如何妨碍整个学习进展。超过这个尺寸，到后来势必要加紧突击，影响身心健康。往者已矣，来者可追，孩子，千万记住：下不为例！何况正规工作是驱除烦恼最有效的灵药！我只要一上桌子，什么苦闷都会暂时忘掉。

我九日航挂寄出的关于萧邦的文章二十页，大概收到了吧？其中再三提到他的诗意，与你信中的话不谋而合。那文章中引用的波兰作家的话（见第一篇《少年时代》3~4页），还特别说明那“诗意”的特点。又文中提及的两支*Valse*，你不妨练熟了，当作encore piece用。我还想到，等你南斯拉夫回来，应当练些Chopin *Prélude*。这在你还是一页空白呢！等我有空，再弄些材料给你，关于*Prélude*的，关于萧邦的piano method的。

《协奏曲》第二乐章的情调，应该一点不带感伤情调，如你来信所说，也如那篇文章所说的。你手下表现的Chopin，的确毫无一般的感伤成分。我相信你所了解的Chopin是正确的，与Chopin的精神很接近——当然谁也不敢说完全一致。你谈到他的rubato与音色，比喻甚精彩。这都是很好的材料，有空随时写下来。一个人的思想，不动笔就不大会有系统；日子久了，也就放过去了，甚至于忘了，岂不可惜！就为这个缘故，我常常逼你多写信，这也是很重要的“理性认识”的训练。而且我觉得你是很能写文章的，应该随时练习。

你这一行的辛苦，当然辛苦到极点。就因为这个，我屡次要你生活正规化、学习正规化。不正规如何能持久？不持久如何能有成绩？如何能巩固已有的成绩？以后一定要安排好，控制得牢，万万不能“空”与“忙”调配得不匀，免得临时着急，日夜加工的赶任务。而且作品的了解与掌握，就需要长时期的慢慢消化、咀嚼、吸收。这些你都明白得很，问题在于实践！

## 一九五六年一月二十二日晚

亲爱的孩子：今日星期，花了六小时给你弄了一些关于萧邦与特皮西（现译德彪西）的材料，关于tempo rubato的部分，你早已心领神会，不过看了这些文字更多一些引证罢了。他的piano method，似乎与你小时候从Paci那儿学的一套很像，恐怕是李斯特从Chopin那儿学来，传给学生，再传到Paci的。是否与你有帮助，不得而知。

前天早上听了电台放的Rubinstein弹的*E min.Concerto*（当然是些灌音），觉得你的批评一点不错。他的rubato很不自然；第三乐章的两段（比较慢的，出现过两次，每次都有三四句，后又转到minor的），更糟不可言。转minor的二小句也牵强生硬。第二乐章全无singing。第一乐章纯是炫耀技巧。听了他的，才知道你弹的尽管simple，music却是非常丰富的。孩子，你真行！怪不得斯曼齐安卡前年冬天在克拉可夫就说：“想不到这支*Concerto*会有这许多music！”

今天寄你的文字中，提到萧邦的音乐有“非人世的”气息，想必你早体会到；所以太沉着不行，太轻灵而客观也不行。我觉得这一点近于李白，李白尽管飘飘欲仙，却不是特皮西那一派纯粹造型与讲气氛的。

## 一九五六年二月十三日

孩子，你一定很高兴，大家都在前进，而且是脚踏实地的前进，决不是喊口号式的。我们的国家虽则在科学成就上还谈不到“原子能时代”，但整个社会形势进展的速度，的确是到了“原子能时代”了。大家都觉得跟不上客观形势。单说我自己吧，尽管时间充裕，但各式各样的新闻报导，学习文件，报纸、杂志、小册子，多得你顾了这，顾不了那，真是着急。本门工作又那么吞时间，差不多和你练琴差不多。一天八九小时，只能译一二千字；改的时候，这一二千字又要花一天时间，进步之慢有如蜗牛。而且技术苦闷也和你一样，随处都是问题，了解的能力至少四五倍于表达的能力……你想不是和你相仿吗？

一般小朋友，在家自学的都犯一个大毛病：太不关心大局，对社会主义的改造事业很冷淡。我和名强、酉三、子歧都说过几回，不发生作用。他们只知道练琴。这样下去，少年变了老年。与社会脱节，真正要不得。我说少年变了老年，还侮辱了老年人呢！今日多少的老年人都很积极，头脑开通。便是宋家婆婆也是脑子清楚得很。那般小朋友的病根，还是在于家庭教育。家长们只看见你以前关门练琴，可万万想不到你同样关心琴以外的学问和时局；也万万想不到我们家里的空气绝对不是单纯的，一味的音乐、音乐、音乐的！当然，小朋友们自己的聪明和感受也大有关系；否则，为什么许多保守顽固的家庭里照样会有精神蓬勃的子弟呢？

我虽然对谁都尽力帮助（在思想上），但要看对象的。给了，不能接受，也当然白给。恩德的毛病和他们不同：她思想快，感受强，胸襟宽大，只是没有决心实行。知道的多，做到的微乎其微。真的，看看周围的青年，很少真有希望的。我说“希望”，不是指“专业”方面的造就，而是指人格的发展。所以我越来越觉得青年全面发展的重要。

假如你看了我的信、我的发言，和周总理的报告等等有感触的话，只希望你把热情化为力量，把惭愧化为决心。你最要紧的是抓紧时间，生活纪律化、科学化；休息时间也不能浪费！

还有学习的计划务必严格执行，切勿随意更改！

虽是新年，人来人往，也忙得很，抽空写这封信给你。

祝你录音成功，去南表演成功！

## 一九五六年二月二十九日夜

亲爱的孩子：昨天整理你的信，又有些感想。

关于莫扎特的话，例如说他天真、可爱、清新等等，似乎很多人懂得；但弹起来还是没有那天真、可爱、清新的味儿。这道理，我觉得是“理性认识”与“感情深入”的分别。感性认识固然是初步印象，是大概的认识；理性认识是深入一步，了解到本质。但是艺术的领会，还不能以此为限。必须再深入进去，把理性所认识的，用心灵去体会，才能使原作者的悲欢喜怒化为你自己的悲欢喜怒，使原作者每一根神经的震颤都在你的神经上引起反响。否则即使道理说了一大堆，仍然是隔了一层。一般艺术家的偏于intellectual，偏于cold，就因为他们停留在理性认识的阶段上。

比如你自己，过去你未尝不知道莫扎特的特色，但你对他并没发生真正的共鸣；感之不深，自然爱之不切了；爱之不切，弹出来当然也不够味儿；而越是不够味儿，越是引不起你兴趣。如此循环下去，你对一个作家当然无从深入。

这一回可不然，你的确和莫扎特起了共鸣，你的脉搏跟他的脉搏一致了，你的心跳和他的同一节奏了；你活在他的身上，他也活在你身上；你自己与他的共同点被你找出来了，抓住了，所以你才会这样欣赏他，理解他。

由此得到一个结论：艺术不但不能限于感性认识，还不能限于理性认识，必须要进行第三步的感情深入。换言之，艺术家最需要的，除了理智以外，还有一个“爱”字！所谓赤子之心，不但指纯洁无邪，指清新，而且还指爱！法文里有句话叫作“伟大的心”，意思就是“爱”。这“伟大的心”几个字，真有意义。而且这个爱决不是庸俗的、婆婆妈妈的感情，而是热烈的、真诚的、洁白的、高尚的、如火如荼的、忘我的爱。

从这个理论出发，许多人弹不好东西的原因都可以明白了。光有理性而没有感情，固然不能表达音乐；有了一般的感情而不是那种火热的同时又是高尚、精练的感情，还是要流于庸俗；所谓sentimental，我觉得就是指的这种庸俗的感情。

一切伟大的艺术家（不论是作曲家，是文学家，是画家……）必然兼有独特的个性与普遍的人间性。我们只要能发掘自己心中的人间性，就找到了与艺术家沟通的桥梁。再若能细心揣摩，把他独特的个性也体味出来，那就能把一件艺术品整个儿了解了。——当然不可能和原作者的理解与感受完全一样，了解的多少、深浅、广狭，还是大有出入；而我们自己的个性也在中间发生不小的作用。

大多数从事艺术的人，缺少真诚。因为不够真诚，一切都在嘴里随便说说，当作唬人的幌子，装自己的门面，实际只是拾人牙慧，并非真有所感。所以他们对作家决不能深入体会，先是对自己就没有深入分析过。这个意思，克利斯朵夫（在第二册内）也好像说过的。

真诚是第一把艺术的钥匙。知之为知之，不知为不知。真诚的“不懂”，比不真诚的“懂”，还叫人好受些。最可厌的莫如自以为是，自作解人。有了真诚，才会有虚心，有了虚心，才肯丢开自己去了解别人，也才能放下虚伪的自尊心去了解自己。建筑在了解自己了解别人上面的爱，才不是盲目的爱。

而真诚是需要长时期从小培养的。社会上，家庭里，太多的教训使我们不敢真诚，真诚是需要很大的勇气做后盾的。所以做艺术家先要学做人。艺术家一定要比别人更真诚，更敏感，更虚心，更勇敢，更坚忍，总而言之，要比任何人都less imperfect!

好像世界上公认有个现象：一个音乐家（指演奏家）大多只能限于演奏某几个作曲家的作品。其实这种人只能称为演奏家而不是艺术家。因为他们的胸襟不够宽广，容受不了广大的艺术天地，接受不了变化无穷的形与色。假如一个人永远能开垦自己心中的园地，了解任何艺术品都不应该有问题的。

有件小事要和你谈谈。你写信封为什么老是这么不neat？日常琐事要做得neat，等于弹琴要讲究干净是一样的。我始终认为做人的作风应当是一致的，否则就是不调和；而从事艺术的人应当最恨不调和。我这回附上一小方纸，还比你用的信封小一些，照样能写得很宽绰。你能不能注意一下呢？以此类推，一切小事养成这种neat的习惯，对你的艺术无形中也有好处。因为无论如何细小不足道的事，都反映出一个人的意识与性情。修改小习惯，就等于修改自己的意识与性情。所谓学习，不一定限于书本或是某种技术；否则随时随地都该学习这句话，又怎么讲呢？我想你每次接到我的信，连寄书谱的大包，总该有个印象，觉得我的字都写得整整齐齐、清楚明白吧！

## 一九五六年三月一日晨

你去南斯拉夫的日子，正是你足二十二岁生日。大可利用路上的时间，仔细想一想我每次信中所提的学习正规化、计划化，生活科学化等等，你不妨反省一下，是否开始在实行了？还有什么缺点需要改正？过去有哪些成绩需要进一步巩固？总而言之，你该作个小小的总结。

我们社会的速度，已经赶上了原子能时代。谁都感觉到任务重大而急迫，时间与工作老是配合不起来。所以最主要的关键在于争取时间。我对你最担心的就是这个问题。生活琐事上面，你一向拖拖拉拉，浪费时间很多。希望你大力改善，下最大的决心扭转过来。

爸爸的心老跟你在一块，为你的成功而高兴，为你的烦恼而烦恼，为你的缺点操心！在你二十二岁生日的时候，我对你尤其有厚望！勇敢些，孩子！再勇敢些，克服大大小小的毛病，努力前进！

## 一九五六年三月二十六日夜

这些时我正忙着誊稿子，服尔德的第二个短篇集子总算译完了（去年春天出的《老实人》是第一个集子）。去年四月译完的巴尔扎克（《于絮尔·弥罗埃》），在“人文”搁了十一个月，最近才来信说准备发排了。他们审查来审查去，提不出什么意见，倒耽误了这么久。除了翻译工作以外，主要得阅读解放后的文艺创作，也是“补课”性质，否则要落伍得不像话了。今年还想写些“书评”。另外是代公家动员一些美术及音乐方面的人做研究工作。上海正如别的大城市一样，成立了一个“哲学社会科学学术委员会筹备处”，内中有文艺组，主要由唐弢负责。他要我在美术及音乐两界想想有什么人才。这筹备处不久即取消，成为学术委员会；两年以后，学术委员会再分别成立各个研究所，如历史研究所、文艺研究所等等。这就仿佛是中国科学院在各地的分设机构。为了动员人，就得分别找他们谈，代他们设计。例如林伯伯的声乐研究，当然是最现成的了。沈伯伯在去年胡风运动中受了打击，精神萎靡，鼓动不起来。前天北京有电报找他去了，大概亦是这种研究性质的工作需要他。他一走，上海方面真正能研究音乐的人就没有啦。但若中央需要，地方也不能以本位主义的眼光去争。我平时就是不能不分心管管这种闲事。上周上海市委宣传部召集二十多人讨论“出版”问题，我也被找去了；一个会直开了六小时之久。这倒是有实质的会，时间虽长，究竟是有意义的。大家发表很多意见，对于编辑工作、发行工作，以及国际书店的经营作风，都有批评。我一个人发言也占据了几十分钟。同时听到各方面反映的情况，很有意思。另外，政协不久要开第二次全体大会（二月初开的是常委扩大会议），先发通知，要我们当委员的推荐人，分二种，一是增补做“委员”的，一是列席的。我推了二人：裘劭恒（列席）和杨心德（委员）。通过与否，当然权不在我。推荐以前，我就得花费时间分别和他们谈话，了解他们近年来的工作及思想情况，还有过去的某几段我不详知的历史。杨心德，我还另向政协推荐要安排他做印刷制版的研究工作。这样，我一方面要和朋友们谈话，谈过又要动笔。还有零零星星向中央或地方提意见，都吞了我不少时间。

## 一九五六年四月十四日

本星期一起接连开了五天上海市政协第二次全体大会。所有的会议，连小组讨论，我都参加了。原有委员二百七十五人，此次新聘八十七人，共三百六十二人。又邀请各界人士列席四百六十七人。会场在中苏大厦的“友谊电影院”。会议非常紧张热烈。报名发言的有一百八十一人之多，因限于时间，实际发言的仅六十九人，其余都改成了书面发言。我提了一项议案（大会总共收到的议案不过二十五件），一份书面发言。我原打算只提书面的；二月初的扩大会议上我已讲过两次话，这一回理当让别人登台。小组会上大家提的意见不少。大会发言更是有很多精彩的。一个旧国民党军人（军长阶级）樊崧甫说得声泪俱下；周碧珍报告参加我国民间艺术团今春访问澳门演出的情况，港澳两处的侨胞的热烈反应，真是太动人了。我禁不住在会场上流了泪。好像我自己就是流落在港澳的人的心情。这样的激动，近几年来只在听某些音乐时才会有。当然也有许多八股，拉拉扯扯占了一二十分钟时间，全是自我检讨，左一个保证、右一个决心的空话。归国华侨、牧师、神甫，也都有发言。华侨的爱国情绪特别高，说话也很实在。有一个上海评弹（即说书）艺人，提的意见特别尖锐，他说："我们要领导给我们干部，要强的干部；吃饭不管事的干部，我们不要，我们不是养老院……"这样的话，在这种场面的会上是破天荒的。主席台上的人都为之动容……这样的民主精神是大可为国家庆贺的。可惜知识分子（此次邀请列席的以知识分子占绝大多数）没有这样的勇气。会上对于和平解放台湾的问题，也有不少精彩的言论。大会主要讨论的是"中共上海市委"所拟订的《一九五六——一九五七年知识分子工作纲要草案》，里面对于今后对上海知识分子的安排，有三十二条具体规划，大致分为三大类：

（一）改善党组织与现有知识分子的相互关系，改善知识分子的工作及生活条件，以利于充分发挥知识分子的潜力；

（二）扩大和培养新生力量，开展学术研究和提高知识分子的业务能力；

（三）对知识分子的思想改造、马列主义学习加强领导与安排。

第（一）项已经有一部分事情实行了：上海高级知识分子约有一万人，先照顾其中的三千人，例如调配房屋，使知识分子能有一间安静的书室，上海房管局已拨了五百所住房，陆续给一些居住条件特别坏而研究有成绩的教授、专家、作家、艺术家。又分发特种"治疗证"，可在指定医院当天预约，当天受到治疗；又分发"副食品（如鱼肉等）供应卡"，向指定的伙食供应站去买，不必排队等候（这两种卡，我也拿到了）。由此你可以看出，政府现在如何重视知识分子。只因为客观条件不够，暂时只能从高级知识分子做起。另外，二月下旬，上海市委开了半个月会，召集各机关、学校、团体的党团干部近万人学习这个政策，要他们接近知识分子，做到“互相信任，互相学习”，对研究工作从各方面支持他们。大会上发言的人一致表示为了报答党与政府的关怀与照顾，要加紧努力，在业务与思想改造各方面积极提高自己。这些消息你听了一定也很兴奋的。我很想以知识分子的身份，对知识分子的改造做一些工作。比如写些文章，批评知识分子的缺点等等。政府既然已经做了这样大的努力帮助我们，我们自当加倍努力来配合政府。改善党与知识分子的关系是个关键性的问题，而这个问题的解决是双方面的，决非片面的。所以我预备写一系列的短文，挖掘并分析知识分子的病根，来提高大家的觉悟，督促大家从实践上痛下功夫，要说到做到。本来我在文艺方面想写一些书评，最近看了二十几种作品，觉得还不能贸然动笔；作品所描写的大半是农村，是解放战争，抗日战争，少数是关于工厂的；我自己对这些实际情况一无所知，光从作品上批评一通，一定是有隔阂的。所以想慢慢的出去走走，看看，多观察之后再写。

看了二十几种创作以后，我受了很深刻的教育。党在各方面数十年来的艰苦斗争，我以前太不了解了；人民大众为了抗日、反封建、反敌伪、反蒋等等所付的血汗与生命的代价，所过的非人的残酷的日子，也是我以前不了解的。我深深的感到无仇恨即无斗争，即无革命。回想我十七八至二十岁时的反帝情绪，也不能说不高，为什么以后就在安乐窝中消沉了呢？当时因为眼见同班的小同学在“五卅”惨案中被租界巡捕惨杀，所以引起了仇恨，有了斗争的情绪，革命的情绪。以后却是一帆风顺，在社会上从来没受到挫折，更没受到压迫；相反的，因为出身是小地主，多少是在剥削人的地位，更不会对社会制度有如何彻底的仇恨；只是站在自由主义的知识分子的立场上，凭着单纯的正义感反对腐败的政府。这是很幼稚的反帝反封建思想，绝对不会走上真正革命的路的。即使我也有过“不患寡而患不均”的想法，对于共产社会也有些向往，但都限于空想。不受现实的鞭策，生在富庶而贫富阶级矛盾比较少的江南，不看见工人阶级血淋淋的被剥削的痛苦，一个人是始终走不出小资产阶级的圈子的，即使希望革命，也抱着“要讲目的也要讲手段”的那种书生之见。直到现在，从近二年来的社会主义建设事业中，最近又从多少优秀的文艺作品中，从读到的少数理论书籍中，才开始发觉了自己过去的错误，才重新燃烧起已经熄灭了的热情。我并不把自己的过去一笔勾销，说成完全要不得。但我以前的工作热忱是由于天生的不劳动就要不舒服的性格来的，而不是由于对前途有坚定的乐观的信仰来的；以前对政府各种措施的批评，是站在纯客观的自由主义者（liberal）的立场上提出的，而不是把自己看作参加社会主义建设的一分子的立场上提出的。换句话说：出发点是狭小的、消极的、悲观的。我这样说也不是认为从此我已经改造好了（你当然明白我不会这样想，一向我深信一个人要活到老学到老的）；可是出发点纠正以后，无论对自己的业务或是思想，在改进与提高的过程中，情绪是大不相同的了，看法也大不相同的了。——这些思想，你妈妈也深深体会到；她事实上比我觉悟得早，只是她说不出道理来；一切都要经过我自己的摸索、观察，再加上客观的形势，我才会慢慢的，可也是很实在的醒悟过来（妈妈也跟着我一本一本的文艺作品吞下去）。说到客观形势，这几年的进步简直是难以想象，单从报纸杂志的内容及文字来看，就比五三年以前不知进步了多少。至于基本建设的成绩，更是有目共睹，不必细说了。陈市长说得好：知识分子只有在事实面前才肯低头。这样的事实摆在面前，谁还会不激动、不大觉大悟呢？

## 一九五六年四月二十九日

你有这么坚强的斗争性，我很高兴。但切勿急躁，妨碍目前的学习。以后要多注意：坚持真理的时候必须注意讲话的方式、态度、语气、声调。要做到越有理由，态度越缓和，声音越柔和。坚持真理原是一件艰巨的斗争，也是教育工作；需要好的方法、方式、手段，还有是耐性。万万不能动火，令人误会。这些修养很不容易，我自己也还离得远呢。但你可趁早努力学习！

经历一次磨折，一定要在思想上提高一步。以后在作风上也要改善一步。这样才不冤枉。一个人吃苦碰钉子都不要紧，只要吸取教训，所谓人生或社会的教育就是这么回事。你多看看文艺创作上所描写的一些优秀党员，就有那种了不起的耐性，肯一再的细致的说服人，从不动火，从不强迫命令。这是真正的好榜样。而且存了这种心思，你也不会再烦恼；而会把斗争当作日常工作一样了。要坚持，要贯彻，但是也要忍耐！

## 一九五六年五月十五日上午九时于黄山松谷庵

温泉地区新建的房子，都是红红绿绿的宫殿式，与自然环境不调和。柱子的朱红漆也红得“乡气”，画栋雕梁全是骗人眼目的东西。大柱子又粗又高，底下的石基却薄得很。吾国的建筑师毫无美术修养，公家又缺少内行，审定图样也不知道美丑的标准。花了大钱，一点也不美观。内部房间分配也设计得不好。跟庐山的房屋比起来，真是相差天壤了。他们只求大、漂亮；结果是大而无当，恶俗不堪。黄山管理处对游客一向很照顾，但对轿子问题就没有解决得好，以致来的人除非身强力壮，能自己从头至尾步行的以外，都不得不花很大的一笔钱——尤其在遇到雨天的时候。总而言之，到处都是问题，到处都缺乏人才。虽有一百二十分的心想把事情做好，限于见识能力，仍是做不好。例如杭州大华饭店的餐厅，台布就不干净，给外宾看了岂不有失体面？那边到处灰土很多，摆的东西都不登大雅，工作人员为数极少，又没受过训练，如何办得好！我们在那边的时候，正值五一观礼的外宾从北京到上海，一批一批往杭州游览，房间都住满了。

这封信虽写好，一时也无法寄出。要等天晴回狮子林，过一夜后方能下至温泉，温泉还要住一夜，才能到汤口去搭车至屯溪，屯溪又要住一夜，方能搭车去杭州。交通比抗战以前反而不方便。从前从杭州到黄山只要一天，现在要二天。车票也特别难买。他们只顾在山中建设，不知把对外交通改善。

## 一九五六年五月二十四日下午二时

我完全赞同你参加莫扎特比赛：第一因为你有把握，第二因为不须你太费力练technic，第三节目不太重，且在暑期中，不妨碍学习。

至于音乐院要你弄理论，我也赞成。我一向就觉得你在乐理方面太落后，就此突击一下也好。只担心科目多，你一下子来不及；则分作两年完成也可以。因为你波兰文的阅读能力恐怕有问题，容易误解课本的意义。目前最要紧的是时间安排得好：事情越忙，越需要掌握时间，要有规律，要处处经济；同时又不能妨碍身心健康。

### 一九五六年五月三十一日

亲爱的孩子：十五日来信收到。杰老师信已复去。二十四日我把杰老师来信译成中文寄给文化部，也将原信打字附去，一并请示。昨（三十日）接夏衍对我上月底去信的答复，特抄附。信中提到的几件事，的确值得你作为今后的警戒。我过去常常嘱咐你说话小心，但没有强调关于国际的言论，这是我的疏忽。嘴巴切不可畅，尤其在国外！对宗教的事，跟谁都不要谈。我们在国内也从不与人讨论此事。在欧洲，尤其犯忌。你必须深深体会到这些，牢记在心！对无论哪个外国人，提到我们自己的国家，也须特别保留。你即使对自己要求很严，并无自满情绪；但因为了解得多了一些，自然而然容易恃才傲物，引人误会。我自己也有这毛病，但愿和你共同努力来改掉。对波兰的音乐界，在师友同学中只可当面提意见；学术讨论是应当自由的，但不要对第三者背后指摘别人，更不可对别国的人批评波兰的音乐界。别忘了你现在并不是什么音乐界的权威！也勿忘了你在国内固然招忌，在波兰也未始不招忌。一个人越爬得高，越要在生活的各方面兢兢业业。你年轻不懂事，但只要有决心，凭你的理解力，学得懂事并不太难。

### 一九五六年六月十四日下午四时

亲爱的孩子：我六月二日去安徽参观了淮南煤矿、佛子岭水库、梅山水库，到十二日方回上海。此次去的人是上海各界代表性人士，由市政协组织的，有政协委员、人民代表，也有非委员代表。看的东西很多，日程排得很紧，整天忙得不可开交。我又和邹韬奋太太（沈粹缜）两人当了第一组的小组长，事情更忙。一回来还得写小组的总结，今晚，后天，下周初，还有三个会要开，才能把参观的事结束。祖国的建设，安徽人民那种急起直追的勇猛精神，叫人真兴奋。各级领导多半是转业的解放军，平易近人，朴素老实，个个亲切可爱。佛子岭的工程全部是自己设计、自己建造的，不但我们看了觉得骄傲，恐怕世界各国都要为之震惊的。科技落后这句话，已经被雄伟的连拱坝打得粉碎了。淮南煤矿的新式设备，应有尽有；地下三百三十公尺深的隧道，跟国外地道车的隧道相仿，升降有电梯，隧道内有电车，有通风机，有抽水机，开采的煤用皮带拖到井上，直接装火车。原始、落后、手工业式的矿场，在解放以后的六七年中，一变而为赶上世界水平的现代化矿场，怎能不叫人说是奇迹呢？详细的情形没功夫和你细谈，以后我可把小组总结抄一份给你。

五月三十一日寄给你夏衍先生的信，想必收到了吧？他说的话的确值得你深思。一个人太顺利，很容易于不知不觉间忘形的。我自己这次出门，因为被称为模范组长，心中常常浮起一种得意的感觉，猛然发觉了，便立刻压下去。但这样的情形出现过不止一次。可见一个人对自己的斗争是一刻也放松不得的。至于报道国外政治情况等等，你不必顾虑。那是夏先生过于小心。《波兰新闻》（波大使馆每周寄我的）上把最近他们领导人物的调动及为何调动的理由都说明了。可见这不是秘密。

看到内地的建设突飞猛进，自己更觉得惭愧，总嫌花的力量比不上他们，贡献也比不上他们。只有抓紧时间拼下去。从黄山回来以后，每天都能七时余起床，晚上依旧十一时后睡觉。这样可以腾出更多的时间。因为出门了一次，上床不必一小时、半小时的睡不着，所以既能起早，也能睡晚。我很高兴。

你有许多毛病像我，比如急躁情绪，我至今不能改掉多少；我真着急，把这个不易革除的脾气传染给了你。你得常常想到我在家里的“自我批评”，也许可以帮助你提高警惕。

## 一九五六年七月一日晚七时

这一晌我忙得不可开交。一出门，家里就积起一大堆公事私事。近来两部稿子的校样把我们两人逼得整天的赶。一部书还是一年二个月以前送出的，到现在才送校，和第二部书挤在一起。政协有些座谈会不能不去，因为我的确有意见发表。好些会议我都不参加，否则只好停工、脱产了。人代大会在北京开会，报上的文件及代表的发言都是极有意思的材料，非抽空细读不可；结果还有一大半没有过目。陆定一关于“百花齐放、百家争鸣”的报告很重要，已于二十九日寄你一份。届时望你至少看两遍。我们真是进入了原子时代，tempo快得大家追不上。需要做、写、看、听、谈的东西实在太多了。政协竭力希望我们反映意见，而反映意见就得仔细了解情形，和朋友商量、讨论，收集材料。

是否参加莫扎特比赛，三天前我又去信追问，一有消息，立即通知你。来信说的南斯拉夫新闻记者关于宗教问题事，令我想起《约翰·克利斯朵夫》中的事。记者老是这个作风，把自己的话放在别人嘴里。因为当初我的确是吓了一大跳的：怎么你会在南国发表如此大胆的言论呢？不管怎样，以后更要处处小心。

苏领馆酒会后，招待看海军文工团的歌舞：第一支老的合唱，极好。新的歌曲，平常。新编的舞蹈，叫作“舞蹈练习曲”，极佳。戏剧与舞蹈是斯拉夫民族传统中的精华，根基厚，天赋高，作品自不同凡响。那个舞蹈既戏剧化，又极富于造型美，等于一出生动的哑剧。配音也妙。这是我非常欣赏的。

我写的《评三里湾》，在七月号《文艺月报》登出。下星期末可寄你。

## 一九五六年七月二十三日

亲爱的孩子：又是半个多月不写信给你了。最近几个月很少写长信给你，老是忙忙碌碌。从四月初旬起，结束了服尔德的小说，就停到现在，一晃四个月，想想真着急。四个月中开了无数的会，上了黄山，去了淮南、梅山、佛子岭、合肥；写了一篇书评，二篇小文章。上周北京《文艺报》又来长途电话要写一篇纪念莫扎特的文字，限了字数限了日子，五天之内总算如期完成。昨天才开始译新的巴尔扎克。社会活动与学术研究真有冲突，鱼与熊掌不可得而兼，哀哉哀哉！这半年多在外边，多走走，多开口，便到处来找。政协的文学—新闻—出版组派了我副组长；最近作协的外国文学组又派我当组长；推来推去推不掉，想想实在腻烦。一个人的精力有限，时间也不会多于二十四小时，怎么应付呢？挂挂名的事又不愿意干。二十多年与世界大局（文坛的大局）完全隔膜了，别说领导小组，就是参加定计划也插不上手。自己的兴趣又广：美术界的事又要多嘴，音乐界的更要多嘴。一多嘴就带来不少事务工作。就算光提意见，也得有时间写出来；也得有时间与朋友来往、谈天；否则外边情况如何知道，不明情况，怎能乱提意见？而且一般社会上的情况，我也关心，也常提意见，提了意见还常常追问下落。

## 一九五六年七月二十九日

上次我告诉你政府决定不参加Mozart比赛，想必你不致闹什么情绪的。这是客观条件限制。练的东西，艺术上的体会与修养始终是自己得到的。早一日露面，晚一日露面，对真正的艺术修养并无关系。希望你能目光远大，胸襟开朗，我给你受的教育，从小就注意这些地方。身外之名，只是为社会上一般人所追求、惊叹；对个人本身的渺小与伟大都没有相干。孔子说的“富贵于我如浮云”，现代的“名”也属于精神上“富贵”之列。

这一年来常在外边活动，接触了许多人；总觉得对事业真正爱好，有热情，同时又有头脑的人实在太少。不求功利而纯粹为真理、为进步而奋斗的，极少碰到。最近中央统战部李维汉部长宣布各民主党派要与共产党长期共存，互相监督，特别是对共产党监督的政策。各党派因此展开广泛讨论，但其中还是捧场恭维的远过于批评的。要求真正民主，必须每个人自觉的做不断的斗争。而我们离这一步还远得很。社会上多的是背后发牢骚，当面一句不说，甚至还来一套颂扬的人。这种人不一定缺少辨别力，就是缺少对真理的执着与热爱，把个人的利害得失看得高于一切。当然，要斗争，要坚持，必须要讲手段，讲方式，看清客观形势；否则光是乱冲乱撞，可能头破血流而得不到一点结果。

## 一九五六年八月一日

领导对音乐的重视，远不如对体育的重视：这是我大有感慨的。体育学院学生的伙食就比音院的高50%。我一年来在政协会上，和北京来的人大代表谈过几次，未有结果。国务院中有一位副总理（贺）专管体育事业，可有哪一位副总理专管音乐？假如中央对音乐像对体育同样看重，这一回你一定能去Salzburg了。既然我们请了奥国专家来参加我们北京举行的莫扎特纪念音乐会，为什么不能看机会向这专家提一声Salzburg呢？只要三四句富于暗示性的话，他准会向本国政府去提。这些我当然不便多争。中央不了解，我们在音乐上得一个国际大奖比在奥林匹克运动会上得几个第三第四，影响要大得多。

这次音乐节，谭伯伯[①]的作品仍无人敢唱。为此我写信给陈毅副总理去，不过时间已经晚了，不知有效果否？北京办莫扎特纪念音乐会时，茅盾当主席，说莫扎特富有法国大革命以前的民主精神，真是莫名其妙。我们专爱扣帽子，批判人要扣帽子；捧人也要戴高帽子，不管这帽子戴在对方头上合适不合适。马思聪写的文章也这么一套。我在《文艺报》文章里特意撇清这一点，将来寄给你看。国内乐坛要求上轨道，路还遥远得很呢。比如你回国，要演奏*Concerto*，便是二三支，也得乐队花半个月的气力，假定要跟你的interpretation取得一致，恐怕一支*Concerto*就得练半个月以上。所以要求我们理想能实现一部分，至少得等到第二个五年计划以后。不信你瞧吧。

① 即作曲家谭小麟。

## 一九五六年十月三日晨

亲爱的孩子：你回来了，又走了[①]；许多新的工作、新的忙碌、新的变化等着你，你是不会感到寂寞的；我们却是静下来，慢慢的回复我们单调的生活，和才过去的欢会与忙乱对比之下，不免一片空虚——昨儿整整一天若有所失。孩子，你一天天的在进步，在发展：这两年来你对人生和艺术的理解又跨了一大步，我愈来愈爱你了，除了因为你是我们身上的血肉所化出来的而爱你以外，还因为你有如此焕发的才华而爱你：正因为我爱一切的才华，爱一切的艺术品，所以我也把你当作一般的才华（离开骨肉关系）、当作一件珍贵的艺术品而爱你。你得千万爱护自己，爱护我们所珍视的艺术品！遇到任何一件出入重大的事，你得想到我们——连你自己在内——对艺术的爱！不是说你应当时时刻刻想到自己了不起，而是说你应当从客观的角度重视自己：你的将来对中国音乐的前途有那么重大的关系，你每走一步，无形中都对整个民族艺术的发展有影响，所以你更应当战战兢兢，郑重将事！随时随地要准备牺牲目前的感情，为了更大的感情——对艺术对祖国的感情。你用在理解乐曲方面的理智，希望能普遍的应用到一切方面，特别是用在个人的感情方面。我的园丁工作已经做了一大半，还有一大半要你自己来做的了。爸爸已经进入人生的秋季，许多地方都要逐渐落在你们年轻人的后面，能够帮你的忙将要越来越减少；一切要靠你自己努力，靠你自己警惕，自己鞭策。你说到技巧要理论与实践结合，但愿你能把这句话用在人生的实践上去；那末你这朵花一定能开得更美，更丰满，更有力，更长久！

谈了一个多月的话，好像只跟你谈了一个开场白。我跟你是永远谈不完的，正如一个人对自己的独白是终身不会完的。你跟我两人的思想和感情，不正是我自己的思想和感情吗？清清楚楚的，我跟你的讨论与争辩，常常就是我跟自己的讨论与争辩。父子之间能有这种境界，也是人生莫大的幸福。除了外界的原因没有能使你把假期过得像

① 傅聪于一九五六年八月下旬回沪，应邀在上海举办了一场钢琴独奏会和两场莫扎特钢琴协奏曲音乐会，九月底去京转赴波兰继续留学。

个假期以外，连我也给你一些小小的不愉快，破坏了你回家前的对家庭的期望。我心中始终对你抱着歉意。但愿你这次给我的教育（就是说从和你相处而反映出我的缺点）能对我今后发生作用，把我自己继续改造。尽管人生那么无情，我们本人还是应当把自己尽量改好，少给人一些痛苦，多给人一些快乐。说来说去，我仍抱着“宁天下人负我，毋我负天下人”的心愿。我相信你也是这样的。

## 一九五六年十月六日午

昨天一整天，加上前天一整晚，写了七千余字，题目叫作《与傅聪谈音乐》，内分三大段：（一）谈技巧，（二）谈学习，（三）谈表达。交给《文汇报》去了。前二段较短，各占二千字，第三段最长，占三千余字。内容也许和你谈的略有出入，但我声明在先，“恐我记忆不真切”。文字用问答体；主要是想把你此次所谈的，自己留一个记录；发表出去对音乐学生和爱好音乐的群众可能也有帮助。等刊出后，我会剪报寄华沙。

## 一九五六年十月十日深夜

这两天开始恢复工作；一面也补看文件，读完了刘少奇同志在“八大”的报告，颇有些感想，觉得你跟我有些地方还是不够顾到群众，不会用适当的方法去接近、去启发群众。希望你静下来把这次回来的经过细想一想，可以得出许多有益的结论。尤其是我急躁的脾气，应当作为一面镜子，随时使你警惕。感情问题，务必要自己把握住，要坚定，要从大处远处着眼，要顾全局，不要单纯的逞一时之情，要极冷静，要顾到几个人的幸福，短视的软心往往会对人对己造成长时期的不必要的痛苦！孩子，这些话千万记住。爸爸妈妈最不放心的就是这些。

学习方面，我还要重复一遍：重点计划必不可少。平日生活要过得有规律一些，晚上睡觉切勿太迟。

## 一九五六年十月十一日下午

谢谢你好意，想送我《苏加诺藏画集》。可是孩子，我在沪也见到了，觉得花一百五十元太不值得。真正的好画，真正的好印刷（一九三〇年代只有德、荷、比三国的美术印刷是世界水平；英法的都不行。二次大战以后，一般德国犹太人亡命去美，一九四七年时看到的美国名画印刷才像样），你没见过，便以为那画册是好极了。上海旧书店西欧印的好画册也常有，因价贵，都舍不得买。你辛辛苦苦，身体吃了很多亏挣来的钱，我不能让你这样花。所以除了你自己的一部以外，我已写信托马先生退掉一部。省下的钱，慢慢替你买书买谱，用途多得很，不会嫌钱太多的。这几年我版税收入少，要买东西全靠你这次回来挣的一笔款子了。

说到骄傲，我细细分析之下，觉得你对人不够圆通固然是一个原因，人家见了你有自卑感也是一个原因；而你有时说话太直更是一个主要原因。例如你初见恩德，听了她弹琴，你说她简直不知所云。这说话方式当然有问题。倘能细细分析她的毛病，而不先用大帽子当头一压，听的人不是更好受些吗？有一夜快十点多了，你还要练琴，她劝你明天再练，你回答说：像你那样，我还会有成绩吗？对待人家的好意，用反批评的办法，自然不行。妈妈要你加衣，要你吃肉，你也常用这一类口吻。你惯了，不觉得；但恩德究不是亲姐妹，便是亲姐妹，有时也吃不消。这些毛病，我自己也常犯，但愿与你共勉之！——从这些小事情上推而广之，你我无意之间伤害人的事一定不大少，也难怪别人都说我们骄傲了。我平心静气思索以后，有此感想，不知你以为如何？

平日仍望坚持牛奶、鸡子、牛油。无论如何，营养第一，休息睡眠第一。为了艺术，样样要多克制自己！再过二年的使徒生活，战战兢兢的应付一切。人越有名，不骄傲别人也会有骄傲之感：这也是常情；故我们自己更要谦和有礼！

# 一九五七年

## 一九五七年三月十七日夜十一时于北京

亲爱的孩子：三月二日接电话，上海市委要我参加中共中央全国宣传工作会议，四日动身，五日晚抵京。六日上午在怀仁堂听毛主席报告的录音，下午开小组，开了两天地方小组，再开专业小组，我参加了文学组。天天讨论，发言，十一日全天大会发言，十二日下午大会发言，从五点起毛主席又亲自来讲一次话，讲到六点五十分。十三日下午陆定一同志又作总结，宣告会议结束。此次会议，是党内会议，党外人一起参加是破天荒第一次。毛主席每天分别召见各专业小组的部分代表谈话，每晚召各小组召集人向他汇报，性质重要可想而知。主要是因为“百家争鸣”不开展，教条主义顽抗，故主席在最高国务会议讲过话，立即由中宣部电召全国各省市委（宣传文教）领导及党内外高教、科学、文艺、新闻出版的代表人士来京开“全国宣传工作会议”。上海一共来了四十五人（全国一共来三百六十人），北京（即中央的）有三四百人，总数是七百余人。上海代表中，以文艺界为最多，美术音乐只各占一人。高教界也来了不少。我们党外人士大都畅所欲言，毫无顾忌，倒是党内人还有些胆小。大家收获很大，我预备在下一封信内细谈。

## 一九五七年三月十八日深夜于北京

亲爱的孩子：昨天寄了一信，附传达报告七页。兹又寄上传达报告四页。还有别的材料，回沪整理后再寄。在京实在抽不出时间来，东奔西跑，即使有车，也很累。这两次的信都硬撑着写的。

毛主席的讲话，那种口吻、音调，特别亲切平易，极富于幽默感；而且没有教训口气，速度恰当，间以适当的pause，笔记无法传达。他的马克思主义是到了化境的，随手拈来，都成妙谛，出之以极自然的态度，无形中渗透听众的心。讲话的逻辑都是隐而不露，真是艺术高手。沪上文艺界半年来有些苦闷，地方领导抓得紧，仿佛一批评机关缺点，便会煽动群众；报纸上越来越强调“肯定”，老谈一套“成绩是主要的，缺点是次要的”等等（这话并不错，可是老挂在嘴上，就成了八股）。毛主席大概早已嗅到这股味儿，所以从一月十八至二十七日就在全国省市委书记大会上提到百家争鸣问题，二月底的最高国务会议更明确的提出，这次三月十二日对我们的讲话，更为具体，可见他的思考也在逐渐往深处发展。他再三说人民内部矛盾如何处理对党也是一个新问题，需要与党外人士共同研究；党内党外合在一起谈，有好处；今后三五年内，每年要举行一次。他又嘱咐各省市委也要召集党外人士共同商量党内的事。他的胸襟宽大，思想自由，和我们旧知识分子没有分别，加上极灵活的运用辩证法，当然国家大事掌握得好了。毛主席是真正把古今中外的哲理融会贯通了的人。

我的感觉是百花齐放、百家争鸣确是数十年的教育事业，我们既要耐性等待，又要友好斗争；自己也要时时刻刻求进步——所谓自我改造。教条主义官僚主义，我认为主要有下列几个原因：一是阶级斗争太剧烈了，老干部经过了数十年残酷内战与革命，到今日已是中年以上，生理上即已到了衰退阶段；再加多数人身上带着病，精神更不充沛，求知与学习的劲头自然不足了。二是阶级斗争时敌人就在面前，不积极学习战斗就得送命，个人与集体的安全利害紧接在一起；革命成功了，敌人远了，美帝与原子弹等等，近乎抽象的威胁，故不大肯积极学习社会主义建设的门道。三是革命成功，多少给老干部一些自满情绪，自命为劳苦功高，对新事物当然不大愿意屈尊去体会。四是社会发展得快，每天有多少事需要立刻决定，既没有好好学习，只有简单化，以教条主义官僚主义应付。这四点是造成官僚、主观、教条的重要因素。否则，毛主席说过“我们搞阶级斗争，并没先学好一套再来，而是边学边斗争的”；为什么建设社会主义就不能边学边建设呢？反过来，我亲眼见过中级干部从解放军复员而做园艺工作，四年功夫已成了出色的专家。佛子岭水库的总指挥也是复员军人出身，遇到工程师们各执一见，相持不下时，他出来凭马列主义和他专业的学习，下的结论，每次都很正确。可见只要年富力强，只要有自信、有毅力，死不服气的去学技术，外行变为内行也不是太难的。党内要是这样的人再多一些，官僚主义等等自会逐步减少。

毛主席的话和这次会议给我的启发很多，下次再和你谈。

从马先生处知道你近来情绪不大好，你看了上面这些话，或许会好一些。千万别忘了我们处在大变动时代，我国如此，别国也如此。毛主席只有一个，别国没有，弯路不免多走一些，知识分子不免多一些苦闷，这是势所必然，不足为怪的。苏联的失败经验省了我们许多力气；中欧各国将来也会参照我们的做法慢慢的好转。在一国留学，只能集中精力学其所长；对所在国的情形不要太忧虑，自己更不要因之而沮丧。我常常感到，真正积极、真正热情、肯为社会主义事业努力的朋友太少了，但我还是替他们打气，自己还是努力斗争。到北京来我给楼伯伯、庞伯伯、马先生打气。

自己先要锻炼得坚强，才不会被环境中的消极因素往下拖，才有剩余的精力对朋友们喊“加油加油！”。你目前的学习环境真是很理想了，尽量钻研吧。室外的低气压，不去管它。你是波兰的朋友，波兰的儿子，但赤手空拳，也不能在他们的建设中帮一手。唯一报答她的办法是好好学习，把波兰老师的本领，把波兰音乐界给你的鼓励与启发带回到祖国来，在中国播一些真正对波兰友好的种子。他们的知识分子彷徨，你可不必彷徨。伟大的毛主席远远的发出万丈光芒，照着你的前路，你得不辜负他老人家的领导才好。

我也和马先生庞伯伯细细商量过，假如改往苏联学习，一般文化界的空气也许要健全些，对你有好处；但也有一些教条主义味儿，你不一定吃得消；日子长了，你也要叫苦。他们的音乐界，一般比较属于cold型，什么时候能找到一个老师对你能相忍相让，容许你充分自由发展的，很难有把握。马先生认为苏联的学派与教法与你不大相合。我也同意此点。最后，改往苏联，又得在语言文字方面重起炉灶，而你现在是经不起耽搁的。周扬先生听我说了杰老师的学问，说："多学几年就多学几年吧。"（几个月前，夏部长有信给我，怕波兰动荡的环境，想让你早些回国。现在他看法又不同了。）你该记得，胜利以前的一年，我在上海集合十二三个朋友（内有宋伯伯、姜椿芳、两个裘伯伯等等），每两周聚会一次，由一个人作一个小小学术讲话；然后吃吃茶点，谈谈时局，交换消息。那个时期是我们最苦闷的时期，但我们并不消沉，而是纠集了一些朋友自己造一个健康的小天地，暂时躲一下。你现在的处境和我们那时大不相同，更无须情绪低落。我的性格的坚韧，还是值得你学习的。我的脆弱是在生活细节方面，可不在大问题上。希望你坚强，想想过去大师们的艰苦奋斗，想想克利斯朵夫那样的人物，想想莫扎特、贝多芬；挺起腰来，不随便受环境影响！别人家的垃圾，何必多看？更不必多烦心。做客应当多注意主人家的美的地方；你该像一只久饥的蜜蜂，尽量吮吸鲜花的甘露，酿成你自己的佳蜜。何况你既要学piano，又要学理论，又要弄通文字，整天在艺术、学术的空气中，忙还忙不过来，怎会有时间多想邻人的家务事呢？

亲爱的孩子，听我的话吧，爸爸的一颗赤诚的心，忙着为周围的几个朋友打气，忙着管闲事，为社会主义事业尽一分极小的力，也忙着为本门的业务加工，但求自己能有寸进；当然更要为你这儿子做园丁与警卫的工作：这是我的责任，也是我的乐趣。多多休息，吃得好，睡得好，练琴时少发泄感情，（谁也不是铁打的！）生活有规律些，自然身体会强壮，精神会饱满，一切会乐观。万一有什么低潮来，想想你的爸爸举着他一双瘦长的手臂远远的在支撑你；更想想有这样坚强的党、政府与毛主席，时时刻刻做出许多伟大的事业，发出许多伟大的言论，无形中但是有效的在鼓励你前进！平衡身心，平衡理智与感情，节制肉欲，节制感情，节制思想，对像你这样的青年是有好处的。修养是整个的、全面的；不仅在于音乐，特别在于做人——不是狭义的做人，而是包括对世界、对政局的看法与态度。二十世纪的人，生在社会主义国家之内，更需要冷静的理智，唯有经过铁一般的理智控制的感情才是健康的，才能对艺术有真正的贡献。孩子，我千言万语也说不完，我相信你一切都懂，问题只在于实践！我腰酸背疼，两眼昏花，写不下去了。我祝福你，我爱你，希望你强，更强，永远做一个强者，有一颗慈悲的心的强者！

## 一九五七年五月二十六日

这一向开会多了，与外界接触多了，更感到社会一般人士也赶不上新形势。好些人发表的言论，提的意见，未能十分中肯、十分深入，因为他们对问题思索得不够。可见要把社会主义事业建设起来，不但是党内，党外人士也须好好的学习，多用脑子。我在北京写给你的信，说一切要慢慢来，什么整风运动，什么开展民主，都需要党内外一步一步的学习。现在大家有些急躁，其实是不对的。一切事情都不可能一蹴即成。官僚主义、宗派主义、主观主义、教条主义，由来已久，要改也非一朝一夕之事。我们尽管揭发矛盾，提意见，可是心里不能急，要耐性等待，要常常督促，也要设身处地代政府想想。问题千千万万，必须分清缓急轻重，分批解决；有些是为客观条件所限，更不是一二年内所能改善。总之，我们不能忘了样样要从六亿人口出发，要从农业落后、工业落后、文化落后的具体形势出发；要求太高太急是没有用的。

## 一九五七年七月一日夜

亲爱的孩子：今晚文化部寄来柴可夫斯基比赛手册一份，并附信说拟派你参加，征求我们意见。我已复信，说等问过你及杰老师后再行决定。比赛概要另纸抄寄，节目亦附上。原文是中文的，有的作家及作品，我不知道，故只能照抄中文的。好在波兰必有俄文、波文的，可以查看。我寄你是为你马上可看，方便一些。

关于此事，你特别要考虑下面几点：

一、国际比赛既大都以技巧为重，这次你觉得去参加合适不合适？此点应为考虑中心！

二、全部比赛至少要弹三支柴可夫斯基的作品，你近来心情觉得怎么样？你以前是不大喜欢他的。

三、第二轮非常吃重，其中第一、二部分合起来要弹五个大型作品；以你现在的身体是否能支持？（当然第二轮的第二部分，你只需要练一支新的；但总的说来，第二轮共要弹七个曲子。）

四、你的理论课再耽误三个月是否相宜？这要从你整个学习计划来考虑。

五、不是明年，便是后年，法国可能邀请你去表演。若是明年来请，则一年中脱离两次正规学习是否相宜？学校方面会不会有意见？

以上五点望与杰老师详细商量后写信来。决定之前务必郑重，要处处想周到。

# 一九五八年

## 一九五八年三月十七日

孩子，千万记住，留学的日子无论如何是一天天的少下去了，要争取一切机会加紧学习。既然要加政治学习，平日要分去一部分时间，假期中更应利用时间钻研业务。每年回国一次，在体力、时间、金钱、学习各方面都太浪费。希望多考虑。

眼前国内形势一日千里，变化之快之大，非你意料所及；政治思想非要赶上前来不可，一落后，你将来就要吃亏的，尤其你在国外时间耽久的人，更要在思想上与国内形势密切联系。——音乐学生下乡情况，不知道。不过我觉得主要是训练培养与劳动人民的息息相关的思想感情，不在乎你能否挑多少斤泥。而且各人情况不同，政府安排也不同，你不必事先多空想——上海乐队最近下厂下乡演出，照样encore。我们倘以为工农大众不欢迎西洋音乐，非但是主观，也是一种保守思想，说得重一些，也是脱离群众的思想。你别嫌我说话处处带政治性，这是为了你将来容易适应环境，为你在社会主义制度下过得心情愉快做准备。

我左说右说，要你加紧学波兰文，至少要能看书、写信；但你从未报告过具体进度，我很着急。这与国家派你出去的整个期望有关。当然学音乐的人不比学文学的；但若以后你不能用波兰文与老师同学通信，岂不同时使波兰朋友失望，且不说丢了国家的面子！

# 一九五九年

## 一九五九年十月一日

孩子，十个月来我的心绪你该想象得到；我也不想千言万语多说，以免增加你的负担。[①]你既没有忘怀祖国，祖国也没有忘了你，始终给你留着余地，等你醒悟。我相信：祖国的大门是永远向你开着的。

好多话，妈妈已说了，我不想再重复。但我还得强调一点，就是：适量的音乐会能刺激你的艺术，提高你的水平；过多的音乐会只能麻痹你的感觉，使你的表演缺少生气与新鲜感，从而损害你的艺术。你既把艺术看得比生命还重，就该忠于艺术，尽一切可能为保持艺术的完整而奋斗。这个奋斗中目前最重要的一个项目就是：不能只考虑需要出台的一切理由，而要多考虑不宜于多出台的一切理由。其次，千万别做经理人的摇钱树！他们的一千零一个劝你出台的理由，无非是趁艺术家走红的时期多赚几文，哪里是为真正的艺术着想！一个月七八次乃至八九次音乐会实在太多了，大大的太多了！长此以往，大有成为钢琴匠，甚至奏琴的机器的危险！你的节目存底很快要告罄的；细水长流才是办法。若是在如此繁忙的出台以外，同时补充新节目，则人非钢铁，不消数月，会整个身体垮下来的。没有了青山，哪还有柴烧？何况身心过于劳累就会影响到心情，影响到对艺术的感受。这许多道理想你并非不知道，为什么不挣扎起来，跟经理人商量——必要时还得坚持——减少一半乃至一半以上的音乐会呢？我猜你会回答我：目前都已答应下来，不能取消，取消了要赔人损失等

① 指一九五八年十二月下旬傅聪无奈出走英国一事。

等。可是你能否把已定的音乐会一律推迟一些，中间多一些空隙呢？否则，万一临时病倒，还不是照样得取消音乐会？难道捐税和经理人的佣金真是奇重，你每次所得极微，所以非开这么多音乐会就活不了吗？来信既说已经站稳脚跟，那末一个月只登台一二次（至多三次）也不用怕你的名字冷下去。决定性的仗打过了，多打零星的不精彩的仗，除了浪费精力，报效经理人以外，毫无用处，不但毫无用处，还会因表演的不够理想而损害听众对你的印象。你如今每次登台都与国家面子有关；个人的荣辱得失事小，国家的荣辱得失事大！你既热爱祖国，这一点尤其不能忘了。为了身体，为了精神，为了艺术，为了国家的荣誉，你都不能不大大减少你的演出。为这件事，我从接信以来未能安睡，往往为此一夜数惊！

还有你的感情问题怎样了？来信一字未提，我们却一日未尝去心。我知道你的性格，也想象得到你的环境；你一向滥于用情；而即使不采主动，被人追求时也免不了虚荣心感到得意：这是人之常情，于艺术家为尤甚，因此更需警惕。你成年已久，到了二十五岁也该理性坚强一些了，单凭一时冲动的行为也该能多克制一些了。不知事实上是否如此？要找永久的伴侣，也得多用理智考虑，勿被感情蒙蔽！情人的眼光一结婚就会变，变得你自己都不相信：事先要不想到这一着，必招后来的无穷痛苦。除了艺术以外，你在外做人方面就是这一点使我们操心。因为这一点也间接影响到国家民族的荣誉，英国人对男女问题的看法始终清教徒气息很重，想你也有所发觉，知道如何自爱了；自爱即所以报答父母，报答国家。

真正的艺术家，名副其实的艺术家，多半是在回想中和想象中过他的感情生活的。唯其能把感情生活升华才给人类留下这许多杰作。反复不已的、有始无终的、没有结果也不可能有结果的恋爱，只会使人变成唐·璜，使人变得轻薄，使人——至少——对爱情感觉麻痹，无形中流于玩世不恭；而你知道，玩世不恭的祸害，不说别的，先就使你的艺术颓废；假如每次都是真刀真枪，那么精力消耗太大，人寿几何，全部贡献给艺术还不够，怎容你如此浪费！歌德的《少年维特之烦恼》的故事，你总该记得吧。要是歌德没有这大智大勇，历史上也就没有歌德了。你把十五岁到现在的感情经历回想一遍，也会怅然若失了吧？也该从此换一副眼光，换一种态度，换一种心情来看待恋爱了吧？——总之，你无论在订演出合同方面，在感情方面，在政治行动方面，主要得避免“身不由主”，这是你最大的弱点。——在此举国欢腾，庆祝十年建国十年建设十年成就的时节，我写这封信的心情尤其感触万端，非笔墨所能形容。孩子，珍重，各方面珍重，千万珍重，千万自爱！

# 一九六〇年

## 一九六〇年一月十日

孩子：看到国外对你的评论很高兴。你的好几个特点已获得一致的承认和赞许，例如你的tone，你的touch，你对细节的认真与对完美的追求，你的理解与风格，都已受到注意。有人说莫扎特《第27协奏曲》（*K.595*）第一乐章是healthy，extrovert allegro，似乎与你的看法不同，说那一乐章健康，当然没问题，说“外向”（extrovert）恐怕未必。另一批评认为你对*K.595*第三乐章的表达“His（指你）sensibility is more passive than creative”，与我对你的看法也不一样。还有人说你弹萧邦的*Ballades*和*Scherzo*中某些快的段落太快了，以致妨碍了作品的明确性。这位批评家对你三月和十月的两次萧邦都有这个说法，不知实际情形如何？从节目单的乐曲说明和一般的评论看，好像英国人对莫扎特并无特别精到的见解，也许有这种学者或艺术家而并没写文章。

以三十年前的法国情况作比，英国的音乐空气要普遍得多。固然，普遍不一定就是水平高，但质究竟是从量开始的。法国一离开巴黎就显得闭塞，空无所有；不像英国许多二等城市还有许多文化艺术活动。不过这是从表面看；实际上群众的水平，反应如何，要问你实地接触的人了。望来信告知大概。——你在西欧住了一年，也跑了一年，对各国音乐界多少有些观感，我也想知道。便是演奏场子吧，也不妨略叙一叙。例如以音响效果出名的Festival Hall，究竟有什么特点等等。

结合听众的要求和你自己的学习，以后你的节目打算向哪些方面发展？是不是觉得舒伯特和莫扎特目前都未受到应有的重视，加上你特别有心得，所以着重表演他们两个？你的普罗柯斐夫（现译普罗科菲耶夫）和萧斯塔可维奇（现译萧斯塔科维奇）的朔拿大（现译奏鸣曲），都还没出过台，是否一般英国听众不大爱听现代作品？你早先练好的巴托克协奏曲是第几支？听说他的协奏曲以No.3最时行。你练了贝多芬第一，是否还想练第三？——弹过勃拉姆斯的大作品后，你对浪漫派是否感觉有所改变？对舒曼和法朗克（现译弗兰克）是否又恢复了一些好感？——当然，终身从事音乐的人对那些大师可能一辈子翻来覆去要改变好多次态度；我这些问题只是想知道你现阶段的看法。

近来又随便看了些音乐书。有些文章写得很扎实，很客观。一个英国作家说到李斯特，有这么一段："我们不大肯相信，一个涂脂抹粉、带点俗气的姑娘会跟一个朴实无华的不漂亮的姊妹人品一样好；同样，我们也不容易承认李斯特的光华灿烂的钢琴朔拿大会跟舒曼或勃拉姆斯的棕色的和灰不溜秋的朔拿大一样精彩。"（见*The Heritage of Music-2d series*, p.196）接下去他断言那是英国人的清教徒气息作怪。他又说大家常弹的李斯特都是他早年的炫耀技巧的作品，给人一种条件反射，听见李斯特的名字就觉得俗不可耐；其实他的朔拿大是pure gold，而后期的作品有些更是严峻到极点。——这些话我觉得颇有道理。一个作家很容易被流俗歪曲，被几十年以至上百年的偏见埋没。那部*Heritage of Music*我有三集，值得一读，论萧邦的一篇也不错，论皮才（现译比才）的更精彩，执笔的Martin Cooper在二月九日《每日电讯》上写过批评你的文章。"集"中文字深浅不一，需要细看，多翻字典，注意句法。

有几个人评论你的演奏都提到你身体瘦弱。由此可见你自己该如何保养身体，充分休息。今年夏天务必抽出一个时期去过暑假！来信说不能减少演出的理由，我很懂得，但除非为了生活所迫，下一届订合同务必比这一届合理减少一些演出。要打天下也不能急，要往长里看。养精蓄锐，精神饱满的打决定性的仗比零碎仗更有效。何况你还得学习，补充节目，注意其他方面的修养；除此之外，还要有充分的休息！

你不依靠任何政治经济背景，单凭艺术立足，这也是你对己对人对祖国的最起码而最主要的责任！当然极好，但望永远坚持下去，我相信你会坚持，不过考验你的日子还未来到。至此为止你尚未遇到逆境。真要过了贫贱日子才真正显出"贫贱不能移"！居安思危，多多锻炼你的意志吧。

节目单等等随时寄来。法、比两国的评论有没有？你的Stainway[①]是七尺的？九尺的？几星期来闹病闹得更忙，连日又是重伤风又是肠胃炎，无力多写了。诸事小心，珍重珍重！

### 一九六〇年二月一日夜[②]

亲爱的聪：我们一月十一日发出的信，不知路上走了几天？唱片公司可曾寄出你的唱片？近来演出情况如何？又去过哪些国家？身体怎样？都在念中。上月底爸爸工作告一段落，适逢过春节，抄了些音乐笔记给你作参考，也许对你有所帮助。原文是法文，有些地方直接译作英文反倒方便。以你原来的认识参照之下，必有感想，不妨来信谈谈。

我们知道你自我批评精神很强，但个人天地毕竟有限，人家对你的好评只能起鼓舞作用；不同的意见才能使你进步，扩大视野：希望用冷静和虚心的态度加以思考。不管哪个批评家都代表一部分群众，考虑批评家的话也就是考虑群众的意见。你听到别人的演奏之后的感想，想必也很多，也希望告诉我们。爸爸说，除了你钻研专业之外，一定要抽出时间多多阅读其他方面的书，充实你的思想内容，培养各方面的知识。——爸爸还希望你看祖国的书报，需要什么书可来信，我们可寄给你。

### 〔音乐笔记〕

#### 关于莫扎特

法国音乐批评家（女）Hélène Jourdan-Morhange：

“That’s why it is so difficult to interpret Mozart’s music, which is extraordinarily simple in its melodic purity. This simplicity is

① 著名钢琴品牌斯丹威。
② 因傅雷病在床上，此信由母亲朱梅馥代写。

beyond our reach, as the simplicity of La Fontaine's Fables is beyond children's understanding.[①]要找到这种自然的境界，必须把我们的感觉（sensations）澄清到immaterial的程度：这是极不容易的，因为勉强做出来的朴素一望而知，正如临画之于原作。表现快乐的时候，演奏家也往往过于'作态'，以致歪曲了莫扎特的风格。例如断音（staccato）不一定都等于笑声，有时可能表示迟疑，有时可能表示遗憾；但小提琴家一看见有断音标记的音符（用弓来表现，断音的nuance格外凸出）就把乐句表现为快乐（gay），这种例子实在太多了。钢琴家则出以机械的running，而且速度如飞，把arabesque中所含有的grace或joy完全忘了。"

——一九五六年法国《欧罗巴》杂志莫扎特专号

## 关于表达莫扎特的当代艺术家

举世公认指挥莫扎特最好的是Bruno Walter，其次才是Thomas Beecham；另外Fricsay也获得好评。——Krips以Viennese Classicism出名，Scherchen则以romantic ardour出名。

Lily Kraus的独奏远不如duet，唱片批评家说："这位莫扎特专家的独奏令人失望，或者说令人诧异。"

一九三六年代灌的Schnabel弹的莫扎特，法国批评家认为至今无人超过。他也极推重Fischer。——年轻一辈中Lipatti灌的*K.310*《第八朔拿大》，Ciccolini灌的几支，被认为很成功，还有Haskil。

小提琴家中提到Willy Boskowsky。五六年的批评文字没有提到Issac Stern的莫扎特。Goldberg也未提及，五五至五六的唱片目录上已不见他和Lily Kraus合作的唱片；是不是他已故世？

① 此段大意为："莫扎特的音乐旋律纯净简单，这种简单是我们无法企及的，正如拉·封丹寓言之简单，于儿童却是无法了解一样。这正是理解莫扎特音乐的困难之处。"

## 莫扎特出现的时代及其历史意义

〔原题Mozart le classique。一切按语与括弧内的注是我附加的。〕

“那时在意大利，艺术歌曲还维持着最高的水平，在德国，自然的自发的歌曲（spontaneous song）正显出有变成艺术歌曲的可能。那时对于人声的感受还很强烈（the sensibility to human voice was still vif），但对于器乐的声音的感受已经在开始觉醒（but the sensibility to instrumental sound was already awaken）。那时正如民族语言〔即各国自己的语言已经长成，不再以拉丁语为正式语言〕已经形成一种文化一样，音乐也有了民族的分支，但这些不同的民族音乐语言还能和平共处。那个时代是一个难得遇到的精神平衡（spiritual balance）的时代……莫扎特就是在那样一个时代出现的。”〔以上是作者引Paul Bekker的文字。〕

批评家Paul Bekker这段话特别是指抒情作品（即歌剧）。莫扎特诞生的时代正是“过去”与“未来”在抒情的领域中同时并存的时代，而莫扎特在这个领域中就有特殊的表现。他在德语戏剧〔按：他的德文歌剧的杰作就是《魔笛》〕中，从十八世纪通俗的Lied和天真的故事〔寓言童话〕出发，为德国歌剧构成大体的轮廓，预告*Fidelio*与*Freischütz*[①]的来临。另一方面，莫扎特的意大利语戏剧〔按：他的意大利歌剧写的比德国歌剧多的多〕综合了喜歌剧的线索，又把喜歌剧的题旨推进到在音乐方面未经开发的大型喜剧的阶段〔按：所谓Grand Comedy是与十八世纪的opera bouffon对立的，更进一步的发展〕，从而暗中侵入纯正歌剧（opera seria）的园地，甚至予纯正歌剧以致命的打击。十八世纪的歌剧用阉割的男声〔按：早期意大利盛行这种办法，将童子阉割，使他一直到长大以后都能唱女声〕歌唱，既无性别可言，自然变为抽象的声音，不可能发展出一种戏剧的逻辑（dramatic dialectic）。反之，在《唐·璜》和《斐迦罗的婚礼》中，所有不同的声部听来清清楚楚都是某些人物的化身（all voices，heard as the typical incarnation of definite characters），

① 指贝多芬写的三幕歌剧《费黛里奥》和韦伯写的三幕歌剧《自由射手》。

而且从心理的角度和社会的角度看都是现实的（realistic from the psychological and social point of view），所以歌唱的声音的确发挥出真正戏剧角色的作用；而各种人声所代表的各种特征，又是凭借声音之间相互的戏剧关系来确定的。因此莫扎特在意大利歌剧中的成就具有国际意义，就是说他给十九世纪歌剧中的人物提供了基础（supply the bases of 19th century's vocal personage）。他的完成这个事业是从Paisiello（1740—1816）、Guglielmi（1728—1804）、Anfossi（1727—1797）、Cimarosa（1749—1801）〔按：以上都是意大利歌剧作家〕等等的滑稽风格（style bouffon）开始的，但丝毫没有损害bel canto的魅人的效果，同时又显然是最纯粹的十八世纪基调。

这一类的双重性〔按：这是指属于他的时代，同时又超过他的时代的双重性〕也见之于莫扎特的交响乐与室内乐。在这个领域内，莫扎特陆续吸收了当时所有的风格，表现了最微妙的nuance，甚至也保留各该风格的怪僻的地方；他从童年起在欧洲各地旅行的时候，任何环境只要逗留三四天就能熟悉，就能写出与当地的口吻完全一致的音乐。所以他在器乐方面的作品是半个世纪的音乐的总和，尤其是意大利音乐的总和〔按：总和一词在此亦可译作“概括”〕。但他的器乐还有别的因素：他所以能如此彻底的吸收，不仅由于他做各种实验的时候能专心壹志的浑身投入，他与现实之间没有任何隔阂，并且还特别由于他用一种超过他的时代的观点，来对待所有那些实验。这个观点主要是在于组织的意识（sense of construction），在于建筑学的意识，而这种组织与这种建筑学已经是属于贝多芬式的了，属于浪漫派的了。这个意识不仅表现在莫扎特已用到控制整个十九世纪的形式（forms），并且也在于他有一个强烈的观念，不问采取何种风格，都维持辞藻的统一（unity of speech），也在于他把每个细节隶属于总体，而且出以brilliant与有机的方式。这在感应他的前辈作家中是找不到的。便是海顿吧，年纪比莫扎特大二十四岁，还比他多活了十八年，直到中年才能完全控制辞藻（master the speech），而且正是受了莫扎特的影响。十八世纪的一切酝酿，最后是达到朔拿大曲体的发现，更广泛的是达到多种主题（multiple themes），达到真正交响乐曲体的发现；酝酿期间有过无数零星的incidents与illuminations（启示），而后开出花来：但在莫扎特的前辈作家中，包括最富于幻想与生命力（fantasy and vitality）的意大利作曲家在内，极少遇到像莫扎特那样流畅无比的表现方式：这在莫扎特却是首先具备的特点，而且是构成他的力量（power）的因素。他的万无一失的嗅觉使他从来不写一个次要的装饰段落而不先在整体中叫人听到的；也就是得力于这种嗅觉，莫扎特才能毫不费力的运用任何“琢磨”的因素而仍不失其安详与自然。所以他尝试新的与复杂的和声时，始终保持一般谈吐的正常语调；反之，遇到他的节奏与和声极单纯的时候，那种“恰到好处”的运用使效果和苦心经营的作品没有分别。

由此可见，莫扎特一方面表现当时的风格，另一方面又超过那些风格，按照超过他时代的原则来安排那些风格，而那原则正是后来贝多芬的雄心所在和浪漫派的雄心所在：就是要做到语言的绝对连贯，用别出心裁的步伐进行，即使采用纯属形式性质的主题（formal themes），也不使人感觉到。

莫扎特的全部作品建立在同时面对十八、十九两个世纪的基础上。这句话的涵义不仅指一般历史和文化史上的那个过渡阶段（从君主政体到大革命，从神秘主义到浪漫主义），而尤其是指音乐史上的过渡阶段。莫扎特在音乐史上是个组成因素，而以上所论列的音乐界的过渡情况，其重要性并不减于一般文化史上的过渡情况。

我们在文学与诗歌方面的知识可以推溯到近三千年之久，在造型艺术中，巴德农神庙的楣梁雕塑已经代表一个高峰，但音乐的表现力和构造复杂的结构直到晚近才可能，因此音乐史有音乐史的特殊节奏。

* * *

差不多到文艺复兴的黎明期〔约指十三世纪〕为止，音乐的能力（possibilities of music）极其幼稚，只相当于内容狭隘、篇幅极短的单音曲（monody）；便是两世纪古典的复调音乐〔指十四、十五世纪的英、法，法兰德斯的复调音乐〕，在保持古代调式的范围之内，既不能从事于独立的〔即本身有一套法则的〕大的结构，也无法摆脱基本上无人格性〔impersonal，即抽象之意〕的表现方法。直到十六世纪末期，音乐才开始获得可与其他艺术相比的造句能力；但还要过二个世纪，音乐才提出雄心更大的课题，向交响乐演变。莫扎特的地位不同于近代一般大作家、大画家、大雕塑家的地位：莫扎特可以说是背后没有菲狄阿斯（Phidias）的陶那丹罗（Donatello，现译多纳泰罗，1386—1466）。〔按：陶那丹罗是弥盖朗琪罗（现译米开朗基罗）的前辈，等于近代雕塑开宗立派的人；但他是从古代艺术中熏陶出来的，作为他的导师的有在他一千六百多年以前的菲狄阿斯，而菲狄阿斯已是登峰造极的雕塑家。莫扎特以前，音乐史上却不曾有过这样一个巨人式的作曲家。〕在莫扎特的领域中，莫扎特处在历史上最重大的转捩关头。他不是"一个"古典作家，而是开宗立派的古典作家。（He is not *a* classic，but *the* classic.）〔按：这句话的意思是说在他以前根本没有古典作家，所以我译为开宗立派的古典作家。〕

他的古典气息使他在某些方面都代表那种双重性〔上面说过的那一种〕：例如the fundamental polarities of music as we conceive it now〔按：fundamental polarities of …一句，照字面是：像我们今日所理解的那种音乐的两极性；但真正的意义我不了解〕；例如在有伴奏的单音调（monody with accompaniment）之下，藏着含有对位性质的无数变化（thousands inflections），那是在莫扎特的笔下占着重要地位的；例如a symphonism extremely nourished but prodigiously transparent resounds under the deliberate vocalism in his lyrical works。还有更重要的一点是：所有他的音乐都可以当作自然流露的melody（spontaneous melody），当作a pure springing of natural song来读（read）；也可以当作完全是"艺术的"表现（a completely〔artistic〕expression）。

……他的最伟大的作品既是纯粹的游戏（pure play），也表现感情的和精神的深度，仿佛是同一现实的两个不可分离的面目。

——意大利音乐批评家Fedele d'Amico，原作

载五六年四月《欧罗巴》杂志

## 什么叫作古典的？

classic一字在古代文法学家笔下是指第一流的诗人，从字源上说就是从class衍化出来的，古人说classic，等于今人说first class；在近代文法学家则是指可以作为典范的作家或作品，因此古代希腊拉丁的文学被称为classic。我们译为"古典的"，实际即包括"古代的"与"典范的"两个意思。可是从文艺复兴以来，所谓古典的精神、古典的作品，其内容与涵义远较原义为广大、具体。兹先引一段Cecil Gray批评勃拉姆斯的话——

"我们很难举出一个比勃拉姆斯的思想感情与古典精神距离更远的作曲家。勃拉姆斯对古典精神的实质抱着完全错误的见解，对于如何获得古典精神这一点当然也是见解错误的。古典艺术并不古板〔或者说严峻，原文是austere〕；古典艺术的精神主要是重视感官〔sensual一字很难译，我译作'重视感官'也不妥〕，对事物的外表采取欣然享受的态度。莫扎特在整个音乐史中也许是唯一真正的古典作家（classicist），他就是一个与禁欲主义者截然相反的人。没有一个作曲家像他那样为了声音而关心声音的，就是说追求纯粹属于声音的美。但一切伟大的古典艺术都是这样。现在许多自命为崇拜'希腊精神'的人假定能看到当年巴德农神庙的真面目，染着绚烂的色彩的雕像〔注意：当时希腊建筑与雕像都涂彩色，有如佛教的庙宇与神像〕，用象牙与黄金镶嵌的巨神〔按：雅典那女神（相传为菲狄阿斯作）就是最显赫的代表作〕，或者在酒神庆祝大会的时候置身于雅典，一定会骇而却走。然而在勃拉姆斯的交响乐中，我们偏偏不断的听到所谓真正'古典的严肃'和'对于单纯sensual beauty的轻蔑'。固然他的作品中具备这些优点〔或者说特点，原文是qualities〕，但这些优点与古典精神正好背道而驰。指第四交响乐中的勃拉姆斯为古典主义者，无异把生活在荒野中的隐士称为希腊精神的崇拜者。勃拉姆斯的某些特别古板和严格的情绪mood，往往令人想起阿那托·法朗士的名著《塔伊丝》（*Thaïs*）中的修士：那修士竭力与肉的诱惑作英勇的斗争，自以为就是与魔鬼斗争；殊不知上帝给他肉的诱惑，正是希望他回到一个更合理的精神状态中去，过一种更自然的生活。反之，修士认为虔诚苦修的行为，例如几天几夜坐在柱子顶上等等，倒是魔鬼引诱他做的荒唐勾当。勃拉姆斯始终努力压制自己，不让自己流露出刺激感官的美，殊不知他所压制的东西绝对不是魔道，而恰恰是古典精神。”（*Heritage of Music*，p.185-186）

在此主要牵涉到“感官的”一词。近代人与古人〔特别是希腊人〕对这个名词所指的境界，观点大不相同。古希腊人〔还有近代意大利文艺复兴时期的人〕以为取悦感官是正当的、健康的，因此是人人需要的。欣赏一幅美丽的图画，一座美丽的雕像或建筑物，在他们正如面对着高山大海，春花秋月，呼吸到新鲜的空气，吹拂着纯净的海风一样身心舒畅，一样陶然欲醉，一样欢欣鼓舞。自从基督教的禁欲主义深入人心以后，二千年来，除了短时期的例外，一切取悦感官的东西都被认为危险的。〔佛教强调色即是空，也是给人同样的警告，不过方式比较和缓，比较明智而已。我们中国人虽几千年受到礼教束缚，但礼教毕竟不同于宗教，所以后果不像西方严重。〕其实真正的危险是在于近代人〔从中古时代起已经开始，但到了近代换了一个方向〕身心发展的畸形，而并不在于sensual本身：先有了不正常的、庸俗的，以至于危险的刺激感官的心理要求，才会有这种刺激感官的〔即不正常的、庸俗的、危险的〕东西产生。换言之，凡是悦目、悦耳的东西可能是低级的，甚至是危险的；也可能是高尚的、有益身心的。关键在于维持一个人的平衡，既不让肉压倒灵而沦于兽性，也不让灵压倒肉而老是趋于出神入定，甚至视肉体为赘疣，为不洁。这种偏向只能导人于病态而并不能使人圣洁。只有一个其大无比的头脑而四肢萎缩的人，和只知道饮酒食肉，贪欢纵欲，没有半点文化生活的人同样是怪物，同样对集体有害。避免灵肉任何一方的过度发展，原是古希腊人的理想，而他们在人类发展史上也正处于一个平衡的阶段，一切希腊盛期的艺术都可证明。那阶段为期极短，所以希腊黄金时代的艺术也只限于纪元前五世纪至四世纪。

也许等新的社会制度完全巩固，人与人间完全出现一种新关系，思想完全改变，真正享到“乐生”的生活的时候，历史上会再出现一次新的更高级的精神平衡。

正因为希腊艺术所追求而实现的是健全的感官享受，所以整个希腊精神所包含的是乐观主义，所爱好的是健康、自然、活泼、安闲、恬静、清明、典雅、中庸、条理、秩序，包括孔子所谓乐而不淫、哀而不怨的一切属性。后世追求古典精神最成功的艺术家〔例如拉斐尔，也例如莫扎特〕所达到的也就是这些境界。误解古典精神为古板、严厉、纯理智的人，实际是中了宗教与礼教的毒，中了禁欲主义与消极悲观的毒，无形中使古典主义变为一种清教徒主义，或是迂腐的学究气，即所谓学院派。真正的古典精神是富有朝气的、快乐的、天真的、活生生的，像行云流水一般自由自在，像清洌的空气一般新鲜；学院派却是枯索的，僵硬的，矫揉造作、空洞无物、停滞不前、纯属形式主义的，死气沉沉、闭塞不堪的。分不清这种区别，对任何艺术的领会与欣赏都要入于歧途，更不必说表达或创作了。

不辨明古典精神的实际，自以为走古典路子的艺术家很可能成为迂腐的学院派。不辨明“感官的”一字在希腊人心目中代表什么，艺术家也会堕入另外一个陷阱：小而言之是甜俗、平庸；更进一步便是颓废，法国十八世纪的一部分文学与绘画，英国同时代的文艺，都是这方面的例子。由此可观，艺术家要提防两个方面：一是僵死的学院主义，一是低级趣味的刺激感官。为了防第一个危险，需要开拓精神视野，保持对事物的新鲜感；为了预防第二个危险，需要不断培养、更新、提高鉴别力（taste），而两者都要靠多方面的修养和持续的警惕。而且只有真正纯洁的心灵才能保证艺术的纯洁。因为我上面忘记提到，纯洁也是古典精神的理想之一。

## 论舒伯特

### —— 舒伯特与贝多芬的比较研究 ——

要了解舒伯特，不能以他平易的外表为准。在妩媚的帷幕之下，往往包裹着非常深刻的烙印。那个儿童般的心灵藏着可惊可怖的内容，骇人而怪异的幻象，无边无际的悲哀，心碎肠断的沉痛。

我们必须深入这个伟大的浪漫派作家的心坎，把他一刻不能去怀的梦境亲自体验一番。在他的梦里，多少阴森森的魅影同温柔可爱的形象混和在一起。

* * *

舒伯特首先是快乐、风雅、感伤的维也纳人——但不仅仅是这样。

舒伯特虽则温婉亲切，但很胆小，不容易倾吐真情。在他的快活与机智中间始终保留一部分心事，那就是他不断追求的幻梦，不大肯告诉人的，除非在音乐中。

他心灵深处有抑郁的念头，有悲哀，有绝望，甚至有种悲剧的成分。这颗高尚、纯洁、富于理想的灵魂不能以现世的幸福为满足；就因为此，他有一种想望“他世界”的惆怅（nostalgy），使他所有的感情都染上特殊的色调。

他对于人间的幸福所抱的洒脱（detached）的态度，的确有悲剧意味，可并非贝多芬式的悲剧意味。

贝多芬首先在尘世追求幸福，而且只追求幸福。他相信只要有朝一日天下为一家，幸福就会在世界上实现。相反，舒伯特首先预感到另外一个世界，这个神秘的幻象立即使他不相信他的深切的要求能在这个生命〔按：这是按西方基督徒的观点与死后的另一生命对立的眼前的生命〕中获得满足。他只是一个过客：他知道对旅途上所遇到的一切都不能十分当真——就因为此，舒伯特一生没有强烈的热情。

这又是他与贝多芬不同的地方。因为贝多芬在现世的生活中渴望把所有人间的幸福来充实生活，因为他真正爱过好几个女子，为了得不到她们的爱而感到剧烈的痛苦，他在自己的内心生活中有充分的养料培养他的灵感。他不需要借别人的诗歌作为写作的依傍。他的朔拿大和交响乐的心理内容就具备在他自己身上。舒伯特的现实生活那么空虚，不能常常给他以引起音乐情绪的机会。他必须向诗人借取意境（images），使他不断做梦的需要能有一个更明确的形式。舒伯特不是天生能适应纯粹音乐（pure music）的，而是天生来写歌（lied）的——他一共写了六百支以上。

舒伯特在歌曲中和贝多芬同样有力同样伟大，但是有区别。舒伯特的心灵更细腻，因为更富于诗的气质，或者说更善于捕捉诗人的思想。贝多芬主要表达一首诗的凸出的感情（dominant sentiment）。这是把诗表达得正确而完全的基本条件。舒伯特除了达到这个条件之外，还用各式各种不同的印象和中心情绪结合。他的更灵活的头脑更留恋细节，能烘托出每个意境的作用（value of every image）。

另一方面，贝多芬非惨淡经营写不成作品，他反复修改，删削，必要时还重起炉灶，总而言之他没有一挥而就的才具。相反，舒伯特最擅长即兴。他几乎从不修改。有些即兴确是完美无疵的神品。这一种才具确定了他的命运：像“歌”那样短小的曲子本来最宜于即兴，可是你不能用即兴的方法写朔拿大或交响乐。舒伯特写室内乐或交响乐往往信笔所之，一口气完成。因此那些作品即使很好，仍不免冗长拖沓，充满了重复与废话。无聊的段落与出神入化的段落杂然并存。也有两三件兴往神来的杰作无懈可击，那是例外——所以要认识舒伯特，首先要认识他的歌。

贝多芬的一生是不断更新的努力。他完成了一件作品，急于摆脱那件作品，唯恐受那件作品束缚。他不愿意重复：一朝克服了某种方法，就不愿再被那个方法限制，他不能让习惯控制他。他始终在摸索新路，钻研新的技巧，实现新的理想——在舒伯特身上绝对没有更新，没有演变（evolution）。从第一天起舒伯特就是舒伯特，死的时候和十七岁的时候〔写《玛葛丽德纺纱》的时代〕一样。在他最后的作品中也感觉不到他经历过更长期的痛苦。但在《玛葛丽德》中所流露的已经是何等样的痛苦！

在他短短的生涯中，他来不及把他自然倾泻出来的丰富的宝藏尽量泄露；而且即使他老是那几个面目，我们也不觉得厌倦。他大力从事于歌曲制作正是用其所长。舒伯特单单取材于自己内心的音乐，表情不免单调；以诗歌为蓝本，诗人供给的材料使他能避免那种单调。

* * *

舒伯特的浪漫气息不减于贝多芬，但不完全相同。贝多芬的浪漫气息，从感情出发的远过于从想象出发的。在舒伯特的心灵中，形象

（image）占的地位不亚于感情。因此，舒伯特的画家成分千百倍于贝多芬。当然谁都会提到田园交响乐，但未必能举出更多的例子。

贝多芬有对大自然的感情，否则也不成其为真正的浪漫派了。但他的爱田野特别是为了能够孤独，也为了在田野中他觉得有一种生理方面的快感；他觉得自由自在，呼吸通畅。他对万物之爱是有一些空泛的（a little vague），他并不能辨别每个地方的特殊的美。舒伯特的感受却更细致。海洋、河流、山丘，在他作品中有不同的表现，不但如此，还表现出是平静的海还是汹涌的海，是波涛澎湃的大江还是喁喁细语的小溪，是雄伟的高山还是妩媚的岗峦。在他歌曲的旋律之下，有生动如画的伴奏作为一个框子或者散布一股微妙的气氛。

贝多芬并不超越自然界：浩瀚的天地对他已经足够。可是舒伯特还嫌狭小。他要逃到一些光怪陆离的领域（fantastic regions）中去：他具有最高度的超自然的感觉（he possesses in highest degree the supernatural sense）。

贝多芬留下一支*Erl-king*〔歌〕的草稿，我们用来和舒伯特的*Erl-king*〔Erl-king在日耳曼传说中是个狡猾的妖怪，矮鬼之王，常在黑森林中（黑森林是德国有名的大森林，在莱茵河以东）诱拐人，尤其是儿童。歌德以此为题材写过一首诗。舒伯特又以歌德的诗谱为歌曲〕作比较，极有意思。贝多芬只关心其中的戏剧成分（dramatic elements），而且表现得极动人；但歌德描绘幻象的全部诗意，贝多芬都不曾感觉到。舒伯特的戏剧成分不减贝多芬，还更着重原诗所描写的细节：马的奔驰、树林中的风声、狂风暴雨，一切背景与一切行动在他的音乐中都有表现。此外，他的歌的口吻（vocal accent）与伴奏的音色还有一种神秘意味，有他世界的暗示，在贝多芬的作品中那是完全没有的。舒伯特的音乐的确把我们送进一个鬼出现的世界，其中有仙女，有恶煞，就像那个病中的儿童在噩梦里所见到的幻象一样。贝多芬的艺术不论如何动人，对这一类的境界是完全无缘的。

*　　*　　*

倘使只从音乐着眼，只从技术着眼，贝多芬与舒伯特虽有许多相似之处，也有极大的差别！同样的有力，同样的激动人心，同样的悲壮，但用的是不同的方法，有时竟近于相反的方法。

贝多芬的不同凡响与独一无二的特点在于动的力量（dynamic power）和节奏。旋律本身往往不大吸引人；和声往往贫弱，或者说贝多芬不认为和声有其独特的表现价值（expressive value）。在他手中，和声只用以支持旋律，从主调音到第五度音（from tonic to dominant）的不断来回主要是为了节奏。

在舒伯特的作品中，节奏往往疲软无力，旋律却极其丰富、丰美，和声具有特殊的表情，预告舒曼、李斯特、华葛耐（现译瓦格纳）与法朗克的音乐。他为了和弦而追求和弦——还不是像特皮西那样为了和弦的风味——而是为了和弦在旋律之外另有一种动人的内容。此外，舒伯特的转调又何等大胆！已经有多么强烈的不协和音（弦）！多么强烈的明暗的对比！

在贝多芬身上我们还只发见古典作家的浪漫气息——纯粹的浪漫气息是从舒伯特开始的，比如渴求梦境，逃避现实世界，遁入另一个能安慰我们拯救我们的天地：这种种需要是一切伟大的浪漫派所共有的，可不是贝多芬的。贝多芬根牢固实的置身于现实中，决不走出现实。他在现实中受尽他的一切苦楚，建造他的一切欢乐。但贝多芬永远不会写《流浪者》那样的曲子。我们不妨重复说一遍：贝多芬缺少某种诗意、某种烦恼、某种惆怅。一切情感方面的伟大，贝多芬应有尽有。但另有一种想象方面的伟大，或者说一种幻想的特质（a quality of fantasy），使舒伯特超过贝多芬。

* * *

在舒伯特身上，所谓领悟（intelligence）几乎纯是想象（imagination）。贝多芬虽非哲学家，却有思想家气质。他喜欢观念（ideas）。他有坚决的主张、肯定的信念。他常常独自考虑道德与政治问题。他相信共和是最纯洁的政治体制，能保证人类幸福。他相信德行。便是形而上学的问题也引起他的兴趣。他对待那些问题固然是头脑简单了一些，但只要有人帮助，他不难了解，可惜当时没有那样的人。舒伯特比他更有修养，却不及他胸襟阔大。他不像贝多芬对事物取批判态度。他不喜欢作抽象的思考。他对诗人的作品表达得更好，但纯用情感与想象去表达。纯粹的观念（pure ideas）使他害怕。世界的和平、人类的幸福，与他有什么相干呢？政治与他有什么相干呢？对于德行，他也难得关心。在他心目中，人生只是一连串情绪的波动（a series of emotions），一连串的形象（images），他只希望那些情绪、那些形象尽可能的愉快。他的全部优点在于他的温厚，在于他有一颗亲切的、能爱人的心，也在于他有丰富的幻想。

在贝多芬身上充沛无比而为舒伯特所绝无的，是意志。贝多芬既是英雄精神的显赫的歌手，在他与命运的斗争中自己也是一个英雄。舒伯特的天性中可绝无英雄气息。他主要是女性性格。他缺乏刚强，浑身都是情感。他不知道深思熟虑，样样只凭本能。他的成功是出于偶然〔按：这句话未免过分，舒伯特其实是很用功的〕。他并不主动支配自己的行为，只是被支配〔就是说随波逐流，在人生中处处被动〕。他的音乐很少显出思想，或者只发表一些低级的思想，就是情感与想象。在生活中像在艺术中一样，他不做主张，不论对待快乐还是对待痛苦，都是如此——他只忍受痛苦，而非控制痛苦、克服痛苦。命运对他不公平的时候，你不能希望他挺身而起，在幸福的废墟之上凭着高于一切的意志自己造出一种极乐的境界来。但他忍受痛苦的能耐其大无比。对一切痛苦，他都能领会，都能分担。他从极年轻的时候起已经体验到那些痛苦，例如那支精彩的歌《玛葛丽德纺纱》。他尽情流露，他对一切都寄予同情，对一切都推心置腹。他无穷无尽的需要宣泄感情。他的心隐隐约约的与一切心灵密切相连。他不能缺少人与人之间的交接。这一点正与贝多芬相反：贝多芬是个伟大的孤独者，只看着自己的内心，绝对不愿受社会约束，他要摆脱肉体的连系，摆脱痛苦，摆脱个人，以便上升到思考中去，到宇宙中去，进入无挂无碍的自由境界。舒伯特却不断的向自然〔按：这里的自然包括整个客观世界，连自己的肉体与性格在内〕屈服，而不会建造“观念”〔原文是大写的Idea〕来拯救自己。他的牺牲自有一种动人肺腑的肉的伟大，而非予人以信仰与勇气的灵的伟大，那是贫穷的伟大、宽恕的伟大、怜悯的伟大。他是堕入浩劫的可怜的阿特拉斯〔Atlas，阿特拉斯是古希腊传说中的国王，因为与巨人一同反抗宙斯，宙斯罚他永远作一个擎天之柱。雕塑把他表现为肩负大球（象征天体）的大力士〕。阿特拉斯背着一个世界，痛苦的世界。阿特拉斯是战败者，只能哀哭而不会反抗的战败者，丢不掉肩上的重负的战败者，忍受刑罚的战败者，而那刑罚正是罚他的软弱。我们尽可责备他不够坚强，责备他只有背负世界的力量而没有把世界老远丢开去的力量。可是我们仍不能不同情他的苦难，不能不佩服他浪费于无用之地的巨大的力量。

不幸的舒伯特就是这样。我们因为看到自己的肉体与精神的软弱而同情他，我们和他一同洒着辛酸之泪，因为他堕入了人间苦难的深渊而没有爬起来。

《罗萨蒙德》间奏曲第二号（*Rosamunde-Intermezzo No.2*）

《即兴曲》第三首（*Impromptu No.3*）

（〔法〕保尔·朗陶尔米著，全文完）

## 一九六〇年八月五日

孩子：两次妈妈给你写信，我都未动笔，因为身体不好，精力不支。不病不头痛的时候本来就很少，只能抓紧时间做些工作；工作完了已筋疲力尽，无心再做旁的事。人老了当然要百病丛生，衰老只有早晚之别，决无不来之理，你千万别为我担忧。我素来对生死看得极淡，只是鞠躬尽瘁，活一天做一天工作，到有一天死神来叫我放下笔杆的时候才休息。如是而已。弄艺术的人总不免有烦恼，尤其是旧知识分子处在这样一个大时代。你虽然年轻，但是从我这儿沾染的旧知识分子的缺点也着实不少。但你四五年来来信，总说一投入工作就什么烦恼都忘了；能这样在工作中乐以忘忧，已经很不差了。我们二十四小时之内，除了吃饭睡觉总是工作的时间多，空闲的时间少；所以即使烦恼，时间也不会太久，你说是不是？不过劳逸也要调节得好：你弄音乐，神经与感情特别紧张，一年下来也该彻底休息一下。暑假里到乡下去住个十天八天，不但身心得益，便是对你的音乐感受也有好处。何况入国问禁，入境问俗，对他们的人情风俗也该体会观察。老关在伦敦，或者老是忙忙碌碌在各地奔走演出，一点不接触现实，并不相宜。见信后望立刻收拾行装，出去歇歇，即是三五天也是好的。

傅雷鞠躬尽瘁的工作态度和对傅聪乐以忘忧的肯定，让我们收获到了什么？静下心来想一想。

你近来专攻斯卡拉蒂，发见他的许多妙处，我并不奇怪。这是你喜欢亨特尔（现译韩德尔）以后必然的结果。斯卡拉蒂的时代，文艺复兴在绘画与文学园地中的花朵已经开放完毕，开始转到音乐；人的思想感情正要求在另一种艺术中发泄，要求更直接刺激感官，比较更缥缈更自由的一种艺术，就是音乐，来满足它们的需要。所以当时的音乐作品特别有朝气，特别清新，正如文艺复兴前期绘画中的鲍蒂彻利（现译波提切利）。而且音乐规律还不像十八世纪末叶严格，有才能的作家容易发挥性灵。何况欧洲的音乐传统，在十七世纪时还非常薄弱，不像绘画与雕塑早在古希腊就有登峰造极的造诣（雕塑在纪元前六至四世纪，绘画在纪元前一世纪至纪元后一世纪）。一片广大无边的处女地正有待于斯卡拉蒂及其以后的人去开垦。——写到这里，我想你应该常去大不列颠博物馆，那儿的艺术宝藏可说一辈子也享受不尽；为了你总的（全面的）艺术修养，你也该多多到那里去学习。

你有听过欧洲文艺复兴时期的音乐吗？不妨给自己做一个小小的计划，感受当时音乐作品的朝气和清新。

我因为病的时候多，只能多接触艺术，除了原有的旧画以外，无意中研究起碑帖来了：现在对中国书法的变迁、源流，已弄出一些眉目，对中国整个艺术史也增加了一些体会；可惜没有精神与你细谈。提到书法，忽然想起你在四月号《音乐与音乐家》杂志上的签字式，把聪字写成“”。须知末一笔不能往下拖长，因为行书草书“”或“”才代表“心”字，你只能写成“”或“”。末一笔可以流露一些笔锋的余波，例如“”或“”，但切不可余锋太多，变成往下拖的一只脚。望注意。

傅雷的严谨态度，及其在书法艺术上的学识，一字可见。

你以前对英国批评家的看法，太苛刻了些。好的批评家和好的演奏家一样难得；大多数只能是平平庸庸的“职业批评家”。但寄回的评论中有几篇的确写得很中肯。例如五月七日*Manchester Guardian*上署名J.H.Elliot写的《从东方来的新的启示》(*New Light from the East*)说你并非完全接受西方音乐传统，而另有一种清新的前人所未有的观点。又说你离开西方传统的时候，总是以更好的东西去代替；而且即使是西方文化最严格的卫道者也不觉你的脱离西方传统有什么“乖张”“荒诞”，炫耀新奇的地方。这是真正理解到了你的特点。你能用东方人的思想感情去表达西方音乐，而仍旧能为西方最严格的卫道者所接受，就表示你的确对西方音乐有了一些新的贡献。我为之很高兴。且不说这也是东风压倒西风的表现之一，并且正是中国艺术家对世界文化应尽的责任；唯有不同种族的艺术家，在不损害一种特殊艺术的完整性的条件之下，能灌输一部分新的血液进去，世界的文化才能愈来愈丰富，愈来愈完满，愈来愈光辉灿烂。希望你继续往这条路上前进！还有一月二日*Hastings Observer*上署名

Allan Biggs写的一篇评论，显出他是衷心受了感动而写的，全文没有空洞的赞美，处处都着着实实指出好在哪里。看来他是一位年纪很大的人了，因为他说在一生听到的上千钢琴家中，只有Pachmann与Moiseiwitsch两个，有你那样的魅力。Pachmann已经死了多少年了，而且他听到过“上千”钢琴家，准是个苍然老叟了。关于你唱片的专评也写得好。

傅雷希望傅聪继续前进的路是一条怎样的路？试着简洁地概括。

要写的中文不洋化，只有多写。写的时候一定打草稿，细细改过。除此以外并无别法。特别把可要可不要的字剔干净。

身在国外，靠艺术谋生而能不奔走于权贵之门，当然使我们安慰。我相信你一定会坚持下去。这点儿傲气也是中国艺术家最优美的传统之一，值得给西方做个榜样。可是别忘了一句老话：岁寒而后知松柏之后凋；你还没经过“岁寒”的考验，还得对自己提高警惕才好！一切珍重！千万珍重！

当傅聪在国外演奏取得成功时，除了热情洋溢的赞美，傅雷总会提醒他保持独立的中国艺术家的气质。

## 一九六〇年八月二十九日

亲爱的孩子：八月二十日报告的喜讯[①]使我们心中说不出的欢喜和兴奋。你在人生的旅途中踏上一个新的阶段，开始负起新的责任来，我们要祝贺你，祝福你，鼓励你。希望你拿出像对待音乐艺术一样的毅力、信心、虔诚，来学习人生艺术中最高深的一课。但愿你将来在这一门艺术中得到像你在音乐艺术中一样的成功！发生什么疑难或苦闷，随时向一二个正直而有经验的中、老年人讨教，（你在伦敦已有一年八个月，也该有这样的老成的朋友吧？）深思熟虑，然后决定，切勿单凭一时冲动：只要你

① 指欲与弥拉（傅聪老师梅纽因之女）成婚一事。

能做到这几点，我们也就放心了。

对终身伴侣的要求，正如对人生一切的要求一样不能太苛。事情总有正反两面：追得你太迫切了，你觉得负担重；追得不紧了，又觉得不够热烈。温柔的人有时会显得懦弱，刚强了又近乎专制。幻想多了未免不切实际，能干的管家太太又觉得俗气。只有长处没有短处的人在哪儿呢？世界上究竟有没有十全十美的人或事物呢？抚躬自问，自己又完美到什么程度呢？这一类的问题想必你考虑过不止一次。我觉得最主要的还是本质的善良，天性的温厚，开阔的胸襟。有了这三样，其他都可以逐渐培养；而且有了这三样，将来即使遇到大大小小的风波也不致变成悲剧。做艺术家的妻子比做任何人的妻子都难；你要不预先明白这一点，即使你知道"责人太严，责己太宽"，也不容易学会明哲、体贴、容忍。只要能代你解决生活琐事，同时对你的事业感到兴趣就行，对学问的钻研等等暂时不必期望过奢，还得看你们婚后的生活如何。眼前双方先学习相互的尊重、谅解、宽容。

对方把你作为她整个的世界固然很危险，但也很宝贵！你既已发觉，一定会慢慢点醒她；最好旁敲侧击而勿正面提出，还要使她感到那是为了维护她的人格独立，扩大她的世界观。倘若你已经想到奥里维[①]的故事，不妨就把那部书叫她细读一二遍，特别要她注意那一段插曲。像雅葛丽纳那样只知道love，love，love！的人只是童话中人物，在现实世界中非但得不到love，连日子都会过不下去，因为她除了love一无所知，一无所有，一无所爱。这样狭窄的天地哪像一个天地！这样片面的人生观哪会得到幸福！无论男女，只有把兴趣集中在事业上、学问上、艺术上，尽量抛开渺小的自我（ego），才有快活的可能，才觉得活的有意义。未经世事的少女往往会存一个荒诞的梦想，以为恋爱时期的感情的高潮也能在婚后维持下去。这是违反自然规律的妄想。古语说，"君子之交淡如水"；又有一句话说，"夫妇相敬如宾"。可见只有平静、含蓄、温和的感情方能持久；另外一句的意义是说，夫妇到后来完全是一种知己朋友的关系，也即是我们所谓

① 与后文的雅葛丽纳均为《约翰·克利斯朵夫》中的人物。

的终身伴侣。未婚之前双方能深切领会到这一点，就为将来打定了最可靠的基础，免除了多少不必要的误会与痛苦。

你是以艺术为生命的人，也是把真理、正义、人格等等看作高于一切的人，也是以工作为乐生的人；我用不着唠叨，想你早已把这些信念表白过，而且竭力灌输给对方的了。我只想提醒你几点：第一，世界上最有力的论证莫如实际行动，最有效的教育莫如以身作则；自己做不到的事千万勿要求别人；自己也要犯的毛病先批评自己，先改自己的。第二，永远不要忘了我教育你的时候犯的许多过严的毛病。我过去的错误要是能使你避免同样的错误，我的罪过也可以减轻几分；你受过的痛苦不再施之于他人，你也不算白白吃苦。总的来说，尽管指点别人，可不要给人“好为人师”的感觉。奥诺丽纳（你还记得巴尔扎克那个中篇吗？）的不幸一大半是咎由自取，一小部分也因为丈夫教育她的态度伤了她的自尊心。凡是童年不快乐的人都特别脆弱（也有训练得格外坚强的，但只是少数），特别敏感，你回想一下自己，就会知道对付你的爱人要如何delicate、如何discreet了。

我相信你对爱情问题看得比以前更郑重更严肃了；就在这考验时期，希望你更加用严肃的态度对待一切，尤其要对婚后的责任先培养一种忠诚、庄严、虔敬的心情！

## 一九六〇年十月二十一日夜

你的片子只听了一次，一则唱针已旧，不敢多用，二则寄来唱片只有一套，也得特别爱护。初听之下，只觉得你的风格变了，技巧比以前流畅，稳，干净，不觉得费力。音色的变化也有所不同，如何不同，一时还说不上来。Pedal用得更经济。pp比以前更pp。朦胧的段落愈加朦胧了。总的感觉好像光华收敛了些，也许说凝练比较更正确。朔拿大一气呵成，紧凑得很。Largo确如多数批评家所说full of poetic sentiment而没有一丝一毫感伤情调。至此为止，我只能说这些，以后有别的感想再告诉你。四支*Ballads*有些音很薄，好像换了一架钢琴，但*Berceuse*，尤其是*Nocturne*（那支是否Paci最喜欢的？）的音仍然柔和醇厚。是否那些我觉得太薄太硬的音是你有意追求的？你前回说你不满意*Ballads*，理由何在，望告我。对*Ballads*，我过去受Cortot影响太深，遇到正确的style，一时还体会不到其中的妙处。玛祖卡的印象也与以前大不同，melody的处理也两样；究竟两样在哪里，你能告诉我吗？有一份唱片评论，说你每个bar的1st or 2nd beat往往有拖长的倾向，听起来有些mannered，你自己认为怎样？是否玛祖卡真正的风格就需要拖长第一或第二拍？来信多和我谈谈这些问题吧，这是我最感兴趣的。其实我也极想知道国外音乐界的一般情形，但你忙，我不要求你了。从你去年开始的信，可以看出你一天天的倾向于wisdom和所谓希腊精神。大概中国的传统哲学和艺术理想越来越对你发生作用了。从贝多芬式的精神转到这条路在我是相当慢的，你比我缩短了许多年。原因是你的童年时代和少年时代所接触的祖国文化（诗歌、绘画、哲学）比我同时期多的多。我从小到大，样样靠自己摸，只有从年长的朋友那儿偶然得到一些启发，从来没人有意的有计划的指导过我，所以事倍功半。来信提到朱晖的情形使我感触很多。高度的才能不和高度的热爱结合，比只有热情而缺乏能力的人更可惋惜。

## 一九六〇年十一月十三日

亲爱的孩子：十月二十二日寄你和弥拉的信各一封，想你瑞典回来都看到了吧？——前天（十一月十一日）寄出法译《毛主席诗词》一册、英译关汉卿（元人）《剧作选》一册、曹禺《日出》一册、冯沅君《中国古典文学小史》一册（四册共一包，都是给弥拉的）；又陈老莲《花鸟草虫册》一，计十幅，黄宾虹墨笔山水册页五张（摄影），笺谱两套共二十张，我和妈妈放大照片二张（友人摄），共作一包：以上均挂号平寄，由苏联转，预计十二月十日前后可到伦敦——陈老莲《花鸟草虫册》还是五八年印的，在现有木刻水印中技术最好，作品也选的最精；其中可挑六张，连同封套及打字说明，送弥拉的爸爸，表示我们的一些心意。余四张可留存，将来装饰你的新居。黄氏作品均系原来尺寸，由专门摄影的友人代制，花了不少功夫。其他笺谱有些也可配小玻璃框悬挂。因国内纸张奇紧，印数极少，得之不易，千万勿随便送人；只有真爱真懂艺术的人才可酌送一二（指笺谱）。木刻水印在一切复制技术中最接近原作，工本浩大，望珍视之。西人送礼，尤其是艺术品，以少为贵，故弥拉爸爸送六张陈老莲已绰乎有余——这不是小气，而是合乎国外惯例，同时也顾到我们供应不易。

《敦煌壁画选》（木刻水印的一种，非石印洋纸的一种）你身边是否还有？我尚留着三集俱全的一套，你要的话可寄你。不过那是绝版了三五年的东西（木刻印数有限制，后来版子坏了，不能再印），更加名贵，你必须特别爱惜才好。（要否望来信！）

《音乐与音乐家》月刊八月号，有美作曲家Copland的一篇论列美洲音乐的创作问题，我觉得他根本未接触到关键。他绝未提到美洲人是英、法、德、荷、意、西几种民族的混合；混合的民族要产生新文化，尤其是新音乐，必须一个很长的时期，决非如Copland所说单从jazz的节奏或印第安人的音乐中就能打出路来。民族乐派的建立，本地风光的表达，有赖于整个民族精神的形成。欧洲的意、西、法、英、德、荷……许多民族，也是从七世纪起由更多的更早的民族杂凑混合起来的。他们都不是经过极长的时期（融和与合流的时期），才各自形成独特的精神面貌，而后再经过相当长的时期在各种艺术上开花结果吗？

## 一九六〇年十一月二十六日晚

自从弥拉和我们通信以后，好像你有了秘书，自己更少动笔了。知道你忙，精神紧张劳累，也不怪你。可是有些艺术问题非要你自己谈不可。你不谈，你我在精神上艺术上的沟通就要中断，而在我这个孤独的环境中更要感到孤独。除了你，没有人再和我交换音乐方面的意见。而我虽一天天的衰老，还是想多吹吹外面的风。你小时候我们指导你，到了今日，你也不能坐视爸爸在艺术的某一部门中落后！

孩子，你如今正式踏进人生的重要阶段了，想必对各个方面都已严肃认真的考虑过：我们中国人对待婚姻——所谓终身大事——比西方人郑重得多，你也决不例外；可是夫妇之间西方人比我们温柔得多，delicate得多，真有我们古人相敬如宾的作风（当然其中有不少虚伪的，互相欺骗的），想你也早注意到，在此订婚四个月内也该多少学习了一些。至于经济方面，大概你必有妥善的打算和安排。还有一件事，妈妈和我争执不已，不赞成我提出。我认为你们都还年轻，尤其弥拉，初婚后一二年内光是学会当家已是够烦了，是否需要考虑稍缓一二年再生儿育女，以便减轻一些她的负担，让她多轻松一个时期？妈妈反对，说还是早生孩子，宁可以后再节育。但我说晚一些也不过晚一二年，并非十年八年；说不说由我，听不听由你们；知无不言，言无不尽，朋友之间尚且如此，何况父母子女！有什么忌讳呢？你说是不是？我不过表示我的看法，决定仍在你们——而且即使我不说，也许你们已经讨论过这个问题了。弥拉的意思很对，你们该出去休息一个星期。我老是觉得，你离开琴，沉浸在大自然中，多沉思默想，反而对你的音乐理解与感受好处更多。人需要不时跳出自我的牢笼，才能有新的感觉，新的看法，也能有更正确的自我批评。

### 一九六〇年十二月二日

亲爱的孩子：因为闹关节炎，本来这回不想写信，让妈妈单独执笔；但接到你去维也纳途中的信，有些艺术问题非由我亲自谈不可，只能撑起来再写。知道你平日细看批评，觉得总能得到一些好处，真是太高兴了。有自信同时又能保持自我批评精神，的确如你所说，是一切艺术家必须具备的重要条件。你对批评界的总的看法，我完全同意；而且是古往今来真正的艺术家一致的意见。所谓“文章千古事，得失寸心知！”。往往自己认为的缺陷，批评家并不能指出，他们指出的倒是反映批评家本人的理解不够或者纯属个人的好恶，或者是时下的风气和流俗的趣味。从巴尔扎克到罗曼·罗兰，都一再说过这一类的话。因为批评家也受他气质与修养的限制（单从好的方面看），艺术家胸中的境界没有完美表现出来时，批评家可能完全捉摸不到，而只感到与习惯的世界抵触；便是艺术家的理想真正完美的表现出来了，批评家囿于成见，也未必马上能发生共鸣。例如雨果早期的戏剧，皮才的《卡尔曼》（又译《卡门》），特皮西的《贝莱阿斯与梅利桑特》。但即使批评家说的不完全对头，或竟完全不对头，也会有一言半语引起我们的反省，给我们一种inspiration，使我们发现真正的缺点，或者另外一个新的角落让我们去追求，再不然是使我们联想到一些小枝节可以补充、修正或改善——这便是批评家之言不可尽信，亦不可忽视的辩证关系。

来信提到批评家音乐听得太多而麻痹，确实体会到他们的苦处。同时我也联想到演奏家太多沉浸在音乐中和过度的工作或许也有害处。追求完美的意识太强太清楚了，会造成紧张与疲劳，反而妨害原有的成绩。你灌唱片特别紧张，就因为求全之心太切。所以我常常劝你劳逸要有恰当的安排，最要紧维持心理的健康和精神的平衡。一切做到问心无愧，成败置之度外，才能临场指挥若定，操纵自如。也切勿刻意求工，以免画蛇添足，丧失了spontaneity；理想的艺术总是如行云流水一般自然，即使是慷慨激昂也像夏日的疾风猛雨，好像是天地中必然有的也是势所必然的境界。一露出雕琢和斧凿的痕迹，就变为庸俗的工艺品而不是出于肺腑、发自内心的艺术了。我觉得你在放松精神一点上还大有可为。不妨减少一些工作，增加一些深思默想，看看效果如何。别老说时间不够；首先要从日常生活的琐碎事情上——特别是梳洗穿衣等等，那是我几年来常嘱咐你的——节约时间，挤出时间来！要不工作，就痛快休息，切勿拖拖拉拉在日常猥琐之事上浪费光阴。不妨多到郊外森林中去散步，或者上博物馆欣赏名画，从造型艺术中去求恬静闲适。你实在太劳累了！……你知道我说的休息绝不是懒散，而是调节你的身心，尤其是神经（我一向认为音乐家的神经比别的艺术家更需要保护：这也是有科学与历史根据的），目的仍在于促进你的艺术，不过用的方法比一味苦干更合理更科学而已！

你的中文并不见得如何退步，你不必有自卑感。自卑感反会阻止你表达的流畅。Do take it easy！主要是你目前的环境多半要你用外文来思想，也因为很少机会用中文讨论文艺、思想等等问题。稍缓我当寄一些旧书给你，让你温习温习词汇和句法的变化。我译的旧作中，《嘉尔曼》和服尔德的文字比较最洗炼简洁，可供学习。新译不知何时印，印了当然马上寄。但我们纸张不足，对十九世纪的西方作品又经过批判与重新估价，故译作究竟哪时会发排，完全无法预料。

其实多读外文书（写得好的），也一样能加强表达思想的能力。我始终觉得一个人有了充实丰富的思想，不怕表达不出。Arthur Hedley写的*Chopin*（在*master musician*丛书内）内容甚好，文字也不太难。第十章提到Chopin的演奏，有些字句和一般人对你的评论很相近。

# 一九六一年

**一九六一年二月五日上午**

上月二十四日宋家婆婆[1]突然病故，卧床不过五日，初时只寻常小恙，到最后十二小时才急转直下。人生脆弱一至于此！我和你妈妈为之四五天不能入睡，伤感难言。古人云秋冬之际，尤难为怀；人过中年也是到了秋冬之交，加以体弱多病，益有草木零落、兔死狐悲之感。但西方人年近八旬尚在孜孜矻矻，穷究学术，不知老之“已”至：究竟是民族年轻，生命力特别旺盛，不若数千年一脉相承之中华民族容易衰老欤？抑是我个人未老先衰，生意索然欤？想到你们年富力强，蓓蕾初放，艺术天地正是柳暗花明、窥得无穷妙境之时，私心艳羡，岂笔墨所能尽宣！

因你屡屡提及艺术方面的希腊精神（Hellenism），特意抄出丹纳《艺术哲学》中第四编“希腊雕塑”译稿六万余字，钉成一本。原书虽有英译本，但其中神话、史迹、掌故太多，倘无详注，你读来不免一知半解；我译稿均另加笺注，对你方便不少。我每天抄录一段，前后将近一月方始抄完第四编。奈海关对寄外文稿检查甚严，送去十余日尚无音信，不知何时方能寄出，亦不知果能寄出否。思之怅怅。——此书原系五七年“人文”向我特约，还是王任叔来沪到我家当面说定，我在五八至五九年间译完，已搁置一年八个月。目前纸张奇紧，一时决无付印之望。

在一切艺术中，音乐的流动性最为凸出，一则是时间的艺术，二则是刺激感官与情绪最剧烈的艺术，故与个人的mood关系特别密切。

---

① 傅雷挚友宋奇之母，戏剧家宋春舫的夫人。

对乐曲的了解与感受，演奏者不但因时因地因当时情绪而异，即一曲开始之后，情绪仍在不断波动，临时对细节、层次、强弱、快慢、抑扬顿挫，仍可有无穷变化。听众对某一作品平日皆有一根据素所习惯与听熟的印象构成的“成见”，而听众情绪之波动，亦复与演奏者无异：听音乐当天之心情固对其音乐感受大有影响，即乐曲开始之后，亦仍随最初乐句所引起之反应而连续发生种种情绪。此种变化与演奏者之心情变化皆非事先所能预料，亦非临时能由意识控制。可见演奏者每次表现之有所出入，听众之印象每次不同，皆系自然之理。演奏家所以需要高度的客观控制，以尽量减少一时情绪的影响；听众之需要高度的冷静的领会；对批评家之言之不可不信，亦不能尽信，都是从上面几点分析中引申出来的结论。——音乐既是时间的艺术，一句弹完，印象即难以复按；事后批评，其正确性大有问题；又因为是时间的艺术，故批评家固有之（对某一作品）成见，其正确性又大有问题。况执着旧事物旧观念旧印象，排斥新事物新观念新印象，原系一般心理，故演奏家与批评家之距离特别大。不若造型艺术，如绘画、雕塑、建筑，形体完全固定，作者自己可在不同时间不同心情之下再三复按，观众与批评家亦可同样复按，重加审查，修正原有印象与过去见解。

按诸上述种种，似乎演奏与批评都无标准可言。但又并不如此。演奏家对某一作品演奏至数十百次以后，无形中形成一比较固定的轮廓，大大的减少了流动性。听众对某一作品听了数十遍以后，也有一个比较稳定的印象。——尤其以唱片论，听了数十百次必然会得出一个接近事实的结论。各种不同的心情经过数十次的中和、修正，各个极端相互抵消以后，对某一固定乐曲（既是唱片，则演奏是固定的了，不是每次不同的了，而且可以尽量复按复查）的感受与批评可以说有了平均的、比较客观的价值。个别的听众与批评家，当然仍有个别的心理上精神上气质上的因素，使其平均印象尚不能称为如何客观，但无数“个别的”听众与批评家的感受与印象，再经过相当时期的大交流（由于报章杂志的评论，平日交际场中的谈话，半学术性的讨论争辩而形成的大交流）之后，就可得出一个average的总和。这

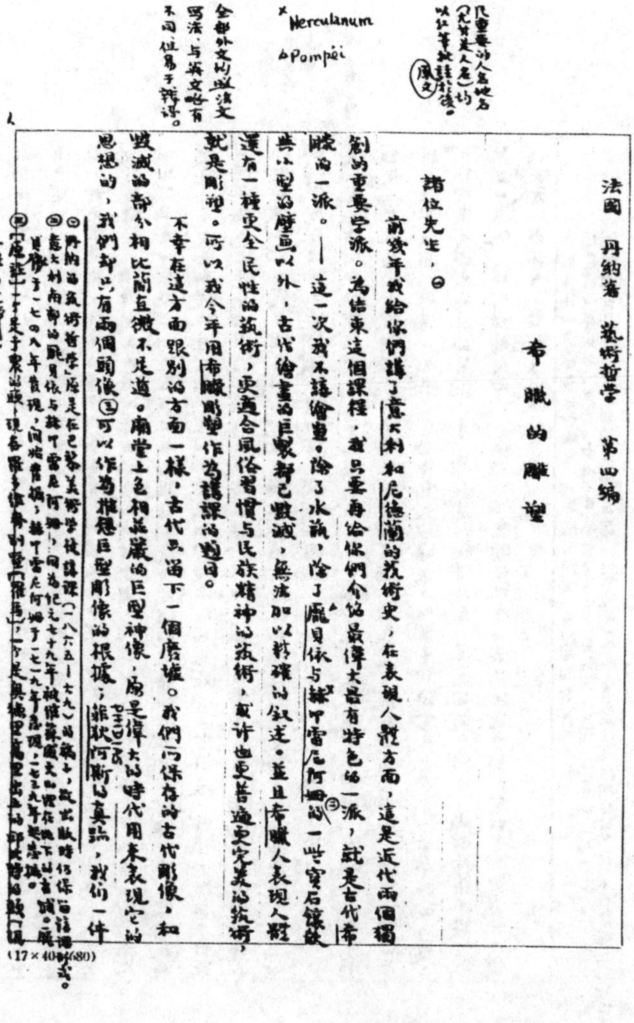

凡重要的人名地名（尤其是人名）均以紅筆注於後。原文

× Herculanum

△ Pompéi

全部外文均以法文写法，与英文略有不同，但易于辨认。

法國 丹納著 藝術哲学 第四编

希臘的雕塑

諸位先生，㊀

前幾年我給你們講了意大利和尼德蘭的藝術史，在表現人體方面，這是近代兩個獨創的重要学派。為結束這個課程，我只要再給你們介紹最偉大最有特色的一派，就是古代希臘的一派。——這一次我不講繪畫。除了水瓶，除了龐貝依△與赫叩雷尼阿姆×㊁的一些寶石鑲嵌與小型的壁畫以外，古代繪畫的巨製都已毀滅，無法加以精確的叙述。並且希臘人表現人體還有一種更全民性的藝術，更適合風俗習慣與民族精神的藝術，或許也更普遍更完美的藝術，就是彫塑。所以我今年用希臘彫塑作為講課的題目。

不幸在這方面跟別的方面一樣，古代只留下一個廢墟。我們所保存的古代彫像，和毀滅的部分相比簡直微不足道。廟堂上色相莊嚴的巨型神像，原是偉大的時代用來表現它的思想的，我們却只有兩個頭像㊂可以作為推想巨型彫像的根據；菲狄阿斯的真跡，我們一件

㊀ 丹納的藝術哲学原是在巴黎美術学校講課（一八六五—一八六九）的稿子，故出版時仍保留講課形式。

㊁ 意大利南部的龐貝依与赫叩雷尼阿姆，同為紀元七十九年被維蘇威火山埋在地下的古城。[illegible]

㊂ [illegible]

(17×40=680)

疾風迅雨樓

傅雷为傅聪摘抄的《艺术哲学》第四编

以下一段可与60年2月2日另寄音乐笔记论古典主义一段中涉及勃拉姆斯的文字参看。

1\. PÆSTUM

1\. ATLAS

34.

係單獨存在，不依靠外力。倘不是人的貪性或褊執狂發作而加以毀滅的話，幾乎所有的希臘神廟都能完整無缺。培斯塔姆①的一組神廟經過二千三百年依然無恙；巴德農是由於火藥爆炸而一分為二的〔一六八七年〕。要是聽其自然，希臘神廟可以至今留存，而且還會留存下去；這可以從它穩固的基礎上看出來，建築物的整個軀體並不加重建築物的負擔而只是使它更堅固。我們感覺到，神廟的各個部分都有一種持久的平衡；因為建築師在屋子的外表上表現出內部的結構，眼睛看了比例和諧的線條而感到愉快，理智由於那些線條可能永存而感到滿足。②而且在雄健的氣概之外還有瀟洒與典雅的風度；希臘的建築物不單單希望傳世悠久像埃及的建築物，它並不被材料所壓，像一個固執而臃腫的阿特拉斯；③它舒展，伸張，挺立，好比一個運動員的健美的肉體，強壯而好與文雅，沉靜調和。此外還得看希臘建築物上的裝飾品：掛在楣緣上像一顆顆明星似的金盾，砌在三角楣兩端和飛簷上的金飾，在大太陽底下發光的獅頭，鑲在柱頭上的金綫的網絡或者琺瑯的網絡，施在屋外的彩色，硃紅，橘紅，藍，綠，淺土黃，以及一切強烈或沉着的色調，像在龐貝依那樣配在一起成為對比，給眼睛的感覺完全是一種天真的，健全的，南國風光的快樂情調。最後還有嵌在三角楣上的，雕刻方龕上的，楣帶上的浮雕和雕像，尤其是聖堂中巨大的神像，以及一切用雲石，象牙，黃金雕成的像，一切代表英雄或神明的身體，——給人看到剛強的力，完美的體育鍛鍊，尚武精神，樸實與高尚的氣概，清明恬靜的心境，達到如何美滿的地步。我們把這些都考慮到了，就會對他們的天才特質和藝術有一個初步的概念。

① 培斯塔姆是古代意大利城市，為希臘人創立，在那不勒斯附近。

② 〔原注〕參考布狄米著：希臘的建築哲學，這是一部觀點很正確，說理明確的著作。

③ 神話中阿特拉斯因不願招待英雄班如賽，被罰變成一座山，高與天接。阿特拉斯不得不用肩膀把天頂住。

(17×40=680)

个总印象、总意见，对某一演奏家的某一作品的成绩来说，大概是公平或近于公平的了。——这是我对群众与批评家的意见肯定其客观价值的看法，也是无意中与你妈妈谈话时谈出来的，不知你觉得怎样？——我经常与妈妈谈天说地，对人生、政治、艺术、各种问题发表各种感想，往往使我不知不觉中把自己的思想整理出一个小小的头绪来。单就这一点来说，你妈妈对我确是大有帮助，虽然不是出于她主动。——可见终身伴侣的相互帮助有许多完全是不知不觉的。相信你与弥拉之间一定也常有此感。

## 一九六一年二月六日上午

昨天敏自京回沪度寒假，马先生交其带来不少唱片借听。昨晚听了维伐第（现译维瓦尔第）的两支协奏曲，显然是史格拉蒂（现译斯卡拉蒂）一类的风格，敏说“非常接近大自然”，倒也说得中肯。情调的愉快、开朗、活泼、轻松，风格之典雅、妩媚，意境之纯净、健康，气息之乐观、天真，和声的柔和、堂皇，甜而不俗：处处显出南国风光与意大利民族的特性，令我回想到罗马的天色之蓝，空气之清冽，阳光的灿烂，更进一步追怀二千年前希腊的风土人情，美丽的地中海与柔媚的山脉，以及当时又文明又自然，又典雅又朴素的风流文采，正如丹纳书中所描写的那些境界。——听了这种音乐不禁联想到亨特尔，他倒是北欧人而追求文艺复兴的理想的人，也是北欧人而憧憬南国的快乐气氛的作曲家。你说他humain是不错的，因为他更本色，更多保留人的原有的性格，所以更健康。他有的是异教气息，不像巴哈被基督教精神束缚，常常匍匐在神的脚下呼号、忏悔，诚惶诚恐的祈求。基督教本是历史上某一特殊时代，地理上某一特殊民族，经济政治某一特殊类型所综合产生的东西；时代变了，特殊的政治经济状况也早已变了，民族也大不相同了，不幸旧文化——旧宗教遗留下来，始终统治着二千年来几乎所有的西方民族，造成了西方人至今为止的那种矛盾、畸形，与十九、二十世纪极不调和的精神状态，处处同文艺复兴以来的主要思潮抵触。在我们中国人眼中，基督教思想尤其显得病态。一方面，文艺复兴以后的人是站起来了，到处肯定自己的独立，发展到十八世纪的百科全书派，十九世纪的自然科学进步以及政治经济方面的革命，显然人类的前途、进步、能力，都是无限的；同时却仍然奉一个无所不能无所不在的神为主宰，好像人永远逃不出他的掌心，再加上原始罪恶与天堂地狱的恐怖与期望，使近代人的精神永远处于支离破碎、纠结复杂、矛盾百出的状态中，这个情形反映在文化的各个方面、学术的各个部门，使他们（西方人）格外心情复杂，难以理解。我总觉得从异教变到基督教，就是人从健康变到病态的主要表现与主要关键。——比起近代的西方人来，我们中华民族更接近古代的希腊人，因此更自然，更健康。我们的哲学、文学即使是悲观的部分也不是基督教式的一味投降，或者用现代语说，一味的"失败主义"，而是人类一般对生老病死、春花秋月的慨叹，如古乐府及我们全部诗词中提到人生如朝露一类的作品，或者是愤激与反抗的表现，如老子的《道德经》。——就因为此，我们对西方艺术中最喜爱的还是希腊的雕塑、文艺复兴的绘画、十九世纪的风景画，——总而言之是非宗教性非说教类的作品。——猜想你近年来愈来愈喜欢莫扎特、斯卡拉蒂、亨特尔，大概也是由于中华民族的特殊气质。在精神发展的方向上，我认为你这条路线是正常的，健全的。——你的酷好舒伯特，恐怕也反映你爱好中国文艺中的某一类型。亲切、熨帖、温厚、惆怅、凄凉，而又对人生常带哲学意味极浓的深思默想；爱人生，恋念人生而又随时准备飘然远行，高蹈、洒脱、遗世独立、解脱一切等等的表现，岂不是我们汉晋六朝唐宋以来的文学中屡见不鲜的吗？而这些因素不是在舒伯特的作品中也具备的吗？——关于上述各点，我很想听听你的意见。关山远阻而你我之间思想交流、精神默契未尝有丝毫间隔，也就象征你这个远方游子永远和产生你的民族、抚养你的祖国、灌溉你的文化血肉相连，息息相通。

## 一九六一年二月七日

从文艺复兴以来，各种古代文化、各种不同民族、各种不同的思想感情大接触之下，造成了近代人的极度复杂的头脑与心情；加上政治经济和社会的急剧变化（如法国大革命，十九世纪的工业革命，封建社会与资本主义社会的交替等等），人的精神状态愈加充满了矛盾。这个矛盾中最尖锐的部分仍然是基督教思想与个人主义的自由独立与自我扩张的对立。凡是非基督徒的矛盾，仅仅反映经济方面的苦闷，其程度决没有那么强烈。——在艺术上表现这种矛盾特别显著的，恐怕要算贝多芬了。以贝多芬与歌德做比较研究，大概更可证实我的假定。贝多芬乐曲中两个主题的对立，决不仅仅从技术要求出发，而主要是反映他内心的双重性。否则，一切sonata form都以两个对立的motifs为基础，为何独独在贝多芬的作品中，两个不同的主题会从头至尾斗争得那么厉害，那么凶猛呢？他的两个主题，一个往往代表意志，代表力，或者说代表一种自我扩张的个人主义（绝对不是自私自利的庸俗的个人主义或侵犯别人的自我扩张，想你不致误会）；另外一个往往代表犷野的暴力，或者说是命运，或者说是神，都无不可。虽则贝多芬本人决不同意把命运与神混为一谈，但客观分析起来，两者实在是一个东西。斗争的结果总是意志得胜，人得胜。但胜利并不持久，所以每写一个曲子就得重新挣扎一次，斗争一次。到晚年的四重奏中，斗争仍然不断发生，可是结论不是谁胜谁败，而是个人的隐忍与舍弃；这个境界在作者说来，可以美其名曰皈依，曰觉悟，曰解脱，其实是放弃斗争，放弃挣扎，以换取精神上的和平宁静，即所谓幸福，所谓极乐。挣扎了一辈子以后再放弃挣扎，当然比一开场就奴颜婢膝的屈服高明得多，也就是说“自我”的确已经大大的扩张了；同时却又证明“自我”不能无限止的扩张下去，而且最后承认“自我”仍然是渺小的，斗争的结果还是一场空，真正得到的只是一个觉悟，觉悟斗争之无益，不如与命运、与神，言归于好，求妥协。当然我把贝多芬的斗争说得简单化了一些，但大致并不错。此处不能作专题研究，有的地方只能笼统说说。——你以前信中屡次说到贝多芬最后的解脱仍是不彻底的，是否就是我以上说的那个意思呢？——我相信，要不是基督教思想统治了一千三四百年（从高卢人信奉基督教算起）的西方民族，现代欧洲人的精神状态决不会复杂到这步田地，即使复杂，也将是另外一种性质。比如我们中华民族，尽管近半世纪以来也因为与西方文化接触之后而心情变得一天天复杂，尽管对人生的无常从古至今感慨伤叹，但我们的内心矛盾，决不能与宗教信仰与现代精神（自我扩张）的矛盾相比。我们心目中的生死感慨，从无仰慕天堂的极其烦躁的期待与追求，也从无对永堕地狱的恐怖忧虑；所以我们的哀伤只是出于生物的本能，而不是由发热的头脑造出许多极乐与极可怖的幻象来一方面诱惑自己一方面威吓自己。同一苦闷，程度强弱之大有差别，健康与病态的分别，大概就取决于这个因素。

中华民族从古以来不追求自我扩张，从来不把人看作高于一切，在哲学文艺方面的表现都反映出人在自然界中与万物占着一个比例较为恰当的地位，而非绝对统治万物、奴役万物的主宰。因此我们的苦闷，基本上比西方人为少为小；因为苦闷的强弱原是随欲望与野心的大小而转移的。农业社会的人比工业社会的人享受差得多，因此欲望也小得多。况中国古代素来以不滞于物、不为物役为最主要的人生哲学。并非我们没有守财奴，但比起莫利哀与巴尔扎克笔下的守财奴与野心家来，就小巫见大巫了。中华民族多数是性情中正和平，淡泊，朴实，比西方人容易满足。——另一方面，佛教影响虽然很大，但天堂地狱之说只是佛教中的小乘（净土宗）的说法，专为知识较低的大众而设的。真正的佛教教理并不相信真有天堂地狱；而是从理智上求觉悟，求超度；觉悟是悟人世的虚幻，超度是超脱痛苦与烦恼。尽管是出世思想，却不予人以热烈追求幸福的鼓动，或急于逃避地狱的恐怖；主要是劝导人求智慧。佛教的智慧正好与基督教的信仰成为鲜明的对比。智慧使人自然而然的醒悟，信仰反易使人入于偏执与热狂之途。——我们的民族本来提倡智慧。（中国人的理想是追求智慧而不是追求信仰。我们只看见古人提到澈悟，从未以信仰坚定为人生乐事〔这恰恰是西方人心目中的幸福〕。你认为亨特尔比巴哈为高，你说前者是智慧的结晶，后者是信仰的结晶：这个思想根源也反映出我们的民族性。）故知识分子受到佛教影响并无恶果。即使南北朝时代佛教在中国极盛，愚夫愚妇的迷信亦未尝在吾国文化史上遗留什么毒素，知识分子亦从未陷于虚无主义（即使有过一个短时期，但在历史上并无大害）。——相反，在两汉以儒家为唯一正统，罢斥百家，思想入于停滞状态之后，佛教思想的输入倒是给我们精神上的一种刺激，令人从麻痹中觉醒过来，从狭隘的一家一派的束缚中解放出来。在纪元二三世纪的思想情况之下这是一个可喜的现象。——对中国知识分子拘束最大的倒是僵死的礼教，从南宋的理学（程子朱子）起一直到清朝末年，养成了规行矩步、整天反省、唯恐背礼越矩的迂腐头脑，也养成了口是心非的假道学、伪君子。其次是明清两代的科举制度，不仅束缚性灵，也使一部分有心胸有能力的人徘徊于功名利禄与真正修心养性、致知格物的矛盾中（反映于《儒林外史》中）。——然而这一类的矛盾也决不像近代西方人的矛盾那么有害身心。我们的社会进步迟缓，资本主义制度发展若断若续，封建时代的经济基础始终存在，封建时代的道德观、人生观、宇宙观以及一切上层建筑，到近百年中还有很大势力，使我们的精神状态、思想情形不致如资本主义高度发展的国家的人那样混乱、复杂、病态；我们比起欧美人来一方面是落后，一方面也单纯，就是说更健全一些。——从民族特性、传统思想，以及经济制度等等各个方面看，我们和西方人比较之下都有这个双重性。——五四以来，情形急转直下，西方文化的输入使我们的头脑受到极大的骚动，正如“帝国主义的资本主义”的侵入促成我们半封建半资本主义社会的崩溃一样。我们开始感染到近代西方人的烦恼，幸而时期不久，并且宗教影响在我们思想上并无重大作用（西方宗教只影响到买办阶级以及一部分比较落后地区的农民，而且也并不深刻），故虽有现代式的苦闷，并不太尖锐。我们还是有我们老一套的东方思想与东方哲学，作为批判西方文化的尺度。当然以上所说特别是限于解放以前为止的时期。解放以后情形大不相同，暇时再谈。但即是解放以前我们一代人的思想情况，你也承受下来了，感染得相当深了。我想你对西方艺术、西方思想、西方社会的反应和批评，骨子里都有我们一代（比你早一代）的思想根源，再加上解放以后新社会给你的理想，使你对西欧的旧社会更有另外一种看法，另外一种感觉。——倘能从我这一大段历史分析（不管如何片面如何不正确）来分析你目前的思想感情，也许能大大减少你内心苦闷的尖锐程度，使你的矛盾不致影响你身心的健康与平衡，你说是不是？

人没有苦闷，没有矛盾，就不会进步。有矛盾才会逼你解决矛盾，解决一次矛盾即往前迈进一步。到晚年矛盾减少，即是生命将要告终的表现。没有矛盾的一片恬静只是一个崇高的理想，真正实现的话并不是一个好现象。——凭了修养的功夫所能达到的和平恬静只是极短暂的，比如浪潮的尖峰，一刹那就要过去的。或者理想的平和恬静乃是微波荡漾，有矛盾而不太尖锐，而且随时能解决的那种精神修养，可决非一泓死水：一泓死水有什么可羡呢？我觉得倘若苦闷而不致陷入悲观厌世，有矛盾而能解决（至少在理论上认识上得到一个总结），那末苦闷与矛盾并不可怕。所要避免的乃是因苦闷而导致身心失常，或者玩世不恭，变作游戏人生的态度。从另一角度看，最伤人的（对己对人，对小我与集体都有害的）乃是由passion出发的苦闷与矛盾，例如热衷名利而得不到名利的人，怀着野心而明明不能实现的人，经常忌妒别人、仇恨别人的人，那一类苦闷便是与己与人都有大害的。凡是从自卑感自溺狂等等来的苦闷对社会都是不利的，对自己也是致命伤。反之，倘是忧时忧国，不是为小我打算而是为了社会福利、人类前途而感到的苦闷，因为出发点是正义，是理想，是热爱，所以即有矛盾，对己对人都无害处，倒反能逼自己做出一些小小的贡献来。但此种苦闷也须用智慧来解决，至少在苦闷的时间不能忘了明哲的教训，才不至于转到悲观绝望，用灰色眼镜看事物，才能保持健康的心情继续在人生中奋斗，——而唯有如此，自己的小我苦闷才能转化为一种活泼泼的力量而不仅仅成为愤世嫉俗的消极因素；因为愤世嫉俗并不能解决矛盾，也就不能使自己往前迈进一步。由此得出一个结论，我们不怕经常苦闷，经常矛盾，但必须不让这苦闷与矛盾妨碍我们愉快的心情。

**一九六一年二月八日晨**

记得你在波兰时期，来信说过艺术家需要有single-mindedness，分出一部分时间关心别的东西，追求艺术就短少了这部分时间。当时你的话是特别针对某个问题而说的。我很了解（根据切身经验），严格钻研一门学术必须整个儿投身进去。艺术——尤其音乐，反映现实是非常间接的，思想感情必须转化为emotion才能在声音中表达，而这一段酝酿过程，时间就很长；一受外界打扰，酝酿过程即会延长，或竟中断。音乐家特别需要集中（即所谓single-mindedness），原因即在于此。因为音乐是时间的艺术，表达的又是流动性最大的emotion，往往稍纵即逝。——不幸，生在二十世纪的人，头脑装满了多多少少的东西，世界上又有多多少少东西时时刻刻逼你注意；人究竟是社会的动物，不能完全与世隔绝；与世隔绝的任何一种艺术家都不会有生命，不能引起群众的共鸣。经常与社会接触而仍然能保持头脑冷静，心情和平，同时能保持对艺术的新鲜感与专一的注意，的确是极不容易的事。你大概久已感觉到这一点。可是过去你似乎纯用排斥外界的办法（事实上你也做不到，因为你对人生对世界的感触与苦闷还是很多很强烈），而没头没脑的沉浸在艺术里，这不是很健康的做法。我屡屡提醒你，单靠音乐来培养音乐是有很大弊害的。以你的气质而论，我觉得你需要多多跑到大自然中去，也需要不时欣赏造型艺术来调剂。假定你每个月郊游一次，上美术馆一次，恐怕你不仅精神更愉快，更平衡，便是你的音乐表达也会更丰富，更有生命力，更有新面目出现。亲爱的孩子，你无论如何应该试试看！

## 一九六一年三月二十二日

拉凡尔（现译拉威尔）的歌真美，我理想中的吾国新音乐大致就是这样的一个艺术境界，可惜从事民间音乐的人还没有体会到，也没有这样高的技术配备！

## 一九六一年四月二十五日

亲爱的孩子：寄你“武梁祠石刻榻片”四张，乃系普通复制品，属于现在印的画片一类。

榻片一称拓片，是吾国固有的一种印刷，原则上与过去印木版书，今日印木刻铜刻的版画相同。唯印木版书画先在版上涂墨，然后以白纸覆印；拓片则先覆白纸于原石，再在纸背以布球蘸墨轻拍细按，印讫后纸背即成正面；而石刻凸出部分皆成黑色，凹陷部分保留纸之本色（即白色）。木刻铜刻上原有之图像是反刻的，像我们用的图章；石刻原作的图像本是正刻，与西洋的浮雕相似，故复制时方法不同。

古代石刻画最常见的一种只勾线条，刻画甚浅；拓片上只见大片黑色中浮现许多白线，构成人物鸟兽草木之轮廓；另一种则将人物四周之石挖去，如阳文图章，在拓片上即看到物像是黑的，具有整个形体，不仅是轮廓了。最后一种与第二种同，但留出之图像呈半圆而微凸，接近西洋的浅浮雕。武梁祠石刻则是第二种之代表作。

给你的拓片，技术与用纸都不高明；目的只是让你看到我们远祖雕刻艺术的些少样品。你在欧洲随处见到希腊罗马雕塑的照片，如何能没有祖国雕刻的照片呢？我们的古代遗物既无照相，只有依赖拓片，而拓片是与原作等大，绝未缩小之复本。

武梁祠石刻在山东嘉祥县武氏祠内，为公元二世纪前半期作品，正当东汉（即后汉）中叶。武氏当时是个大地主大官僚，子孙在其墓畔筑有享堂（俗称祠堂）专供祭祀之用。堂内四壁嵌有石刻的图画。武氏兄弟数人，故有武荣祠、武梁祠之分，唯世人混称为武梁祠。

同类的石刻画尚有山东肥城县之孝堂山郭氏墓，则是西汉（前汉）之物，早于武梁祠约百年（公元一世纪），且系阴刻，风格亦较古拙厚重。“孝堂山”与“武梁祠”为吾国古雕刻两大高峰，不可不加注意。此外尚有较晚出土之四川汉墓石刻，亦系精品。

石刻画题材自古代神话，如女娲氏补天、三皇五帝等传说起，至圣贤、豪杰烈士、诸侯之史实轶事，无所不包。——其中一部分你小时候在古书上都读过。原作每石有数画，中间连续，不分界线，仅于上角刻有题目，如《老莱子采衣娱亲》《荆轲刺秦王》等等。唯文字刻画甚浅，年代剥落，大半无存；今日之下欲知何画代表何人故事，非熟悉《春秋》《左传》《国策》不可；我无此精力，不能为你逐条考据。

武梁祠全部石刻共占五十余石，题材总数更远过于此。我仅有拓片二十余张，亦是残帙，缺漏甚多，兹挑出拓印较好之四纸寄你，但线条仍不够分明，遒劲生动飘逸之美几无从体会，只能说聊胜于无而已。

此种信纸（这封信是用木刻水印笺纸写的）即是木刻印刷，今亦不复制造，值得细看一下。

另附法文说明一份，专供弥拉阅读，让她也知道一些中国古艺术的梗概与中国史地的常识。希望她为你译成英文，好解释给你外国友人听；我知道大部分历史与雕塑名词你都不见得会用英文说。——倘装在框内，拓片只可非常小心的压平，切勿用力拉直拉平，无数皱下去的地方都代表原作的细节，将纸完全拉直拉平就会失去本来面目，务望与弥拉细说。

又汉代石刻画纯系吾国民族风格。人物姿态衣饰既是标准汉族气味，雕刻风格亦毫无外来影响。南北朝（公元四世纪至六世纪）之石刻，如河南龙门、山西云冈之巨大塑像（其中很大部分是更晚的隋唐作品——相当于公元六至八世纪），以及敦煌壁画等等，显然深受佛教艺术、希腊罗马及近东艺术之影响。

附带告诉你这些中国艺术演变的零星知识，对你也有好处，与西方朋友谈到中国文化，总该对主流支流，本土文明与外来因素，心中有个大体的轮廓才行。以后去不列颠博物馆巴黎卢佛美术馆，在远东艺术室中亦可注意及之。巴黎还有专门陈列中国古物的Musēe Guimet（吉美博物馆），值得参观！

## 一九六一年五月一日

聪：四月十七、二十、二十四，三封信（二十日是妈妈写的）都该收到了吧？三月十五寄你评论摘要一小本（非航空），由妈妈打字装订，是否亦早到了？我们花过一番心血的工作，不管大小，总得知道没有遗失才放心。四月二十六日寄出汉石刻画像拓片四张，二十九日又寄《李白集》十册，《十八家诗钞》二函，合成一包；又一月二十日交与海关检查，到最近发还的丹纳：《艺术哲学·第四编（论希腊雕塑）》手抄译稿一册，亦于四月二十九日寄你。以上都非航空，只是挂号。日后收到望一一来信告知。

中国诗词最好是木刻本，古色古香，特别可爱。可惜不准出口，不得已而求其次，就挑商务影印本给你。以后还会陆续寄，想你一定喜欢。《论希腊雕塑》一编六万余字，是我去冬花了几星期功夫抄的，也算是我的手泽，特别给你做纪念。内容值得细读，也非单看一遍所能完全体会。便是弥拉读法文原著，也得用功研究，且原著对神话及古代史部分没有注解，她看起来还不及你读译文易懂。为她今后阅读方便，应当买几部英文及法文的比较完整的字典才好。我会另外写信给她提到。

一月九日寄你的一包书内有老舍及钱伯母①的作品，都是你旧时读过的。不过内容及文笔，我对老舍的早年作品看法已大大不同。从前觉得了不起的那篇《微神》如今认为太雕琢，过分刻画，变得纤巧，反而贫弱了。一切艺术品都忌做作，最美的字句都要出之自然，好像天衣无缝，才经得起时间考验而能传世久远。比如“山高月小，水落石出”不但写长江中赤壁的夜景，历历在目，而且也写尽了一切兼有幽远、崇高与寒意的夜景；同时两句话说得多么平易，真叫作“天籁”！老舍的《柳家大院》还是有血有肉，活得很。——为温习文字，不妨随时看几段。没人讲中国话，只好用读书代替，免得词汇字句愈来愈遗忘。——最近两封英文信，又长又详尽，我们很高兴，但为了你的中文，仍望不时用中文写，这是你唯一用到中文的机会了。写错字无妨，正好让我提醒你。不知五月中是否演出较少，能抽空写信来？

最近有人批判王氏②的“无我之境”，说是写纯客观，脱离阶级斗争。此说未免褊狭。第一，纯客观事实上是办不到的。既然是人观察事物，无论如何总带几分主观，即使力求摆脱物质束缚也只能做到一部分，而且为时极短。其次能多少客观一些，精神上倒是真正获得松弛与休息，也是好事。人总是人，不是机器，不可能二十四小时只做

① 即杨绛，钱锺书夫人。
② 即王国维。

一种活动。生理上就使你不能不饮食睡眠，推而广之，精神上也有各种不同的活动。便是目不识丁的农夫也有出神的经验，虽时间不过一刹那，其实即是无我或物我两忘的心境。艺术家表现出那种境界来未必会使人意志颓废。例如念了“寒波淡淡起，白鸟悠悠下”两句诗，哪有一星半点不健全的感觉？假定如此，自然界的良辰美景岂不成年累月摆在人面前，人如何不消沉至于不可救药的呢？——相反，我认为生活越紧张越需要这一类的调剂；多亲近大自然倒是维持身心平衡最好的办法。近代人的大病即在于拼命损害了一种机能（或一切机能）去发展某一种机能，造成许多畸形与病态。我不断劝你去郊外散步，也是此意。幸而你东西奔走的路上还能常常接触高山峻岭，海洋流水，日出日落，月色星光，无形中更新你的感觉，解除你的疲劳。等你读了《希腊雕塑》的译文，对这些方面一定有更深的体会。

另一方面，终日在琐碎家务与世俗应对中过生活的人，也该时时到野外去洗掉一些尘俗气，别让这尘俗气积聚日久成为宿垢。弥拉接到我黄山照片后来信说，从未想到山水之美有如此者。可知她虽家居瑞士，只是偶尔在山脚下小住，根本不曾登高临远，见到神奇的景色。在这方面你得随时培养她。此外我也希望她每天挤出时间，哪怕半小时吧，作为阅读之用。而阅读也不宜老拣轻松的东西当作消遣；应当每年选定一二部名著用功细读。比如丹纳的《艺术哲学》之类，若能彻底消化，做人方面、气度方面、理解与领会方面都有进步，不仅仅是增加知识而已。巴尔扎克的小说也不是只供消闲的。像你们目前的生活，要经常不断的阅读正经书不是件容易的事，需要很强的意志与纪律才行。望时常与她提及你老师勃隆斯丹近七八年来的生活，除了做饭、洗衣，照管丈夫孩子以外，居然坚持练琴，每日一小时至一小时半，到今日每月有四五次演出。这种精神值得弥拉学习。

你岳丈灌的唱片，十之八九已听过，觉得以贝多芬的协奏曲与巴哈的*Solo Sonata*为最好。Bartok不容易领会，Bach的协奏曲不及piano的协奏曲动人。不知怎么，polyphonic音乐对我终觉太抽象。便是巴哈的*Cantata*听来也不觉感动。一则我领会音乐的限度已到了尽头，二则一般中国人的气质和那种宗教音乐距离太远。——语言的隔阂在歌唱中也是一个大阻碍。（勃拉姆斯的小提琴协奏曲似乎不及钢琴协奏曲美，是不是我程度太低呢？）

Louis Kentner似乎并不高明，不知是与你岳丈合作得不大好，还是本来演奏不过尔尔？他的Franck朔拿大远不及Menuhin[①]的violin part。*Kreutzer*[②]更差，2nd movement的变奏曲部分weak之至（老是躲躲缩缩，退在后面，便是piano为主的段落亦然如此）。你大概听过他独奏，不知你的看法如何？是不是我了解他不够或竟了解差了？

你往海外预备拿什么节目出去？协奏曲是哪几支？恐怕Van Wyck首先要考虑那边群众的好恶；我觉得考虑是应当的，但也不宜太迁就。最好还是挑自己最有把握的东西。真有吸引力的还是一个人的本色；而保持本色最多的当然是你理解最深的作品。在英国少有表演机会的Bartok、Prokofiev[③]等现代乐曲，是否上那边去演出呢？——前信提及Cuba演出可能，还须郑重考虑，我觉得应推迟一二年再说！暑假中最好结合工作与休息，不去远地登台，一方面你们俩都需要松松，一方面你也好集中准备海外节目。——七月中去不去维也纳灌贝多芬第一、四？——问你的话望当场记在小本子上，或要弥拉写下，待写信时答复我们。一举手之劳，我们的问题即有着落。

## 一九六一年五月二十三日

亲爱的孩子：越知道你中文生疏，我越需要和你多写中文；同时免得弥拉和我们隔膜，也要尽量写英文。有时一些话不免在中英文信中重复，望勿误会是我老糊涂。从你婚后，我觉得对弥拉如同对你一样负有指导的责任：许多有关人生和家常琐事的经验，你不知道还不打紧，弥拉可不能不学习，否则如何能帮助你解决问题呢？既然她自幼的遭遇不很幸福，得到父母指点的地方不见得很充分，再加西方人总有许多观点与我们有距离，特别在人生的淡泊，起居享用的俭朴方面，我更认为应当逐渐把我们东方民族（虽然她也是东方血统，但她

① 即梅纽因，傅聪的岳丈。
② 指贝多芬的《克勒策奏鸣曲》。
③ 匈牙利作曲家、钢琴家巴托克和苏联作曲家、钢琴家普罗科菲耶夫。

的东方只是徒有其名了！）的明智的传统灌输给她。前信问你有关她与生母的感情，务望来信告知。这是人伦至性，我们不能不关心弥拉在这方面的心情或苦闷。

不愿意把物质的事挂在嘴边是一件事，不糊里糊涂莫名其妙的丢失钱是另一件事！这是我与你大不相同之处。我也觉得提到阿堵物是俗气，可是我年轻时母亲（你的祖母）对我的零用抓得极紧，加上二十四岁独立当家，收入不丰；所以比你在经济上会计算，会筹划，尤其比你原则性强。当然，这些对你的艺术家气质不很调和，但也只是对像你这样的艺术家是如此；精明能干的艺术家也有的是。萧邦即是一个有名的例子：他从来不让出版商剥削，和他们谈判条件从不怕烦。你在金钱方面的洁癖，在我们眼中是高尚的节操，在西方拜金世界和吸血世界中却是任人鱼肉的好材料。我不和人争利，但也绝不肯被人剥削，遇到这种情形不能不争。——这也是我与你不同之处。但你也知道，我争的还是一个理而不是为钱，争的是一口气而不是为的利。在这一点上你和我仍然相像。

总而言之，理财有方法、有系统，并不与重视物质有必然的联系，而只是为了不吃物质的亏而采取的预防措施；正如日常生活有规律，并非求生活刻板枯燥，而是为了争取更多的时间，节省更多的精力来做些有用的事，读些有益的书，总之是为了更完美的享受人生。

裴辽士（现译柏辽兹）我一向认为最能代表法兰西民族，最不受德、意两国音乐传统的影响。《基督童年》一曲朴素而又精雅，热烈而又含蓄，虔诚而又健康，完全写出一个健全的人的宗教情绪，广义的宗教情绪，对一切神圣、纯洁、美好、无邪的事物的崇敬。来信说的很对，那个曲子又有热情又有恬静，又兴奋又淡泊，第二段的古风尤其可爱。怪不得当初巴黎的批评家都受了骗，以为真是新发现的十七世纪法国教士作的。但那narrator唱的太过火了些，我觉得家中原有老哥伦比亚的一个片段比这个新片更素雅自然。可惜你不懂法文，全篇唱词之美在英文译文中完全消失了。我对照看了几段，简直不能传达原作的美于万一！（原文写得像《圣经》一般单纯！可是多美！）想你也知道全部脚本是出于裴辽士的手笔。

你既对裴辽士感到很大兴趣，应当赶快买一本罗曼·罗兰的《今代音乐家》（Romain Rolland：*Musiciens d' Aujourd' hui*），读一读论裴辽士的一篇。（那篇文章写得好极了！）倘英译本还有同一作者的《古代音乐家》（*Musiciens d' Autrefois*）当然也该买。正因为裴辽士完全表达他自己，不理会也不知道（据说他早期根本不知道巴哈）过去的成规俗套，所以你听来格外清新、亲切、真诚，而且独具一格。也正因为你是中国人，受西洋音乐传统的熏陶较浅，所以你更能欣赏独往独来，在音乐上追求自由甚于一切的裴辽士。而也由于同样的理由，我热切期望未来的中国音乐应该是这样一个境界。为什么不呢？俄罗斯五大家不也由于同样的理由爱好裴辽士吗？同时，不也是由于同样的理由，莫索斯基（现译穆索尔斯基）对近代各国的乐派发生极大的影响吗？

你说的很对，“学然后知不足”，只有不学无术或是浅尝即止的人才会自大自满。我愈来愈觉得读书太少，聊以自慰的就是还算会吸收、消化、贯通。像你这样的艺术家，应当无书不读，像Busoni、Hindemith那样。就因为此，你更需和弥拉俩妥善安排日常生活，一切起居小节都该有规律有计划，才能挤出时间来。当然，艺术家也不能没有懒洋洋的耽于幻想的时间，可不能太多；否则成了习惯就浪费光阴了。没有音乐会的期间也该有个计划，哪几天招待朋友，哪几天听音乐会，哪几天照常练琴，哪几天读哪一本书。一朝有了安排，就不至于因为无目的无任务而感到空虚与烦躁了。这些琐琐碎碎的项目其实就是生活艺术的内容。否则空谈“人生也是艺术”，究竟指什么呢？对自己有什么好处呢？但愿你与弥拉多谈谈这些问题，定出计划来按部就班的做去。最要紧的是定的计划不能随便打破或打乱。你该回想一下我的作风，可以加强你实践的意志。

一九四五年我和周伯伯办《新语》，写的文章每字每句脱不了罗曼·罗兰的气息和口吻，我苦苦挣扎了十多天，终于摆脱了，重新找到了我自己的文风。这事我始终不能忘怀。——你现在思想方式受外国语文束缚，与我当时受罗曼·罗兰（翻了他一百二十万字的长篇自然免不了受影响）的束缚有些相似，只是你生活在外国语文的环境中，更不容易解脱，但并非绝对不可能解决。例如我能写中文，也能写法文和英文，固然时间要花得多一些，但不至于像你这样二百多字的一页中文（在我应当是英文——因我从来没有实地应用英文的机会）要花费一小时。问题在于你的意志，只要你立意克服，恢复中文的困难早晚能克服。我建议你每天写一些中文日记，便是简简单单写一篇三四行的流水账，记一些生活琐事也好，唯一的条件是有恒。倘你天天写一二百字，持续到四五星期，你的中文必然会流畅得多。——最近翻出你五〇年十月昆明来信，读了感慨很多。到今天为止，敏还写不出你十六岁时写的那样的中文。既然你有相当根基，恢复并不太难，希望你有信心，不要胆怯，要坚持，持久！你这次写的第一页，虽然气力花了不少，中文还是很好，很能表达你的真情实感。——要长此生疏下去，我倒真替你着急呢！我竟说不出我和你两人为这个问题谁更焦急。可是干着急无济于事，主要是想办法解决，想了办法该坚决贯彻！再告诉你一点：你从英国写回来的中文信，不论从措辞或从风格上看，都还比你的英文强得多；因为你的中文毕竟有许多古书做底子，不比你的英文只是浮光掠影摭拾得来的。你知道了这一点应该更有自信心了吧！

**一九六一年五月二十四日**

……你也从未提及是否备有胶带录音设备，使你能细细听你自己的演奏。这倒是你极需要的。一般评论都说你的萧邦表情太多，要是听任乐曲本身自己表达（即少加表情），效果只会更好。批评家还说大概是你年龄关系，过了四十，也许你自己会改变。这一类的说法你觉得对不对？（Cologne 的评论有些写得很拐弯抹角，完全是德国人脾气，爱复杂。）我的看法，你有时不免夸张；理论上你是对的，但实际表达往往会“太过”。唯一的补救与防止，是在心情非常冷静的时候，多听自己家里的tape录音；听的时候要尽量客观，当作别人的演奏一样对待。

我自己常常发觉译的东西过了几个月就不满意；往往当时感到得意的段落，隔一些时候就觉得平淡得很，甚至于糟糕得很。当然，也有很多情形，人家对我的批评与我自己的批评并不对头；人家指出的，我不认为是毛病；自己认为毛病的，人家却并未指出。想来你也有同样的经验。

在空闲（即无音乐会）期间有朋友来往，不但是应有的调剂，使自己不致与现实隔膜，同时也表示别人喜欢你，是件大好事。主要是这些应酬也得有限度有计划。最忌有求必应，每会必到；也最忌临时添出新客新事。西方习惯多半先用电话预约，很少人会做不速之客——即使有不速之客，必是极知己的人，不致妨碍你原定计划的。——希望弥拉慢慢能学会这一套安排的技术。原则就是要取主动，不能处处被动！

孩子，来信有句话很奇怪。沉默如何就等于同意或了解呢？不同意或不领会，岂非也可用沉默来表现吗？在我，因为太追求逻辑与合理，往往什么话都要说得明白，问得明白，答复别人也答复得分明；沉默倒像表示躲避，引起别人的感觉不是信任或放心，而是疑虑或焦急。过去我常问到你经济情况，怕你开支浩大，演出太多，有伤身体与精神的健康；主要是因为我深知一个艺术家在西方世界中保持独立多么不容易，而唯有经济有切实保障才能维持人格的独立。并且父母对儿女的物质生活总是特别关心。再过一二十年，等你的孩子长成以后，你就会体验到这种心情。

## 一九六一年六月十四日夜

巴尔扎克的《幻灭》（*Lost Illusions*）英译本，已由宋伯伯从香港寄来，弥拉不必再费心了。英译本确是一九五一年新出，并写明是某某人新译，出版者是John Lehmann，25 Gilbert St. London W.1，弥拉问过几家伦敦书店，都说并无此新译本，可见英国书店从业员之孤陋寡闻。三十年前巴黎拉丁区的书店，你问什么都能对答如流，简直是一部百科辞典。英译本也有插图，但构图之庸俗，用笔之凄迷琐碎，线条之贫弱无力，可以说不堪一顾。英国画家水准之低实属不堪想象，无怪丹纳在《艺术哲学》中对第一流的英国绘画也批评得很凶。——至此为止，此书我尚在准备阶段。内容复杂，非细细研究不能动笔；况目力、体力、脑力，大不如前，更有蜗步之叹。将来还有一大堆问题寄到巴黎去请教。

## 一九六一年六月二十六日晚

亲爱的孩子：六月十八日信（邮戳十九）今晨收到。虽然花了很多钟点，信写得很好。多写几回就会感到更容易更省力。最高兴的是你的民族性格和特征保持得那么完整，居然还不忘记："一箪食（读如嗣）一瓢饮，回也不改其乐。"唯有如此，才不致被西方的物质文明湮没。你屡次来信说我们的信给你看到和回想到另外一个世界，理想气息那么浓的、豪迈的、真诚的、光明正大的、慈悲的、无我的（即你此次信中说的idealistic、generous、devoted、loyal、kind、selfless）世界。我知道东方西方之间的鸿沟，只有豪杰之士，领悟颖异、感觉敏锐而深刻的极少数人方能体会。换句话说，东方人要理解西方人及其文化和西方人理解东方人及其文化同样不容易。即使理解了，实际生活中也未必真能接受。这是近代人的苦闷：既不能闭关自守，东方与西方各管各的生活，各管各的思想，又不能避免两种精神两种文化两种哲学的冲突和矛盾。当然，除了冲突与矛盾，两种文化也彼此吸引，相互之间有特殊的魅力使人神往。东方的智慧、明哲、超脱，要是能与西方的活力、热情、大无畏的精神融合起来，人类可能看到另一种新文化出现。西方人那种孜孜矻矻、白首穷经、只知为学、不问成败的精神还是存在（现在和克利斯朵夫的时代一样存在），值得我们学习。你我都不是大国主义者，也深恶痛绝大国主义，但你我的民族自觉、民族自豪和爱国热忱并无一星半点的排外意味；相反，这是一个有根有蒂的人应有的感觉与感情。每次看到你有这种表现，我都快活得心儿直跳，觉得你不愧为中华民族的儿子！妈妈也为之自豪，对你特别高兴，特别满意。

分析你岳父的一段大有见地，但愿作为你的鉴戒。你的两点结论，不幸的婚姻和太多与太早的成功是艺术家最大的敌人，说得太中肯了。我过去为你的婚姻问题操心，多半也是从这一点出发。如今弥拉不是有野心的女孩子，至少不会把你拉上热衷名利的路，让你能始终维持艺术的尊严，维持你严肃朴素的人生观，已经是你的大幸。还有你淡于名利的胸怀，与我一样的自我批评精神，对你的艺术都是一种保障。但愿十年二十年之后，我不在人世的时候，你永远能坚持这两点。恬淡的胸怀，在西方世界中特别少见，希望你能树立一个榜样！

说到弥拉，你是否仍和去年八月初订婚时来信说的一样预备培养她？不是说培养她成一个什么专门人才，而是带她走上严肃、正直、坦白、爱美、爱善、爱真理的路。希望以身作则，鼓励她多多读书，有计划有系统的正规的读书，不是消闲趋时的读书。你也该培养她的意志：便是有规律有系统的处理家务、掌握家庭开支、经常读书等等，都是训练意志的具体机会。不随便向自己的fancy让步，也不随便向你的fancy让步，也是锻炼意志的机会。孩子气是可贵的，但决不能损害taste，更不能影响家庭生活，起居饮食的规律。有些脾气也许一辈子也改不了，但主观上改，总比听其自然或是放纵（即所谓indulging）好。你说对吗？弥拉与我们通信近来少得多，我们不怪她，但那也是她道义上感情上的一种责任。我们原谅她是一回事，你不从旁提醒她可就不合理，不尽你督促之责了。做人是整体的，对我们经常写信也表示她对人生对家庭的态度。你别误会，我再说一遍，别误会我们嗔怪她，而是为了她太年轻，需要养成一个好作风，处理实际事务的严格的态度；以上的话主要是为她好，而不是仅仅为我们多得一些你们消息的快乐。可是千万注意，和她提到给我们写信的时候，说话要和软，否则反而会影响她与我们的感情。翁姑与媳妇的关系与父母子女的关系大不相同，你慢慢会咂摸到，所以处理要非常细致。

最近几次来信，你对我们托办的事多半有交代，我很高兴。你终于在实际生活方面也成熟起来了，表示你有头有尾，责任感更强了。你的录音机迄未置办，我很诧异；照理你布置新居时，应与床铺在预算表上占同样重要的地位。在我想来，少一二条地毯倒没关系，少一架好的录音机却太不明智。足见你们俩仍太年轻，分不出轻重缓急。但愿你去美洲回来就有能力置办！

我早料到你读了《论希腊雕塑》以后的兴奋。那样的时代是一去不复返的了，正如一个人从童年到少年那个天真可爱的阶段一样。也如同我们的先秦时代、两晋六朝一样。近来常翻阅《世说新语》（正在寻一部铅印而篇幅不太笨重的预备寄你），觉得那时的风流文采既有点儿近古希腊，也有点儿像文艺复兴时期的意大利；但那种高远、恬淡、素雅的意味仍然不同于西方文化史上的任何一个时期。人真是奇怪的动物，文明的时候会那么文明，谈玄说理会那么隽永，野蛮的时候又同野兽毫无分别，甚至更残酷。奇怪的是这两个极端就表现在同一批人同一时代的人身上。两晋六朝多少野心家，想夺天下、称孤道寡的人，坐下来清谈竟是深通老庄与佛教哲学的哲人！

亨特尔的神剧固然追求异教精神，但他毕竟不是纪元前四五世纪的希腊人，他的作品只是十八世纪一个意大利化的日耳曼人向往古希腊文化的表现。便是《赛米里》吧，口吻仍不免带点儿浮夸（pompous）。这不是亨特尔个人之过，而是民族与时代不同，绝对勉强不来的。将来你有空闲的时候（我想再过三五年，你音乐会一定可大大减少，多一些从各方面进修的时间），读几部英译的柏拉图、塞诺封（现译色诺芬）一类的作品，你对希腊文化可有更多更深的体会。再不然你一朝去雅典，尽管山陵剥落（如丹纳书中所说）面目全非，但是那种天光水色（我只能从亲自见过的罗马和那不勒斯的天光水色去想象），以及巴德农神庙的废墟，一定会给你强烈的激动、狂喜，非言语所能形容，好比四五十年以前邓肯（Duncun）在巴德农废墟上光着脚不由自主的跳起舞来（《邓肯自传》，倘在旧书店中看到，可买来一读）。真正体会古文化，除了从小“泡”过来之外，只有接触那古文化的遗物。我所以不断寄吾国的艺术复制品给你，一方面是满足你思念故国，缅怀我们古老文化的饥渴，一方面也想用具体事物来影响弥拉。从文化上、艺术上认识而爱好异国，才是真正认识和爱好一个异国，而且我认为也是加强你们俩精神契合的最可靠的链锁。

石刻画你喜欢吗？是否感觉到那是真正汉族的艺术品，不像敦煌壁画云冈石刻有外来因素。我觉得光是那种宽袍大袖、简洁有力的线条、浑合的轮廓、古朴的屋宇车辆、强劲雄壮的马匹，已使我看了怦然心动，神游于二千年以前的天地中去了（装了框子看更有效果）。

几个月来做翻译巴尔扎克《幻灭》三部曲的准备工作，七百五十余页原文，共有一千一百余生字。发个狠每天温三百至四百生字，大有好处。正如你后悔不早开始把萧邦的*Etudes*作为每天的日课，我也后悔不早开始记生字的苦功。否则这部书的生字至多只有二三百。倘有钱伯伯那种记忆力，生字可减至数十。天资不足，只能用苦功补足。我虽到了这年纪，身体挺坏，这种苦功还是愿意下的。

你对Michelangeli的观感大有不同，足见你六年来的进步与成熟。同时，"曾经沧海难为水"，"登东山而小鲁，登泰山而小天下"，也是你意见大变的原因。伦敦毕竟是国际性的乐坛，你这两年半的逗留不是没有收获的。

最近在美国的《旅行家杂志》（*National Geography*）上读到一篇英国人写的爱尔兰游记，文字很长，图片很多。他是三十年中第二次去周游全岛，结论是："什么是爱尔兰最有意思的东西？——是爱尔兰人。"这句话与你在杜伯林（现译都柏林）匆匆一过的印象完全相同。

吃过晚饭，又读了一遍（第三遍）来信。你自己说写得乱七八糟，其实并不。你有的是真情实感，真正和真实的观察、分析、判断，便是杂乱也乱不到哪里去。中文也并未退步；你爸爸最挑剔文字，我说不退步你可相信是真的不退步。而你那股热情和正义感不知不觉洋溢于字里行间，教我看了安慰、兴奋……有些段落好像是我十几年来和你说的话的回声……你没有辜负园丁！

老好人往往太迁就，迁就世俗，迁就褊狭的家庭愿望，迁就自己内心中不大高明的因素；不幸真理和艺术需要高度的原则性和永不妥协的良心。物质的幸运也常常毁坏艺术家。可见艺术永远离不开道德——广义的道德，包括正直、刚强、斗争（和自己的斗争以及和社会的斗争）、毅力、意志、信仰……

的确，中国优秀传统的人生哲学，很少西方人能接受，更不用说实践了。比如“富贵于我如浮云”在你我是一条极崇高极可羡的理想准则，但像巴尔扎克笔下的那些人物，正好把富贵作为人生最重要的，甚至是唯一的目标。他们那股向上爬、求成功的蛮劲与狂热，我个人简直觉得难以理解。也许是气质不同，并非多数中国人全是那么淡泊。我们不能把自己人太理想化。

你提到英国人的抑制（inhibition），其实正表示他们犷野强悍的程度，不能不深自敛抑，一旦决堤而出，就是莎士比亚笔下的那些人物，如麦克白斯、奥赛罗等等，岂不wild到极点？

Bath在欧洲亦是鼎鼎大名的风景区和温泉疗养地，无怪你觉得是英国最美的城市。看了你寄来的节目，其中几张风景使我回想起我住过的法国内地古城：那种古色古香，那种幽静与悠闲，至今常在梦寐间出现。——说到这里，希望你七月去维也纳，百忙中买一些美丽的风景片给我。爸爸坐井观天，让我从纸面上也接触一下贝多芬、莫扎特、舒伯特住过的名城！

## 一九六一年七月七日晚

亲爱的孩子：《近代文明中的音乐》和你岳父的传记，同日收到。接连三个下午看完传记，感想之多、情绪的波动，近十年中几乎是绝无仅有的经历。写当代人的传记有一个很大的便宜，人证物证多，容易从四面八方搜集材料，相互引证、核对。当然也有缺点：作者与对象之间距离太近，不容易看清客观事实和真正的面目；当事人所牵涉的人和事大半尚在目前，作者不能毫无顾虑，内容的可靠性和作者的意见难免打很大的折扣。总的说来，玛奇陶夫（现译马吉道夫）写得很精彩；对人生、艺术、心理变化都有深刻的观察和真切的感受；

taste不错，没有过分的恭维。作者本人的修养和人生观都相当深广。许多小故事的引用也并非仅仅为了吸引读者，而是旁敲侧击的烘托出人物的性格。

你大概马上想象得到，此书对我有特殊的吸引力。教育儿童的部分，天才儿童的成长及其苦闷的历史，缺乏苦功而在二十六岁至三十岁之间闭门（不是说绝对退隐，而是独自摸索）补课，两次的婚姻和战时战后的活动，都引起我无数的感触。关于教育，你岳父的经历对你我两人都是一面镜子。我许多地方像他的父母，不论是优点还是缺点，也有许多地方不及他的父母，也有某些地方比他们开明。我很庆幸没有把你关在家里太久，这也是时代使然，也是你我的个性同样倔强使然。父母子女之间的摩擦与冲突，甚至是反目，当时虽然对双方都是极痛苦的事，从长里看对儿女的成长倒是利多弊少。你祖岳母的骄傲简直到了不近人情的地步，完全与她的宗教信仰不相容——世界上除了回教我完全茫然以外，没有一个宗教不教人谦卑和隐忍，不教人克制骄傲和狂妄的。可是她对待老友Goldman的态度，对伊虚提在台上先向托斯卡尼尼鞠躬的责备，竟是发展到自高自大、目空一切的程度。她教儿女从小轻视金钱权势，不向政治与资本家低头，不许他们自满，唯恐师友宠坏他们，这一切当然是对的。她与她丈夫竭力教育子女，而且如此全面，当然也是正确的，可敬可佩的；可是归根结蒂，她始终没有弄清楚教育的目的，只笼笼统统说要儿女做一个好人，哪怕当鞋匠也不妨；她却并未给好人（honest man）二字下过定义。在我看来，她的所谓好人实在是非常狭小的，限于respectable而从未想到更积极更阔大的天地和理想。假如她心目中有此意念，她必然会鼓励孩子"培养自己以便对社会对人类有所贡献"。她绝未尊敬艺术，她对真、美、善毫无虔诚的崇敬心理；因此她看到别人自告奋勇帮助伊虚提（如埃尔曼资助他去欧洲留学，哥尔门送他Prince K……小提琴等等）并不有所感动，而只觉得自尊心受损。她从未认识人的伟大是在于帮助别人，受教育的目的只是培养和积聚更大的力量去帮助别人，而绝对不是盲目的自我扩张。曼纽欣老夫人只看见她自己、她一家、她的和丈夫的姓氏与种族；所以她看别人的行为也永远从别人的自私出发。自己没有理想，如何会想到茫茫人海中竟有具备理想的人呢？她学问丰富，只缺少一个高远的理想作为指南针。她为人正直，只缺少忘我的牺牲精神——她为儿女是忘我的，是有牺牲精神的；但“为儿女”实际仍是“为她自己”；她没有急公好义、慷慨豪侠的仁慈！幸亏你岳父得天独厚，凡是家庭教育所没有给他的东西，他从音乐中吸收了，从古代到近代的乐曲中，从他接触的前辈，尤其安内斯库（现译埃奈斯库）身上得到了启示。他没有感染他母亲那种狭窄、闭塞、贫乏、自私的道德观（即西方人所谓的prudery）。也幸而残酷的战争教了他更多的东西，扩大了他的心灵和胸襟，烧起他内在的热情……你岳父今日的成就，特别在人品和人生观方面，可以说是in spite of his mother。我相信真有程度的群众欣赏你岳父的地方（仍是指艺术以外的为人），他父母未必体会到什么伟大。但他在海牙为一个快要病死的女孩子演奏Bach的*Chaconne*[①]，以及他一九四七年在柏林对犹太难民的说话、以后在以色列的表现等等，我认为是你岳父最了不起的举动，符合我们“威武不能屈”的古训。

书中值得我们深思的段落，多至不胜枚举，对音乐，对莫扎特、巴哈直到巴托克的见解；对音乐记忆的分析，小提琴技术的分析，还有对协奏曲（和你一开始即浸入音乐的习惯完全相似）的态度，都大有细细体会的价值。他的两次re-study（最后一次是一九四二—四五）你都可作为借鉴。

了解人是一门最高深的艺术，便是最伟大的哲人、诗人、宗教家、小说家、政治家、医生、律师，都只能掌握一些原则，不能说对某些具体的实例——一个人——有彻底的了解。人真是矛盾百出、复杂万分、神秘到极点的动物。看了传记，好像对人物有了相当认识，其实还不过是一些粗疏的概念。尤其他是性情温和、从小隐忍惯的人，更不易摸透他的底。我想你也有同感。

你上次信中分析他的话，我不敢下任何断语。可是世界上就是到处残缺，没有完善的人或事。大家说他目前的夫人不太理想，但弥拉

① 巴赫的《夏空》。

的母亲又未尝使他幸福。他现在的夫人的确多才多艺、精明强干，而连带也免不了多才多艺和精明强干带来的缺点。假如你和其他友人对你岳父的看法不错，那也只能希望他的艺术良心会再一次觉醒，提到一个新的更高的水平，再来一次严格的自我批评。是否会有这幸运的一天，就得看他的生命力如何了。人的发展总是波浪式的，和自然界一样：低潮之后还有高潮再起的可能，峰回路转，也许“柳暗花明又一村”，又来一个新天地呢！所以古人说对人要“盖棺论定”。

多少零星的故事和插曲也极有意义。例如埃尔迦抗议纽门（Newman，现译纽曼）对伊虚提演奏他小提琴协奏曲的评论：纽门认为伊虚提把第二乐章表达太甜太luscious，埃尔迦说他写的曲子，特别那个主题本身就是甜美的，luscious，“难道英国人非板起面孔不可吗？我是板起面孔的人吗？”可见批评家太着重于一般的民族性，作家越出固有的民族性，批评家竟熟视无睹，而把他所不赞成的表现归罪于演奏家。而纽门还是世界上第一流的学者兼批评家呢！可叹学问和感受和心灵往往碰不到一起，感受和心灵也往往不与学问合流。要不然人类的文化还可大大的进一步呢？巴托克听了伊虚提演奏他的小提琴协奏曲后说：“我本以为这样的表达只能在作曲家死了长久以后才可能。”可见了解同时代的人推陈出新的创造的确不是件容易的事。——然而我们又不能执着Elgar 对Yehudi[①]的例子，对批评家的言论一律怀疑。我们只能依靠自我批评精神来作取舍的标准，可是我们的自我批评精神是否永远可靠、不犯错误呢（infallible）？是否我们常常在应该坚持的时候轻易让步而在应当信从批评家的时候又偏偏刚愎自用、顽固不化呢？我提到这一点，因为你我都有一个缺点：“好辩”；人家站在正面，我会立刻站在反面；反过来亦然。而你因为年轻，这种倾向比我更强。但愿你慢慢的学得客观、冷静、理智，别像古希腊人那样为争辩而争辩！

阿陶夫·蒲希和安内斯库两人对巴哈*Fugue*主题的forte or dolce[②]

① Elgar即前文“埃尔迦”，Yehudi Menuhin即前文“伊虚提·梅纽因”。

② 指对巴赫的《赋格曲》主题的强或弱。

的看法不同，使我想起太多的书本知识要没有高度的理解力协助，很容易流于教条主义，成为学院派。

另一方面，Ysaye要伊虚提拉arpeggio的故事，完全显出一个真正客观冷静的大艺术家的“巨眼”，不是巨眼识英雄，而是有看破英雄的短处的“巨眼”。青年人要寻师问道，的确要从多方面着眼。你岳父承认跟Adolph Busch还是有益的，尽管他气质上和心底里更喜欢安内斯库。你岳父一再后悔不曾及早注意伊萨伊的暗示。因此我劝你空下来静静思索一下，你几年来可曾听到过师友或批评家的一言半语而没有重视的。趁早想，趁早补课为妙！你的祖岳母说：“我母亲常言，只有傻瓜才自己碰了钉子方始回头；聪明人看见别人吃亏就学了乖。”此话我完全同意，你该记得一九五三年你初去北京以后我说过（在信上）同样的话，记得我说的是：“家里嘱咐你的话多听一些，在外就不必只受别人批评。”大意如此。

你说过的那位匈牙利老太太，指导过Anni Fischer的，千万上门去请教，便是去一二次也好。你有足够的聪明，人家三言两语，你就能悟出许多道理。可是从古到今没有一个人聪明到不需要听任何人的意见。智者千虑，必有一失。也许你去美访问以前就该去拜访那位老人家！亲爱的孩子，听爸爸的话，安排时间去试一试好吗？——再附带一句：去之前一定要存心去听“不入耳之言”才会有所得，你得随时去寻访你周围的大大小小的伊萨伊！

话愈说愈远——也许是愈说愈近了。假如念的书不能应用到自己身上来，念书干吗？

你岳父清清楚楚对他自幼所受的教育有很大的反响。他一再声明越少替儿童安排他们的前途越好。这话其实也只说对了一部分，同时也得看这种放任主义如何执行。

要是有时间与精力，这样一本书可以让我写一篇上万字的批评。但老实说，我与伊虚提成了亲家，加上狄阿娜夫人so sharp and so witty，我也下笔有顾忌，只好和你谈谈。

最后问你一句：你看过此书没有？倘未看，可有空即读，而且随手拿一支红笔，要标出（underline）精彩的段落。以后有空还得再念第二三遍。弥拉年轻，未经世事，我觉得她读了此书并无所得。

我已有几次问你弥拉是否开始怀孕，因为她近来信少，与你半年前的情形相仿。若是怀孕而不舒服，则下面的话只当没说！否则妈妈送了她东西，她一个字都没有，未免太不礼貌。尤其我们没有真好的东西给她（环境限制），可是“礼轻心意重”，总希望受的人接受我们一份情意。倘不是为了身体不好，光是忙，不能成为一声不出的理由。这是体统和规矩问题。我看她过去与后母之间不大融洽，说不定一半也由于她太“少不更事”。——但这事你得非常和缓的向她提出，也别露出是我信中嗔怪她，只作为你自己发觉这样不大好，不够kind，不合乎做人之道。你得解释，这不过是一例，做人是对整个社会，不仅仅是应付家属。但对近亲不讲礼貌的人也容易得罪一般的亲友。——以上种种，你需要掌握时机，候她心情愉快的当口委婉细致、心平气和，像对知己朋友进忠告一般的谈。假如为了我们使你们小夫妇俩不欢，是我极不愿意的。你总得让她感觉到一切是为她好，帮助她学习，live the life；而绝非为了父母而埋怨她。孩子，这件微妙的任务希望你顺利完成！对你也是一种学习和考验。忠言逆耳，但必须出以一百二十分柔和的态度，对方才能接受。

## 一九六一年七月八日上午

在过去的农业社会里，人的生活比较闲散，周围没有紧张的空气，随遇而安、得过且过的生活方式还能对付。现在时代大变，尤其在西方世界，整天整月整年社会像一个瞬息不停的万花筒，生存竞争的剧烈，想你完全体会到了。最好做事要有计划，至少一个季度事先要有打算，定下的程序非万不得已切勿临时打乱。你是一个经常出台的演奏家，与教授、学者等等不同：生活忙乱得多，不容易控制。但愈忙乱愈需要有全面计划，我总觉得你太被动，常常be carried away，被环境和大大小小的事故带着走。从长远看，不是好办法。过去我一再问及你经济情况，主要是为了解你的物质基础，想推测一下再要多少时期可以减少演出，加强学习——不仅仅音乐方面的学习。我很明白在西方社会中物质生活无保障，任何高远的理想都谈不上。但所谓物质保障首先要看你的生活水准，其次要看你会不会安排收支，保持平衡，经常有规律的储蓄。生活水准本身就是可上可下，好坏程度、高低等级多至不可胜计的；究竟自己预备以哪一种水准为准，需要想个清楚，弄个彻底，然后用坚强的意志去贯彻。唯有如此，方谈得到安排收支等等的理财之道。孩子，光是瞧不起金钱不解决问题；相反，正因为瞧不起金钱而不加控制，不会处理，临了竟会吃金钱的亏，做物质的奴役。单身汉还可用颜回的刻苦办法应急，有了家室就不行，你若希望弥拉也会甘于素衣淡食就要求太苛，不合实际了。为了避免落到这一步，倒是应当及早定出一个中等的生活水准使弥拉能同意，能实践，帮助你定计划执行。越是轻视物质越需要控制物质。你既要保持你艺术的尊严、人格的独立，控制物质更成为最迫切最重要的先决条件。孩子，假如你相信我这个论点，就得及早行动。

经济有了计划，就可按照目前的实际情况定一个音乐活动的计划。比如下一季度是你最忙，但也是收入最多的季度：那笔收入应该事先做好预算；切勿钱在手头，撒漫使花，而是要作为今后减少演出的基础——说明白些就是基金。你常说音乐世界是茫茫大海，但音乐还不过是艺术中的一支，学问中的一门。望洋兴叹是无济于事的，要钻研仍然要定计划——这又跟你的演出的多少、物质生活的基础有密切关系。你结了婚，不久家累会更重；你已站定脚跟，但最要防止将来为了家累，为了物质基础不稳固，不知不觉的把演出、音乐为你一家数口服务。古往今来——尤其近代，多少艺术家（包括各个部门的）到中年以后走下坡路，难道真是他们愿意的吗？多半是为家庭拖下水的，而且拖下水的经过完全出于不知不觉。孩子，我为了你的前途不能不长篇累牍的告诫。现在正是设计你下一阶段生活的时候，应当振作精神，面对当前，眼望将来，从长考虑。何况我相信三五年到十年之内，会有一个你觉得非退隐一年二年不可的时期。一切真有成就的演奏家都逃不过这一关。你得及早准备。

最近三个月，你每个月都有一封长信，使我们好像和你对面谈天一样：这是你所能给我和你妈妈的最大安慰。父母老了，精神上不免一天天的感到寂寞。唯有万里外的游子归鸿使我们生活中还有一些光彩和生气。希望以后信中除了艺术，也谈谈实际问题。你当然领会到我做爸爸的只想竭尽所能帮助你进步，增进你的幸福，想必不致嫌我烦琐吧？

### 一九六一年八月一日

亲爱的孩子：二十四日接弥拉十六日长信，快慰之至。几个月不见她手迹着实令人挂心，不知怎么，我们真当她亲生女儿一般疼她；从未见过一面，却像久已认识的人那样亲切。读她的信，神情笑貌跃然纸上。口吻那么天真那么朴素，taste很好，真叫人喜欢。成功的婚姻不仅对当事人是莫大的幸福，而且温暖的光和无穷的诗意一直照射到、渗透入双方的家庭。敏读了弥拉的信也非常欣赏她的人品。

弥拉报告中有一件事教我们特别高兴：你居然去找过了那位匈牙利太太！（姓名弥拉写得不清楚，望告知！）多少个月来（在杰老师心中已是一年多了），我们盼望你做这一件事，一旦实现，不能不为你的音乐前途庆幸。——写到此，又接你明信片；那末原来希望本月四日左右接你长信，又得推迟十天了。但愿你把技巧改进的经过与实际谈得详细些，让我转告李先生好慢慢帮助国内的音乐青年，想必也是你极愿意做的事。本月十二至二十七日间，九月二十三日以前，你都有空闲的时间，除了出门休息（想你们一定会出门吧？）以外，尽量再去拜访那位老太太，向她请教。尤其维也纳派（莫扎特、贝多芬、舒伯特），那种所谓repose的风味必须彻底体会。好些评论对你这方面的欠缺都一再提及。——至于追求细节太过，以致妨碍音乐的朴素与乐曲的总的轮廓，批评家也说过很多次。据我的推想，你很可能犯了这些毛病。往往你会追求一个目的，忘了其他，不知不觉钻入牛角尖（今后望深自警惕）。可是深信你一朝醒悟，信从了高明的指点，你回头是岸，纠正起来是极快的，只是别矫枉过正，望另一极端摇摆过去就好了。

像你这样的年龄与经验，随时随地吸收别人的意见非常重要。经常请教前辈更是必需。你敏感得很，准会很快领会到那位前辈的特色与专长，尽量汲取——不到汲取完了决不轻易调换老师。

上面说到维也纳派的repose，推想当是一种闲适恬淡而又富于旷达胸怀的境界，有点儿像陶靖节、杜甫（某一部分田园写景）、苏东坡、辛稼轩（也是田园曲与牧歌式的词）。但我还捉摸不到真正维也纳派的所谓repose，不知你的体会是怎么回事？

近代有名的悲剧演员可分两派：一派是浑身投入，忘其所以，观众好像看到真正的剧中人在面前歌哭；情绪的激动，呼吸的起伏，竟会把人在火热的浪潮中卷走，Sarah Bernhardt[①]（1844—1923）即是此派代表（巴黎有她的纪念剧院）。一派刻画人物惟妙惟肖，也有大起大落的激情，同时又处处有一个恰如其分的节度，从来不流于“狂易”之境。心理学家说这等演员似乎有双重人格：既是演员，同时又是观众。演员使他与剧中人物合一，观众使他一切演技不会过火（即是能入能出的那句老话）。因为他随时随地站在圈子以外冷眼观察自己，故即使到了猛烈的高潮峰顶仍然能控制自己。以艺术而论，我想第二种演员应当是更高级。观众除了与剧中人发生共鸣，亲身经受强烈的情感以外，还感到理性节制的伟大，人不被自己情欲完全支配的伟大。这伟大也就是一种美。感情的美近于火焰的美、浪涛的美、疾风暴雨之美，或是风和日暖、鸟语花香的美；理性的美却近于钻石的闪光，星星的闪光，近于雕刻精工的美，完满无疵的美，也就是智慧之美！情感与理性平衡所以最美，因为是最上乘的人生哲学，生活艺术。

记得好多年前我已与你谈起这一类话。现在经过千百次实际登台的阅历，大概更能体会到上述的分析可应用于音乐了吧？去冬你岳父来信说你弹两支莫扎特协奏曲，能把强烈的感情纳入古典的形式之内，他意思即是指感情与理性的平衡。但你还年轻，出台太多，往往体力不济，或技巧不够放松，难免临场紧张，或是情不由己，be carried away。并且你整个品性的涵养也还没到此地步。不过早晚你会在这方面成功的，尤其技巧有了大改进以后。

“After reading that, I found my conviction that Handel’s music,

① 莎拉·伯恩哈特，法国著名女演员。

specially his *oratorio* is the nearest to the Greek spirit in music 更加强了。His optimism，his radiant poetry，which is as simple as one can imagine but never vulgar，his directness and frankness，his pride，his majesty and his almost physical ecstasy.I think that is why when an English chorus sings '*Hallelujah*' they suddenly become so wild，taking off completely their usual English inhibition，because at that moment they experience something really thrilling，something like ecstasy..."

"读了丹纳的文章，我更相信过去的看法不错：亨特尔的音乐，尤其神剧，是音乐中最接近希腊精神的东西。他有那种乐天的倾向、豪华的诗意，同时亦极尽朴素，而且从来不流于庸俗，他表现率直、坦白，又高傲又堂皇，差不多在生理上到达一种狂喜与忘我的境界。也许就因为此，英国合唱队唱*Hallelujah*的时候，会突然变得豪放，把平时那种英国人的抑制完全摆脱干净，因为他们那时有一种真正激动心弦，类似出神的感觉。"

为了帮助你的中文，我把你信中一段英文代你用中文写出。你看看是否与你原意有距离。ecstasy一字含义不一，我不能老是用出神二字来翻译。——像这样不打草稿随手翻译，在我还是破题儿第一遭。

提醒你一句：信中把"自以为是"写作"自已为是"，此是笔误，但也得提一下。

## 一九六一年八月十九日

近几年来常常想到人在大千世界、星云世界中多么微不足道，因此更感到人自命为万物之灵实在狂妄可笑。但一切外界的事物仍不断对我发生强烈的作用，引起强烈的反应和波动，忧时忧国不能自已；另一时期又觉得转眼之间即可撒手而去，一切于我何有哉！这一类矛盾的心情几乎经常控制了我：主观上并无出世之意，事实上常常浮起虚无幻灭之感。个人对一切感觉都敏锐、强烈，而常常又自笑愚妄。不知这是现代中国知识分子的共同苦闷，还是我特殊的气质使然。即使想到你，有些安慰，却也立刻会想到随时有离开你们的可能，你的将来、你的发展，我永远看不见的了，你十年二十年后的情形，对于我将永远是个谜，正如世界上的一切、人生的一切，到我脱离尘世之时都将成为一个谜——个人消灭了，茫茫宇宙照样进行，个人算得什么呢！

## 一九六一年八月三十一日夜

亲爱的孩子：八月二十四日接十八日信，高兴万分。你最近的学习心得引起我许多感想。杰老师的话真是至理名言，我深有同感。会学的人举一反三，稍经点拨，即能跃进。不会学的不用说闻一以知十，连闻一以知一都不容易办到，甚至还要缠夹，误入歧途，临了反抱怨老师指引错了。所谓会学，条件很多，除了悟性高以外，还要足够的人生经验。……现代青年头脑太单纯，说他纯洁固然不错，无奈遇到现实，纯洁没法作为斗争的武器，倒反因天真幼稚而多走不必要的弯路。玩世不恭、cynical的态度当然为我们所排斥，但不懂得什么叫作cynical也反映入世太浅，眼睛只会朝一个方向看。周总理最近批评我们的教育，使青年只看见现实世界中没有的理想人物，将来到社会上去一定感到失望与苦闷。胸襟眼界狭小的人，即使老辈告诉他许多旧社会的风俗人情，也几乎会骇而却走。他们既不懂得人是从历史上发展出来的，经过几千年上万年的演变过程才有今日的所谓文明人，所谓社会主义制度下的人，一切也就免不了管中窥豹之弊。这种人倘使学文学艺术，要求体会比较复杂的感情，光暗交错、善恶并列的现实人生，就难之又难了。要他们从理论到实践、从抽象到具体，样样结合起来，也极不容易。但若不能在理论→实践、实践→理论、具体→抽象、抽象→具体中不断来回，任何学问都难以入门。

以上是综合的感想。现在谈谈你最近学习所引起的特殊问题。

据来信，似乎你说的relax不是五六年以前谈的纯粹技巧上的relax，而主要是精神、感情、情绪、思想上的一种安详、闲适、淡泊、超逸的意境，即使牵涉到技术，也是表现上述意境的一种相应的手法，音色与tempo rubato等等。假如我这样体会你的意思并不错，那我就觉得你过去并非完全不能表达relax的境界，只是你没有认识到某些作品某些作家确有那种relax的精神。一年多以来，英国批评家有些说你的贝多芬（当然指后期的朔拿大）缺少那种Viennese repose，恐怕即是指某种特殊的安闲、恬淡、宁静之境，贝多芬在早年中年剧烈挣扎与苦斗之后，到晚年达到的一个peaceful mind，也就是一种特殊的serenity（是一种resignation产生的serenity）。但精神上的清明恬静之境也因人而异，贝多芬的清明恬静既不同于莫扎特的，也不同于舒伯特的。稍一混淆，在水平较高的批评家、音乐家以及听众耳中就会感到气息不对，风格不合，口吻不真。我是用这种看法来说明你为何在弹斯卡拉蒂和莫扎特时能完全relax，而遇到贝多芬与舒伯特就成问题。另外两点，你自己已分析得很清楚：一是看到太多的drama，把主观的情感加诸原作；二是你的个性与气质使你不容易relax，除非遇到斯卡拉蒂与莫扎特，只有轻灵、松动、活泼、幽默、妩媚、温婉而没法找出一点儿借口可以装进你自己的drama。因为莫扎特的drama不是十九世纪的drama，不是英雄式的斗争，波涛汹涌的感情激动、如醉若狂的fanaticism；你身上所有的近代人的drama气息绝对应用不到莫扎特作品中去；反之，那种十八世纪式的flirting和诙谐、俏皮、讥讽等等，你倒也很能体会；所以能把莫扎特表达得恰如其分。还有一个原因，凡作品整体都是relax的，在你不难掌握；其中有激烈的波动又有苍茫惆怅的那种relax的作品，如萧邦，因为与你气味相投，故成绩也较有把握。但若既有激情又有隐忍恬淡如贝多芬晚年之作，你即不免抓握不准。你目前的发展阶段，已经到了理性的控制力相当强，手指神经很驯服的能听从头脑的指挥，故一朝悟出了关键所在的作品精神，领会到某个作家的relax该是何种境界何种情调时，即不难在短时期内改变面目，而技巧也跟着适应要求，像你所说“有些东西一下子显得容易了”。旧习未除，亦非短期所能根绝，你也分析得很彻底：悟是一回事，养成新习惯来体现你的“悟”是另一回事。

最后你提到你与我气质相同的问题，确是非常中肯。你我秉性都过敏，容易紧张。而且凡是热情的人多半流于执着，有fanatic倾向。你的观察与分析一点不错。我也常说应该学学周伯伯那种潇洒、超脱、随意游戏的艺术风格，冲淡一下太多的主观与肯定，所谓positivism。无奈向往是一事，能否做到是另一事。有时个性竟是顽强到底，什么都扭它不过。幸而你还年轻，不像我业已定型；也许随着阅历与修养，加上你在音乐中的熏陶，早晚能获致一个既有热情又能冷静、能入能出的境界。总之，今年你请教Kabos太太[1]后，所有的进步是我与杰老师久已期待的；我早料到你并不需要到四十左右才悟到某些淡泊、朴素、闲适之美——像去年四月《泰晤士报》评论你两次萧邦音乐会所说的。附带又想起批评界常说你追求细节太过，我相信事实确是如此，你专追一门的劲也是fanatic得厉害，比我还要执着。或许近二个月以来，在这方面你也有所改变了吧？注意局部而忽视整体，雕琢细节而动摇大的轮廓固谈不上艺术；即使不妨碍完整，雕琢也要无斧凿痕，明明是人工，听来却宛如天成，才算得艺术之上乘。这些常识你早已知道，问题在于某一时期目光太集中在某一方面，以致耳不聪，目不明，或如孟子所说“明察秋毫而不见舆薪”。一旦醒悟，回头一看，自己就会大吃一惊，正如五五年时你何等欣赏弥盖朗琪利（现译米开兰琪利），最近却弄不明白当年为何如此着迷。

## 一九六一年九月一日

早在一九五七年李克忒（现译李赫特）在沪演出时，我即觉得他的舒伯特没有grace。以他的身世而论，很可能于不知不觉中走上神秘主义的路。生活在另外一个世界中，那世界只有他一个人能进去，其中的感觉、刺激、形象、色彩、音响都另有一套，非我们所能梦见。神秘主义者往往只有纯洁、朴素、真诚，但缺少一般的温馨妩媚。便是文艺复兴初期的意大利与法兰德斯（现译佛兰德斯）宗教画上的grace也带一种圣洁的他世界的情调，与十九世纪初期维也纳派的风流蕴藉、熨帖细腻，同时也带一些淡淡的感伤的柔情毫无共通之处。而斯拉夫族，尤其俄罗斯民族的神秘主义又与西欧的罗马正教一派的神秘主义不同。听众对李克忒演奏的反应如此悬殊也是理所当然的。二十世纪六十年代的人还有几个能容忍音乐上的神秘主义呢？至于捧他上天的批评只好目之为梦呓，不值一哂。

---

① 卡波斯太太（1893—1973），匈牙利出生的英国钢琴家和钢琴教育家。

从通信所得的印象，你岳父说话不多而含蓄甚深，涵养功夫极好，但一言半语中流露出他对人生与艺术确有深刻的体会。以他成年前所受的教育和那么严格的纪律而论，能长成为今日这样一个独立自由的人，在艺术上保持鲜明的个性，已是不大容易的了；可见他秉性还是很强，不过藏在内里，一时看不出罢了。他自己在书中说："我外表是哈泼齐巴，内心是雅尔太。"[①]但他坚强的个性不曾发展到他母亲的路上，没有那种过分的民族自傲，也算大幸。

尽管那本传记经过狄安娜夫人校阅，但其中并无对狄安娜特别恭维的段落，对诺拉[②]亦无贬词——这些我读的时候都很注意。上流社会的妇女总免不了当面一套，背后一套：为了在西方社会中应付，也有不得已的苦衷。主要仍须从大事情大原则上察看一个人的品质。希望你竭力客观，头脑冷静。前妻的子女对后母必有成见，我们局外人只能以亲眼目睹的事实来判断，而且还须分析透彻。年轻人对成年人的看法往往不大公平，何况对待后母！故凡以过去的事为论证的批评最好先打个问号，采取保留态度，勿急于下断语。家务事曲折最多，单凭一面之词难以窥见真相。

## 一九六一年九月二日中午

感慨在英文中如何说，必姨来信说明如下：

"有时就是（deeply）affected，（deeply）moved；有时是（He is）affected with painful recollections；the music（或诗或文）calls forth painful memories 或 stirs up painful（or mournful，melancholy）memories。如嫌 painful 太重，就说那音乐 starts a train of melancholy thoughts（sorrowful，mournful，sad）thoughts。对人生的慨叹有时不用memory，recollection，就用 reflection，形容词还是那几个，e.g.His letter is full of sad reflections on life 。"

据我的看法，"感慨""慨叹"纯是描写中国人特殊的一种心理状态，与西洋人的recollection固大大不同，即与reflection亦有出入，故

① 二人分别是曼纽因的大妹妹和小妹妹。
② 曼纽因的前妻。

难在外文中找到恰当的equivalent。英文的recollection太肯定，太“有所指”；reflection又嫌太笼统，此字本义是反应、反映。我们的感慨只是一种怅惘、苍茫的情绪，说sad也不一定sad，或者未免过分一些；毋宁是带一种哲学意味的mood，就是说感慨本质上是一种情绪，但有思想的成分。

从去年冬天起，党中央颁布了关于农业工作十二条，今年春季又扩充为六十条，纠正过去人民公社中的歪风（所谓乱刮共产风），定出许多新的措施，提高农民的积极性，增加物质报酬，刺激生产。大半年以来农村情况大有改变，农民工作都有了劲，不再拖拉、磨洋工。据说六十条是中央派了四十人的调查团，分别深入各地，住在农民家中实地调查研究以后得出的结论。可见党对人民生活的关心，及时大力扭转偏差，在天灾频仍的关头提出“大办农业，大种粮食”的口号。我个人感觉：人事方面，社会主义制度下最重要的关键仍然要消灭官僚主义；农业增产要达到理想指标必须机耕与化肥两大问题基本解决以后才有可能。并且吾国人民的饮食习惯倘不逐渐改变，不用油脂和蛋白、肉类，来代替大量的淀粉，光靠谷类增产还是有困难。吾国人口多，生育率高，消耗淀粉（米、麦、高粱及一切杂粮）的总量大得惊人，以绝大部分的可耕地种谷类所能供应人的热力（即加洛里），远不如少量面积种油脂作物所能供应人的热量为多。在经济核算上，在国民健康观点上，油脂的价值远过于谷类。我们工农阶级的食物，油脂与淀粉质消耗的比例，正好和西欧工农在这两类上的比例相反。结果我们的胃撑得很大，到相当年纪又容易下垂，所得营养却少得可怜。——但要改变大家几千年来多吃谷类的习惯大不容易，至少也要一二代才能解决。同时增加油脂作物和畜牧生产也是件大事。以上仅仅是我个人的感想，社会上尚未听见有人提出。

教育与文艺方面，半年来有不少党中央的报告，和前几年的看法做法也大有不同。对知识分子思想水平的要求有所调整，对红专问题的标准简化为：只要有国际主义爱国主义精神，接受马列主义，就算红。当然红与专都无止境，以之为终身努力的目标是应该的，但对目前知识分子不能要求过高，期望太急。文艺创作的题材亦可不限于工农兵，只消工农兵喜爱，能为工农兵看了以后消除疲劳也就是为工农兵服务。政治固然是判断作品的第一标准，但并非“唯一的”标准。以后要注意艺术性。学校教育不能再片面强调政治，不能停了课“搞运动”。周扬部长与陈副总理都提到工厂不搞生产如何成为工厂，学校不搞学习如何成为学校；今后培养青年一定要注重业务，要“专”，决不允许红而不专。诸如此类的指示有许许多多，大致都根据以上说的几个方针。问题在于如何执行，如何贯彻。基层干部的水平不可能一转眼就提高，也就不可能一下子正确领会党中央的政策与精神。大家“拨一拨、动一动”的惰性已相当深，要能主动掌握，彻底推行中央决定，必须经过长时期的教育与自我教育。国家这样大，人这么多，摊子摆得这么多、这么大，哪里一下就能扭转错误！现在只是调整方向方针，还未到全面实现的阶段。不过有此转变已经是可喜之至了。

以往四年简直不和你谈到这些，原因你自会猜到。我的感想与意见写起来也许会积成一厚本；我吃亏的就是平日想的太多，无论日常生活，大事小事，街头巷尾所见所闻，都引起我许多感想；更吃亏的是看问题水平提得太高（我一向说不是我水平高，而是一般的水平太低），发见症结为时太早：许多现在大家承认为正确的意见，我在四五年、六七年以前就有了；而在那时的形势下，在大家眼中我是思想落后，所以有那些看法。

九月是你比较空闲的一月，我屡次要你去博物馆看画，无论如何在这个月中去一二回！先定好目标看哪一时期的哪一派，集中看，切勿分散精力。早期与中期文艺复兴（意大利派）也许对你理解斯卡拉蒂更有帮助。造型艺术与大自然最能培养一个人身心的relax！

你的中文信并未退步，词汇也仍丰富，只是作主词的“我”字用得太多，不必要的虚字也用多了些。因你时间有限，我不苛求；仅仅指出你的毛病，让你知道而已。

### 一九六一年九月十四日晨

你工作那么紧张，不知还有时间和弥拉谈天吗？我无论如何忙，要是一天之内不与你妈谈上一刻钟十分钟，就像漏了什么功课似的。时事感想，人生或大或小的事务的感想，文学艺术的观感，读书的心得，翻译方面的问题，你们的来信，你的行踪……上下古今，无所不谈，拉拉扯扯，不一定有系统，可是一边谈一边自己的思想也会整理出一个头绪来，变得明确；而妈妈今日所达到的文化、艺术与人生哲学的水平，不能不说一部分是这种长年的闲谈熏陶出来的。去秋你信中说到培养弥拉，不知事实上如何做？也许你父母数十年的经历和生活方式还有值得你参考的地方。以上所提的日常闲聊便是熏陶人最好的一种方法。或是饭前饭后或是下午喝茶（想你们也有英国人喝tea的习惯吧？）的时候，随便交换交换意见，无形中彼此都得到不少好处：启发，批评，不知不觉的提高自己，提高对方。总不能因为忙，各人独自生活在一个小圈子里。少女少妇更忌精神上的孤独。共同的理想、热情，需要长期不断的灌溉栽培，不是光靠兴奋时说几句空话所能支持的。而一本正经的说大道理，远不如日常生活中琐琐碎碎的一言半语来得有效，——只要一言半语中处处贯彻你的做人之道和处世的原则。孩子，别因为埋头于业务而忘记了你自己定下的目标，别为了音乐的艺术而抛荒生活的艺术。弥拉年轻，根基未固，你得耐性细致，孜孜不倦的关怀她，在人生琐事方面、读书修养方面、感情方面，处处观察、分析、思索，以诚挚深厚的爱做原动力，以冷静的理智做行动的指针，加以教导，加以诱引，和她一同进步！倘或做这些工作的时候有什么困难，千万告诉我们，可帮你出主意解决。你在音乐艺术中固然只许成功，不许失败；在人生艺术中、婚姻艺术中也只许成功，不许失败！这是你爸爸妈妈最关心的，也是你一生幸福所系。而且你很明白，像你这种性格的人，人生没法与艺术分离，所以要对你的艺术有所贡献，家庭生活与夫妇生活更需要安排得美满。——语重心长，但愿你深深体会我们爱你和爱你的艺术的热诚，从而在行动上彻底实践！

我老想帮助弥拉，但自知手段笨拙，深怕信中处处流露出说教口吻和家长面孔。青年人对中年老年人另有一套看法，尤其西方少妇。你该留意我的信对弥拉起什么作用：要是她觉得我太古板、太迂等等，得赶快告诉我，让我以后对信中的措辞多加修饰。我决不嗔怪她，可是我极需要知道她的反应来调节我教导的方式方法。你务须实事求是，切勿粉饰太平，歪曲真相：日子久了，这个办法只能产生极大的弊害。你与她有什么不协和，我们就来解释、劝说；她与我们之间有什么不协和，你就来解释、劝说：这样才能做到所谓“同舟共济”。我在中文信中谈的问题，你都可挑出一二题目与她讨论；我说到敏的情形也好告诉她：这叫作旁敲侧击，使她更了解我们。我知道她家务杂务，里里外外忙得不可开交，故至今不敢在读书方面督促她。我屡屡希望你经济稳定，早日打定基础，酌量减少演出，使家庭中多些闲暇，一方面也是为了弥拉的进修（要人进修，非给他相当时间不可）。我一再提议你去森林或郊外散步，去博物馆欣赏名作，大半为了你，一小半也是为了弥拉。多和大自然与造型艺术接触，无形中能使人恬静旷达（古人所云“荡涤胸中尘俗”，大概即是此意），维持精神与心理的健康。在众生万物前面不自居为“万物之灵”，方能祛除我们的狂妄，打破纸醉金迷的俗梦，养成淡泊洒脱的胸怀，同时扩大我们的同情心。欣赏前人的遗迹，看到人类伟大的创造，才能不使自己被眼前的局势弄得悲观，从而鞭策自己，竭尽所能的在尘世留下些少成绩。以上不过是与大自然及造型艺术接触的好处的一部分，其余你们自能体会。

### 一九六一年十月五日深夜

八九两月你统共只有三次演出，但似乎你一次也没去郊外或博物馆。我知道你因技术与表达都有大改变，需要持续加工和巩固；访美的节目也得加紧准备；可是二个月内毫不松散也不是办法。两年来我不知说了多少次，劝你到森林和博物馆走走，你始终不能接受。孩子，我多担心你身心的健康和平衡；一切都得未雨绸缪，切勿到后来悔之无及。单说技巧吧，有时硬是别扭，倘若丢开一个下午，往大自然中跑跑，或许下一天就能顺利解决。人的心理活动总需要一个酝酿的时期，不成熟时硬要克服难关，只能弄得心烦意躁，浪费精力。音乐理解亦然如此。我始终觉得你犯一个毛病，太偏重以音乐本身去领会音乐。你的思想与信念并不如此狭窄，很会海阔天空的用想象力；但与音乐以外的别的艺术，尤其大自然，实际上接触太少。整天看谱、练琴、听唱片……久而久之会减少艺术的新鲜气息，趋于抽象、闭塞，缺少生命的活跃与搏击飞纵的气势。我常常为你预感到这样一个危机，不能不舌敝唇焦，及早提醒，要你及早防止。你的专业与我的大不同。我是不需要多大创新的，我也不是有创新才具的人：长年关在家里不致在业务上有什么坏影响。你的艺术需要时时刻刻的创造，便是领会原作的精神也得从多方面（音乐以外的感受）去探讨：正因为过去的大师就是从大自然、从人生各方面的材料中“泡”出来的，把一切现实升华为emotion与sentiment，所以表达他们的作品也得走同样的路。这些理论你未始不知道，但似乎并未深信到身体力行的程度。另外我很奇怪：你年纪还轻，应该比我爱活动；你也强烈的爱好自然，怎么实际生活中反而不想去亲近自然呢。我记得很清楚，我二十二三岁在巴黎、瑞士、意大利以及法国乡间，常常在月光星光之下，独自在林中水边踏着绿茵，呼吸浓烈的草香与泥土味、水味，或是借此舒散苦闷，或是沉思默想。便是三十多岁在上海，一逛公园就觉得心平气和，精神健康多了。太多与刺激感官的东西（音乐便是刺激感官最强烈的）接触，会不知不觉失去身心平衡。你既憧憬希腊精神，为何不学学古希腊人的榜样呢？你既热爱陶潜、李白，为什么不试试去体会“采菊东篱下，悠然见南山”的境界（实地体会）呢？你既从小熟读克利斯朵夫，总不致忘了克利斯朵夫与大自然的关系吧？还有造型艺术，别以家中挂的一些为满足：干吗不上大不列颠博物馆去流连一下呢？大概你会回答我说没有时间，做了这样就得放弃那样。可是暑假中比较空闲，难道去一二次郊外与美术馆也抽不出时间吗？只要你有兴致，便是不在假中，也可能特意上美术馆，在心爱的一二幅画前面呆上一刻钟半小时。不必多，每次只消集中一二幅，来回统共也花不了一个半小时；无形中积累起来的收获可是不小呢！你说我信中的话，你“没有一句是过耳不入”的；好吧，那末在这方面希望你思想上慢慢酝酿，考虑我的建议，有机会随时试一试，怎么样？行不行呢？我一生为你的苦心，你近年来都体会到了。可是我未老先衰，常有为日无多之感，总想尽我仅有的一些力量，在我眼光所能见到的范围以内帮助你、指导你，特别是早早指出你身心与艺术方面可能发生的危机，使你能预先避免。“语重心长”这四个字形容我对你的态度是再贴切没有了。只要你真正爱你的爸爸，爱你自己，爱你的艺术，一定会郑重考虑我的劝告，接受我数十年如一日的这股赤诚的心意！

你也很明白，钢琴上要求放松先要精神上放松：过度的室内生活与书斋生活恰恰是造成现代知识分子神经紧张与病态的主要原因；而萧然意远，旷达恬静，不滞于物，不凝于心的境界只有从自然界中获得，你总不能否认吧？

还有很重要的一点：弥拉比你小五岁，应该是喜欢活动的年纪。你要是闭户家居，岂不连带她感到岑寂枯索？而看她的气质，倒也很爱艺术与大自然，那就更应该同去欣赏，对彼此都有好处。只有不断与森林、小溪、花木、鸟兽、虫鱼和美术馆中的杰作亲炙的人，才会永远保持童心，纯洁与美好的理想。培养一个人，空有志愿有什么用？主要从行动着手！无论多么优秀的种子，没有适当的环境、水土、养分，也难以开花结果，说不定还会中途变质或夭折。弥拉的妈妈诺拉本性何尝不好、不纯洁，就是与伊虚提之间缺少一个共同的信仰与热爱，缺少共同的devotion，才会如此下场。即使有了共同的理想与努力的目标，仍然需要年纪较长的伙伴给她熨帖的指点，带上健全的路，帮助她发展，给她可能发展的环境和条件。你切不可只顾着你的艺术，也得分神顾到你一生的伴侣。二十世纪登台演出的人更非上一世纪的演奏家可比，他要紧张得多，工作繁重得多，生活忙乱得多，更有赖于一个贤内助。所以分些精神顾到弥拉（修养、休息、文娱活动……），实际上仍是为了你的艺术；虽然是间接的，影响与后果之大却非你意想所及。你首先不能不以你爸爸的缺点——脾气暴躁为深戒，其次不能期待弥拉也像你妈妈一样和顺。在西方女子中，我与你妈妈都深切感到弥拉已是很好的好脾气了，你该知足，该约制自己。天下父母的心总希望子女活得比自己更幸福；只要我一旦离开世界的时候，对你们俩的结合能有确切不移的信心，也是我一生极大的酬报了！

十一月至明春二月是你去英后最忙的时期，也是出入重大的关头；旅途辛苦，演出劳累，难免神经脆弱，希望以最大的忍耐控制一切，处处为了此行的使命，与祖国荣辱攸关着想。但愿你明年三月能够以演出与性情脾气双重的成功报告我们，那我们真要快乐到心花怒放了！——放松，放松！精神上彻底的轻松愉快，无挂无碍，将是你此次双重胜利的秘诀！

另一问题始终说服不了你，但为你的长久利益与未来的幸福不得不再和你唠叨。你历来厌恶物质，避而不谈；殊不知避而不谈并不解决问题，要不受物质之累只有克服物质控制物质，把收支情况让我们知道一个大概，帮你出主意妥善安排。唯有妥善安排才能不受物质奴役。凡不长于理财的人少有不吃银钱之苦的。我和你妈妈在这方面自问还有相当经验可给你作参考。你怕烦，不妨要弥拉在信中告诉我们。她年少不更事，只要你从旁怂恿一下，她未始不愿向我们学学理财的方法。你们早晚要有儿女，如不及早准备，临时又得你增加演出来弥补，对你的艺术却无裨益。其次要弥拉进修、多用些书本功夫，也该给她时间；目前只有一个每周来二次的maid，可见弥拉平日处理家务还很忙。最好先逐步争取，经济上能雇一个每日来帮半天的女佣。每年暑假至少要出门完全休息两星期。这种种都得在家庭收支上调度得法，定好计划，方能于半年或一年之后实现。当然主要在于实际执行而不仅仅是一纸空文的预算和计划。唱片购买也以随时克制为宜，勿见新即买。我一向主张多读谱、少听唱片，对一个像你这样的艺术家帮助更大。读谱好比弹琴用urtext[①]，听唱片近乎用某人某人edit的谱。何况我知道你十年二十年后不一定永远当演奏家；假定还可能向别方面发展，长时期读谱也是极好的准备。我一心一意为你打算，不论为目前或将来，尤其为将来。你忙，没空闲来静静的分析、考虑；倘我能代你筹划筹划，使我身后你还能得到我一些好处——及时播种的好处，那我真是太高兴了。

---

① 德文，即英文中的“original text”，指剔除了后人的编辑、整理、注释后的原始版本。

# 阅读规划进度及自我测评

01 计划阅读时间

02 实际阅读时间

03 完成度（%）

04 阅读兴趣

感兴趣□　　一般□　　没兴趣□

原因：

问题：

05 探究拓展

① 傅雷说：“真诚是第一把艺术的钥匙。知之为知之，不知为不知。真诚的‘不懂’，比不真诚的‘懂’，还叫人好受些。”你同意他的观点吗？为什么？

② 傅雷、傅聪父子二人的通信中提到了许多艺术家及其作品，作曲家如深沉似大海的巴赫、欢乐如孩童的莫扎特、钢琴诗人萧邦，画家如黄宾虹、林风眠、庞薰琹等人。试着去欣赏一番这些艺术家的代表作品吧，置身于

音乐与绘画的世界，欣赏之余，感悟傅雷对他们的评价。

③ 傅雷的译作《约翰·克利斯朵夫》深深影响了几代年轻人。傅雷常借克利斯朵夫的经历来勉励傅聪，想更深地了解傅雷父子的世界，就去读一读《约翰·克利斯朵夫》吧！

④ 杨绛曾写道："傅雷的严肃确是严肃到十分，表现了一个地道的傅雷。他自己可以笑，他的笑脸只许朋友看。在他的孩子面前，他是个不折不扣的严父。"阅读的过程中，你有没有留意到"严父"傅雷性格中的另一面？

## 06 实践练笔

写信是人与人之间传递感情、展开深层次心灵交流的常见方式，它与面对面的交谈有着不同的效果。请你也试着就某一话题，跟父母进行一次朋友式的通信交流吧。

# 一九六二年至一九六六年

生命的最后几年，傅雷工作愈来愈吃力，但他照样“知其不可为而为之”。“生年不满百，常怀千岁忧”是他与傅聪的真实写照。家书渐进尾声，但傅雷先生高洁的人格、高尚的情操以及对真理与艺术的不懈追求，将永远激励着我们做一个“又热烈又恬静，又深刻又朴素，又温柔又高傲，又微妙又率直”的人。

# 一九六二年

## 一九六二年一月十四日下午

今天星期日，本想休息，谁知一提笔就写了七封信，这一封是第八封了。从十一月初自苏州回来后，一口气工作到今，赛过跑马拉松，昨天晚上九点半放下笔也感到脑子疲惫得很了。想想自己也可笑，开头只做四小时多工作，加到六小时，译一千字已经很高兴了；最近几星期每天做到八九小时，译到两千字，便又拿两千字作为新定量，好似老是跟自己劳动竞赛，抢“红旗”似的。幸而脑力还能支持，关节炎也不常发。只是每天上午泪水滔滔，呵欠连连；大概是目力用得过度之故。

此次出外四月，收入是否预先定好计划？不管你们俩听从与否，我总得一再提醒你们。既然生活在金钱世界中，就不能不好好的控制金钱，才不致为金钱所奴役。

当然，世界上到处没有两全之事，一切全赖自己掌握，目的无非是少受些物质烦恼，多一些时间献给学问和艺术。理想的世界始终是理想；无论天南地北，看不上眼的事总是多于看得上眼的。但求不妨碍你的钻研，别的一切也就可以淡然置之。烦闷徒然浪费时间，扰乱心绪，犯不上！你恐怕对这些也想过很多，旷达了不少吧？

## 一九六二年一月二十一日下午

读来信，感触万端。年轻的民族活力固然旺盛，幼稚的性情脾气少接触还觉天真可爱，相处久了恐怕也要吃不消的。我们中国人总爱静穆、沉着、含蓄，讲taste，遇到silly的表现往往会作恶。生命力旺盛也会带咄咄逼人的意味，令人难堪。我们朋友中即有此等性格的，我常有此感觉。也许我自己的dogmatic气味，人家背后已在怨受不了呢。我往往想，像美国人这样来源复杂的民族究竟什么是他的定型，什么时候才算成熟。他们二百年前的祖先不是在欧洲被迫出亡的宗教难民（新旧教都有，看欧洲哪个国家而定；大多数是新教徒——来自英法。旧教徒则来自荷兰及北欧），便是在事业上栽了筋斗的人，不是年轻的淘金者便是真正的强盗和杀人犯。这些人的后代，反抗与斗争性特别强是不足为奇的，但传统文化的熏陶欠缺，甚至于绝无仅有也是想象得到的。只顾往前直冲，不问成败，什么都可以孤注一掷，一切只问眼前，冒起危险来绝不考虑值不值得，不管什么场合都不难视生命如鸿毛：这一等民族能创业，能革新，但缺乏远见和明智，难于守成，也不容易成熟；自信太强，不免流于骄傲，看事太轻易，未免幼稚狂妄。难怪资本主义到了他们手里会发展得这样快，畸形得这样厉害。我觉得他们的社会好像长着一个癌：少数细胞无限止的扩张，把其他千千万万的细胞吞掉了；而千千万万的细胞在未被完全吞掉以前，还自以为健康得很，“自由”“民主”得很呢！

可是社会的发展毕竟太复杂了，变化太多了，不能凭任何理论“一以蔽之”的推断。比如说，关于美国钢琴的问题，在我们爱好音乐的人听来竟可说是象征音乐文化在美国的低落；但好些乐队水准比西欧高，又怎么解释呢？经理人及其他音乐界的不合理的事实，垄断、压制、扼杀个性等等令人为之发指，可是有才能的艺术家在青年中还是连续不断的冒出来。难道就是新生的与落后的斗争吗？还是新生力量也已到了强弩之末呢？美国音乐创作究竟是在健康的路上前进呢，还是总的说来是趋向于消沉，以至于腐烂呢？人民到处是善良正直的，分得出是非美丑的，反动统治到处都是牛鬼蛇神；但在无线电、TV、报刊等等的麻痹宣传之下，大多数人民的头脑能保得住清醒多久呢？我没领教过极端的物质文明，但三十年前已开始关心这个问题。欧洲文化界从第一次大战以后曾经几次三番讨论过这个问题。可是真正的答案只有未来的历史。是不是不穷不白就闹不起革命呢，还是有家私的国家闹出革命来永远不会彻底？就是彻底了，穷与白的病症又要多少时间治好呢？有时我也像服尔德小说中写的一样，假想自己在另一个星球上，是另一种比人更高等的动物，来看这个星球上的一切，那时不仅要失笑，也要感到茫茫然一片，连生死问题都不知该不该肯定了。当然，我不过告诉你不时有这种空想，事实上我受着“人”的生理限制，不会真的虚无寂灭到那个田地的，而痛苦烦恼也就不可能摆脱干净，只有靠工作来麻醉自己了。

辛西纳蒂（现译辛辛那提）、纽约、旧金山三处的批评都看到了一些样品，都不大高明（除了一份），有的还相当“小儿科”。至于弥拉讲的《纽约时报》的那位仁兄，简直叫人发笑。而《纽约时报》和《先驱论坛报》还算美国最大的两张日报呢！关于批评家的问题以及你信中谈到的其他问题，使我不单单想起《约翰·克利斯朵夫》中的节场，更想起巴尔扎克在《幻灭》（我正在译）第二部中描写一百三十年前巴黎的文坛、报界、戏院的内幕。巴尔扎克不愧为现实派的大师，他的手笔完全有血有肉，个个人物历历如在目前，决不像罗曼·罗兰那样只有意识形态而近于抽象的漫画。学艺术的人，不管绘画、雕塑、音乐，学不成都可以改行；画家可以画画插图、广告等等，雕塑家不妨改做室内装饰或手工业艺术品。钢琴家提琴家可以收门徒。专搞批评的人倘使低能，就没有别的行业可改，只能一辈子做个蹩脚批评家，或竟受人雇佣，专做捧角的拉拉队或者打手。不但如此，各行各业的文化人和知识分子，一朝没有出路，自己一门毫无成就，无法立足时，都可以转业为批评家；于是批评界很容易成为垃圾堆。高明、严肃、有良心、有真知灼见的批评家所以比真正的艺术家少得多，恐怕就由于这些原因，你以为怎样？

### 一九六二年一月二十一日夜

这次弥拉的信写得特别好，细腻、婉转，显出她很了解你，也对你的艺术关切到一百二十分。从头至尾感情丰富。而且文字也比以前进步。我得大大夸奖她一番才好。此次出门，到处受到华侨欢迎，对她也大有教育作用，让她看看我们的民族的气魄，同时也能培养她的热情豪侠。我早知道你对于夫妇生活的牢骚不足为凭。第一，我只要看看我自己，回想自己的过去，就知道你也是遇事挑剔，说话爱夸大，往往三分事实会说成六七分；其次青年人婚后，特别是有性格的人，多半要经过长时期的摸索方始能逐渐知情识性，相处融洽。恐怕此次旅行，要不是她始终在你身旁，你要受到许多影响呢。琐碎杂务最打扰人，尤其你需要在琴上花足时间，经不起零星打搅。我们一年多观察下来，弥拉确是本性善良、绝顶聪明的人，只要耐着性子，多过几年，一切小小的对立自会不知不觉的解决的。总而言之，我们不但为你此次的成功感到欣慰，也为你们二人一路和谐相处感到欣慰！

### 一九六二年二月二十一日夜

今年春节假期中来客特别多，有些已四五年不见面了。雷伯伯也从芜湖回申（他于五八年调往安徽皖南大学），听了你最近的唱片，说你的萧邦确有特点，诗意极浓，近于李白的味道。此话与你数年来的感受不谋而合。可见真有艺术家心灵的人总是一拍即合的。雷伯伯远在内地，很少接触音乐的机会，他的提琴亦放弃多年，可是一听到好东西马上会感受。想你听了也高兴。他是你的开蒙钢琴老师，亦是第一个赏识你的人（五二年你在兰心演出半场，他事后特意来信，称道你沉浸在音乐内的忘我境界，国内未有前例），至今也仍然是你的知己。

前信提到美国经理人的种种剥削，不知你为何不在他建议订下年合同时提出条件，倘仍有那么多莫名其妙的账单开出来，你就不考虑签新合同？你要是患得患失，就只能听人宰割；要是怕难为情，剥削者更是正中下怀。这一回的教训应当牢牢记住，以后与任何新经理人打交道，事先都该问明，除佣金外，还有哪些开支归艺术家负担，最好在合同上订明，更有保障。还有灌唱片的事，恐怕也不免大受盘剥吧？

### 一九六二年三月八日[①]

亲爱的孩子：很高兴知道你有了一个女友，也高兴你现在就告诉我们，让我们有机会指导你。对恋爱的经验和文学艺术的研究，朋友中数十年悲欢离合的事迹和平时的观察思考，使我们在儿女的终身大事上能比别的父母更有参加意见的条件。你尽可信赖我们，随时把情形和你感情的进展、波动，讲给我们听，帮助你过这一个人生的大关。

首先态度和心情都要尽可能的冷静。否则观察不会准确。初期交往容易感情冲动，单凭印象，只看见对方的优点，看不出缺点，甚至夸大优点，美化缺点。便是与同性朋友相交也不免如此，对异性更是常有的事。许多青年男女婚前极好，而婚后逐渐相左，甚至反目，往往是这个原因。感情激动时期不仅会耳不聪、目不明、看不清对方，自己也会无意识的只表现好的方面，把缺点隐藏起来。保持冷静还有一个好处，就是不至于为了谈恋爱而荒废正业，或是影响功课或是浪费时间或是损害健康，或是遇到或大或小的波折时扰乱心情。

所谓冷静，不但是表面的行动，尤其内心和思想都要做到。当然这一点是很难。人总是人，感情上来，不容易控制，年轻人没有恋爱经验更难维持身心的平衡，同时与各人的气质有关。我生平总不能临事沉着，极容易激动，这是我的大缺点。幸而事后还能客观分析，周密思考，才不至于使当场的意气继续发展，闹得不可收拾。我告诉你这一点，让你知道如临时不能克制，过后必须由理智来控制大局：该

① 这是给次子傅敏的信。

纠正的就纠正，该向人道歉的就道歉，该收篷时就收篷，总而言之，以上二点归纳起来只是：感情必须由理智控制。要做到，必须下一番苦功在实际生活中长期锻炼。

我一生从来不曾有过“恋爱至上”的看法。“真理至上”“道德至上”“正义至上”这种种都应当作为立身的原则。恋爱不论在如何狂热的高潮阶段也不能侵犯这些原则。朋友也好，妻子也好，爱人也好，一遇到重大关头，与真理、道德、正义等等有关的问题，决不让步。

其次，人是最复杂的动物，观察决不可简单化，而要耐心、细致、深入，经过相当的时间，各种不同的事故和场合，处处要把科学的客观精神和大慈大悲的同情心结合起来。对方的优点，要认清是不是真实可靠的，是不是你自己想象出来的，或者是夸大的。对方的缺点，要分出是否与本质有关。与本质有关的缺点，不能因为其他次要的优点而加以忽视。次要的缺点也得辨别是否能改，是否发展下去会影响品性或日常生活。人人都有缺点，谈恋爱的男女双方都是如此。问题不在于找一个全无缺点的对象，而是要找一个双方缺点都能各自认识、各自承认、愿意逐渐改，同时能彼此容忍的伴侣（此点很重要。有些缺点双方都能容忍；有些则不能容忍，日子一久即造成裂痕）。最好双方尽量自然，不要做作，各人都拿出真面目来，优缺点一齐让对方看到。必须彼此看到了优点，也看到了缺点，觉得都可以相忍相让，不会影响大局的时候，才谈得上进一步的了解；否则只能做一个普通的朋友。可是要完全看出彼此的优缺点，需要相当时间，也需要各种大大小小的事故来考验；绝对急不来！更不能轻易下结论（不论是好的结论或坏的结论）！唯有极坦白，才能暴露自己；而暴露自己的缺点总是越早越好，越晚越糟！为了求恋爱成功而尽量隐藏自己的缺点的人其实是愚蠢的。当然，在恋爱中不知不觉表现出自己的光明面，不知不觉隐藏自己的缺点，不在此例。因为这是人的本能，而且也证明爱情能促使我们进步，往善与美的方向发展，正是爱情的伟大之处，也是古往今来的诗人歌颂爱情的主要原因。小说家常常提到，我们在生活中也一再经历：恋爱中的男女往往比平时聪明，读起书来也理解得快；心地也往往格外善良，为了自己幸福而也想使别人幸福，或者减少别人的苦难；同情心扩大就是爱情可贵的具体表现。

事情主观上固盼望必成，客观方面仍须有万一不成的思想准备。为了避免失恋等等的痛苦，这一点“明智”我觉得一开头就应当充分掌握。最好勿把对方作过于肯定的想法，一切听凭自然演变。

总之，一切不能急，越是事关重要，越要心平气和，态度安详，从长考虑，细细观察，力求客观！感情冲上高峰很容易，无奈任何事物的高峰（或高潮）都只能维持一个短时间，要久而弥笃的维持长久的友谊可很难了。我们以十二分的热情支持你，以二十四分的理智指导你，但愿你经过锻炼和考验之后，终于得到持久而可靠的幸福！

除了优缺点，俩人性格脾气是否相投也是重要因素。刚柔、软硬、缓急的差别要能相互适应调剂。还有许多表现在举动、态度、言笑、声音……之间说不出也数不清的小习惯，在男女之间也有很大作用，要弄清这些就得冷眼旁观慢慢咂摸。所谓经得起考验乃是指有形无形的许许多多批评与自我批评（对人家一举一动所引起的反应即是无形的批评）。诗人常说爱情是盲目的，但不盲目的爱毕竟更健全更可靠。

人生观世界观问题你都知道，不用我谈了。人的雅俗和胸襟气量倒是要非常注意的。据我的经验：雅俗与胸襟往往带先天性的，后天改造很少能把低的往高的水平上提；故交往期间应该注意对方是否有胜于自己的地方，将来可帮助我进步，而不至于反过来使我往后退。你自幼看惯家里的作风，想必不会忍受量窄心浅的性格。

以上谈的全是笼笼统统的原则问题。不认识具体的对象，也只能谈这些……

长相身材虽不是主要考虑点，但在一个爱美的人也不能过于忽视。

交友期间，尽量少送礼物，少花钱：一方面表明你的恋爱观念与物质关系极少牵连；另一方面也是考验对方。

## 一九六二年三月九日

昨天晚上陪妈妈去看了“青年京昆剧团赴港归来汇报演出”的《白蛇传》。自五七年五月至今，是我第一次看戏。剧本是田汉改编的，其中有昆腔也有京腔。以演技来说，青年戏曲学生有此成就也很不差了，但并不如港九报纸捧的那么了不起。可见港九群众艺术水平实在不高，平时接触的戏剧太蹩脚了。至于剧本，我的意见可多啦。老本子是乾隆时代的改本，倒颇有神话气息，而且便是荒诞妖异的故事也编得入情入理，有曲折有照应，逻辑很强，主题的思想，不管正确与否，从头至尾是一贯的、完整的。目前改编本仍称为“神话剧”，说明中却大有翻案意味，而戏剧内容并不彰明较著表现出来，令人只感到态度不明朗，思想混乱，好像主张恋爱自由，又好像不是；说是（据说明书）金山寺高僧法海嫉妒白蛇（所谓白娘娘）与许宣（俗称许仙）的爱情，但一个和尚为什么无事端端嫉妒青年男女的恋爱呢？青年恋爱的实事多得很，为什么嫉妒这一对呢？总之是违背情理，没有logic，有些场面简单化到可笑的地步：例如许仙初遇白素贞后次日去登门拜访，老本说是二人有了情，白氏与许生订婚，并送许白金百两；今则改为拜访当场定亲成婚：岂不荒谬！古人编神怪剧仍顾到常理，二十世纪的人改编反而不顾一切，视同儿戏。改编理当去芜存菁，今则将武戏场面全部保留，满足观众看杂耍要求，未免太低级趣味。倘若节略一部分，反而精彩（就武功而论）。“断桥”一出在昆剧中最细腻，今仍用京剧演出，粗糙单调：诚不知改编的人所谓昆京合演，取舍根据什么原则。总而言之，无论思想、精神、结构、情节、唱辞、演技，新编之本都缺点太多了。真弄不明白剧坛老前辈的艺术眼光与艺术手腕会如此不行；也不明白内部从上到下竟无人提意见：解放以来不是一切剧本都走群众路线吗？相信我以上的看法，老艺人中一定有许多是见到的；文化部领导中也有人感觉到的。结果演出的情形如此，着实费解。报上也从未见到批评，可知文艺家还是噤若寒蝉，没办法做到百家争鸣。

《音乐与音乐家》月刊十二月号上有篇文章叫作*Liszt's Daughter Who Ran Wagner's Bayreuth*，作者是现代巴赫专家Dr. Albert Schweitzer，提到Cosima Wagner指导的Bayreuth Festival有两句话：At the most moving moments there were lacking that spontaneity and that naturalness which come from the fact that the actor has let himself be carried away by his playing and so surpass himself. Frequently，it seemed to me，perfection was obtained only at the expense of life.其中两点值得注意：（一）艺术家演出时的"不由自主"原是犯忌的，然而兴往神来之际也会达到前所未有的高峰，所谓surpass himself。（二）完满原是最理想的，可不能牺牲了活泼泼的生命力去换取。大概这两句话，你听了一定大有感触。怎么能在"不由自主"（carried by himself）的时候超过自己而不是越出规矩，变成"野""海""狂"，是个大问题。怎么能保持生机而达到完满，又是个大问题。作者在此都着重在spontaneity and naturalness方面，我觉得与个人一般的修养有关，与能否保持童心和清新的感受力有关。

过去听你的话，似乎有时对作品钻得过分，有点儿钻牛角尖：原作所没有的，在你主观强烈追求之下未免强加了进去，虽然仍有吸引力，仍然convincing（像你自己所说），但究竟违背了原作的精神，越出了interpreter的界限。近来你在这方面是不是有进步，能克制自己，不过于无中生有的追求细节呢？

### 一九六二年三月十四日[①]

敏，亲爱的孩子：十二日信和照片都收到。她觉得我又严厉又慈祥，恐怕她心中感到我严厉多于慈祥吧？不认识我或没长期来往的人难免都有此印象，何况从未见过我的女孩子！有理想有热情而又理智很强的人往往令人望而生畏，大概你不多几年以前对我还有这种感觉。去年你哥哥信中说："爸爸文章的每一字每一句都充满了热情，很执着，almost fanatic。"最后一句尤其说得中肯。这是我的长处，也

① 这是给次子傅敏的信。

是我的短处。因为理想高、热情强，故处处流露出好为人师与拼命要说服人的意味。可是孩子，别害怕，我年过半百，世情已淡，而且天性中也有极洒脱的一面，就是中国民族性中的“老庄”精神：换句话说，我执着的时候非常执着，摆脱的时候生死皆置之度外。对儿女们也抱着说不说由我、听不听由你的态度。只是责任感强、是非心强，见到的总不能不说而已。你哥哥在另一信中还提道：“在这个decadent世界，在国外这些年来，我遇见了不少人物whom I admire and love，from whom I learn，可是从来没有遇到任何人能带我到那个at the same time passionate and serene，profound and simple，affectionate and proud，subtle and straightforward 的世界。”可见他的确了解我的“两面性”，也了解到中国旧文化的两面性。又热烈又恬静，又深刻又朴素，又温柔又高傲，又微妙又率直：这是我们固有文化中的精华，值得我们自豪的！

当然上述的特点我并没有完全具备，更没有具备到恰如其分的程度，仅仅是那种特点的倾向很强，而且是我一生向往的境界罢了。比如说，我对人类抱有崇高的理想与希望，同时也用天文学地质学的观点看人类的演变，多少年前就惯于用“星际”思想看待一些大事情，并不把人类看作万物之灵，觉得人在世界上对一切生物表示“唯我独尊”是狂妄可笑的。对某个大原则可能完全赞同，抱有信心，我可照样对具体事例与执行情况有许多不同意见。对善恶美丑的爱憎心极强，为了一部坏作品，为了社会上某个不合理现象，会愤怒得大生其气，过后我却也会心平气和的分析、解释，从而对个别事例加以宽恕。我执着真理，却又时时抱怀疑态度，觉得死抱一些眼前的真理反而使我们停滞，得不到更高级更进步的真理。以上也是随便闲扯，让你多体会到你爸爸的复杂心理，从而知道一个人愈有知识愈不简单，愈不能单从一二点三四点上去判断。

很高兴你和她都同意我前信说的一些原则，但愿切实做去，为着共同的理想（包括个人的幸福和为集体贡献自己的力量两项）一步步一步步相勉相策。许多问题只有在实践中才能真正认识，光是理性上的认识是浮表的，靠不住的，经不住风狂雨骤的考验的。……从小不大由父母严格管教的青年也有另外一些长处，就是独立自主的能力较强，像你所谓能自己管自己。可是有一部分也是先天比后天更强：你该记得，我们对你数十年的教育即使缺点很多，但在劳动家务、守纪律、有秩序等等方面从未对你放松过，而我和你妈妈给你的榜样总还是勤劳认真的，可惜始终没养成你那方面的好习惯。还可以告诉她：前信所云乃是泛说的一般男女交友，并非对她提出任何具体要求。我们过了半世，仍旧做人不够全面，缺点累累，如何能责人太苛呢？可是古人常说：取法乎上，得乎其中；取法乎中，得乎其下。而我对青年人、对我自己的要求，除了吃苦（肉体上、物质上的吃苦）以外，从不比党对党团员的要求低；这是你知道的。但愿我们大家都来不断提高自己，不仅是学识，而尤其是修养和品德！

## 一九六二年三月二十五日

聪，亲爱的孩子，每次接读来信，总是说不出的兴奋、激动、喜悦、感慨、惆怅！最近报告美澳演出的两信，我看了在屋内屋外尽兜圈子，多少的感触使我定不下心来。人吃人的残酷和丑恶的把戏多可怕！你辛苦了四五个月落得两手空空，我们想到就心痛。固然你不以求利为目的，做父母的也从不希望你发什么洋财——而且还一向鄙视这种思想；可是那些中间人凭什么来霸占艺术家的劳动所得呢！眼看孩子被人剥削到这个地步，像你小时候被强暴欺凌一样，使我们对你又疼又怜惜，对那些吸血鬼又气又恼，恨得牙痒痒地！相信早晚你能从魔掌之下挣脱出来，不再做鱼肉。巴尔扎克说得好：社会踩不死你，就跪在你面前。在西方世界，不经过天翻地覆的革命，这种丑剧还得演下去呢。当然四个月的巡回演出在艺术上你得益不少，你对许多作品又有了新的体会，深入了一步。可见唯有艺术和学问从来不辜负人：花多少劳力，用多少苦功，拿出多少忠诚和热情，就得到多少收获与进步。写到这儿，想起你对新出的莫扎特唱片的自我批评，真是高兴。一个人停滞不前才会永远对自己的成绩满意。变就是进步——当然也有好的变质，成为坏的——眼光一天天不同，才窥见学问艺术的新天地，能不断的创造。妈妈看了那一段叹道：“聪真像你，老是不满意自己，老是在批评自己！”

美国的评论绝大多数平庸浅薄，赞美也是皮毛。英国毕竟还有音乐学者兼写报刊评论，如伦敦*Times*和曼彻斯忒的《导报》，两位批评家水平都很高；纽约两家大报的批评家就不像样了，那位《纽约时报》的更可笑。很高兴看到你的中文并不退步，除了个别的词汇（我们说“心乱如麻”，不说“心痛如麻”。形容后者只能说“心痛如割”或“心如刀割”。又鄙塞、鄙陋不能说成“陋塞”；也许是你笔误）。读你的信，声音笑貌历历在目；议论口吻所流露的坦率、真诚、朴素、热情、爱憎分明，正和你在琴上表现出来的一致。孩子，你说过我们的信对你有如一面镜子；其实你的信对我们也是一面镜子。有些地方你我二人太相像了，有些话就像是我自己说的。平时盼望你的信即因为“薰莸同臭”，也因为对人生、艺术，周围可谈之人太少。不过我们很原谅你，你忙成这样，怎么忍心再要你多写呢？此次来信已觉出于望外，原以为你一回英国，演出那么多，不会再动笔了。可是这几年来，我们俩最大的安慰和快乐，的确莫过于定期接读来信。还得告诉你，你写的中等大的字（如此次评论封套上写的）非常好看；近来我的钢笔字已难看得不像话了。你难得写中国字，真难为你了！

## 一九六二年四月一日

来信说到中国人弄西洋音乐比日本人更有前途，因为他们虽用苦功而不能化。化固不易，用苦功而得其法也不多见。以整个民族性来说，日华两族确有这点儿分别。可是我们能化的人也是凤毛麟角，原因是接触外界太少，吸收太少。近几年营养差，也影响脑力活动。我自己深深感到比从前笨得多。在翻译工作上也苦于化得太少，化得不够，化得不妙。艺术创造与再创造的要求，不论哪一门都性质相仿。音乐因为抽象，恐怕更难。理会的东西表达不出，或是不能恰到好处，跟自己理想的境界不能完全符合，不多不少。心、脑、手的神经联系，或许在音乐表演比别的艺术更微妙，不容易掌握到成为automatic的程度。一般青年对任何学科很少能作独立思考，不仅缺乏自信，便是给了他们方向，也不会自己摸索。原因极多，不能怪他们。十余年来的教育方法大概有些缺陷。青年人不会触类旁通，研究哪一门学问都难有成就。思想统一固然有统一的好处；但到了后来，念头只会望一个方向转，只会走直线，眼睛只看到一条路，也会陷于单调、贫乏、停滞。望一个方向钻并非坏事，可惜没钻得深。

月初看了盖叫天口述、由别人笔录的《粉墨春秋》，倒是解放以来谈艺术最好的书。人生——教育——伦理——艺术，再没有结合得更完满的了。从头至尾都有实例，决不是枯燥的理论。关于学习，他提出，“慢就是快”，说明根基不打好，一切都筑在沙上，永久爬不上去。我觉得这一点特别值得我们深思。倘若一开始就猛冲，只求速成，临了非但一无结果，还造成不踏实的坏风气。德国人要不在整个十九世纪的前半期埋头苦干，在每一项学问中用死功夫，哪会在十九世纪末一直到今天，能在科学、考据、文学各方面放异彩？盖叫天对艺术更有深刻的体会。他说学戏必须经过一番“默”的功夫。学会了唱、念、做，不算数；还得坐下来叫自己“魂灵出窍”，就是自己分身出去，把一出戏默默的做一遍、唱一遍；同时自己细细观察，有什么缺点该怎样改。然后站起身来再做，再唱，再念。那时定会发觉刚才思想上修整很好的东西又跑了，做起来同想的完全走了样。那就得再练，再下苦功，再“默”，再做。如此反复做去，一出戏才算真正学会了，拿稳了。——你看，这段话说得多透彻，把自我批评贯彻得多好！老艺人的自我批评决不放在嘴边，而是在业务中不断实践。其次，经过一再“默”练，作品必然深深的打进我们心里，与我们的思想感情完全化为一片。此外，盖叫天现身说法，谈了不少艺术家的品德、操守、做人，必须与艺术一致的话。我觉得这部书值得写一长篇书评：不仅学艺术的青年、中年、老年人，不论学的哪一门，应当列为必读书，便是从上到下一切的文艺领导干部也该细读几遍；做教育工作的人读了也有好处。不久我就把这书寄给你，你一定喜欢，看了也一定无限兴奋。

### 一九六二年四月三十日

最近买到一本法文旧书，专论写作艺术。其中谈到“自然”

(natural),引用罗马文豪西塞罗的一句名言：It is an art to look like without art. 作者认为写得自然不是无意识的天赋，而要靠后天的学习，甚至可以说自然是努力的结果(the natural is result of efforts)，要靠苦功磨练出来。此话固然不错，但我觉得首先要能体会到“自然”的境界，然后才能往这个境界迈进。要爱好自然，与个人的气质、教育、年龄，都有关系。一方面是勉强不来，不能操之过急；一方面也不能不逐渐作有意识的培养。也许浸淫中国古典文学的人比较容易欣赏自然之美，因为自然就是朴素、淡雅、天真；而我们的古典文学就是具备这些特点的。

## 一九六二年五月九日

昨天收到你上月二十七自丢林(Torino，现译都灵)发的短信，感慨得很。艺术最需要静观默想，凝神壹志；现代生活偏偏把艺术弄得如此商业化，一方面经理人作为生财之道，把艺术家当作摇钱树式的机器，忙得不可开交，一方面把群众作为看杂耍或马戏班的单纯的好奇者。在这种混浊的洪流中打滚的，当然包括所有老辈小辈，有名无名的演奏家歌唱家。像你这样初出道的固然另有苦闷，便是久已打定天下的前辈也不免随波逐流，那就更可叹了。也许他们对艺术已经缺乏信心、热诚，仅仅作为维持已得名利的工具。年轻人想要保卫艺术的纯洁与清新，唯一的办法是减少演出；这却需要三个先决条件：(一)经理人剥削得不那么凶(这是要靠演奏家的年资积累，逐渐争取的)，(二)个人的生活开支安排得极好，这要靠理财的本领与高度理性的控制，(三)减少出台不至于冷下去，使群众忘记你。我知道这都是极不容易做到的，一时也急不来。可是为了艺术的尊严，为了你艺术的前途，也就是为了你的长远利益和一生的理想，不能不把以上三个条件作为努力的目标。任何一门的艺术家，一生中都免不了有几次艺术难关(crisis)，我们应当早作思想准备和实际安排。愈能保持身心平衡(那就决不能太忙乱)，艺术难关也愈容易闯过去。希望你平时多从这方面高瞻远瞩，切勿被终年忙忙碌碌的漩涡弄得昏昏沉沉，就是说要对艺术生涯多从高处远处着眼；即使有许多实际困难，一时不能实现你的计划，但经常在脑子里思考成熟以后，遇到机会就能紧紧抓住。这一类的话恐怕将来我不在之后，再没有第二个人和你说；因为我自信对艺术的热爱与执着，在整个中国也不是很多人有的。

近来我正在经历一个艺术上的大难关，眼光比从前又高出许多（五七年前译的都已看不上眼），脑子却笨了许多，目力体力也不行，睡眠近十多天又不好了。大概是精神苦闷的影响。生就惶惶不安的性格，有什么办法呢？

## 一九六二年八月十二日

七月二十九用七张风景片写成的信已于八月九日收到。委内瑞拉的城街、智利的河山，前年曾在外国杂志上见过彩色照相，来信所云，颇能想象一二。现代国家的发展太畸形了，尤其像南美那些落后的国家。一方面人民生活穷困，一方面物质的设备享用应有尽有。照我们的理想，当然先得消灭不平等，再来逐步提高。无奈现代史实告诉我们，革命比建设容易，消灭少数人所垄断的享受并不太难，提高多数人的生活却非三五年八九年所能见效。尤其是精神文明，总是普及易、提高难；而在普及的阶段中往往降低原有的水准，连保持过去的高峰都难以办到。再加老年、中年、青年三代脱节，缺乏接班人，国内外沟通交流几乎停止，恐怕下一辈连什么叫标准、前人达到过怎样的高峰、眼前别人又到了怎样的高峰，都不大能知道；再要迎头赶上也就更谈不到了。这是前途的隐忧。过去十一二年中所造成的偏差与副作用，最近一年正想竭力扭转；可是十年种的果，已有积重难返之势；而中老年知识分子的意气消沉的情形，尚无改变迹象——当然不是从他们口头上，而是从实际行动上观察。人究竟是唯物的，没有相当的客观条件，单单指望知识界凭热情苦干，而且干出成绩来，也是不现实的。我所以能坚守阵地，耕种自己的小园子，也有我特殊优越的条件，不能责望于每个人。何况就以我来说，体力精力的衰退，已经给了我很大的限制，老是感到心有余而力不足！

前信你提到灌唱片问题，认为太机械。那是因为你习惯于流动性特大的艺术（音乐）之故，也是因为你的气质特别容易变化，情绪容易波动的缘故。文艺作品一朝完成，总是固定的东西：一幅画、一首诗、一部小说，哪有像音乐演奏那样能够每次予人以不同的感受？观众对绘画、读者对作品，固然每次可有不同的印象，那是在于作品的暗示与含蓄非一时一次所能体会，也在于观众与读者自身情绪的变化波动。唱片即使开十次二十次，听的人感觉也不会千篇一律，除非演奏太差太呆板；因为音乐的流动性那么强，所以听的人也不容易感到多听了会变成机械。何况唱片不仅有普及的效用，对演奏家自身的学习改进也有很大帮助。我认为主要是克服你在microphone前面的紧张，使你在灌片室中跟在台上的心情没有太大差别。再经过几次实习，相信你是做得到的。至于完美与生动的冲突，有时几乎不可避免；记得有些批评家就说过，perfection往往要牺牲一部分life。但这个弊病恐怕也在于演奏家属于cold型。热烈的演奏往往难以perfect，万一perfect的时候，那就是incomparable了！

殷承宗在沪举行音乐会，去听了他两支协奏曲（Rachmaninoff *No.3*——Tchaikovsky *No.1*）确实很好，音色、技巧、音乐感，国内无出其右。他现在列宁格勒音乐院二年级修毕，还有三年学习，将来必是了不起的人才。看他在台上的举动很神经质，身子摇摆得非常厉害。因而想起你也犯同样的毛病。固然，演奏家是要人听的，不是要人看的；但太多的摇摆容易分散听众的注意力；而且艺术是整体，弹琴的人的姿势也得讲究，给人一个和谐的印象。国外的批评曾屡次提到你的摇摆，希望能多多克制。如果自己不注意，只会越摇越厉害，浪费体力也无必要。最好在台上给人的印象限于思想情绪的活动，而不是靠肉体帮助你的音乐。手之舞之，足之蹈之，只适用于通俗音乐。古典音乐全靠内在的心灵的表现，竭力避免外在的过火动作，应当属于艺术修养范围之内，望深长思之！

## 一九六二年九月二日

上次收到贝多芬朔拿大，……*Op.110*最后乐章两次arioso dolente表情深浅不同，大有分寸，从最轻到最响十个chord，以前从未有此印象，可证interpretation对原作关系之大。*Op.109*的许多变奏曲，过去亦不觉面目变化有如此之多。有一份评论说："At first hearing there seemed light-weight interpretations." light-weight指的是什么？你对Schnabel灌的贝多芬现在有何意见？Kempff近来新灌之贝多芬朔拿大，你又觉得如何？我都极想知道，望来信详告！七月份《音乐与音乐家》杂志三十五页有书评，介绍Eva & Paul Badura-Skoda合著*Interpreting Mozart on the Keyboard*，你知道这本书吗？似乎值得一读，尤其你特别关心莫扎特。

听过你的唱片，更觉得贝多芬是部读不完的大书，他心灵的深度、广度的确代表了日耳曼民族在智力、感情、感觉方面的特点，也显出人格与意志的顽强，飘渺不可名状的幽思，上天下地的幻想，对人生的追求，不知其中有多少深奥的谜。贝多芬实在不仅仅是一个音乐家，无怪罗曼·罗兰要把歌德与贝多芬作为不仅是日耳曼民族并且是全人类的两个近代的高峰。

前昨二夜听了李斯特的《第二协奏曲》（匈牙利钢琴家弹），《但丁朔拿大》、《意大利巡礼集》第一首，以及Annie Fischer弹的*B min. Sonata*，都不感兴趣。只觉得炫耀新奇，并无真情实感；浮而不实，没有深度，没有逻辑，不知是不是我的偏见？不过这一类风格，对现代的中国青年钢琴家也许倒正合适，我们创作的乐曲多多少少也有这种故意做作七拼八凑的味道。以作曲家而论，李兹（现译李斯特）远不及舒曼和勃拉姆斯，你以为如何？

## 一九六二年九月二十三日

你的笑话叫我们捧腹不置，可是当时你的确是窘极了的。南美人的性格真是不可思议，如此自由散漫的无政府状态，居然还能立国，社会不至于大乱，可谓奇迹。经历了这些怪事，今后无论何处遇到什么荒唐事儿都将见怪不怪，不以为奇了。也可见要人类合理的发展，社会一切上轨道，不知还得等几百年，甚至上千年呢。

还有，在那么美丽的自然环境中，人民也那么天真可爱，就是不能适应二十世纪的生活。究竟是这些人不宜于过现代生活呢，还是现代生活不适于他们？换句话说：人应当任情适性的过日子呢，还是要削足适履、迁就客观现实？有一点可以肯定：就是人在世界上活了几千年，还仍然没法按照自己的本性去设计一个社会。世界大同看来永远是个美丽的空想：既然不能在精神生活物质生活方面五大洲的人用同一步伐同一速度向前，那么先进与落后的冲突永远没法避免。试想二千三百年以前的希腊人如果生在今日，岂不一样搅得一团糟，哪儿还能创造出雅典那样的城市和雅典文明？反过来，假定今日的巴西人和其他的南美民族，生在文艺复兴前后，至少是生在闭关自守、没有被近代的工业革命侵入之前，安知他们不会创造出一种和他们的民族性同样天真可爱，与他们优美的自然界调和的文化？

巴尔扎克说过："现在的政府，缺点是过分要人去适应社会，而不想叫社会去适应人。"这句话值得一切抱救世度人的理想的人深思！

前信已和你建议找个时期休息一下，无论在身心健康或艺术方面都有必要。你与我缺点相同：能张不能弛，能劳不能逸。可是你的艺术生活不比我的闲散，整月整年、天南地北的奔波，一方面体力精力消耗多，一方面所见所闻也需要静下来消化吸收——而这两者又都与你的艺术密切相关。何况你条件比我好，音乐会虽多，也有空隙可利用；随便哪个乡村待上三天五天也有莫大好处。听说你岳父岳母正在筹备于年底年初到巴伐里亚区阿尔卑斯山中休养，照样可以练琴。我觉得对你再好没有：去北美之前正该养精蓄锐。山中去住两三星期一涤尘秽，便是寻常人也会得益。狄阿娜来信常常表示关心你，看来也是出于真情。岳父母想约你一同去山中的好意千万勿辜负了。望勿多所顾虑，早日打定主意，让我们和弥拉一齐高兴高兴。真的，我体会得很清楚：不管你怎么说，弥拉始终十二分关怀你的健康和艺术。而我为了休息问题也不知向你提过多少回了，如果是口头说的话，早已舌敝唇焦了。你该知道我这个爸爸不仅是爱孩子，而且热爱艺术；爱你也就是为爱艺术，爱艺术也是为爱你！你千万别学我的样，你我年龄不同，在你的年纪，我也不像你现在足不出户。便是今日，只要物质条件可能，每逢春秋佳日，还是极喜欢徜徉于山巅水涯呢！

八月号的《音乐与音乐家》杂志有三篇纪念特皮西的文章，都很好。Maggie Teyte的*Memoiries of Debussy*对《贝莱阿斯与梅利桑特》的理解很深。不知你注意到没有？前信也与你提到新出讨论莫扎特钢琴乐曲的书，想必记得。《音乐与音乐家》月刊自改版以来，格式新颖，内容也更丰富。

过几日打算寄你《中国文学发展史》《宋词选》《世说新语》。第一种是友人刘大杰旧作，经过几次修改的。先出第一册，以后续出当续寄。此书对古文字古典籍有概括叙述，也可补你常识之不足。特别是关于殷代的甲骨，《书经》《易经》的性质等等。《宋词选》的序文写得不错，作者胡云翼也是一位老先生了。大体与我的见解相近，尤其对苏、辛二家的看法，我也素来反对传统观点。不过论词的确有两个不同的角度，一是文学的，一是音乐的；两者各有见地。时至今日，宋元时唱词唱曲的技术皆已无考，则再从音乐角度去评论当日的词，也就变成无的放矢了。

另一方面，现代为歌曲填词的人却是对音乐太门外，全不知道讲究阴阳平仄，以致往往拗口；至于哪些音节可拖长，哪些字音太短促、不宜用作句子的结尾，更是无人注意了。本来现在人写散文就不知道讲究音节与节奏，而作歌词的人对写作技巧更是生疏。电台上播送中译的西洋歌剧的aria，往往无法卒听。

《世说新语》久已想寄你一部，因找不到好版子，又想弄一部比较小型轻巧的，便于出门携带。今向友人索得一部是商务铅印，中国纸线装的，等妈妈换好封面，分册重钉后即寄。我常常认为这部书可与希腊的《对话录》媲美，怪不得日本人历来作为枕中秘笈，作为床头常读的书。你小时念的国文，一小部分我即从此中取材。

## 一九六二年十月二十日

文章千古事，得失寸心知，哪一门艺术不如此！真懂是非，识得美丑的，普天之下能有几个？你对艺术上的客观真理很执着，对自己的成绩也能冷静检查，批评精神很强，我早已放心你不会误入歧途；可是单知道这些原则并不能了解你对个别作品的表达，我要多多探听这方面的情形：一方面是关切你，一方面也是关切整个音乐艺术，渴欲知道外面的趋向与潮流。

你常常梦见回来，我和你妈妈也常常有这种梦。除了骨肉的感情，跟乡土的千丝万缕、割不断的关系，纯粹出于人类的本能之外，还有一点是**真正的**知识分子所独有的，就是对祖国文化的热爱。不单是风俗习惯，文学艺术，使我们离不开祖国，便是对大大小小的事情的看法和反应，也随时使身处异乡的人有孤独寂寞之感。但愿早晚能看到你在我们身边！你心情的复杂矛盾，我敢说都体会到，可是一时也无法帮你解决。原则和具体的矛盾，理想和实际的矛盾，生活环境和艺术前途的矛盾，东方人和西方人根本气质的矛盾，还有我们自己内心的许许多多矛盾……如何统一起来呢？何况旧矛盾解决了，又有新矛盾，循环不已，短短一生就在这过程中消磨！幸而你我都有工作寄托，工作上的无数的小矛盾，往往把人生中的大矛盾暂时遮盖了，使我们还有喘息的机会。至于“认真”受人尊重或被人讪笑的问题，事实上并不像你说的那么简单。一切要靠资历与工作成绩的积累。即使在你认为更合理的社会中，认真而受到重视的实例也很少；反之在乌烟瘴气的场合，正义与真理得胜的事情也未始没有。你该记得五六至五七年间毛主席说过党员若欲坚持真理，必须准备经受折磨等等的话，可见他把事情看得多透彻多深刻。再回想一下罗曼·罗兰写的《名人传》和克利斯朵夫，执着真理一方面要看客观的环境，一方面更在于主观的斗争精神。客观环境较好，个人为斗争付出的代价就比较小，并非完全不要付代价。以我而论，侥幸的是青壮年时代还在五四运动的精神没有消亡，而另一股更进步的力量正在兴起的时期，并且我国解放前的文艺界和出版界还没有被资本主义腐蚀到不可救药的地步。反过来，一百三十年前的法国文坛，报界、出版界，早已腐败得出于我们意想之外，但法国学术至今尚未完全死亡，至今还有一些认真严肃的学者在钻研：这岂不证明便是在恶劣的形势之下，有骨头、有勇气、能坚持的人，仍旧能撑持下来吗？

## 一九六二年十一月二十五日

敏尚在京等待分配，回母校当助教已不可能，就是说一边工作一边跟专家进修的机会没有了。大概在北京当中学教员，单位尚未定。他心情波动……我们当然去信劝慰。青年初出校门，未经锻炼，经不起挫折。过去的思想训练，未受实际生活陶冶，仍是空的。从小的家庭环境使他重是非，处处认真，倒是害苦了他。在这个年纪上还不懂现实与理想的距离，即使理性上认识到，也未能心甘情愿的接受。只好等社会教育慢慢的再磨练他。

上月底听了刘诗昆音乐会，有Schumann：*Carnaval*；Chopin：*Polonaise in A Flat maj.*；*Etude Op.10*，*No.5*；*Berceuse*；Liszt：*Spanish Rhapsody*；另外是两个中国曲子。李斯特最好，萧邦平平，舒曼似不够浪漫底克。李先生觉得他rubato有些过火，不甚合理。他与殷承宗一样，动作特别多，脸部与嘴巴扭曲得厉害。我常说演奏家固然不是叫人看台上的动作，听众也不该注意这些，可是姿态失去庄严，甚至有奇形怪状的大动作，总破坏整个艺术气氛。

弥拉月初信中提到明年二月美洲的音乐会，数目之少大出意外。倘或旅费食宿开支浩大，经理人抽去佣金之后，收支不相抵，则又奈何？以后远地合同，特别为期在一个月以上的，最好考虑一下，看对方能保证多少次演出，再作决定。你恐怕又要说爸爸在家说空话，不切实际。不过赔钱的事也是不切实际啊！

最近大局想你也很关心。我们对印度可谓仁至义尽，自动停火尤其表示最大的诚意，是非曲直摆明在全世界面前，看对方如何反应。

本月初弥拉信中谈到理想主义者不会快乐、艺术家看事情与一般人大大不同等等，足见她对人生有了更深的了解。我们很高兴。可见结婚两年，她进步了不少，人总要到婚后才成熟。

### 一九六二年十二月二日

敏于十一月底分配到北京第一女中教英文。校舍是民房，屋少人多，三四个人住一间。青年人应当受锻炼，已尽量写信去给他打气。

### 一九六二年十二月三十日

来信提到音乐批评，看了很感慨。一个人只能求一个问心无愧。世界大局，文化趋势，都很不妙。看到一些所谓抽象派的绘画、雕塑的图片，简直可怕。我认为这种“艺术家”大概可以分为两种，一种是极少数的病态的人，真正以为自己在创造一种反映时代的新艺术，以为抽象也是现实；一种——绝大多数，则完全利用少数腐烂的资产阶级为时髦的snobbish，卖野人头，欺哄人，当作生意经。总而言之，是二十世纪愈来愈没落的病象。另一方面，不学无术的批评界也泯灭了良心，甘心做资产阶级的清客，真是无耻之尤。

# 一九六三年

## 一九六三年三月十七日

聪，亲爱的孩子：两个多月没给你提笔了，知道你行踪无定，东奔西走，我们的信未必收到，收到也无心细看。去纽约途中以及在新墨西哥发的信均先后接读；你那股理想主义的热情实可惊，相形之下，我真是老朽了。一年来心如死水，只有对自己的工作还是一个劲儿死干；对文学艺术的热爱并未稍减，只是常有一种“废然而返”“怅然若失”的心情。也许是中国人气质太重，尤其是所谓“洒脱”与“超然物外”的消极精神影响了我，也许是童年的阴影与家庭历史的惨痛经验无形中在我心坎里扎了根，年纪越大越容易人格分化，好像不时会置身于另外一个星球来看尘世，也好像自己随时随地会失去知觉，化为物质的元素。天文与地质的宇宙观常常盘踞在我脑子里，像服尔德某些短篇所写的那种境界，使我对现实多多少少带着detached的态度。可是在工作上、日常生活上，斤斤较量的认真还是老样子，正好和上述的心情相反——可以说人格分化；说不定习惯成了天性，而自己的天性又本来和我理智冲突。intellectually我是纯粹东方人，emotionally & instinctively又是极像西方人。其实也仍然是我们固有的两种人生观：一种是四大皆空的看法，一种是知其不可为而为之的精神。或许人从青少年到壮年到老年，基本上就是从积极到消极的一个过程，只是有的人表现得明显一些，有的人不明显一些。自然界的生物也逃不出这个规律。你将近三十，正是年富力强的时候，好比暮春时节，自应蓬蓬勃勃往发荣滋长的路上趱奔。最近两信的乐观与积极气息，多少也给我一些刺激，接信当天着实兴奋了一下。你的中国人的自豪感使我为你自豪，你善于赏识别的民族与广大人民的优点使我感到宽慰。唯有民族自豪与赏识别人两者结合起来，才不致沦为狭窄的沙文主义，在个人也不致陷于自大狂自溺狂，而且这是爱国主义与国际主义真正的交融。

我的工作愈来愈吃力。初译稿每天译千字上下，第二次修改（初稿誊清后），一天也只能改三千余字，几等重译。而改来改去还是不满意（线条太硬，棱角凸出，色彩太单调等等）。改稿誊清后（即第三稿）还得改一次。等到书印出了，看看仍有不少毛病。这些情形大致和你对待灌唱片差不多。可是我已到了日暮途穷的阶段，能力只有衰退，不可能再进步；不比你尽管对自己不满，始终在提高。想到这点，我真艳羡你不置。近来我情绪不高，大概与我对工作不满有关。前五年译的书正在陆续出版。不久即寄《都尔的本堂神甫·比哀兰德》。还有《赛查·皮罗多盛衰记》，约四五月出版。此书于一九五八年春天完成，偏偏最后出世。《艺术哲学》已先寄你了。巴尔扎克各书，我特意寄平装的，怕你要出门时带在身边，平装较方便。《高老头》《贝姨》《邦斯舅舅》《欧也妮·葛朗台》四种都在重印，你若需要补哪一种，望速告知（书一出来，十天八天即销完）。你把cynic写成scinic；naiveness没有这个字，应作naivety。

## 一九六三年四月二十六日

人生是多方面的，艺术也得从多方面培养，劳逸调剂得恰当，对艺术只有好处。三天不弹琴，决不损害你的技术；你应该有这点儿自信。况且所谓relax也不能仅仅在technique上求，也不能单独的抽象的追求心情的relax。长年不离琴决不可能有真正的relax；唯有经常与大自然亲近，放下一切，才能有relax的心情，有了这心情，艺术上的relax可不求而自得。我也犯了过于紧张的毛病，可是近两年来总还春秋两季抽空出门几天。回来后精神的确感到新鲜，工作效率反而可以提高。Kabos太太批评你不能竭尽可能的relax，我认为基本原因就在于生活太紧张。平时老是提足精神，能张不能弛！你又很固执，多少爱你的人连弥拉和我们在内，都没法说服你每年抽空出去一下，至少自己放三五天假。这是我们常常想起了要喟然长叹的，觉得你始终不体谅我们爱护你的热忱，尤其我们，你岳父、弥拉都是深切领会艺术的人，劝你休息的话决不会妨碍你的艺术！

你太片面强调艺术，对艺术也是危险的：你要不听从我们的忠告，三五年、七八年之后定会后悔。孩子，你就是不够wise，还有，弥拉身体并不十分强壮，你也得为她着想，不能把人生百分之百的献给艺术。勃隆斯丹太太也没有为了艺术疏忽了家庭。你能一年往外散心一两次，哪怕每次三天，对弥拉也有好处，对艺术也没有害处，为什么你不肯试验一下看看结果呢？

### 一九六三年六月二日晚

你最近在伦敦的两场音乐会，要不是弥拉来信说明，我们几乎不明白真相。《曼彻斯特导报》的评论似乎有些分析，我是外行，不知其中可有几分说得对的？既然批评界敌意持续至一年之久，还是多分析分析自己，再多问问客观、中立、有高度音乐水平的人的意见。我知道你自我批评很强，但外界的敌意仍应当使我们对自己提高警惕：也许有些不自觉的毛病，自己和相熟的朋友们不曾看出。多探讨一下没有害处。若真正是批评界存心作对，当然不必介意。历史上受莫名其妙的指摘的人不知有多少，连伽利略、服尔德、巴尔扎克辈都不免，何况区区我辈！主要还是以君子之心度人，作为借鉴之助，对自己只有好处。老话说得好：是非自有公论，日子久了自然会黑白分明！

### 一九六三年七月二十二日

亲爱的孩子：五十多天不写信了。千言万语，无从下笔；老不写信又心神不安；真是矛盾百出。我和妈妈常常梦见你们，声音笑貌都逼真。梦后总想写信，也写过好几次没写成。我知道你的心情也波动得很。有理想就有苦闷，不随波逐流就到处龃龉。可是能想到易地则皆然，或许会平静一些。生年不满百，常怀千岁忧：此二语可为你我写照。两个多月没有你们消息，但愿身心健康，勿过紧张。你俩体格都不很强壮，平时总要善自保养。劳逸调剂得好，才是久长之计。我们别的不担心，只怕你工作过度，连带弥拉也吃不消。任何耽溺都有流弊，为了耽溺艺术而牺牲人生也不是明智的！

## 一九六三年九月一日

很高兴知道你终于彻底休息了一下。瑞士确是避暑最好的地方。三十四年前我在日内瓦的西端，一个小小的法国村子里住过三个月，天天看到白峰（Mont Blanc）上的皑皑积雪，使人在盛暑也感到一股凉意。可惜没有去过瑞士北部的几口湖，听说比日内瓦湖更美更幽。你从南非来的信上本说要去希腊，那儿天气太热，不该在夏季去。你们改变游程倒是聪明的。威尼斯去了没有？其实意大利北部几口湖也风景秀丽，值得小住几天。相信这次旅行定能使你感觉新鲜，精神上洗个痛快的澡。弥拉想来特别快乐。她到底身体怎样？在Zurich疗养院检查结果又怎么样？除了此次的明信片以外，她从五月十日起没有来过信，不知中间有没有遗失？我写到Gstaad的信，你们收到没有？下次写信来，最好提一笔我信上的编号，别笼笼统统只说“来信都收到”。最好也提一笔你们上一封信的日期，否则丢了信也不知道。七月下旬勃隆斯丹夫人有信来，报告你们二月中会面的情形，简直是排日描写，不仅详细，而且事隔五月，字里行间的感情还是那么强烈，看了真感动。世界上这样真诚、感情这样深的人是不多的！

巴尔扎克的长篇小说《幻灭》三部曲，从六一年起动手，最近才译完初稿。第一二部已改过，第三部还要改，便是第一二部也得再修饰一遍，预计改完誊清总在明年四五月间。总共五十万字，前前后后要花掉我三年半时间。文学研究所有意把《高老头》收入“文学名著丛书”，要重排一遍，所以这几天我又在从头至尾修改，也得花一二十天。翻译工作要做得好，必须一改再改三改四改。《高老头》还是在抗战期译的，五二年已重译一遍，这次是第三次大修改了。此外也得写一篇序。第二次战后，法国学术界对巴尔扎克的研究大有发展，那种热情和渊博（erudition）令人钦佩不置。

敏在家住了一月，又已回京。他教书颇有兴趣，也很热心负责，拼命在课外找补充材料。校长很重视他，学生也喜欢他，虽然辛苦些，只要能踏踏实实为人民做点工作，总是值得的。

## 一九六三年十月十四日

亲爱的孩子：你赫辛斯基来信和弥拉伦敦来信都收到。原来她瑞士写过一信，遗失了。她写起长信来可真有意思：报告意大利之行又详细又生动。从此想你对意大利绘画，尤其威尼斯派，领会得一定更深切。瑞士和意大利的湖泊都在高原上，真正是山高水深，非他处所及。再加人工修饰，古迹林立，令人缅怀以往，更加徘徊不忍去。我们的名胜最吃亏的是建筑：先是砖木结构，抵抗不了天灾人祸、风雨侵蚀；其次，建筑也是中国艺术中比较落后的一门。

《高老头》已改讫，译序也写好寄出[①]。如今写序要有批判，极难下笔。我写了一星期，几乎弄得废寝忘食，紧张得不得了。至于译文，改来改去，总觉得能力已经到了顶，多数不满意的地方明知还可修改，却都无法胜任，受了我个人文笔的限制。这四五年来愈来愈清楚的感觉到自己的limit，仿佛一道不可超越的鸿沟。

## 一九六三年十一月三日

亲爱的孩子：最近一信使我看了多么兴奋，不知你是否想象得到？真诚而努力的艺术家每隔几年必然会经过一次脱胎换骨，达到一个新的高峰。能够从纯粹的感觉sensation转化到观念idea当然是迈进一大步，这一步也不是每个艺术家所能办到的，因为同各人的性情气质有关。不过到了观念世界也该提防一个pitfall：在精神上能跟踪你的人越来越少的时候，难免钻牛角尖，走上太抽象的路，和群众脱

① 一九六三年修改《高老头》译文时，写了一篇序文，“文革”中失散于出版社。

离。哗众取宠（就是一味用新奇唬人）和取媚庸俗固然都要不得，太沉醉于自己理想也有它的危险。我这话不大说得清楚，只是具体的例子也可以作为我们的警戒。李克忒（现译李赫特）某些演奏某些理解很能说明问题。归根结蒂，仍然是“出”和“入”的老话。高远绝俗而不失人间性人情味，才不会叫人感到cold。像你说的“一切都远了，同时一切也都近了”，正是莫扎特晚年和舒伯特的作品达到的境界。古往今来的最优秀的中国人多半是这个气息，尽管sublime，可不是mystic（西方式的）；尽管超脱，仍是warm、intimate、human到极点！你不但深切了解这些，你的性格也有这种倾向，那就是你的艺术的safeguard。基本上我对你的信心始终如一，以上有些话不过是随便提到，作为“闻者足戒”的提示罢了。

我和妈妈特别高兴的是你身体居然不摇摆了：这不仅是给听众的印象问题，也是一个对待艺术的态度，掌握自己的感情，控制表现，能入能出的问题，也具体证明你能化为一个idea，而超过了被音乐带着跑、变得不由自主的阶段。只有感情净化，人格升华，从dramatic进到contemplative的时候，才能做到。可见这样一个细节也不是单靠注意所能解决的，修养到家了，自会迎刃而解。（胸中的感受不能完全在手上表达出来，自然会身体摇摆，好像无意识的要“手舞足蹈”的帮助表达。我这个分析你说对不对？）

相形之下，我却是愈来愈不行了。也说不出是退步呢，还是本来能力有限，以前对自己的缺点不像现在这样感觉清楚。越是对原作体会深刻，越是欣赏原文的美妙，越觉得心长力绌，越觉得译文远远的传达不出原作的神韵。返工的次数愈来愈多，时间也花得愈来愈多，结果却总是不满意。时时刻刻看到自己的limit，运用脑子的limit，措辞造句的limit，先天的limit——例如句子的转弯抹角太生硬，色彩单调，说理强而描绘弱，处处都和我性格的缺陷与偏差有关。自然，我并不因此灰心，照样“知其不可为而为之”，不过要心情愉快也很难了。工作有成绩才是最大的快乐：这一点你我都一样。

另外有一点是肯定的，就是西方人的思想方式同我们距离太大了。不做翻译工作的人恐怕不会体会到这么深切。他们刻画心理和描写感情的时候，有些曲折和细腻的地方，复杂繁琐，简直与我们格格不入。我们对人生琐事往往有许多是认为不值一提而省略的，有许多只是罗列事实而不加分析的，如果要写情就用诗人的态度来写；西方作家却多半用科学家的态度，历史学家的态度（特别巴尔扎克），像解剖昆虫一般。译的人固然懂得了，也感觉到它的特色、妙处，可是要叫思想方式完全不一样的读者领会就难了。思想方式反映整个的人生观、宇宙观，和几千年文化的发展，怎能一下子就能和另一民族的思想沟通呢？你很幸运，音乐不像语言的局限性那么大，你还是用音符表达前人的音符，不是用另一种语言文字、另一种逻辑。

真了解西方的东方人，真了解东方人的西方人，不是没有，只是稀如星凤。对自己的文化遗产彻底消化的人，文化遗产决不会变成包袱，反而养成一种无所不包的胸襟，既明白本民族的长处短处，也明白别的民族的长处短处，进一步会截长补短，吸收新鲜的养料。任何孤独都不怕，只怕文化的孤独，精神思想的孤独。你前信所谓孤独，大概也是指这一点吧？

尽管我们隔得这么远，彼此的心始终在一起，我从来不觉得和你有什么精神上的隔阂。父子两代之间能如此也不容易：我为此很快慰。

# 一九六四年

## 一九六四年一月十二日

莫扎特的*Fantasy in B min.* 记得一九五三年前就跟你提过。罗曼·罗兰极推崇此作，认为他的痛苦的经历都在这作品中流露了，流露的深度便是韦伯与贝多芬也未必超过。罗曼·罗兰的两本名著：（1）*Muscians of the Past*，（2）*Muscians of Today*，英文中均有译本，不妨买来细读。其中论莫扎特、裴辽士、特皮西各篇非常精彩。名家的音乐论著，可以帮助我们更准确的了解以往的大师，也可以纠正我们太主观的看法。我觉得艺术家不但需要在本门艺术中勤修苦练，也得博览群书，也得常常做meditation，防止自己的偏向和钻牛角尖。感情强烈的人不怕别的，就怕不够客观；防止之道在于多多借鉴，从别人的镜子里检验自己的看法和感受。其次磁带录音机为你学习的必需品——也是另一面自己的镜子。我过去常常提醒你理财之道，就是要你能有购买此种必需品的财力，Kabos太太那儿是否还去？十二月轮空，有没有利用机会去请教她？学问上、艺术上的师友必须经常接触，交流。只顾关着门练琴也有流弊。

知道你准备花几年苦功对付巴哈，真是高兴，这一点（还有贝多芬）非过不可。一九五三年曾为你从伦敦订购一部Albert Schweitzer：*Bach*——translated by Ernest Newman——2 Vols，放在家里无用，已于一月四日寄给你了。原作者是当代巴哈权威，英译者又是有名的音乐学者兼批评者。想必对你有帮助。此等书最好先从头至尾看一遍，以后再细看。一切古典著作都不是一遍所能吸收的。

《艺术哲学》看完没有？同时寄的鲁迅：《中国小说史略》英译本

是专为弥拉的。

今天看了十二月份《音乐与音乐家》上登的Dorat：*An Anatony of Conducting*有两句话妙极——“Increasing economy of means，employed to better effect，is a sign of increasing maturity in every form of art.”——这个道理应用到弹琴，从身体的平稳不摇摆，一直到interpretation的朴素、含蓄，都说得通。他提到艺术时又说：...calls for great pride and extreme humility at the same time。全篇文字都值得一读。[①]

## 一九六四年三月一日

我们听到喜讯，都说不出的快乐，妈妈更是坐也不是，立也不是，兴奋几日。她母性强，抱孙心切，已经盼望很久了，常说：怎么聪还没有孩子呢？每次长时期不接弥拉来信，总疑心她有了喜不舒服。我却是担心加重你的负担，也怕你们俩不得自由：总之，同样的爱儿女，不过看问题的角度不同而已。有责任感的人遇到这等大事都不免一则以喜，一则以忧。可是结婚的时候早知道有这么一天，也不必临时慌张。回想三十年前你初出世的一刹那，在医院的产妇科外听见你妈妈呻吟，有一种说不出的“肃然”的感觉，仿佛从那时起才真正体会到做母亲的艰苦与伟大，同时感到自己在人生中又迈了一大步。一个人的成长往往是不自觉的，但你母亲生你的时节，我对自己的长成却是清清楚楚意识到的，至今忘不了。相信你和弥拉到时也都会有类似的经验。

有了孩子，父母双方为了爱孩子，难免不生出许多零星琐碎的争执，应当事先彼此谈谈，让你们俩都有个思想准备：既不要在小地方固执，也不必为了难免的小争执而闹脾气。还有母性特强的妻子，往往会引起丈夫的妒嫉，似乎一有孩子，自己在妻子心中的地位缩小了

① 这两句意为：1.无论哪种形式的艺术，都是手段越简效果越好，也是艺术家越成熟的标志；2.（艺术）同时需要大骄傲和大屈辱。

很多——这一点不能不先提醒你。因为大多数的西方女子，母性比东方女子表现得更强——我说“表现”，因为东方人的母爱，正如别的感情一样，不像西方女子那么显著的形诸于外。但过分的形诸于外，就容易惹动丈夫的妒意。

在经济方面，与其为了孩子将临而忧虑，不如切实想办法，好好安排一下。衣、食、住、行的固定开支，每月要多少，零用要多少，以量入为出的原则全面做一个计划，然后严格执行。大多数人的经验，总是零用不易掌握，最需要克制功夫。遇到每一笔非生活必需开支，都得冷静的想一想，是否确实必不可少。我平时看到书画、文物、小玩意儿（连价钱稍昂的图书在内），从不敢当场就买，总是左思右想，横考虑竖考虑，还要和妈妈商量再决定；很多就此打消了。凡是小玩意儿一类，过了十天八天，欲望自然会淡下来的。即使与你研究学问有关的东西，也得考虑一下是否必需，例如唱片，少买几张也未必妨碍你艺术上的进步。只有每一次掏出钱去的时候，都经过一番客观的思索，才能贯彻预算，做到收支平衡而还能有些小小的储蓄。我们在最困难的时候，曾经把每月的每一笔开支，分别装在信封内，写明“伙食”“水电”“图书”等等；一个信封内的钱用完了，决不挪用别的信封内的钱，更不提前用下个月的钱。现在查看账目，便是那几年花费最少。我们此刻还经常检查账目，看上个月哪几样用途是可用不可用的，使我们在本月和以后的几个月内注意节约。我不是要你如法炮制，而是举实例给你看，我们是用什么方法控制开销的。

“理财”，若作为“生财”解，固是一件难事，作为“不亏空而略有储蓄”解，却也容易做到。只要有意志，有决心，不跟自己妥协，有狠心压制自己的fancy！老话说得好：开源不如节流。我们的欲望无穷，所谓“欲壑难填”，若一手来一手去，有多少用多少，即使日进斗金也不会觉得宽裕的。既然要保持清白，保持人格独立，又要养家活口，防旦夕祸福，更只有自己紧缩，将“出口”的关口牢牢把住。“入口”操在人家手中，你不能也不愿奴颜婢膝的乞求；“出口”却完全操诸我手，由我做主。你该记得中国古代的所谓清流，有傲骨的人，都是自甘淡泊的清贫之士。清贫二字为何连在一起，值得我们深思。我的理解是，清则贫，亦唯贫而后能清！我不是要你“贫”，仅仅是约制自己的欲望，做到量入为出，不能说要求太高吧！这些道理你全明白，无须我啰嗦，问题是在于实践。你在艺术上想得到，做得到，所以成功；倘在人生大小事务上也能说能行，只要及到你艺术方面的一半，你的生活烦虑也就十分中去了八分。古往今来，艺术家多半不会生活，这不是他们的光荣，而是他们的失败。失败的原因并非真的对现实生活太笨拙，而是不去注意，不下决心。因为我所谓“会生活”不是指发财、剥削人或是啬刻，做守财奴，而是指生活有条理、收支相抵而略有剩余。要做到这两点，只消把对付艺术的注意力和决心拿出一小部分来应用一下就绰乎有余了！

我们朋友中颇有收入很少而生活并不太坏的，对外也不显得鄙吝或寒酸：你周围想必也有这种人，你观察观察学学他们，岂不是好？而且他们除了处处多讲理性，善于克制以外，也并无别的诀窍。

至于弥拉，记得你结婚以前有过培养她的意思，即使结果与你的理想仍有距离（哪个人的理想能与现实一致呢？）也不能说三年来没有成绩。首先，你近两年来信中不止一次的提到，你和她的感情融洽多了；证明你们互相的了解是在增进，不是停滞。这便是夫妇之爱的最重要的基础。其次，她对我们的感情，即使在海外娶的中国媳妇，也未必及得上她。很多朋友的儿子在外结婚多年，媳妇（还是中国人）仍像外人一般，也难得写信，哪像弥拉和我们这么亲切！最后，她对孩子的教育（最近已和我们谈了），明明是接受了你的理想。她本人也想学中文，不论将来效果如何，总是“其志可嘉”。对中国文化的仰慕爱好，间接表示她对你的赏识。固然她很多孩子气，许多地方还不成熟，但孩子气的优点是天真无邪。她对你的艺术的理解与感受，恐怕在西方女子中也不一定很多。她至少不是冒充风雅的时髦女子，她对艺术的态度是真诚的。五九年八月以前的弥拉和六四年一月的弥拉，有多少差别，只有你衡量得出。我相信你对她做的工作并没有白费。就算是她走得慢一些，至少在跟着你前进。再说，做一个艺术家的妻子，本来很难，做你的妻子，尤其不容易。一般的艺术家都少不了仆仆风尘。可不见得像你我这样喜欢闭户不出，过修院生活。这是西方女子很难适应的。而经常奔波，视家庭如传舍（即驿站、逆旅）的方式，也需要Penelope对待Ulysses那样坚贞的耐性才行——要是在这些方面，弥拉多少已经习惯，便是很大的成功，值得你高兴的了。我们还得有自知之明：你脾气和我一样不好，即使略好，也不过五十步与百步。想到这个，夫妇之间的小小争执，也许责任是一半一半，也许我这方面还要多担一些责任——我国虽然有过五四运动，新女性运动（一九二〇年前后），夫权还是比西方重，西方妇女可不容易接受这一点。我特别提出，希望你注意。至于持家之道，你也不能以身作则的训练人家；你自己行事就很难做到有规律有条理，经常旅行也使你有很大困难：只能两人同时学习，多多商量。我相信你们俩在相忍相让上面已有不少成就。只是艺术家的心情容易波动，常有些莫名其妙的骚扰、烦闷、苦恼，影响家庭生活。平时不妨多冷静的想到这些，免得为了小龃龉而动摇根本。你信中的话，我们并不太当真。两个年轻人相处，本来要摸索多年。我以上的话，你思想中大半都有，我不过像在舞台上做一番“提示”工作。特别想提醒你的是信念，对两人的前途的信念。若存了“将来讲究如何，不得而知”的心，对方早晚体会得到，那就动了根本，一切不好办了。往往会无事变小事，小事变大事；反之，信念坚定，就会大事化小，小事化无。再过一二十年，你们回顾三十岁前后的生活，想起两人之间的无数小争执，定会哑然失笑。你不是说你已经会把事情推远去看么？这便是一个实例。预先体会十年二十年以后的感想，往往能够使人把眼前的艰苦看淡。

总之，你的生活艺术固然不及你的音乐艺术，可也不是没有进步，没有收获。安德烈·莫罗阿说过：夫妇之间往往是智力较差，意志较弱的一个把较高较强的一个往下拉，很少较高较强的一个能把较差较弱的对方往上提。三年来你至少是把她往上提，这也足以使你感到安慰了。

弥拉要学中文，最好先进“东方语言学校”之类开蒙。我即将寄一本《汉英合璧》给她，其中注音字母，你可以先教她。这是外国传教士编的，很不错。China Inland Mission中文名叫“内地会”，解放后当然没有了。当年在牯岭，有许多房子便是那个团体的。他们做学问确实下了一番苦功。教弥拉要非常耐性，西方人学东方语言，比东方人学西方语言难得多。先是西方语言是分析的，东方语言是综合的、暗示的、含蓄的。并且我们从小有学西方语言的环境。你对弥拉要多鼓励，少批评，否则很容易使她知难而退。一切慢慢来，不要急。记住盖叫天的话：慢就是快！ 你也得告诉她这个道理。开头根基打得扎实，以后就好办。

孩子的教育，眼前不必多想。将来看形势再商量。我们没有不愿意帮你们解决的。名字待我慢慢想，也需要inspiration。弥拉怀孕期间，更要让她神经安静，心情愉快。定期检查等等，你们有的是医生，不必我们多说。她说胃口不好，胖得like a cow，这倒要小心，劝她克制一些。母体太胖，婴儿也跟着太胖，分娩的时候，大人和小孩都要吃苦的！故有孕时不宜过分劳动，却也不宜太不劳动。

此信每天抽空写一些，前后花了五六天时间。好在你要三月二十左右回英，信总比你先到伦敦。像我们这种人，从来不以恋爱为至上，不以家庭为至上，而是把艺术、学问放在第一位，作为人生目标的人，对物质方面的烦恼还是容易摆脱的，可是为了免得后顾之忧，更好的从事艺术与学问，也不能不好好的安排物质生活；光是瞧不起金钱，一切取消极态度，早晚要影响你的人生最高目标——艺术的！希望克日下决心，在这方面采取行动！一切保重！

## 一九六四年四月十二日

近几月老是研究巴尔扎克，他的一部分哲学味特别浓的小说，在西方公认为极重要，我却花了很大的劲才勉强读完，也花了很大的耐性读了几部研究这些作品的论著。总觉得神秘气息玄学气息不容易接受，至多是了解而已，谈不上欣赏和共鸣。中国人不是不讲形而上学，但不像西方人抽象，而往往用诗化的意境把形而上学的理论说得很空灵，真正的意义固然不易捉摸，却不至于像西方形而上学那么枯燥，也没那种刻舟求剑的宗教味儿叫人厌烦。西方人对万有的本原，无论如何要归结到一个神，所谓God，似乎除了God，不能解释宇宙，不能说明人生，所以非肯定一个造物主不可。好在谁也提不出证明God是没有的，只好由他们去说；可是他们的正面论证也牵强得很，没有说服力。他们首先肯定人生必有意义，灵魂必然不死，从此推论下去，就归纳出一个有计划有意志的神！可是为什么人生必有意义呢？灵魂必然不死呢？他们认为这是不辩自明之理，我认为欧洲人比我们更骄傲，更狂妄，更ambitious，把人这个生物看作天下第一，所以千方百计要造出一套哲学和形而上学来，证明这个“人为万物之灵”的看法，仿佛我们真是负有神的使命，执行神的意志一般。在我个人看来，这都是vanity作祟。东方的哲学家玄学家要比他们谦虚得多。除了程朱一派理学家dogmatic很厉害之外，别人就是讲什么阴阳太极，也不像西方人讲God那么绝对，凿凿有据，咄咄逼人，也许骨子里我们多少是怀疑派，接受不了太强的insist，太过分的certainty。

前天偶尔想起，你们要是生女孩子的话，外文名字不妨叫Gracia，此字来历想你一定记得。意大利字读音好听，grace一字的意义也可爱。弥拉不喜欢名字太普通，大概可以合乎她的条件。阴历今年是甲辰，辰年出生的人肖龙，龙从云，虎从风，我们提议女孩子叫“凌云”（Lin Yun），男孩子叫“凌霄”（Lin Sio）。你看如何？男孩的外文名没有inspiration，或者你们决定，或者我想到了以后再告。这些我都另外去信讲给弥拉听了（凌云=to tower over the clouds，凌霄= to tower over the sky，我和Mira 就是这样解释的）。

## 一九六四年四月二十三日

我们的音乐不发达的原因，我想过数十年，不得结论。从表面看，似乎很简单：科学不发达是主要因素，没有记谱的方法也是一个大障碍。可是进一步问问为什么我们科学不发达呢？就不容易解答了。早在战国时期，我们就有墨子、公输般等的科学家和工程师，汉代的张衡不仅是个大文豪，也是了不起的天文历算的学者。为何后继无人，一千六百年间，就停滞不前了呢？为何西方从文艺复兴以后反而突飞猛进呢？希腊的早期科学，七世纪前后的阿拉伯科学，不是也经过长期中断的么？怎么他们的中世纪不曾把科学的根苗完全斩断呢？西方的记谱也只是十世纪以后才开始，而近代的记谱方法更不过是几百年中发展的，为什么我们始终不曾在这方面发展？要说中国人头脑不够抽象，明代的朱载（《乐律全书》的作者）偏偏把音乐当作算术一般讨论，不是抽象得很吗？为何没有人以这些抽象的理论付诸实践呢？西洋的复调音乐也近乎数学，为何法兰德斯乐派、意大利乐派，以至巴哈——亨特尔，都会用创作来做实验呢？是不是一个民族的艺术天赋并不在各个艺术部门中平均发展的？希腊人的建筑、雕塑、诗歌、戏剧，在公元前四世纪时登峰造极，可是以后两千多年间就默默无闻，毫无建树了。文艺复兴时期的意大利艺术也只是昙花一现。有些民族尽管在文学上到过最高峰，在造型艺术和音乐艺术中便相形见绌，例如英国。有的民族在文学、音乐上有杰出的成就，但是绘画便赶不上，例如德国。可见无论在同一民族内，一种艺术的盛衰，还是各种不同的艺术在各个不同的民族中的发展，都不容易解释。我们的书法只有两晋、六朝、隋、唐是如日中天，以后从来没有第二个高潮。我们的绘画艺术也始终没有超过宋、元。便是音乐，也只有开元、天宝，唐玄宗的时代盛极一时，可是也只限于“一时”。现在有人企图用社会制度、阶级成分来说明文艺的兴亡。可是奴隶制度在世界上许多民族都曾经历，为什么独独在埃及和古希腊会有那么灿烂的艺术成就？而同样的奴隶制度，为何埃及和希腊的艺术精神、风格，如此之不同？如果说统治阶级的提倡大有关系，那么英国十八、十九世纪王室的提倡音乐，并不比十五世纪意大利的教皇和诸侯（如梅迪契家族）差劲，为何英国自己就产生不了第一流的音乐家呢？再从另一些更具体更小的角度来说，我们的音乐不发达，是否同音乐被戏剧侵占有关呢？我们所有的音乐材料，几乎全部在各种不同的戏剧中。所谓纯粹的音乐，只有一些没有谱的琴曲（琴曲谱只记手法，不记音符，故不能称为真正的乐谱）。其他如笛、箫、二胡、琵琶等等，不是简单之至，便是外来的东西。被戏剧侵占而不得独立的艺术，还有舞蹈。因为我们不像西方人迷信，也不像他们有那么强的宗教情绪，便是敬神的节目也变了职业性的居多，群众自动参加的较少。如果说中国民族根本不大喜欢音乐，那又不合乎事实。我小时在乡，听见舟子，赶水车的，常常哼小调，所谓“山歌”（古诗中〔汉魏〕有许多“歌行”“歌谣”；从白乐天到苏、辛都是高吟低唱的，不仅仅是写在纸上的作品）。

总而言之，不发达的原因归纳起来只是一大堆问题，谁也不曾彻底研究过，当然没有人能解答了。近来我们竭力提倡民族音乐，当然是大好事。不过纯粹用土法恐怕不会有多大发展的前途。科学是国际性的、世界性的，进步硬是进步，落后硬是落后。一定要把土乐器提高，和钢琴、提琴竞争，岂不劳而无功？抗战前（一九三七年前）丁西林就在研究改良中国笛子，那时我就认为浪费。工具与内容，乐器与民族特性，固然关系极大；但是进步的工具，科学性极高的现代乐器，决不怕表达不出我们的民族特性和我们特殊的审美感。倒是原始工具和简陋的乐器，赛过牙齿七零八落、声带构造大有缺陷的人，尽管有多丰富的思想感情，也无从表达。乐曲的形式亦然如此。光是把民间曲调记录下来，略加整理，用一些变奏曲的办法扩充一下，绝对创造不出新的民族音乐。我们连“音乐文法”还没有，想要在音乐上雄辩滔滔，怎么可能呢？西方最新乐派（当然不是指电子音乐一类的ultra modern的东西）的理论，其实是尺寸最宽、最便于创造民族音乐的人利用的；无奈大家害了形式主义的恐怖病，提也不敢提，更不用说研究了。俄罗斯五大家——从特皮西到巴托克，事实俱在，只有从新的理论和技巧中才能摸出一条民族乐派的新路来。问题是不能闭关自守，闭门造车，而是要掌握西方最高最新的技巧，化为我有，为我所用。然后才谈得上把我们新社会的思想感情用我们的音乐来表现。这一类的问题，想谈的太多了，一时也谈不完。

### 一九六四年四月二十四日

孤独的感觉，彼此差不多，只是程度不同，次数多少有异而已。我们并未离乡背井，生活也稳定，比绝大多数人都过得好；无奈人总是思想太多，不免常受空虚感的侵袭。唯一的安慰是骨肉之间推心置腹，所以不论你来信多么稀少，我总尽量多给你写信，但愿能消解一些你的苦闷与寂寞。只是心愿是一件事，写信的心情是另一件事：往往极想提笔而精神不平静，提不起笔来；或是勉强写了，写得十分枯燥，好像说话的声音口吻僵得很，自己听了也不痛快。

一方面狂热、执着，一方面洒脱、旷达、怀疑，甚至于消极：这个性格大概是我遗传给你的。妈妈没有这种矛盾，她从来不这么极端。弥拉常说你跟我真像，可见你在她面前提到我的次数不可胜计，所以她虽未见过我一面，也像多年相识一样。

你们夫妇关系，我们从来不真正担心过。你的精神波动，我们知之有素，千句并一句，只要基本信心不动摇，任何小争执大争执都会跟着时间淡忘的。我三月二日（No.59）信中的结论就是这话。人生的每个阶段都是一边学一边过的，从来没有一个人具备了所有的（理论上的）条件才结婚，才生儿育女的。你为了孩子而惶惶然，表示你对人生态度严肃，却也不必想得太多。一点不想是不负责任，当然不好；想得过分也徒然自苦，问题是彻底考虑一番，下决心把每个阶段的事情做好，想好办法实行就是了。

人不知而不愠是人生最高修养，自非一时所能达到。对批评家的话我过去并非不加保留，只是增加了我的警惕。即是人言藉藉，自当格外反躬自省，多征求真正内行而善意的师友的意见。你的自我批评精神，我完全信得过；可是艺术家有时会钻牛角尖而自以为走的是独创而正确的路。要避免这一点，需要经常保持冷静和客观的态度。所谓艺术上的illusion，有时会蒙蔽一个人到几年之久的。至于批评界的黑幕，我近三年译巴尔扎克的《幻灭》，得到不少知识。一世纪前尚且如此，何况今日！二月号《音乐与音乐家》杂志上有一篇Karayan的访问记，说他对于批评只认为是某先生的意见，如此而已。他对所钦佩的学者，则自会倾听，或者竟自动去请教。这个态度大致与你相仿。

# 一九六五年

## 一九六五年二月二十日

亲爱的孩子：半年来你唯一的一封信不知给我们多少快慰。看了日程表，照例跟着你天南地北的神游了一趟，做了半天白日梦。人就有这点儿奇妙，足不出户，身不离斗室，照样能把万里外的世界，各地的风光，听众的反应，游子的情怀，一样一样的体验过来。你说在南美仿佛回到了波兰和苏联，单凭这句话，我就咂摸到你当时的喜悦和激动；拉丁民族和斯拉夫民族的热情奔放的表现也历历如在目前。

你父性特别强是像你妈，不过还是得节制些，第一勿妨碍你的日常工作，第二勿宠坏了凌霄。——小孩儿经常有人跟他玩，成了习惯，就非时时刻刻抓住你不可，不但苦了弥拉，而且对孩子也不好。耐得住寂寞是人生一大武器，而耐寂寞也要自幼训练的！疼孩子固然要紧，养成纪律同样要紧；几个月大的时候不注意，到两三岁时再收紧，大人小儿都要痛苦的。你的心绪我完全能体会。你说的不错，知子莫若父，因为父母子女的性情脾气总很相像，我不是常说你是我的一面镜子吗？且不说你我的感觉一样敏锐，便是变化无常的情绪，忽而高潮忽而低潮，忽而兴奋若狂忽而消沉丧气等等的艺术家气质，你我也相差无几。不幸这些遗传（或者说后天的感染）对你的实际生活弊多利少。凡是有利于艺术的，往往不利于生活；因为艺术家两脚踏在地下，头脑却在天上，这种姿态当然不适应现实的世界。我们常常觉得弥拉总算不容易了，你切勿用你妈的性情脾气去衡量弥拉。你得随时提醒自己，你的苦闷没有理由发泄在第三者身上。况且她的童年也并不幸福，你们俩正该同病相怜才对。我一辈子没有做到克己的功夫，你要能比我成绩强、收效早，那我和妈妈不知要多么快活呢！

要说exile，从古到今多少大人物都受过这苦难，但丁便是其中的一个；我辈区区小子又何足道哉！据说《神曲》是受了exile的感应和刺激而写的，我们倒是应当以此为榜样，把exile的痛苦升华到艺术中去。以上的话，我知道不可能消除你的悲伤愁苦，但至少能供给你一些解脱的理由，使你在愤懑郁闷中有以自拔。做一个艺术家，要不带点儿宗教家的心肠，会变成追求纯技术或纯粹抽象观念的virtuoso，或者像所谓抽象主义者一类的狂人；要不带点儿哲学家的看法，又会自苦苦人（苦了你身边的伴侣），永远不能超脱。最后还有一个实际的论点：以你对音乐的热爱和理解，也许不能不在你厌恶的社会中挣扎下去。你自己说到处都是outcast，不就是这个意思吗？艺术也是一个tyrant，因为做他奴隶的都心甘情愿，所以这个tyrant尤其可怕。你既然认了艺术做主子，一切的辛酸苦楚便是你向他的纳贡，你信了他的宗教，怎么能不把少牢太牢去做牺牲呢？每一行有每一行的humiliation和misery，能够resign就是少痛苦的不二法门。你可曾想过，萧邦为什么后半世自愿流亡异国呢？他的*Op.25*以后的作品付的是什么代价呢？

任何艺术品都有一部分含蓄的东西，在文学上叫作言有尽而意无穷，西方人所谓between lines。作者不可能把心中的感受写尽，他给人的启示往往有些还出乎他自己的意想之外。绘画、雕塑、戏剧等等，都有此潜在的境界。不过音乐所表现的最是飘忽，最是空灵，最难捉摸，最难肯定，弦外之音似乎比别的艺术更丰富，更神秘，因此一般人也就懒于探索，甚至根本感觉不到有什么弦外之音。其实真正的演奏家应当努力去体会这个潜在的境界（即《淮南子》所谓“听无音之音者聪”，无音之音不是指这个潜藏的意境又是指什么呢？）而把它表现出来，虽然他的体会不一定都正确。能否体会与民族性无关。从哪一角度去体会，能体会作品中哪一些隐藏的东西，则多半取决于各个民族的性格及其文化传统。甲民族所体会的和乙民族所体会的，既有正确不正确的分别，也有种类的不同，程度深浅的不同。我猜想你和岳父的默契在于彼此都是东方人，感受事物的方式不无共同之处，看待事物的角度也往往相似。你和董氏兄弟初次合作就觉得心心相印，也是这个缘故。大家都是中国人，感情方面的共同点自然更多了。

### 一九六五年五月十六日夜

香港的长途电话给我们的兴奋，简直没法形容。五月四日整整一天我和你妈妈魂不守舍，吃饭做事都有些飘飘然，好像在做梦；我也根本定不下心来工作。尤其四日清晨妈妈告诉我说她梦见你还是小娃娃的模样，喂了你奶，你睡着了，她把你放在床上。她这话说过以后半小时，就来了电话！怪不得好些人要迷信梦！萧伯母的信又使我们兴奋了大半日，她把你过港二十三小时的情形详详细细写下来了，连你点的上海菜都一样一样报了出来，多有意思。信、照片，我们翻来覆去看了又看，电话中听到你的声音，如今天看到你打电话前夜的人，这才合起来，成为一个完整的你！（我不是说你声音有些变了吗？过后想明白了，你和我一生通电话的次数最少，经过电话机变质以后的你的声音，我一向不熟悉；五六年你在北京打来长途电话，当时也觉得你声音异样。）看你五月三日晚刚下飞机的神态，知道你尽管风尘仆仆，身心照样健康，我们快慰之至。你能练出不怕紧张的神经，吃得起劳苦的身体，能应付二十世纪演奏家的生活，归根到底也是得天独厚。我和你妈妈年纪大了，越来越神经脆弱，一点儿小事就会使我们紧张得没有办法。一方面是性格生就，另一方面是多少年安静的生活越发叫我们没法适应天旋地转的现代tempo。

### 一九六五年五月二十一日深夜

至于唱片的成绩，从Bach、Handel、Scarlatti听来，你弹古典作品的技巧比一九五六年又大大的提高了，李先生很欣赏你的touch，说是像bubble（我们说是像珍珠，白居易《琵琶行》中所谓“大珠小珠落玉盘”）。*Chromatic Fantasy*和以前的印象大不相同，根本认不得了。你说Scarlatti的创新有意想不到的地方，的确如此。Schubert过去只熟悉他的*Lieder*，不知道他后期的*Sonata*有这种境界。我直翻出你六一年九月二十一日挪威来信上说的一大段话，才对作品有一个初步的领会。关于他的*Sonata*，恐怕至今西方的学者还意见不一，有的始终认为不能列为正宗的作品，有的（包括Tovey[①]）则认为了不起。前几年杰老师来信，说他在布鲁塞尔与你相见，曾竭力劝你不要把这些*Sonata*放入节目，想来他也以为群众不大能接受。你说timeless and boundless，确实有此境界。总的说来，你的唱片总是带给我们极大的喜悦，你的phrasing正如你的breathing，无论在Mazurka中还是其他的作品中，特别是慢的乐章，我们太熟悉了，等于听到你说话一样。

凌霄快要咿咿哑哑学话了，我建议你先买一套中文录音（参看LTC-65号信，今年一月二十八日发），常常放给孩子听，让他习惯起来，同时对弥拉也有好处。将来恐怕还得另外请一个中文教师专门教孩子。——你看，不是孩子身上需要花钱的地方多得很吗？你的周游列国的生活多辛苦，总该量入为出；哪一方面多出来的，绝对少不了的开支，只能想办法在别的可以省的地方省下来。群众好恶无常，艺术家多少要受时髦或不时髦的影响，处处多想到远处，手头不要太宽才好。上面说的搬家问题值得冷静考虑，也是为此！你伦敦的每月家用只要合理计算一下，善于调度，保证你可以省去20%左右的开支，而照样维持你们眼前的生活水平！这一点也同样适用于你单独在外的费用。你该明白我不是说你们奢侈，而是不会调度，不会计算；为什么不学一学这一门人生最重要的课程呢！

## 一九六五年五月二十七日

你谈到中国民族能“化”的特点，以及其他关于艺术方面的感想，我都彻底明白，那也是我的想法。多少年来常对妈妈说：越研究西方文化，越感到中国文化之美，而且更适合我的个性。我最早爱上

---

① 托维，英国钢琴家、作曲家。

中国画，也是在二十一二岁在巴黎卢佛宫（现译卢浮宫）钻研西洋画的时候开始的。这些问题以后再和你长谈。妙的是你每次这一类的议论都和我的不谋而合，信中有些话就像是我写的。不知是你从小受的影响太深了呢，还是你我二人中国人的根一样深？大概这个根是主要原因。

一个艺术家只有永远保持心胸的开朗和感觉的新鲜，才永远有新鲜的内容表白，才永远不会对自己的艺术厌倦，甚至像有些人那样觉得是做苦工。你能做到这一步——老是有无穷无尽的话从心坎里涌出来，我真是说不出的高兴，也替你欣幸不置！

## 一九六五年六月十四日

亲爱的孩子：这一回一天两场的演出，我很替你担心，好姆妈说你事后喊手筋痛，不知是否马上就过去？到伦敦后在巴斯登台是否跟平时一样？那么重的节目，舒曼的*Toccata*和*Kreisleriana*都相当别扭，最容易使手指疲劳；每次听见国内弹琴的人坏了手，都暗暗为你发愁。当然主要是方法问题，但过度疲劳也有关系，望千万注意！你从新西兰最后阶段起，前后紧张了一星期，回家后可曾完全松下来，恢复正常？可惜你的神经质也太像我们了！看书兴奋了睡不好，听音乐兴奋了睡不好，想着一星半点的事也睡不好……简直跟你爸爸妈妈一模一样！但愿你每年暑期都能彻底relax，下月去德国就希望能好好休息。年轻力壮的时候不要太逞强，过了四十五岁样样要走下坡路：最要紧及早留些余地，精力、体力、感情，要想法做到细水长流！孩子，千万记住这话：你干的这一行最伤人，做父母的时时刻刻挂念你的健康——不仅眼前的健康，而且是十年二十年后的健康！你在立身处世方面能够洁身自爱，我们完全放心；在节约精力、护养神经方面也要能自爱才好！

你此次两过香港，想必对于我六一年春天竭力劝你取消在港的约会的理由，了解得更清楚了，沈先生也来了信，有些情形和我预料的差不多。幸亏他和好姆妈事事谨慎，处处小心，总算平安度过，总的客观反应，目前还不得而知。明年的事第一要看东南亚大局，如越南战事扩大，一切都谈不到。目前对此不能多存奢望。你岳丈想来也会周密考虑的。

此外，你这一回最大的收获恐怕还是在感情方面，和我们三次通话，美中不足的是五月四日、六月五日早上两次电话中你没有叫我，大概你太紧张，当然不是争规矩，而是少听见一声“爸爸”好像大有损失。妈妈听你每次叫她，才高兴呢！好姆妈和好好爹爹那份慈母般的爱护与深情，多少消解了你思乡怀国的饥渴。昨天同时收到他们俩的长信，妈妈一面念信一面止不住流泪。这样的热情、激动，真是人生最宝贵的东西。我们有这样的朋友（李先生六月四日从下午六时起到晚上九时，心里就想着你的演出。上月二十三日就得到朋友报告，知道你大概的节目），你有这样的亲长（十多年来天舅舅一直关心你，好姆妈五月底以前的几封信，他都看了，看得眼睛也湿了，你知道天舅舅从不大流露感情的），把你当作自己的孩子一般，也够幸福了。他们把你四十多小时的生活行动描写得详详细细，自从你一九五三年离家以后，你的实际生活我们从来没有知道得这么多的。她们的信，二十四小时内，我们已看了四遍，每看一遍都好像和你团聚一回。可是孩子，你回英后可曾去信向她们道谢？当然她们会原谅你忙乱，也不计较礼数，只是你不能不表示你的心意。信短一些不要紧，却绝对不能杳无消息。人家给了你那么多，怎么能不回报一星半点呢？何况你只消抽出半小时的时间写几行字，人家就够快慰了！刘抗抗和陈人浩伯伯处唱片一定要送，张数不拘，也是心意为重。此事本月底以前一定要办，否则一出门，一拖就是几个月。

你新西兰信中提到horizontal与vertical两个字，不知是不是近来西方知识界流行的用语？还是你自己创造的？据我的理解，你说的水平的（或平面的，水平式的），是指从平等地位出发，不像垂直的是自上而下的；换言之，“水平的”是取的渗透的方式，不知不觉流入人的心坎里；垂直的是带强制性质的灌输方式，硬要人家接受。以客观的效果来说，前者是潜移默化，后者是被动的（或是被迫的）接受。不知我这个解释对不对？一个民族的文化假如取的渗透方式，它的力量就大而持久。个人对待新事物的文化艺术采取“化”的态度，才可以达到融会贯通、彼为我用的境界，而不至于生搬硬套，削足适履。受也罢，与也罢，从化字出发（我消化人家的，让人家消化我的），方始有真正的新文化。“化”不是没有斗争，不过并非表面化的短时期的猛烈的斗争，而是潜在的长期的比较缓和的斗争。谁能说“化”不包括“批判的接受”呢？

你六三年十月二十三来信提到你在北欧和维也纳演出时，你的playing与理解又迈了一大步；从那时到现在，是否那一大步更巩固了？有没有新的进展、新的发现？——不消说，进展必然有，我要知道的是比较重要而具体的进展！身子是否仍能不摇摆（或者极少摇摆）？

六三年十二月二十一来信说在“重练莫扎特的*Rondo in A min.*, *K.511*和*Adagio in B min.*”，认为是莫扎特钢琴独奏曲中最好的作品。记得五三年以前你在家时，我曾告诉你，罗曼·罗兰最推重这两个曲子。现在你一定练出来了吧？有没有拿去上过台？还有舒伯特的*Ländler*？——这个类型的小品是否只宜于做encore piece？我简直毫无观念。莫扎特以上两支曲子，几时要能灌成唱片才好！否则我恐怕一辈子听不到的了。

## 一九六五年九月十二日夜

聪：好容易等了三个月等到你的信，妈妈看完了叹一口气，说：“现在又不知要等多久才能收到下一封信了！”今后你外出演奏，想念凌霄的心情，准会使你更体会到我们怀念你的心情。八月中能抽空再游意大利，真替你高兴。Perugia是拉斐尔的老师Perugino[①]的出生地，他留下的作品一定不少，特别在教堂里。Assisi是十三世纪的圣者St.Francis的故乡，他是“圣芳济会”（旧教中的一派）的创办人，以慈悲出名，据说真是一个鱼鸟可亲的修士，也是朴素近于托钵僧的修士。没想到意大利那些小城市也会约你去开音乐会。记得Turin、

① 佩鲁吉诺（约1445—1523），意大利画家。

Milan、Perugia你都去过不止一次，倒是罗马和那不勒斯、佛罗伦萨，从未演出。有些事情的确不容易理解，例如巴黎只邀过你一次；Etiemble信中也说："巴黎还不能欣赏votre fils"，难道法国音乐界真的对你有什么成见吗？且待明年春天揭晓！

说法朗克不入时了，nobody asks for，那么他的小提琴朔拿大怎么又例外呢？群众的好恶真是莫名其妙。我倒觉得*Variations Symphoniques*并没一点"宿古董气"，我还对它比圣桑斯（现译圣桑）的*Concertos*更感兴趣呢！你曾否和岳父试过Chausson？记得二十年前听过他的小提琴朔拿大，凄凉得不得了，可是我很喜欢。这几年可有机会听过Duparc的歌？印象如何？我认为比Fauré更有特色。你预备灌*Ländlers*，我听了真兴奋，但愿能早日出版。从未听见过的东西，经过你一再颂扬，当然特别好奇了。你觉得比他的*Impromptus*更好是不是？老实说，舒伯特的*Moments Musicaux*对我没有多大吸引力。

弄chamber music的确不容易。Personality要能匹配，谁也不受谁的outshine，是可遇而不可求的。事先大家意见一致，并不等于感受一致，光是intellectual understanding是不够的；就算感受一致了，感受的深度也未必一致。在这种情形之下，当然不会有什么last degree conviction了。就算有了这种坚强的信念，各人口吻的强弱还可能有差别：到了台上难免一个迁就另一个，或者一个压倒另一个，或者一个满头大汗的勉强跟着另一个。当然，谈到这些已是上乘，有些duet sonata的演奏者，这些trouble根本就没感觉到。记得Kentner和你岳父灌的Franck、Beethoven，简直受不了。听说Kentner的音乐记忆力好得不可思议，可是记忆究竟跟艺术不相干：否则电子计算机可以成为第一流的音乐演奏家了。

最近正在看卓别林的《自传》（一九六四年版），有意思极了，也凄凉极了。我一边读一边感慨万端。主要他是非常孤独的人，我也非常孤独：这个共同点使我对他感到特别亲切。我越来越觉得自己detached from everything，拼命工作其实只是由于机械式的习惯，生理心理的需要（不工作一颗心无处安放），而不是真有什么conviction。至于嗜好，无论是碑帖、字画、小骨董、种月季，尽管不时花费一些精神时间，却也常常暗笑自己，笑自己愚妄、虚空、自欺欺人的混日子！

卓别林的不少有关艺术的见解非常深刻、中肯；不随波逐流，永远保持独立精神和独立思考，原是一切第一流艺术家的标记。他写的五十五年前（我只二三岁）的纽约和他第一次到那儿的感想，叫我回想起你第一次去纽约的感想——颇有大同小异的地方。他写的第一次大战前后的美国，对我是个新发现：我怎会想到一九一二年已经有了摩天大厦和Coca-Cola呢？资本主义社会已经发展到那个阶段呢？这个情形同我一九三〇年前后认识的欧洲就有很大差别。

## 一九六五年十月四日

聪：九月二十九日起眼睛忽然大花，专科医生查不出原因，只说目力疲劳过度，且休息一个时期再看。其实近来工作不多，不能说用眼过度，这几日停下来，连书都不能看，枯坐无聊，沉闷之极。但还想在你离英以前给你一信，也就勉强提起笔来。

两周前看完《卓别林自传》，对一九一〇至一九一四年间的美国有了一个初步认识。那种物质文明给人的影响，确非我们意料所及。一般大富翁的穷奢极欲，我实在体会不出有什么乐趣而言。那种哄闹取乐的玩意儿，宛如五花八门、光怪陆离的万花筒，在书本上看看已经头晕目迷，更不用说亲身经历了。像我这样，简直一天都受不了；不仅心理上憎厌，生理上神经上也吃不消。东方人的气质和他们相差太大了。听说近来英国学术界也有一场论战，有人认为要消灭贫困必须工业高度发展，有的人说不是这么回事。记得一九三〇年代我在巴黎时，也有许多文章讨论过类似的题目。改善生活固大不容易；有了物质享受而不受物质奴役，弄得身不由主，无穷无尽的追求奢侈，恐怕更不容易。过惯淡泊生活的东方旧知识分子，也难以想象二十世纪西方人对物质要求的胃口。其实人类是最会生活的动物，也是最不会生活的动物；我看关键是在于自我克制。以往总觉得奇怪，为什么结婚离婚在美国会那么随便。《卓别林自传》中提到他最后一个（也是至今和好的一个）妻子乌娜时，有两句话：As I got to know Oona I was constantly surprised by her sense of humor and tolerance; she could always see the other person's point of view…[①]从反面一想，就知道一般美国女子的性格，就可部分的说明美国婚姻生活不稳固的原因。总的印象：美国的民族太年轻，年轻人的好处坏处全有；再加工业高度发展，个人受着整个社会机器的疯狂般的tempo推动，越发盲目，越发身不由主，越来越身心不平衡。这等人所要求的精神调剂，也只能是粗暴、猛烈、简单、原始的娱乐；长此以往，恐怕谈不上真正的文化了。

二次大战前后卓别林在美的遭遇，以及那次大审案，都非我们所能想象。过去只听说法西斯蒂在美国抬头，到此才看到具体的事例。可见在那个国家，所谓言论自由、司法独立等等的好听话，全是骗骗人的。你在那边演出，说话还得谨慎小心，犯不上以一个青年艺术家而招来不必要的麻烦。于事无补、于己有害的一言一语、一举一动，都得避免。当然你早领会这些，不过你有时仍旧太天真，太轻信人（便是小城镇的记者或居民也难免没有spy 注意你），所以不能不再提醒你！

## 一九六五年十一月二十二日

十一月十二来信说起在美旅行的心情，我完全理解，换了我，恐怕比你更受不住。二十世纪高度物质文明的生活，和极度贫乏的精神生活的对照，的确是个大悲剧。同时令人啼笑皆非。我知道你要不是为了谋生，决不愿常去那种地方受罪。

① 大意为：认识乌娜后，她总是令我惊喜；她既幽默又宽容，总能设身处地替别人着想……

# 一九六六年

## 一九六六年一月四日

聪：亲爱的孩子，为了急于要你知道收到你们俩来信的快乐，也为了要你去瑞典以前看到此信，故赶紧写此短札。昨天中午一连接到你、弥拉和你岳母的信，还有一包照片，好像你们特意约齐有心给我们大大快慰一下似的，更难得的是同一邮班送上门！你的信使我们非常感动，我们有你这样的儿子也不算白活一世，更不算过去的播种白费气力。我们的话，原来你并没当作耳边风，而是在适当的时间都能一一记起，跟你眼前的经验和感想作参证。凌霄一天天长大，你从他身上得到的教育只会一天天加多；人便是这样：活到老，学到老，学到老，学不了！可是你我都不会接下去想：学不了，不学了！相反，我们都是天生的求知欲强于一切。即如种月季，我也决不甘心以玩好为限，而是当作一门科学来研究；养病期间就做这方面的考据。

父母之爱子，则为之计深远。尽管对傅聪的童年过于严厉而有种种内疚，此时老境将至、疾病缠身的傅雷看到了儿子的成长和成就还是倍感安慰的。

提到莫扎特，不禁想起你在李阿姨（蕙芳）处学到最后阶段时弹的*Romance*和*Fantasy*，谱子是我抄的，用中国式装裱；后来弹给百器听（第一次去见他），他说这是artist弹的，不是小学生弹的。这些事，这些话，在我还恍如昨日，大概你也记得很清楚，是不是？

关于裴辽士和李斯特，很有感想，只是今天眼睛脑子都已不大行，不写了。我每次听裴辽士，总感到他比特皮西更男性，更雄强，更健康，应当是创作我们中国音乐的好范本。据罗曼·罗兰的看法，法国史上真正的天才（罗曼·罗兰在此对天才另有一个定义，大约是指天生的像潮水般涌出来的才能，而非后天刻苦用功来的）作曲家只有皮才和他两个人。

关于天才的定义，你同意罗曼·罗兰的观点吗？为什么？

……你们俩描写凌霄的行动笑貌，好玩极了。你小时也很少哭，一哭即停，嘴唇抖动未已，已经抑制下来：大概凌霄就像你。你说的对：天真纯洁的儿童反映父母的成分总是优点居多；教育主要在于留神他以后的发展，只要他有我们的缺点露出苗头来，就该想法防止。他躺在你琴底下的情景，真像小克利斯朵夫，你以前曾以克利斯朵夫自居，如今又出了一个小克利斯朵夫了，可是他比你幸运，因为有着一个更开明更慈爱的父亲！（你信上说他completely transferred，dreaming，应该说transported；“transferred”一词只用于物，不用于人。我提醒你，免得平日说话时犯错误。）三月中你将在琴上指挥，我们听了和你一样excited。望事前多作思想准备，万勿紧张！

“好玩极了”，短短四个字，尽是傅雷作为祖父满满的慈爱。

父亲的爱是没有时间界限的。尽管傅聪已为人父，傅雷还是一如既往地提醒他要注意的问题。

一九六六年四月十三日

两目白内障依然如故，据说一般进展很慢，也有到了某个阶段就停滞的，也有进展慢得觉察不到的：但愿我能有此幸运。不然的话，几年以后等白内障硬化时动手术，但开刀后的视力万万不能与以前相比，无论看远看近，都要限制在一个严格而极小的范围之内。此外，从一月起又并发慢性结膜炎，医生说经常昏花即由结膜炎分泌物沾染水晶体之故。此病又是牵丝得厉害，有拖到几年之久的。大家劝我养身养心，无奈思想总不能空白，不空白，神经就不能安静，身体也好不起来！一闲下来更是上下古今的乱想，甚至置身于地球以外：不是陀斯朵伊夫斯基（现译陀思妥耶夫斯基）式的胡思乱想，而是在无垠的时间与空间中凭一些历史知识发生许多幻想，许多感慨。总而言之是知识分子好高骛远的通病，用现代语说就是犯了客观主义，没有阶级观点……其实这类幻想中间，也掺杂不少人类的原始苦闷，对生老病死以及生命的目的等等的感触与怀疑。我们从五四运动中成长起来的一辈，多少是怀疑主义者，正如文艺复兴时代和十八世纪法国大革命前的人一样，可是怀疑主义又是现社会的思想敌人，怪不得我无论怎样也改造不了多少。假定说中国的读书人自古以来就偏向于生死的慨叹，那又中了士大夫地主阶级的毒素（因为不劳而获才会有此空想的余暇）。说来说去自己的毛病全知道，而永远改不掉，难道真的是所谓“彻底检讨，坚决不改”吗？我想不是的。主要是我们的时间观念，或者说time sense和space sense比别人强，人生一世不过如白驹过隙的话，在我们的确是极真切的感觉，所以把生命看得格外渺小，把有知觉的几十年看作电光一闪似的快而不足道，一切非现实的幻想都是从此来的，你说是不是？明知浮生如寄的念头是违反时代的，无奈越老越是不期然而然的有此想法。当然这类言论我从来不在人前流露，便在阿敏小蓉之前也绝口不提，一则年轻人自有一番志气和热情，我不该加以打击或者泄他们的气；二则任何不合时代的思想绝对不能影响下一代。因为你在国外，而且气质上与我有不少相似之处，故随便谈及。你要没有这一类的思想根源，恐怕对Schubert某些晚期的作品也不会有那么深的感受。

近一个多月妈妈常梦见你，有时在指挥，有时在弹concerto。也梦见弥拉和凌霄在我们家里。她每次醒来又喜欢又伤感。昨晚她说现在觉得睡眠是桩乐事，可以让自己化为两个人，过两种生活：每夜入睡前都有一个希望——不仅能与骨肉团聚，也能和一二十年隔绝的亲友会面。我也常梦见你，你琴上的音乐在梦中非常清楚。

## 阅读规划进度及自我测评

01 计划阅读时间

02 实际阅读时间

03 完成度（%）

04 阅读兴趣

感兴趣□　　一般□　　没兴趣□

原因：

问题：

05 探究拓展

① 在这个阶段，傅雷对傅聪的教育方式发生了很大的变化，你注意到这些变化了吗？请举例说明。

② 信中，傅雷不止一次指出傅聪“能张不能弛，能劳不能逸”的缺点，对此傅雷提了哪些建议？这些建议对我们的日常或学习生活有什么启示？

③ 傅雷一生翻译了三十四部外国文艺名著，向读者呈现出五百万字的经典译作。而这背后是他数十年如一日的辛勤付出，你认为傅雷身上有哪

些值得学习的品质呢？

④ 傅聪在音乐上取得不俗的成绩，离不开傅雷的谆谆教诲，也离不开他自己数年沉淀、潜心苦练。你能在信中找到具体的体现吗？谈一谈你的感触。

⑤ 如果请你把《傅雷家书》推荐给身边的亲友，你可以想到哪些推荐理由呢？说一说。

### 06 对比分析

读完整本书，参照傅雷的经历和傅聪的经历，评价傅雷的教育方式。

| 我赞成的 | 我不赞成的 |
|---|---|
| | |
| | |
| | |
| | |
| | |
| | |

# 赤子之心*

## ——傅聪谈傅雷[1]

冬　晓

北京饭店长长宽宽的走廊里，冯亦代先生和我匆匆地找寻着傅聪的房号——我们相约，在他养病期间作一次长谈。门开处，傅敏迎了出来，床上坐着微笑着的傅聪。

这是一次尽情的畅谈。对祖国深深的爱、淡淡的愁，对人生的思考与探索，对艺术的挚爱与追求，对父母的思恋和怀念……沉静的傅聪竟是那样容易激动；以音乐为生命的他，却具有一副哲学家的头脑。

记得一篇文章的开头两句话："傅雷是傅聪的爸爸，傅聪是傅雷的儿子。"是的，同是那样的一颗赤子之心。

### 中国知识分子典型的见证

**冬晓：**《傅雷家书》已由三联书店出版，您有些什么想法，愿意向读者讲些什么吗？

**傅聪：**父亲一故世，欧洲就有好几个杂志的负责人问我这批书信，因为在国外很多朋友知道爸爸给我写了许多信，我那时的妻子也收到他不少信。有个出版社多次问我，愿出高价，我都拒绝了。原因是我觉得爸爸的这份家书是有永恒性价值的，是一个很特殊的中国知

① 本文整理自二十世纪八十年代初傅聪回国讲学之际，三联书店对傅聪进行的一次访谈。

识分子典型的见证，我不愿让它成为任何一种好意或恶意的政治势力的工具。现在由三联书店来出版它，我高兴，但有时也有些doubt。

**冯亦代：**疑虑？

**傅聪：**这词不好译，不是对某个人、某件事的疑虑，而是自己思想上的东西。格不同，难译。

我爸爸是个赤裸裸的人，不仅对我，对朋友也这样。心里怎么想就怎么写，他的内心生活全部在信中反映出来了。但这些信都是他五六十年代写的，都带着当时的时代气氛和他的心境、情绪。虽然他一直是坐在书斋里的人，但从信中可以看出他的思想是跟当时的社会生活血肉相连的。不过有些想法，我想如果他还活着的话，可能会很不同了。

**冬晓：**那是反映了当时条件下一个知识分子的思想和感情。

**傅聪：**这些信的价值正在于此。我刚才说我还有些doubt，就是说他在某个时期对自己作了相当多的解剖，自我批评，现在看，有一些可能还要回到原来的认识上去。如他一九五四、一九五五年到社会上去，看到了整个国家轰轰烈烈的建设景象，深受感动，又说看到了许多解放战争、革命战争时期的小说，补了课，使他感到他以前的“不能够只问目的不问手段”的认识是书生之见。可是我觉得他原来的这个见解却是对的。经过十年浩劫，甚至一九五七年以来的历史，证明了只问目的不择手段是不行的，不择手段本身就把目的否定了。也许我有点杞人忧天的doubt。因爸爸在国内文艺界有一定声望，大家尊敬他，这些家书出版后，会不会对有些内容不能真正从本质上去了解，而只从表面上去看？

**冬晓：**人们会理解的。在当时，他在信中反映的就是一个老知识分子对我们党和国家的那种虔诚，那种热爱。他急于要跟上新的时代，急于要使自己融合到新的时代中去，所以他努力地改造自己、否定自己，是那样一种真挚的感情。

**傅聪：**也许我在西方耽久了。我认为一切信仰没有经常在怀疑中锤炼是靠不住的，是迷信。我觉得我们知识分子对造成现代迷信也有责任，知识分子应该像鸟，风雨欲来，鸟第一个感受到，知识分子是最敏锐的，应该永远走在时代的前面。可是我们也参与了现代迷信，没有尽到知识分子的责任。

爸爸说过："主观地热爱一切，客观地了解一切。"我觉得这还不够。中国为什么走这么大的弯路？正因为中国人太主观地热爱一切，而不客观地多作怀疑，多怀疑就不会盲目闯祸了。爸爸基本上是一个怀疑主义者，他说的"了解一切"，就包括怀疑。了解包括分析，分析就先要怀疑，先要提出问号。他在一封信里说，"我执着真理，却又死死抱怀疑态度"。死抱住一些眼前的真理，反而会使我们停滞，得不到更多的更进步的真理。我想我们的社会的确不应该死抱住教条不放，而应该不断地探求新的真理。

### 赤子之心

**冬晓：**您认为这些家书中反映的最本质的思想是什么？

**傅聪：**赤子之心。爸爸的信从头到尾贯穿的最本质的东西就是这个。看这些信，可以用这么一句话概括这个人：他一生没有一分钟度过的是行尸走肉的时光，他的脑永远在思想，他的心永远在感受。

他是一个在中国最优秀的传统中植根非常深的知识分子（我说的是最优秀的传统，从屈原一直到现在的传统），同时又是"五四"的觉醒的一代。他接受西洋的东西决不是表面的、生活习惯上的小节的东西。你现在在国外可以碰到很多生活非常洋化，西装革履，家里连中文也不说了的人，可是这些人对西方文化根本没有一点点真正的了解。而爸爸为什么对西方文化能有真正深刻的掌握和了解，就是因为他在中国文化中的根子扎得很深！

我爸爸责己责人都非常严，是个非常严谨的人。这一方面是由于他有着东方文化的根，另一方面也可以说是从西方文化中来的，他的那种科学态度，很强的逻辑性，讲原则，这些都是西方文化的优点，他是接受了这些优点的。他在翻译《约翰·克利斯朵夫》这本书时说过，他受这本书影响很大。罗曼·罗兰作为一个欧洲人，有这么个理想，他希望能够把德国日耳曼民族和拉丁民族两个民族的文化取长补短，创造一个更灿烂的文化。我爸爸一辈子追求的就是希望在东方文化和西方文化间取长补短，融合创造出一种新的更灿烂的全人类的文化。

刚才说的赤子之心，还要讲回来。我爸爸这个人也有很多缺点，因为他是个非常活生生的、丰富的人，他的缺点优点都不是一般的，都是比较大的。如他脾气的暴躁，一时冲动不能控制，可以使人目瞪口呆。

**傅敏：**可是他同时又可以是绝对冷静，很理智，很严谨。

**傅聪：**那绝对如此，一切强烈，幅度很大。最主要的一点，是我爸爸这个人完全是真的。这跟知识高低、品质好坏没有关系。

**冯亦代：**我第一次见你爸爸是在郑振铎先生那里，那时郑先生就说他一辈子要为“赤子之心”受累。

**傅聪：**他之所以是这么一个很特殊的典型，说到最后，他还是一个中国人。中国人的特殊之点是感性第一，这感性第一说到底就是赤子之心。所以他虽然一方面那么严谨，同时他又是一个大慈大悲的人，他的同情心非常博大，处处为人家着想，小处为儿子，稍大点为朋友，再大点为国家为政府着想，从他的书信中可以看出很多这样的态度。抱了这样一种态度，再加上科学分析能力，这样的人就是优秀的人。社会上都是这样的人，那这个社会就是理想世界了。可是我们中国人大都感性的部分太多，缺少理性的东西；盲目的信仰太多，滥好人太多，怀疑、思考太少，信仰没有在怀疑中铸炼。

我每次回国来，常常一点点小事就马上使我心里暖起来，马上就乐观起来，因为我还是一颗中国人的心，感情也是中国人的。我觉得如果东方人能保持这种赤子之心，而又尽量学习西方人的理智、科学精神、逻辑性，这就是我爸爸一直孜孜追求着的世界文化的理想。

## 最强调的是做人

**冬晓：**请谈谈傅雷先生对您最大最可贵的影响和帮助是什么？

**傅聪：**他最强调的是做人。没有这一条就谈不上艺术，谈不上音乐，一切都谈不上。我觉得整个国家也一样，国家要好的话，第一人的素质要好，人的素质用简单化的方法来说明是很危险的，像小孩子看戏那样，这是好人，那是坏人。其实好人坏人的区别并没有那么简单。人类社会不管发展到什么阶段，一定会有矛盾，人也有智力的、品格的种种矛盾。后天能给人的素质以影响的除了感性上的东西，如新中国刚创立时全中国有那样一种气氛，我想那时候全中国的人都好像忽然变得好了很多，那是感性的东西，感性的东西占了很大部分。但单纯靠这感性的东西是不够的，一定要有理性的东西。我爸爸一辈子所追求的就是要把感性的东西融合到理性里去，就是我刚才讲的信仰和怀疑的问题。

你问我爸爸对我影响最主要的是什么？可以用一句话说：独立思考。他是一个活生生的榜样，独立思考，一切都不人云亦云，决不盲从。盲目的信仰已经可怕，更可怕的是自己还要骗自己。

我认为我爸爸是个文艺复兴式的人物。欧洲的近代文明是从文艺复兴开始的。经过了四个多世纪的沉睡，除了从经济基础分析，经济结构、整个制度从封建走向资本主义的萌芽以外，还有很重要的一条是人的觉醒。那时欧洲资本主义还是非常弱的，但人已开始不安于人云亦云，他们不光是追求对宇宙提出问题，也开始考虑人活着为了什么。我觉得我们也应该考虑这个，爸爸的信从头至尾讲的也就是这些。有了这个基础以后，一切从这个基础上产生的进步才可能巩固，才是真正的进步。

我刚才讲过，国外很多生活完全洋化的人，他们的生活其实充满了很多封建的东西。生活上的很多东西好像都现代化了，都有了洋房汽车，这个社会并不见得就是理想的社会，本质的真正改变才是主要的东西。

我看中国现在最需要补课的是人文科学而不是自然科学。物质不现代化没什么坏处，可能还有好处。

**冬晓：**我想这两者并没有矛盾。科学的发展，增长的不应该光是物质财富。

**傅聪：**对我来讲还是纯精神的东西重要，其他都不重要。当然，一定要到一定的水平，可是再多出来就是人给人造出来的多余的奢侈品了。

**冬晓：**精神上的东西是很重要的，但我们过去只强调精神作用，不管生产发展，吃了不少苦头，现在我们搞四个现代化，同时强调两个文明，这是历史经验的总结。

**傅聪：**问题在于那时强调的精神不是真正的精神理性，而是迷信、盲从，不经过独立思考，口号叫得响的就是好人。这是从表面来区别一个人的好坏。中国人往往做名词的奴隶，几千年讲正名，这很可怕，名正言顺，什么歪理都可以。

### 中国人灵魂里本来就是莫扎特

**傅聪：**我在国外常常跟人家争论，欧洲的基督教精神常常有信仰和智慧的争论。我有时跑到信仰这边，有时又跑到智慧这边，争来争去，不可开交，其实两者是不可分的。

中国人是个具有最高智慧的民族，到现在为止，也很少有欧洲基督教精神那种信仰。中国人其实是有很高度的怀疑精神的民族，只是不科学，是一种直觉的怀疑精神，凭一股灵性可以达到很高的境界。智慧和知识是两回事，有时一个最大的学究什么智慧也没有，一个普通的农民什么书都没念过却有很高的智慧。我说要看中国文化就看中国的文字，从中国的文字就可以看出中国人的智慧。中国的文字完全是莫扎特式的，如“明”吧，一个太阳一个月亮，三岁孩子就知道，看来很天真很稚气，可也是最高的诗意，最富象征性的东西。我所以称它为莫扎特式的，就是最朴素、最天真、最富有想象力、最有诗意的，不过中国人的精神世界老早就达到了这种境界，而欧洲艺术史上只有几个高峰才达到，就像莫扎特。

**冯亦代：**傅雷先生讲莫扎特的那篇文章①是写得很精彩的。

**傅聪：**那篇文章里有两句话我觉得非常精辟。“假如贝多芬给我们的是战斗的勇气，那末莫扎特给我们是无限的信心。”为什么说这

①《独一无二的艺术家莫扎特》，原载《文艺报》1956年第14期，见《傅雷谈艺录》，生活·读书·新知三联书店2016年版。

句话呢？这一段可以单独拿出来大书特书："在这样悲惨的生活中，莫扎特还是终生不断地创作。贫穷、疾病、妒忌、倾轧，日常生活中一切琐琐碎碎的困扰都不能使他消沉；乐天的心情一丝一毫都没受到损害。所以他的作品从来不透露他痛苦的消息，非但没有愤怒与反抗的呼号，连挣扎的气息都找不到。"最后这句我不完全同意，他有的地方还是有这种气息的，但他总是竭力保持平衡，他那大慈大悲的心理，即使反抗，也永远带着那种irony，这词很难翻，就是哭里带笑、笑里带哭的状态。"他的心灵多么明智，多么高贵，多么纯洁。音乐史家说莫扎特的作品反映的不是他的生活，而是他的灵魂。是的，他从来不把艺术作为受难的证人，而只借来表现他的忍耐与天使般的温柔。他自己得不到抚慰，却永远在抚慰别人，但最可欣慰的是他在现实生活中得不到的幸福，他能在精神上创造出来，甚至可以说他先天就获得了这幸福，所以他反复不已地传达给我们。精神的健康，理智与感情的平衡，不是幸福的先决条件吗？不是每个时代的人都渴望的吗？以不断的创造征服不断的苦难，以永远乐观的心情应付残酷的现实，不就是以光明消灭黑暗的具体实践吗？"这太精彩了！有了视患难如无物，超临于一切考验之上的积极的人生观，就有希望把艺术中美好的天地变为美好的现实。然后就是上面那两句话："假如贝多芬给我们的是战斗的勇气，那末莫扎特给我们是无限的信心。"

我觉得中国人传统文化最多的就是这个，不过我们也需要贝多芬。但中国人在灵魂里头本来就是莫扎特。

我为什么这样爱莫扎特，我之所以回来遇到每一件小事都会使我马上乐观起来，因为我是中国人，中国人就是这样，我的心也是这样。所以我总是要强调精神作用，对物质现代化不感兴趣。因为我住在现代化的社会里，实在感到很多现代化的东西很有问题。欧洲社会有很多精神苦闷，所以有许多嬉皮士运动啊，天体运动啊，就是对于这种物质上现代化的一种反抗。

**冬晓：**作为一个人来讲，单有物质上的东西，没有精神上的支柱是不行的。

**傅聪：**这个问题，我觉得我们还没有真正解决。假如我们能从解决这个问题入手，使每一个人都变成自觉的、能独立思考的、不断进取的、有很坚定的正确认识的人，这样一个文明的人类社会，再不忘老子的智慧，那么我相信，我们就能不断地前进。

## 出发点对的话，音乐就会容易些

**冬晓：**傅聪先生，我们还想请您谈谈音乐教育的问题。读傅雷先生的信，他是把艺术、教育、道德和人生哲学全都融合在一起的。

**傅聪：**这都是一整个有机体，它们绝对不能分开。我觉得音乐教育的最基本问题是要弄清为什么要学音乐。他有再大的才能、再高的天分、再好的先生和再优越不过的条件，假如出发点没有弄清楚，那一切都是白费的。

说实在的，我从来没有梦想过成为音乐家、钢琴家。我小时开始学钢琴最主要的原因是感到在这方面还可能有一定的园地，我小时候的音乐感受力特别强，爸爸觉得可能有点东西在那里，也许在这方面有所发展，所以让我学了两三年。后来生活上有些变动，少年时代又有相当一段浪子生涯，在昆明老有给学校开除、逃学等等莫名其妙的事发生。以后我决定回上海，重新专心学音乐。我真的从来没想到过将来做个国际上的钢琴家，我主要的出发点，主要的原因是我爱音乐。我觉得没有音乐的话，我的生命就缺少意义。这并不是理论上的东西，完全是感情上的。常常有人问我：你为什么不写东西？我不写，因为我觉得必须心里头有东西，一定想写才能写，而不能因为我是搞音乐的，一定要写点什么。我自己觉得我不是这块料子。我感受能力相当强，我的才能是在再创作方面，我需要去理解别人，有时也可以发挥，发挥出更多的东西来。主要就是说出发点是我在内心有股力量，使我走上了这条道路。国内音乐界现在有一股风，不少人都在拉协奏曲，弹协奏曲，不少是炫耀技巧的、唬人的东西。室内音乐不搞，奏鸣曲也很少搞。这反映了一种功利主义倾向，一些人主要是想成名，成明星，他们不是为音乐服务，而是音乐为他们服务，音乐为成名服务。因为假如是献身音乐的话，就不能不搞室内音乐，室内音乐是音乐里最美丽、最丰富的音乐。也不能不搞奏鸣曲，我是说提琴和钢琴的奏鸣曲。我假如开音乐会，不开独奏会，而开两个人的奏鸣曲的音乐会，我是最高兴的，我觉得这里有无穷的乐趣。就是弹伴奏吧，这里也有无穷的乐趣，舒伯特的乐曲，伴奏也是最美的音乐。这里就是有个出发点的问题。

**冬晓：**你认为音乐界的状况如何？

**傅聪：**我还看得不够多，有些看法我已在音乐学院学报中说了。

这里的先生教学生是世界上态度最好的，可是他们自己也是十几年与外界隔绝，比较闭塞；另外教育上也有个东西不太好，似乎学生好功劳是先生的，学生不好也是先生的责任，功利主义厉害了一点。

**傅敏：**应该是师傅领进门，修行靠个人。

**傅聪：**对了，先生要尽一切力教学生，但以后成绩怎样，就得靠学生的努力。不要没有成绩觉得脸上无光，也不要有了点成绩就沾沾自喜。加上搞比赛，拿名次，拿了奖就不得了，老师可以评上教授，学生马上成了“家”了。这是笑话，得了奖就成“家”了？国外很无情，就是得了奖，还要在舞台上考验，能够站得住的很不容易，没有铁饭碗。但这里有的人几十年就弹一个曲子，这怎么办？不要说音乐为他服务，是一个协奏曲为他服务。

**冬晓：**现在音乐学院的学生修养是否全面？

**傅聪：**不，拉提琴的就管拉提琴，弹钢琴的就管弹钢琴。

这次我跟他们合奏，从教课中我发现距离是相当远的，就有点担心。那些小孩却说你别担心，这太容易、太容易。什么，太容易，试试看。第一次练习，三个钟头练下来，一个乐章都过不去。完了后，那些学生说，唉呀，太费劲，没想到这么费劲。他们简直不知道这音乐里有多少学问，他们就知道表面的东西。可是我很高兴的是，第二次第三次练下来，这些孩子进步很快，他们的进步不完全是靠努力而来，而是发现了个新天地。第三次练习时他们简直手舞足蹈，说唉呀这音乐怎么这么美啊！每个人都陶醉在里面了。对他们来说，似乎从来不知道音乐是这样的。我觉得这样出发点就对了。这种欢乐就是创作的欢乐。这不是暴君式的输入，而是一种感染，他们高兴、开心。

音乐这东西又难又容易，出发点对的话，音乐就会容易些，容易很多。真有才能有音乐感的人很容易理解这一点，让你的赤子之心，纯粹的敏感，同音乐里头内在的东西自然而然的接触，反应就会很快。

外国有句话叫“让音乐自己说出来”。每个搞音乐的人都要知道，我们都应该做音乐的通音管子，让音乐从这里流出来，它原来是怎么样，就自然而然地流出来。当然这里有主观的成分，没有人的成分就没有任何艺术，但宾主地位要放对。说来说去还是个出发点问题。

**冬晓：**这些年音乐学院学生的素质还是不错的，“文革”后涌现了相当多的音乐人才。

**傅聪：**是是是，有有！技术水平、音乐天赋都有。中国人的音乐感比任何一个国家的人都强。有音乐感只不过是初步的感性，真要做学问的话，必须要提高到理性上来，然后再回到感性，又再回到理性，不知道经过多少回复、复归，才有一天可能成为音乐家。

中国人搞音乐到做学问的水平还没有，其实音乐是一门最玄妙的学问。

### 编钟提出的大问号

**冬晓：**对于中国音乐的发展您有什么看法？

**傅聪：**我觉得那些基本问题解决了，音乐就会发展。

中国最弱的是创作，即使不是人为的外界的清规戒律，几十年下来自己心里头习惯的框框也很多。

我们一方面有闭关自守，同时另一方面又相当虚无主义。我上次回来在汽车里听到司机听的地方戏，非常欣赏。中国的地方戏太丰富了，可是有些同行却很看不起地方戏，这不对。我觉得中国的音乐创作要发展，一方面要谦虚地、不带一点成见地学习西方所有的各种音乐派别；另方面还必须非常深地去挖掘中国自己的遗产，千万不能急功近利，不能企求马上见效。在欧洲，像匈牙利，过去是奥匈帝国的一部分，一直受德国统治，可是匈牙利民族的根是蒙古族，跟其他民族的不同。一直到近代，巴托克、柯达伊这两个大师做了很多很多工作，才真正创造了他们匈牙利的民族音乐。可是，在巴托克、柯达伊以前他们早就有很悠久的历史，经过了一百多年的酝酿才出现巴托克、柯达伊。当然巴托克、柯达伊是很大的天才，但天才的出现并不是偶然的，总得有个底子，有很长的一个酝酿阶段。中国音乐的发展我想也不会有任何其他途径的。

**冬晓：**您认为中国音乐的基础怎么样？

**傅聪：**很弱。但中国音乐的雏形到底是怎样的，这个问题很值得探讨。从发现编钟以后，给我们提出了一个很大的疑问：中国音乐以前到底是怎样的？我觉得中国音乐那时候假如有这么宏大的完整的乐器，它包括七音，可以转调，还有和声，并且有工具，这一定是为什么音乐服务的，一定有音乐语言。这个音乐语言我们完全不知道，这整个是个空白的大问号。所以你说中国音乐的发展，我觉得可能性是最大，可是我们现在知道的是最少，要做的工作是最多，态度应该最谦虚。千万不要用批，更不要判，先弄之清楚，对自己的东西如此，对外国的东西也如此。所以姚文元那篇批判文章是狗屁。我是说就是要怀疑，只有弄懂了才能怀疑，他根本不懂音乐，没资格！学问就是学问，你要先弄懂了，把整体的具体的都真正的了解，才能开始怀疑。

一九八二年二月七日

傅雷夫妇

# 资料链接

## 作者简介

傅雷（1908—1966），字怒安，号怒庵，江苏南汇（今属上海）人。我国著名的文学翻译家、文艺理论家。傅雷毕生致力于对法国文学的翻译与介绍工作，译著丰富，译文以传神为特色。由他翻译的罗曼·罗兰的长篇巨著《约翰·克利斯朵夫》深深影响与激励了几代中国人。他对法国批判现实主义巨匠巴尔扎克的作品更是潜心钻研，译有《高老头》《欧也妮·葛朗台》《贝姨》《邦斯舅舅》《夏倍上校》《于絮尔·弥罗埃》《赛查·皮罗多盛衰记》《搅水女人》《都尔的本堂神甫》《幻灭》等。人们说“没有他，就没有巴尔扎克在中国”。此外，他还翻译了罗曼·罗兰的《贝多芬传》《弥盖朗琪罗传》《托尔斯泰传》，梅里美的《嘉尔曼》，丹纳的《艺术哲学》等多种名著。

## 名家评赏

这是一部最好的艺术学徒修养读物，这也是一部充满着父爱的苦心孤诣、呕心沥血的教子篇。本书所透露的，不仅仅是傅雷的对艺术的高深的造诣，而是一颗更崇高的父亲的心，和一位有所成就的艺术家在走向成材的道路中，所受过的陶冶与教养，在他才智技艺中所积累的成因。

——楼适夷（作家、翻译家、出版家）

《傅雷家书》问世，一时家弦户诵，纸贵洛阳，因为其中不但表达了亲情之温馨，还深刻体现了生活的真谛，社会的尊严，爱国的热情，对艺术家“德艺兼备，人格卓越”的严格要求。

——柯灵（中国电影理论家、剧作家、评论家）

傅雷爱吃硬饭。他的性格也像硬米粒儿那样僵硬、干爽；软和懦不是他的美德。

——杨绛（作家、翻译家）

傅雷有渊博的艺术修养，他对西方文艺作品翻译工作的贡献，已被公认是第一流的；他对西洋音乐的知识和理解，也是少有的。在《家书》中，傅雷经常对傅聪谈论音乐、美术、外国文学和中国古典文学。傅雷的学问、风度、修养、思想，通过卓越的艺术语言出现在人们面前，使读者感到一位和蔼、热情和严肃的学者在和你促膝谈心。我觉得《家书》是很值得今天的文艺青年认真地阅读的好书，他会使你感到无穷乐趣。

——黄苗子（画家）

《傅雷家书》中的百余封信函，是傅雷为自己投下的“背影”。我们读他写给儿子傅聪的许多篇真情流露的文字，却看到夕阳残照之下傅雷自己的长长的背影，那个背影显现出诚挚浪漫、认真严谨，但又不免于落落寂寞。……傅雷透过对文学、美术的熟悉与音乐的爱好而省思融会后，有他自己的艺术观，在《家书》里，他也反复与傅聪论及这些问题。

——林文月（作家、翻译家）

哲学家可以从《傅雷家书》中研究傅雷的思想、哲理，教育家可以从中研究教育子女的方法，人才学家从中研究人才培养的规律，文学家从中研究散文笔法，艺术家从中汲取音乐、美术的营养，历史学家从中探索二十世纪五十至六十年代中国知识分子的心灵，广大读者则把《傅雷家书》作为一本优秀的青年思想修养读物。《傅雷家书》，赢得了众多的读者。

——叶永烈（作家）

## 拓|展|阅|读

| | |
|---|---|
| 傅雷书信选（增订本） | 傅雷著　傅敏编 |
| 傅雷谈艺录（增订本） | 傅雷著　傅敏编 |
| 世界美术名作二十讲 | 傅雷著 |
| 艺术哲学 | [法]丹纳著　傅雷译 |
| 傅译传记五种 | [法]罗曼·罗兰等著　傅雷译 |
| 人生五大问题（附《恋爱与牺牲》） | [法]莫罗阿著　傅雷译 |

生活·讀書·新知三联书店刊行

# 阅读札记

**我的小小摘抄本**

**——傅雷家书**

我们每天都在行走，与这个世界面对面。当你走在放学的路上，看到一朵小花散发着香气，一只蝴蝶扑打着翅膀，又或者是一条小狗晃动着尾巴，你会不会感叹这是多么可爱的生物，这个世界多么美好?

或者你看到一段感人肺腑的文字、一本有趣的书，听到一个意味深长的故事，不禁深深地感动了。

这些美妙的瞬间，就像是一个个时光的珠子，串起来就能装点我们美妙的心灵世界。它们给我们带来了温暖、感动、慰藉、思索与启发。它们值得记录，也值得分享。请在这里摘录下你认为描写生动、富有哲理或让你特别感动的词语、句子或者段落。

## 我的阅读日记

也许此刻你还沉浸在书中奇妙的世界，也许此刻你已被深深地打动。无论此刻内心汹涌澎湃，还是感觉美妙惬意，我们都借助阅读窥见了一个新的世界，实现了心灵的成长。

成长是有痕迹的，它可能在一件小事里，一个小进步里，也可能在一种对我们的世界以及自我的认知里……也正是这一处处痕迹，一串串脚印，铸成了我们成长的道路。这也是阅读带给我们的意义。关于这些，你肯定有很多话想说，那就记录下来吧！